TOM DIESBROCK

Die Erfindung der Sehnsucht

TOM DIESBROCK

Die Erfindung der Sehnsucht

ROMAN

PIPER

Mehr über unsere Autorinnen, Autoren und Bücher:
www.piper.de

Wenn Ihnen dieser Roman gefallen hat, schreiben Sie uns
unter Nennung des Titels »Die Erfindung der Sehnsucht«
an *empfehlungen@piper.de*, und wir empfehlen Ihnen
gerne vergleichbare Bücher.

Von Tom Diesbrock liegen im Piper Verlag vor:
Ein Vogel namens Schopenhauer
Die Erfindung der Sehnsucht

ISBN 978-3-492-07365-3

Für einen direkten Kontakt und Fragen zum Produkt
wenden Sie sich bitte an: *info@piper.de*
Redaktion: Michelle Stöger
Satz: Ralf Schnarrenberger, Hamburg
Gesetzt aus der Capitolina
Druck und Bindung: GGP Media GmbH, Pößneck
Printed in Germany

Für meine Mutter
in Liebe und Dankbarkeit

Wer zeigt dir
diesen langen Weg?
Den Weg
nach São Tomé?

aus »Sodade« von
Amandio Cabral/Luis Morais

Prolog

Mindelo, São Vicente

Hat sie die Nordsee jemals so regungslos erlebt? Lilli steht am Ende der Landungsbrücke und lässt ihren Blick über das spiegelglatte Meer gleiten. Es ist unheimlich. Die Wasserfläche ohne eine einzige Welle bis zum Horizont, der schwer auszumachen ist zwischen der dunkelgrauen See und dem kaum helleren Himmel.

Drei schneeweiße Bäderschiffe liegen vor der Insel auf Reede, eines davon erkennt Lilli sofort als die KAISER. Allerdings scheint niemand an Bord zu sein. Überhaupt ist nirgendwo ein Mensch zu sehen, fällt ihr nun auf, auch nicht auf der Landungsbrücke, und selbst die Börteboote, mit denen sonst die Passagiere zu den Schiffen transportiert werden, dümpeln einsam an ihren Pollern.

All das ist sehr seltsam.

Mit unsicheren Schritten geht Lilli langsam die Brücke hinab, bis sie den Landungsplatz erreicht. Die große Standuhr vor dem Kurhaus zeigt 0:00 Uhr. Während sich vor dem Café normalerweise die Tagesbesucher und Bädergäste drängen, um zu sehen und gesehen zu werden, ist sie nun der einzige Mensch. Die Leere ist bedrückend. Von innerer Unruhe getrieben biegt Lilli in den Südstrand ein. Dort liegen Fischerboote und die Körbe der Hummerfischer einsam im Sand.

Was sucht sie nur hier?

Die Möwen über ihr sind die einzigen Lebewesen, die Lilli wahrnimmt, und deren Schreie die einzigen Geräusche. Sie folgt dem Strandweg – bis sie weit vor sich auf einer Bank jemanden sitzen sieht. Es ist ein Mädchen, erkennt sie beim Näherkommen. Jetzt hat sie Lilli bemerkt und winkt lächelnd. Sie trägt lange geflochtene Zöpfe; kann es wirklich ihre Freundin Grete sein? Lilli spürt eine unbändige Freude, und zugleich wächst ein Unbehagen in ihr.

Sie bleibt stehen und blickt zu Boden. Dann dreht sie sich abrupt um und geht mit schnellen Schritten zurück zur menschenleeren Landungsbrücke. Ohne noch einmal zurückzublicken.

Lilli muss sich anstrengen, um ihre Augen auch nur ein Stück zu öffnen. Widerwillig geben die müden Lider nach, ihr Blick ertastet langsam die niedrige Zimmerdecke. Weiß gestrichene, grob bearbeitete Bretter hinter klobigen Holzbalken, so viel kann sie ohne Brille erkennen. Nicht der vertraute Anblick ihres Schlafzimmers mit seinen übertriebenen Stuckverzierungen.

Sie weiß, sie hat geträumt, ohne sich zu erinnern, wovon. Sie lächelt, denn diese nebelige Wirklichkeit, irgendwo zwischen Schlaf und Wachsein, ist angenehm. Nur einen Augenblick noch möchte sie in diesem Nebel verweilen. Möchte nicht darüber nachdenken müssen, was wirklich ist und was nicht. Und wo sie sich befindet. Auf einer afrikanischen Insel, natürlich. Daher die Wärme. Und der blumige Duft, der schwer in der Luft liegt. Von draußen dringt das Krähen eines Hahns ins Zimmer. Dann ist es wieder still.

Also hat sie den norddeutschen November tatsächlich hinter sich gelassen, das ist gut. Oder?

Behäbig dreht Lilli den Kopf. Auf dem Nachttisch findet sie zum Glück ihre Brille und sieht sich damit in dem unbekannten Raum um, skeptisch, als vermutete sie eine Gefahr. Die Läden vor dem einzigen Fenster sind fast geschlossen, nur ein schmaler Spalt lässt ein wenig Licht hereinfallen auf saubere weiß gekalkte Wände. Vor dem Fenster ein Schreibtisch aus schwerem Tropenholz, viel zu mächtig für das kleine Zimmer. Ein antik aussehender Spiegel im hölzernen Rahmen. Der Boden aus breiten Dielen, von der Zeit gedunkelt und glatt geschliffen. Das Haus muss alt sein.

Lilli reibt sich die Augen und erlaubt sich dabei ein leises Stöhnen.

Ob man von ihr erwartet, dass sie sich unten bei den Leuten blicken lässt, fragt sie sich. Eigentlich bevorzugt sie die Anonymität großer Hotels, wo man darauf vertrauen kann, dass sich niemand für einen interessiert. Hier ist sie vermutlich der einzige Gast.

Sie streift das dünne hellblaue Laken ab und lässt ihre Beine langsam aus dem Bett gleiten. Mit Mühe richtet sie sich auf. Eine Weile sitzt sie einfach nur da und betrachtet die in den Lichtstrahlen schwebenden Staubteilchen. Sie findet in sich nicht den geringsten Antrieb; offenbar hat sie ihr vertrautes Phlegma nicht zu Hause zurückgelassen. Schade.

Lilli atmet tief durch.

Eine Glasvase mit frischen Blumen steht in einer Ecke des Zimmers auf einem runden Holztischchen. Jemand hat sich Mühe gegeben, es ihr hier behaglich zu machen; das ist beruhigend. Vor dem klobigen Kleiderschrank steht ihr riesiger Reisekoffer. Am Abend zuvor, erinnert sich Lilli jetzt, haben der Taxifahrer und ihre Gastgeberin – wie war noch mal ihr Name? – das uralte Ding mühsam heraufgeschleppt.

Und jetzt sitzt sie also hier, die einst ach so berühmte Lilli Jansen, und weiß nicht, was sie tun soll. Oder tun will. In diesem ärmlichen Zimmer am Ende der Welt.

Lillis Blick senkt sich auf ihre langen Beine, die unter dem weißen Nachthemd herausragen, dünn und winterblass. Obwohl sie nicht mehr müde ist, spürt sie die Versuchung, sich zurücksinken zu lassen und die Augen einfach wieder zu schließen. Das Leben lässt sich leichter aushalten mit geschlossenen Augen, denkt sie; gerade wenn man sich so schwach fühlt wie sie in diesem Moment. Aber Schwäche ist natürlich nicht hinzunehmen.

»Reiß dich gefälligst zusammen!«, zischt sie sich an und entscheidet sich aufzustehen.

Vorsichtig, als würde sie dem Boden nicht trauen, richtet sie sich auf. Über dem Holzstuhl vor dem Schreibtisch hängt unordentlich ihr dickes graues Reisekostüm, offenbar am Abend zuvor achtlos dort hingeworfen. Wie war sie nur auf die dämliche Idee gekommen, damit in die Tropen zu reisen? Am besten, sie holt sich ein leichtes Kleid aus dem Koffer. Aber dafür müsste sie ihn ausräumen, und dazu hat sie überhaupt keine Lust.

Zuerst einmal wird sie das Fenster öffnen, beschließt sie, und dann in Ruhe überlegen, was zu tun ist.

Lilli muss sich weit über den Schreibtisch beugen, um die schweren Läden aus massivem Holz mit einem kräftigen Stoß zu öffnen. Augenblicklich schlägt ihr eine Welle grellen Lichts entgegen. Sie hält sich schützend eine Hand vor das Gesicht und taumelt einen Schritt zurück. Dem Licht folgend, strömt warme Luft in den Raum, die den schon vertrauten blumigen Duft mit sich trägt.

Ihre Augen brauchen einen Moment, bis sie sich an die Helligkeit gewöhnt haben. Dann beugt sich Lilli erneut über den Schreibtisch, um einen Blick aus dem Fenster zu wagen. Sie sieht einen großen Baum, an dem grüne Früchte wachsen, vermutlich Avocados. Erst dann bemerkt sie den Jungen mit dem zu großen weißen Baseballcap. *NASA* steht in blauen Lettern darauf. Er blickt zu ihr herauf und scheint nicht recht zu wissen, was er von der älteren Frau im Nachthemd zu halten hat. Schließlich traut er sich, zaghaft zu lächeln.

»Guten Morgen, Senhora.« Er deutet ein Winken an. »Haben Sie gut geschlafen?«

Der unerwartete menschliche Kontakt überfordert Lilli. Sie starrt den Jungen an und erwidert dann ungelenk sein Winken. Schließlich antwortet sie mit von der Nacht rauer Stimme:

»Guten Morgen! Ja, hab ich wohl.«

Mehr weiß sie gerade nicht zu sagen und lässt sich wie in Zeitlupe in den Stuhl zurücksinken. Sie vergräbt das faltige Gesicht in ihren ungewöhnlich großen Händen.

»Was zur Hölle habe ich hier zu suchen?«, flüstert sie.

1

Hamburg – einige Monate zuvor

»Liebe Lilli, glaub mir doch, die Welt wartet auf ein Buch von dir. Wirklich!«

»Ach was, so ein Blödsinn«, schnaufte sie verächtlich. »Die Welt wartet auf niemanden. Geschweige denn auf die Ergüsse einer alten Frau, die früher einmal eine Schriftstellerin war.«

»Auch wenn du es mir nicht glaubst: Wir bekommen noch immer Briefe und Mails von Menschen, die uns fragen, wann *endlich* etwas Neues von Lilli Jansen erscheint.«

»Das denkst du dir doch aus, Johannes. Man hat mich längst abgeschrieben und vergessen. Längst! Deine Schmeicheleien kannst du dir also sparen. Mir ist durchaus bewusst, dass mein alter Kram lediglich von Oberstufenschülern gelesen wird. Und gewiss nicht freiwillig.«

Natürlich galt Lilli noch immer als eine der bedeutenden Autorinnen der Gegenwart, und natürlich wusste sie das. Allerdings tat es eben auch gut, dies hin und wieder von ihrem Verleger zu hören.

»Aber nein, Lilli, wie sollte man dich vergessen, selbstverständlich liest man dich noch, du bist schließlich eine Größe im Literaturbetrieb! Von deinen Auflagenzahlen können die heutigen Bestsellerautoren doch nur träumen.«

Jedenfalls von ihren Auflagen vor zig Jahren, aber das ließ er besser unerwähnt.

»Außerdem bin ich fest davon überzeugt, dass die Leser – und vor allem die Leserinnen – deine Stimme heutzutage mehr denn je brauchen. Deine Perspektive auf die Welt und deine unvergleichliche Fähigkeit, in deinen Geschichten der Gesellschaft, ja uns allen, einen Spiegel vorzuhalten, und …«

»Ach, spar dir deinen Schmalz. Du übertreibst mal wieder schamlos, mein Lieber.«

Über Lillis Gesicht huschte die Andeutung eines zufriedenen Lächelns. Er gab sich heute wirklich Mühe, dachte sie anerkennend. Nicht einmal sich selbst gegenüber mochte sie eingestehen, wie wohl seine Beteuerungen ihr taten. In letzter Zeit grübelte sie viel über den Wert ihres Schaffens. Sicher, sie hatte eine Menge Bücher verkauft. Aber bedeutete dies, dass sie auch etwas erreicht hatte in ihrem Leben? Diese Frage wollte sie nicht loslassen, und ihr eigenes Urteil war nicht gerade wohlmeinend.

Lilli erhob sich aus ihrem Stuhl und ging unruhig ein paar Schritte im Raum umher, soweit es das Telefonkabel zuließ. Sie nahm ihre Brille ab und rieb sich mit einer Hand die Augen.

»Von wegen ›unvergleichliche Fähigkeit‹! Ich werde nur immer kurzsichtiger und vergesslicher, und ich bin so müde und … Ach, wie oft soll ich dir das noch erklären. Ich würde ja gern – aber ich kann einfach nicht mehr.«

Diese Gespräche führten sie inzwischen beinahe wöchentlich. Mehrfach hatte sie Fräulein Melchior gebeten, ja, angefleht, die Anrufe ihres Verlegers bitte abzuwimmeln. Sie solle ihm einfach sagen, sie schlafe oder sei ausgegangen oder unpässlich oder was zum Henker auch immer. Aber nein, ihre Hausdame ignorierte ihren Wunsch. Man war nicht einmal mehr Herrin im eigenen Haus, hatte Lilli schließlich resigniert einsehen müssen.

Ihr Blick fiel auf die eindrucksvollen alten Eichen in ihrem Garten, deren Blätter bereits begannen, sich zu verfärben. Der Herbst stand vor der Tür, und bald würde der verhasste Winter einziehen. Und zu allem Übel hatte sie auch noch dieses vermaledeite Buch zu schreiben …

Johannes unternahm einen weiteren verzweifelten Anlauf.

»Liebe Lilli, in deinem Exposé hast du doch bereits einige durchaus interessante Ansätze entwickelt. Wenn du denen einfach folgst und …«

»Einfach!? Ist das dein Ernst?«, unterbrach sie ihn barsch. »Als wenn man einen Roman *einfach mal eben* zusammenrühren könnte wie ein … wie einen Kuchen! Meinst du, es war je *einfach* für mich, ein Buch zu schreiben? Ach, ihr Verlagshansel habt ja *keine* Ahnung, ihr Marketingfuzzies und Buchhalterseelen!«

Sie genoss ihre Empörung offensichtlich. Für einen Moment atmete sie tief durch und fuhr dann mit leiser, aber schneidender Stimme fort:

»Es ist natürlich etwas anderes, wenn man sich in seinen Büchern nur ständig wiederholt. So wie dieser B. Oder auf einem Niveau schreibt wie diese, wie heißt sie noch? Aber ich bin schließlich eine *ernsthafte* Autorin. Auch wenn du das womöglich anders siehst.«

»Gewiss bist du das, entschuldige, so meinte ich es doch nicht, liebe Lilli.«

Seine Stimme klang weich und beschwichtigend. Da er den Kontakt zu seinen wichtigen Autorinnen und Autoren nicht dem Lektorat überließ, war er ein derart divenhaftes Gebaren sicherlich gewohnt.

Lilli antwortete mit ihrem bewährten eisigen Schweigen. Dabei kam es ihr gelegen, die Pose der unverstandenen Künstlerin einnehmen zu können. Wenn sie ausreichend gekränkt war, konnte sie das Gespräch indigniert beenden und hätte wieder ein wenig Zeit gewonnen. Das hatte schon mehr als einmal funktioniert. Aber sie wusste auch, dass sie sich nicht bis zum Sankt-Nimmerleins-Tag herausreden und herausschmollen konnte. Schließlich hatte sie einen Vertrag unterschrieben.

Es war schon eine Weile her, dass sie dem völlig überraschten Johannes ein Exposé präsentiert hatte. Nicht etwa, weil sie der Menschheit nach so langer Zeit – fast zehn Jahre waren seit ihrer letzten Veröffentlichung vergangen – ein weiteres Buch schenken wollte, Gott bewahre, nein. Sie brauchte schlicht das Geld. Nur deshalb war sie überhaupt in der Lage, diese unseligen Telefonate führen zu müssen.

Eigentlich war Lilli immer davon ausgegangen, von den Tantiemen ihrer Werke einen angenehmen Lebensabend bestreiten zu können. Was lange auch zu funktionieren schien. Aber dann begannen die Verkäufe zu sinken wie ein rostiger alter Kahn, und ihre Bücher wurden kaum noch nachgedruckt. Es war beschämend.

Inzwischen lebte sie hauptsächlich von ihren Ersparnissen, und die würden nicht mehr lange reichen. Wenn sie sich also nicht auf ihr baldiges Ableben verlassen wollte – und dazu hatte sie, jedenfalls im Moment, noch keine Lust –, musste sie unbedingt ihre Einnahmesituation verbessern. Zuerst hatte sie überlegt, ihre Villa zu verkaufen, aber den Gedanken schnell verworfen. Nicht dass sie sonderlich an dem alten Gemäuer hing. Aber sie hätte sich eine neue Bleibe suchen und mit ihrem ganzen Krempel umziehen müssen, und dazu war sie nun wirklich zu alt.

Da erschien es ihr als das kleinere Übel, noch ein letztes oder vorletztes Buch zu schreiben. In diesem Punkt hatte sie sich leider gewaltig getäuscht.

Lillis Exposé war im Grunde eine Unverschämtheit. Während sich jeder ambitionierte Autor die allergrößte Mühe gibt, Verlage mit möglichst knappen, schlüssigen Konzepten von sich zu überzeugen, hatte sie ein Konvolut aus über dreißig Seiten produziert. Getippt auf ihrer alten Olympia mit handschriftlichen Ergänzungen und Streichungen; dazu diverse mit Bleistift gekritzelte Zeichnungen, die die Handlung irgendwie verdeutlichen sollten.

Ihre Agentin, mit der sie nur noch sporadisch Kontakt pflegte, hatte sich geweigert, es an den Verlag weiterzuleiten. Anders als Johannes gab sie sich wenig Mühe, ihre Klientin mit aufmunternden Worten oder gar Schmeicheleien bei Laune zu halten. Das könne doch wohl unmöglich ihr Ernst sein! »Nicht nachvollziehbar, wirr, uninteressant«, waren noch die freundlicheren Adjektive, mit denen sie Lillis Exposé kommentiert hatte. Selbst eine mäßig begabte Anfängerin hätte mehr zustande gebracht als die »prominente Frau Jansen«. Sie möge sich bitte erst einmal eine halbwegs schlüssige Handlung überlegen. Und sich vielleicht ein wenig bemühen, diese auch verständlich zu beschreiben.

Aber Lilli hatte überhaupt keine Lust, sich zu bemühen. Also ignorierte sie das Gemecker ihrer Agentin und faxte die Seiten des Exposés, womöglich nicht einmal in der richtigen Reihenfolge, direkt an ihren Verleger. Wohl wissend, wie sehr er sich ein neues Buch von ihr wünschte.

Johannes hatte sich mit seiner Antwort einige Tage Zeit gelassen, was ungewöhnlich für ihn war. Und auch dann klang er nicht gerade enthusiastisch. Aber immerhin meinte er, darin die »Fundamente einer großen Erzählung« zu entdecken, »eine echte Lilli Jansen«. Wahrscheinlich befürchtete er, nie wieder etwas von seiner berühmtesten Autorin angeboten zu bekommen, wenn er dieses Manuskript ablehnte. So erhielt sie umgehend einen Vertrag zu ihren alten, sehr großzügigen Konditionen und einen nicht unerheblichen Vorschuss.

Damit gab es kein Zurück mehr.

Ihrer Agentin hatte Lilli den Verriss des Exposés übel genommen und, nicht zum ersten Mal, beschlossen, die Zusammenarbeit zu beenden. Inzwischen musste sie sich allerdings eingestehen, dass deren Kritik nicht ungerechtfertigt war.

Lilli hatte tatsächlich nur ungefähre und sich ständig ändernde Vorstellungen davon, wovon die Geschichte handeln und was sie ihren Leserinnen mitteilen sollte.

Was sie allerdings sehr genau wusste: Wenn sie schon gezwungen war, sich noch einmal auf diese Tortur einzulassen – hoffentlich ein allerletztes Mal! –, dann sollte es auch ein *großer* Wurf werden. Ein würdiges, weises Alterswerk, mit dem sie ihr Schaffen abschließen und krönen würde. Ja, die Literaturwelt sollte den Atem anhalten und dieses ganze lichtscheue Kritikerpack, das Lilli Jansen schon abgeschrieben hatte, ihr gefälligst Respekt zollen und sich vor ihrem Werk verbeugen!

Diese Vorstellung gefiel ihr sehr. Dafür lohnte es sich schon, sich ein bisschen anzustrengen.

Im Moment hatte Lilli vor, einen großen Bogen zu schlagen. Sie wollte die Geschichten von Frauen mehrerer Generationen und ihrer Familien erzählen, vom Kriegsende 1945 bis heute, und sie kunstvoll miteinander verweben. Ein Epos in Prosa wollte sie schaffen, komplex und vielschichtig, das die politische und gesellschaftliche Entwicklung nachzeichnen und sich kritisch mit der Gegenwart auseinandersetzen würde. Vielleicht so etwas wie ein matriarchalisches *Buddenbrooks*. Jansen goes Mann. Sie grinste bei dem Gedanken – und schämte sich sofort für ihre Überheblichkeit.

In den letzten Monaten hatte sie alles gesammelt und notiert, was ihr dazu in den Sinn kam, von schwammigen Assoziationen bis zu konkreteren Handlungsideen. Es war eine Menge. Nur hatte sie keine Ahnung, wie all diese Fragmente zusammenpassen könnten. Je länger sie darüber nachsann, desto verwirrender erschien ihr das Puzzle. Und wenn sie zu Beginn noch recht anständig motiviert war, näherte sich ihr Interesse an dem Projekt allmählich der Nulllinie.

Vielleicht hätte sie doch lieber das Haus verkaufen sollen?

»Also, dann will ich dich mal nicht länger von deiner Arbeit abhalten. Womöglich wartet deine Muse schon auf dich.« Johannes kicherte gequält.

Für einen Moment hatte Lilli ganz vergessen, dass er noch immer in der Leitung war. »Das ist überaus freundlich von dir, vielen Dank.«

»Ich bin mir sicher, es wird etwas Wunderbares entstehen. Solche Phasen der Schreibhemmung gehören schließlich zum kreativen Prozess, nicht wahr?«

Kreativer Prozess! Muse! Sie musste sich förmlich auf die Zunge beißen, um einige sehr böse, sarkastische Bemerkungen für sich zu behalten. Es gelang ihr zum Glück.

»Wir werden sehen, Johannes, wir werden sehen.«

»Wenn du mir vielleicht ...?« Er machte eine Pause, und man hörte förmlich, wie er mit sich rang. »... ein ungefähres Datum nennen könntest, an dem das Manuskript fertig sein könnte?«

Lilli schwieg.

»Also wirklich nur ganz grob, dann könnten wir unsere Planung dahin gehend anpassen. Und dir natürlich einen prominenten Platz im Programm einräumen.«

Lillis Schweigen bereitete ihm ein offensichtliches Unbehagen, bis er schließlich kleinlaut meinte: »Gib mir doch einfach Bescheid, wenn du mir ein Datum nennen kannst, ja?«

»Das werde ich tun, sicher.«

Erbost knallte sie den Hörer auf das Wählscheibentelefon, ließ sich mit einem Stöhnen in ihren Schreibtischstuhl sinken und blickte eine Weile aus dem Fenster in den Garten.

Wie gerne würde sie jetzt mit dem Gärtner an ihrem kleinen Gartenteich sitzen, den sie im Sommer gemeinsam angelegt hatten, sich mit dem jungen Mann über Alltäglichkeiten unterhalten und dabei gemütlich ein Fläschchen Bier trinken. Natürlich ohne dass Fräulein Melchior etwas davon mitbekommen durfte.

Sie schüttelte den Kopf. Solche kindischen Ablenkungsmanöver konnte sie sich nicht mehr leisten, sie musste endlich einen passablen Anfang für das Buch finden! Doch jedes Mal, wenn sie sich dazu durchrang, ein leeres Blatt in die Schreibmaschine zu spannen, ließ allein dieser Anblick sie in eine katatone Starre verfallen.

Allerdings war so ein erster Satz auch eine geradezu furchterregende Angelegenheit. Wo die ersten Worte doch schon über Sieg oder Niederlage entschieden, sich alles Kommende in ihnen bereits erahnen lassen musste! Sie legten das Fundament, setzten die Sprache und bestimmten die Melodie, die sich durch das ganze Buch ziehen würde. Ja, schon der erste Satz hatte im Grunde – davon war Lilli überzeugt – sämtliche Erwartungen zu erfüllen, die man an ein Buch nur haben konnte. Und an ein Buch von Lilli Jansen durfte, *musste* man selbstverständlich *sehr hohe* Erwartungen haben.

Also ein Ding der Unmöglichkeit, zumindest für die Lilli Jansen in ihrer letzten Schaffensphase. Es war schlicht zum Verzweifeln ...

Wie hatte sie nur früher ihre Einstiege gefunden? Vermutlich, indem sie darauf vertraute, dass die ersten Worte und Sätze schon in ihrem Hirn auftauchen würden. Was sie ja auch zuverlässig getan hatten. Natürlich musste sie auch damals schon heftig mit sich ringen; leicht war ihr das Schreiben nie gefallen. Wenn ihr aber erst einmal klar war, worüber sie schreiben wollte, kamen die ersten Wörter eines Buchs bald wie von allein. Als würden sie von jemand anderem in die Maschine getippt, und Lilli müsste sie nur demütig entgegennehmen.

Jetzt wartete sie bereits seit Monaten auf eine Eingebung, und nicht ein einziger verdammter Buchstabe wollte ihr einfallen! Nur die Notizzettel vermehrten sich auf dem Fußboden und jeder freien Fläche wie Bakterien.

In sich zusammengesunken, den Kopf schwer auf die Hände gestützt, saß Lilli vor ihrer alten Schreibmaschine und starrte auf das grausam leere Blatt darin. Ihr Abscheu für dieses Gerät wuchs mit jedem Tag.

Ein Geräusch vor dem Fenster unterbrach ihre düsteren Gedanken. Draußen machte sich der Gärtner gerade daran, die Büsche und Bäume zurückzuschneiden und die Pflanzen auf den Winter vorzubereiten. Als er Lillis Blick bemerkte, winkte er ihr freundlich zu, und sie erwiderte den Gruß mit einem gequälten Lächeln.

Es hatte doch alles keinen Sinn! Anstatt hier weiter ihrer Schreibblockade zu frönen, könnte sie in die Stadt fahren. Vielleicht stieß sie ja beim Stöbern in ihrer Lieblingsbuchhandlung auf eine Idee? Dort kannte man sie und ließ sie in Ruhe. Sie könnte auch ein bisschen an der Elbe spazieren gehen, um ihr erstarrtes Hirn vom frischen Wind durchpusten zu lassen. War womöglich heute der Tag, an dem ihr der erste Satz zufliegen würde? Wäre der nur erst gefunden, könnten sich daraus der zweite und dritte ergeben, und dann entstände alles Weitere wie von allein. So wie früher.

Ach, was redete sie sich nur ein ...

Die deprimierende Wahrheit war doch: Es mangelte ihr schlicht an Können und Kreativität. Ihre grauen Zellen waren, genau wie sie selbst, alt und träge geworden. Oder lag es an der mangelnden Übung, schließlich hatte sie seit Jahren nichts mehr veröffentlicht? Na ja, die eine oder andere Idee war ihr schon noch gekommen, aber keine erschien ihr wert, daraus ein Buch zu machen. Und außerdem: Warum hätte sie auch die Mühe auf sich nehmen sollen?

Alt und träge eben.

Lillis Blick wanderte über die unzähligen Bücher in dem riesigen Regal, das bis zu der mit Stuck verzierten hohen Decke reichte. Ihre eigenen beanspruchten darin kaum einen Meter. War es nicht absurd, dass dies im Grunde alles war, was sie in ihrem langen Leben zustande gebracht hatte? Ein paar Bücher? Sicher, sie hatten Lilli Ruhm und Erfolg beschert, aber reichte das aus, um dafür gelebt zu haben? War diese Bilanz nicht ziemlich beschämend?

Ach, die immer gleichen erdrückenden Fragen. Die wie ein bösartiger Tumor mit jedem Jahr des Älterwerdens aggressiver wurden, während sie sich ihnen gegenüber immer wehrloser fühlte. Perfiderweise waren es nicht einmal Fragen, sondern als Fragen getarnte Anklagen. Lilli saß schon so lange auf ihrer eigenen Anklagebank; sie war es so leid, sich immer wieder vor sich selbst rechtfertigen zu müssen. Am Ende hatte sie ja doch keine Chance, das Urteil abzuwenden.

Und da lauerte sie auch schon, die hinterlistigste aller Fragen:

Wäre sie glücklicher und ihr Leben erfüllter geworden, wenn sie Kinder gehabt hätte?

Diese Frage führte ins Bodenlose, das wusste Lilli; ihr musste sie unbedingt ausweichen, um nicht in ihrer Traurigkeit wie im Treibsand zu versinken. Dabei war sie im Grunde eine sexistische Unverschämtheit – welcher kinderlose Mann würde sich dies je fragen? Lilli war jetzt wütend, und das tat gut, denn die Wut war ihr einziger Schutz vor inquisitorischen Fragen und Selbstanklagen.

Entschlossen erhob sie sich aus ihrem Stuhl und ging mit langen, energischen Schritten im Zimmer umher. Obwohl das Alter ihr einige Zentimeter geraubt hatte, war sie noch immer eine beeindruckende Erscheinung, die viele Männer und fast alle Frauen – nicht nur intellektuell – überragte.

Wie alt sie tatsächlich war, verrieten weder die Klappentexte ihrer Bücher noch die Website des Verlags. Warum sollte das Alter einer Schriftstellerin auch von Bedeutung sein? Laut ihren Biografen musste sie die achtzig bereits erreicht haben, was man ihr aber keinesfalls ansah. Ihre Falten trübten nicht das Bild einer energischen, charismatischen Person.

Gewiss käme niemand auf die Idee, Lilli Jansen als *Seniorin* oder *ältere Dame* zu bezeichnen – behauptete jemand, dass sie noch Marathons laufe, man würde es zweifellos glauben.

Als lange Haare in den Sechzigerjahren zum Symbol innerer und äußerer Freiheit wurden, ließ sich Lilli ihre raspelkurz schneiden und trug sie bis heute so. Weil es ihr half, einen klaren Kopf zu behalten, behauptete sie. Inzwischen war ihr Haar ergraut, aber sie wäre nie auf die Idee gekommen, es färben zu lassen. Der Meckischnitt war genauso zu ihrem Markenzeichen geworden wie ihre auffällig große Brille aus knallrotem Kunststoff und die weit geschnittenen grauen Hosenanzüge, zu denen sie meist Sneakers trug.

Lilli blieb vor dem Regalmeter mit ihren eigenen Büchern stehen, zögerte kurz und zog dann ihr Erstlingswerk heraus. Zärtlich strich sie über den abgegriffenen Einband.

Dieses Buch hatte einst alles für sie verändert. Wie viel Aufgeregtheit bei seinem Erscheinen darum zelebriert wurde! Aufregend war es natürlich auch für sie, jedenfalls zu Beginn. Es war die Zeit der außerparlamentarischen Opposition, der Studentenbewegung und der Proteste gegen den Vietnamkrieg. In Bonn regierte die Große Koalition unter Bundeskanzler Kiesinger mit einem Finanzminister, der Franz Josef Strauß hieß und bekanntlich »lieber ein kalter Krieger sein wollte als ein warmer Bruder«.

Man ging gegen Aufrüstung und die Notstandsgesetze auf die Straße und gegen die verkrusteten Strukturen der Gesellschaft und Universitäten. Man protestierte gegen den »Muff von tausend Jahren«, das kapitalistische System und Politiker, denen man ihre Rolle im Nationalsozialismus vorhielt. Während sich die Elterngeneration vor allem für den Wiederaufbau und die Segnungen des Wirtschaftswunders zu interessieren schien und darüber mit einer Vergangenheit, die noch gar nicht so lange vergangen war, nichts mehr zu tun haben wollte.

In dieser bewegten Zeit war Lilli nach Westberlin gekommen, um dort Politikwissenschaften zu studieren. Wie so viele Entwurzelte spürte sie sofort, dass sie sich auf dieser ummauerten Insel am richtigen Ort befand. Zwar kein Ort, an dem man sich geborgen und zu Hause fühlen konnte, aber ein Zuhause brauchte und wollte Lilli auch nicht. Sie zog, wie es sich damals gehörte, in eine Kommune und trat dem Sozialistischen Deutschen Studentenbund bei. Bald beschäftigte sie sich mit dem Studium nur noch am Rande.

Es waren aufregende Jahre. Alles floss, alles war in Bewegung, zumindest hatte es den Anschein. Die Sehnsucht nach Aufbruch und Wandel war unter den jüngeren Menschen riesengroß, und epochale Veränderungen schienen tatsächlich greifbar nah. Man beschäftigte sich mit dem Existenzialismus und las ganz selbstverständlich Adorno und Marcuse.

Was sich allerdings nicht so schnell wandelte, wie Lilli es gehofft und erwartet hatte: Von einer Gleichberechtigung von Frauen und Männern konnte noch immer nicht die Rede sein. Als Wortführer traten hauptsächlich Männer auf, und Männer stellten die Mehrheit auf den Demonstrationen. Auf der Straße marschierten sie unter dem Bild von Rosa Luxemburg – und überließen zu Hause den weiblichen Kommunarden das Kochen und Putzen. Und für die Männer, mit denen Lilli Affären hatte – von Beziehungen sprachen sie damals nicht –, war es ganz selbstverständlich, dass sie sich um ihre schmutzige Wäsche kümmerte.

Nach einiger Zeit wich Lillis Begeisterung über das revolutionäre Westberlin einer wachsenden Wut, und die blieb lange ihr stärkster Antrieb. Auch und gerade für ihr Schreiben.

Während Lilli in der Erstausgabe ihres ersten Romans blätterte, fragte sie sich, wie ihre Lebensgeschichte wohl verlaufen wäre, wenn sie dieses Buch nicht geschrieben hätte.

Schon bald nach ihrer Ankunft in Westberlin begann sie, an ihrem Studienfach zu zweifeln. Zwar verstand sie sich als politischen Menschen – aber mit der politischen Wissenschaft konnte sie sich nicht anfreunden. Und auf keinen Fall wollte sie sich halbherzig auf einen Job einlassen, um irgendwie ihre Miete zu zahlen. Nur, wofür schlug ihr Herz? Was wollte sie wirklich tun?

Je länger Lilli über das Leben und Arbeiten, ihre Werte, Wünsche und Ziele nachdachte, desto mehr schwirrte ihr der Kopf.

Der Zufall kam ihr zu Hilfe, als sie eines Tages im Schaufenster eines Trödlers eine Schreibmaschine sah. Mit diesem Gerät könnte sie endlich Ordnung in ihre Gedanken und Ideen bringen. Würden diese erst sauber getippt schwarz auf weiß auf dem Papier stehen, fiele es ihr sicherlich nicht mehr so schwer, Prioritäten zu setzen und eine Entscheidung zu treffen. Mit beinahe Mitte zwanzig sollte man doch wissen, was man will!

Auf dem Weg nach Hause besorgte sich Lilli von ihrem letzten Geld einen Packen Papier, ließ sich in ihrem winzigen Zimmer auf der Matratze nieder und begann, mit zwei Fingern zu tippen. Ohne ein Konzept schrieb sie alles auf, was ihr in den Sinn kam; wie im Rausch füllte sie Seite um Seite, tage- und nächtelang und kettenrauchend, und als das Papier verbraucht war, lieh sie sich ein paar Mark von einer Mitbewohnerin, um sich neues zu kaufen, und tippte weiter.

Lilli schrieb über ihre Träume und Gefühle, über Ideale und Utopien, politische und philosophische Ideen, darüber, was in der Gesellschaft in ihren Augen nicht stimmte und verändert werden müsste. Und als ihr schließlich alle Themen behandelt und beschrieben schienen, mochte sie noch immer nicht aufhören. Sie überlegte, was es zu schreiben geben könnte, und kam auf die Idee, von den Menschen zu erzählen, die ihr seit ihrer Ankunft in Westberlin begegnet waren. Ohne dass es ihr anfangs bewusst war, löste sie sich immer mehr von den Fakten und begann, daraus fiktive Geschichten zu weben.

So hatte Lilli für sich die Magie des Schreibens entdeckt.

Doch ohne ihre Verlegerin wäre aus Lilli wohl keine Schriftstellerin geworden. Elisabeth, die Mutter von Johannes, war damals nicht viel älter als sie selbst. Als sie sich nach einer Podiumsdiskussion kennenlernten, hatte sie gerade von einem Onkel die Leitung des Familienverlags übernommen.

»Man überließ mir schweren Herzens die Verantwortung«, erzählte sie Lilli später mit einem bitteren Lachen. »Ich war ja nur eine Frau. Aber zum Leidwesen der Familie gab es keine männlichen Interessenten. ›Versuch es halt mal‹, hieß es, nicht gerade ermutigend ... Und wohl auch nur, weil der Verlag kaum noch Geld abwirft. Kein Wunder bei dem verstaubten Programm! Und unseren Autoren, die alle schon etwas in die Jahre gekommen sind, allesamt männlich, klar.«

Elisabeth wollte frischen Wind in den Laden bringen und nur Literatur herausgeben, die sich kritisch mit Gegenwart und Zeitgeist auseinandersetzte. Vor allem aber wollte sie Frauen eine Stimme geben.

Lilli war die einzige Frau unter den Teilnehmenden der Diskussion gewesen – worum es ging und welche Standpunkte sie vertreten hatte, daran erinnerte sie sich heute nicht mehr; gewiss waren sie radikal, und bestimmt war Lilli laut und vehement aufgetreten. Als sie unter tosendem Applaus die Bühne verließ, sprach Elisabeth sie an, ohne Höflichkeiten und einleitende Worte:

»Ich habe einen Verlag, und ich suche Autorinnen. Für eine Reihe von Schriften, die sich mit philosophischen und politischen Themen aus feministischer Sicht befassen. Worüber du schreiben willst, liegt bei dir. Interesse?«

Lilli hatte das Angebot enorm geschmeichelt. Sie bedankte sich, dachte kurz darüber nach und lehnte es ab. Mit einer Klarheit, die sie selbst verwunderte. Sie sei zwar tatsächlich Schriftstellerin – welche Hybris!, dachte sie heute grinsend –, aber sie wolle Geschichten erzählen. Zwar durchaus mit gesellschaftskritischem Hintergrund, diese Erkenntnis kam ihr gerade erst in diesem Augenblick, aber eben Romane. Es tue ihr leid, dass sie damit für Elisabeths Anliegen nicht infrage komme.

Ihre zukünftige Verlegerin nickte und fragte sie, ob sie mit ihr irgendwo in Ruhe einen Kaffee trinken wolle. Sie würde gern mehr über ihre Arbeit erfahren. Das brachte Lilli in Verlegenheit; denn außer jeder Menge Ideen im Kopf und unzähligen Fragmenten auf Papier hatte sie noch kein einziges Buchkonzept. Aber Elisabeth ließ sich davon offenbar nicht abschrecken. Als sie sich voneinander verabschiedeten, reichte sie Lilli ihre Visitenkarte und sagte mit fester Stimme:

»Melde dich, wenn du etwas hast. Ich bin auf jeden Fall interessiert.«

Lilli grinste, schob ihr erstes Werk zurück an seinen angestammten Platz im Regal und strich noch liebevoll einmal über den Buchrücken. Noch heute empfand sie es als kleines Wunder, dass ihm ein so großer Erfolg beschieden war.

Als sie, knapp ein Jahr und viele durchtippte Nächte später, Elisabeth das Manuskript überreichte, hätte sie platzen können – vor Stolz und aus Angst vor der Reaktion. Aber bereits am nächsten Tag hatte es die Verlegerin gelesen.

»Ich habe nicht wenig von dir erwartet, Lilli Jansen, und du hast meine Erwartungen sogar übertroffen!«

Trotzdem waren die beiden Frauen gleichermaßen verblüfft, dass das Buch solche Wellen schlug, als es im folgenden Jahr in kleiner Auflage erschien. Nach der ersten, extrem positiven Rezension in einer großen überregionalen Zeitung war es innerhalb von Tagen vergriffen. Über Monate konnten gar nicht genug Bücher gedruckt werden, um die gewaltige Nachfrage zu befriedigen.

Lillis Roman traf einen Nerv, vor allem bei ihren Leserinnen. Das Feuilleton war fast einstimmig begeistert. Eine besonders euphorische Stimme stellte die junge Autorin gar in eine Reihe mit Isherwood und Salinger. Sie schreibe »menschlich einfühlsam und absolut glaubwürdig«, und dabei würde ihr »mit fast spielerischer Leichtigkeit eine scharfsinnige und schonungslose Analyse der gesellschaftlichen Situation gelingen«.

Mit den Adjektiven scharfsinnig und schonungslos wurden ihre Bücher fortan häufig bedacht. Und über Nacht galt die eben noch Unbekannte als »wichtige Stimme einer neuen Generation«.

Dabei erzählte ihr erstes Buch nichts, was nicht schon oft erzählt worden war – nur bisher meistens aus der Perspektive eines Mannes: Es ist die Geschichte einer jungen Frau, die, ziemlich naiv und gerade volljährig, 1968 nach Westberlin kommt und in den Trubel zwischen Flower-Power und APO gerät. Es geht um das Erwachsenwerden, um Liebe und Drogen, um große Träume und noch größere Enttäuschungen.

Erst später verstand Lilli, dass sie ihre Heldin einige der intensiven Erfahrungen und Gefühle erleben ließ, nach denen sie sich damals vergeblich gesehnt hatte.

Mit dem Erfolg fand sie sich unversehens in einer veränderten Realität wieder. Fast täglich gab sie nun Zeitungen und Radiosendern Interviews. Sogar im Fernsehen trat sie auf, damals entdeckte die Republik gerade die Talkshow. Man riss sich förmlich um sie, denn sie nahm kein Blatt vor den Mund; sie kritisierte, was sie für kritisierenswert hielt, war eloquent, oft provozierend und dabei selbstironisch und freundlich.

Außerdem löste sie keine allzu schlimmen Skandale aus; sie war wohl angemessen rebellisch für die damalige Medienlandschaft.

Eine Weile hatte Lilli Spaß daran, fast ohne Unterbrechung durch Westdeutschland zu touren, aus ihrem Buch zu lesen, zu diskutieren und über Feminismus und Ungleichheit zu sprechen. Sie sonnte sich im Interesse an ihrer Person – bis die immer gleichen Fragen und Kommentare sie zu langweilen begannen.

Als sie schließlich nach Westberlin zurückkehrte in der Erwartung, man würde sich mit ihr über den Erfolg freuen, schlug ihr von allen Seiten Misstrauen und Ablehnung entgegen. Während ihr Buch in der Öffentlichkeit als wichtige Unterstützung der Emanzipationsbewegung gefeiert wurde, warfen ihr Freunde, Mitbewohner und politische Genossen vor, »die Seite gewechselt und sich dem Establishment angebiedert« zu haben.

Besonders schmerzte Lilli, dass nur wenige Frauen ihr aufgeschlossener begegneten.

»Weißt du, Lilli«, versuchte Elisabeth sie zu trösten, »ich glaube, dass viele Frauen neidisch sind auf dich und deine Karriere. Und dass die meisten Männer schlicht Angst haben vor einer unabhängigen, erfolgreichen Frau.«

Trotz des Rückhalts ihrer Verlegerin, und obwohl sie als Schriftstellerin immer größere Erfolge feierte, begann für Lilli eine Zeit, in der sie sich so allein fühlte wie noch nie in ihrem Leben.

2

Verheißung und Notausgang

»Fräulein Melchior! Wie oft muss ich noch darum bitten; lassen Sie meine Unterlagen dort liegen, wo ich sie hingelegt habe. *Genau* so. Bitte!«

Lilli schäumte vor Wut und Verzweiflung. Sie war eben von ihrem Spaziergang an der Elbe zurückgekehrt, und nun lagen sämtliche Notizzettel sauber gestapelt auf ihrem Schreibtisch. Und nicht mehr auf dem Fußboden, wo sie sie seit dem Morgen immer wieder hin und her sortiert hatte.

»Aber es war so schrecklich unordentlich.«

Fräulein Melchior bebte förmlich, hin- und hergerissen vom übergroßen Respekt vor ihrer berühmten Chefin und ihrem eigenen Unvermögen, Chaos jeglicher Art auszuhalten.

»Ich musste staubsaugen, heute ist doch Montag ... und Ihre Papiere ... die waren im Weg.«

Lilli gab ein tiefes missmutiges Grummeln von sich, wandte sich ab und starrte aus dem Fenster.

»Außerdem sieht es doch so viel wohnlicher aus.« Sie schob sich zurück ins Blickfeld ihrer Arbeitgeberin, um deren Aufmerksamkeit bettelnd wie ein junger Hund. »Nicht wahr, Frau Jansen?«

Es schmerzte sie sichtlich, dass Lilli böse mit ihr war – wo sie doch ausschließlich ihr Wohlergehen im Auge hatte.

Seit vielen Jahren schon regierte Fräulein Melchior über den Haushalt als unangefochtene Herrscherin. Niemals wäre die Schriftstellerin ohne den aufopferungsvollen Einsatz ihrer Hausdame in der Lage gewesen, ihr Leben zu bewältigen, dessen war sich Fräulein Melchior sicher. Allein durch ihr Wirken konnte sich Lilli Jansen ganz ihrer Arbeit hingeben. Gerade in Zeiten wie diesen, in denen es um ihr Schaffen offenbar nicht so gut bestellt war, bemutterte Fräulein Melchior Lilli, obwohl diese älter war als sie selbst, nur noch entschlossener. Darin bestand ihr bescheidener Beitrag an der großen Literatur, erklärte sie bei jeder Gelegenheit und nicht ohne Stolz. »Man muss eben Opfer bringen.«

»Aber ich brauche die kreative Unordnung! Nur aus dem Chaos kann die Vision für etwas Neues erwachsen. Kleinbürgerliche Vorstellungen von Ordnung – das ist nicht persönlich gemeint – blockieren mich und ... ja, verscheuchen meine Muse, die ist wie ein ... scheues Reh«, stammelte Lilli.

Inzwischen war ihre Wut verraucht und hatte der vertrauten Verzweiflung Platz gemacht. Wem wollte sie eigentlich etwas vormachen? Von wegen »kreative Unordnung«! Auch das allergrößte Chaos wäre nicht in der Lage, ihre Kreativität wiederzubeleben, mausetot, wie sie war. Und ihre Muse hatte sie schon sehr lange nicht mehr besucht, geschweige denn geküsst. Wahrscheinlich hatte sie längst ihre Adresse vergessen. Was für einen peinlichen Unsinn sie von sich gab. »Scheues Reh«, sie redete schon wie Johannes.

»Ach, es tut mir so schrecklich leid! Ich werde Ihnen einen Kuchen backen, ja? Einen Schokoladenkuchen, wie Sie ihn so gern mögen.« Fräulein Melchior hielt wacker an ihrer Zerknirschung fest.

Natürlich nahm sie wahr, wie sehr Lilli seit Monaten mit sich rang. Auch wenn sie nicht darüber sprach, ahnte Fräulein Melchior, dass es mit dem neuen Buch nicht voranging. Aber das tat ihrer Bewunderung keinen Abbruch, nein, nicht eine Sekunde zweifelte sie an Lillis Genie! Und dass man sich in Stockholm bisher weigerte, dies anzuerkennen, empfand Fräulein Melchior als persönliche Kränkung. Wäre ihre Arbeitgeberin ein Mann – man hätte sie ganz sicher längst bedacht!

Was Lilli im Grunde genauso sah, sich aber natürlich niemals eingestehen würde.

»Das ist lieb von Ihnen.« Sie klang jetzt noch resignierter als gewöhnlich. »Kuchen ist gut, vielen Dank.«

Fräulein Melchior lächelte erleichtert, offenbar froh, sich nach ihrem Fauxpas wieder ihren häuslichen Pflichten widmen zu können.

Dass sie von ihrer Chefin als Fräulein angesprochen wurde, beruhte übrigens auf ihrem eigenen Wunsch. Obwohl sie sich durchaus als Feministin verstand, konnte Fräulein Melchior überhaupt nicht nachvollziehen, dass diese Anrede im 21. Jahrhundert als antiquiert und gar diskriminierend galt. Nein, sie sah es als Ausdruck ihrer geistigen Unabhängigkeit, niemals eine Ehe auch nur in Erwägung gezogen zu haben, und das sollte ihre Umwelt bitte schön zur Kenntnis nehmen!

Lilli hatte sich irgendwann damit abgefunden, solange sie unter vier Augen waren. Nur war ihr die peinliche Fräulein-Anrede schon einige Male vor Publikum herausgerutscht, und sie hatte dafür irritierte bis süffisant entsetzte Blicke geerntet. Am liebsten wäre sie im Boden versunken. Die angeblich so progressive Schriftstellerin! Auch wenn Lilli dann beteuerte, dass ihre Hausdame unbedingt als Fräulein angesprochen werden wollte, schien man ihr dies nicht abzunehmen.

Umgekehrt hatte sie sich energisch verbeten, von ihr als »Fräulein Jansen« angesprochen zu werden. So energisch, dass es Fräulein Melchior nach dem ersten Versuch nie wieder über die Lippen kam.

Lilli starrte auf die ordentlich gestapelten Zettel vor ihr auf dem Schreibtisch. Bis sie den Eindruck bekam, ihre Notizen starrten zurück. Als würden sie sich lustig machen über sie, die ehemals erfolgreiche Autorin. Die jetzt nicht einmal mehr einen einzigen Satz herausbekam! Am liebsten hätte Lilli einen Schlussstrich gezogen und den ganzen Papierkram im hohen Bogen aus dem Fenster geworfen. Aber wollte sie sich wirklich eingestehen, dass sie gescheitert war und alle Hoffnung fahren ließ, noch etwas Brauchbares zustande zu bringen?

Nein, so weit war Lilli Jansen noch lange nicht!

»Rom mag Schlachten verlieren, aber niemals Kriege«, zitierte sie flüsternd eine der Lieblingsweisheiten Fräulein Melchiors. Und schüttelte dann den Kopf über sich und diesen albernen Satz.

Lilli rieb sich die Augen und sah hinaus. Vor ihr lag der leere große Garten. Der Gärtner hatte seine Arbeit erledigt und würde erst im Frühling zurückkehren. Was der junge Mann wohl über sie dachte? Die verschrobene alte Frau, die dieses riesige Haus allein mit ihrer Hausdame bewohnte? Im Grunde schämte Lilli sich noch immer dafür, dass ausgerechnet sie, die »Linke«, die einmal den bürgerlichen Werten den Kampf angesagt hatte, in den vornehmen Hamburger Elbvororten lebte. Und das schon seit Ende der Siebzigerjahre. Allerdings waren die Immobilien damals auch noch erschwinglich gewesen. Heute würde sie sich in diesem Viertel wohl nicht einmal eine Garage leisten können.

Obwohl sie sich noch immer wie ein Fremdkörper fühlte, gefiel Lilli das Leben hier. Sie schätzte, wie unaufdringlich es zuging und wie grün es war, dass man überhaupt nicht das Gefühl hatte, in einer Großstadt zu leben. Nach den Jahren im engen Westberlin und in dem Rummel Brasiliens hatte sie hier endlich wieder durchatmen können. Sie hatte Ruhe und einen geschützten Raum gesucht, verfügte nach dem Erfolg ihres dritten Buchs über ausreichend Geld – und zum ersten Mal verspürte sie die Sehnsucht nach einer eigenen Familie. Sie stellte sich Kinder vor, die durch die vornehm hohen Räume tobten. Und einen Lebensgefährten, der ihnen im Garten ein Baumhaus baute. Es war eine schöne Vorstellung. Nur konnte oder wollte sich Lilli nie länger als ein oder allerhöchstens zwei Jahre auf jemanden einlassen. Und so hatte sich das Haus nie wie erhofft mit Leben gefüllt.

Von mutigen Journalisten wurde sie manchmal gefragt, warum sie nie geheiratet habe. Ihre Standardantwort lautete: »Für mich stand immer meine Arbeit im Vordergrund. So ein Leben kann man doch wirklich niemandem zumuten.«

Dass es wohl auch an ihrer Angst lag, nach der schlimmen Erfahrung in Brasilien noch einmal einen Mann an sich heranzulassen, erwähnte sie nicht.

Brasilien erschien Lilli als große Verheißung. Und als Notausgang.

Endlich hatte der Rummel um ihr erstes Buch nachgelassen; allerdings auch ihr eigenes Interesse an der Politik und den öffentlichen Diskussionen. Die Lautstärke der Auseinandersetzungen und die nie verebbende Aufgeregtheit in den Medien stießen sie ab, und sie fragte sich, worüber es sich für sie in diesem Land überhaupt zu schreiben lohnte. Sie fand keine Antwort.

Auf der Straße wurde sie jetzt häufig erkannt und angesprochen, was sie zutiefst verabscheute. Also ging Lilli nur noch vor die Tür ihrer Berliner Wohnung, wenn es sich gar nicht vermeiden ließ. Sobald sie in Kneipen und im Kino mitbekam, wie die Leute tuschelten: »Ist das nicht die …?«, flüchtete sie, bevor jemand ein Gespräch beginnen oder um ein Autogramm bitten konnte.

Interviews und Auftritte lehnte sie inzwischen grundsätzlich ab. Die immer gleichen Fragen und Themen langweilten sie. Vor allem aber wollte sie der unvermeidlichen Frage nach ihrem »nächsten Bestseller« aus dem Weg gehen.

So wurde es immer enger in Lillis Schneckenhaus.

Anders als heute mangelte es ihr damals nicht an Romanideen. Im Gegenteil, ohne dass sie sich darum bemühte, kamen ihr ständig neue Geschichten in den Sinn. Aber keine erschien ihr gut genug, keine hatte das Zeug zum würdigen Nachfolger ihres Debütromans. Die Messlatte lag einfach zu hoch, und Lillis Angst, ihre Leserschaft zu enttäuschen und die Anerkennung der Kritiker zu verlieren, wurde größer und bedrohlicher. Während sie ihre Ideen immer schneller verwarf und ihre Unzufriedenheit wuchs. In manchen selbstmitleidigen Momenten verdammte Lilli sogar ihren frühen Erfolg. Denn wie viel leichter fiele ihr das Schreiben, wenn die eigenen Fußstapfen nicht so übermächtig wären?

Schließlich rettete sie ein Vorschlag ihrer Verlegerin. Obwohl Lilli inzwischen auch ihr aus dem Weg ging, ahnte Elisabeth, wie es um sie stand.

»Warum gönnst du dir nicht ein paar Wochen Urlaub? Verreise, leg dich an einen Strand, wo dich niemand kennt, schalte mal ab. Geld verdient hast du doch erst mal genug.«

Wahrscheinlich hätte Lilli jeder Freundin den gleichen Rat gegeben. Aber ihr behagte die Vorstellung gar nicht. Sie konnte doch nicht einfach vor ihrer Schreibblockade davonlaufen, schließlich hatte sie eine Aufgabe zu erfüllen! Gleichzeitig schämte sie sich für ihr bürgerliches Pflichtbewusstsein mit seiner protestantischen Arbeitsethik. Zum Glück eröffnete Elisabeth ihr einen Ausweg.

»Was hältst du davon, *zwecks Recherche* auf Reisen zu gehen – wenn dein Leben und dieses Land dich nicht inspirieren?«

Anders als die Vorstellung, »einfach nur Urlaub« zu machen, erschien Lilli eine Recherchereise tatsächlich legitim.

Sofort war ihr auch klar, wohin sie reisen würde: nämlich durch Südamerika.

In Chile brachen gerade neue Zeiten an. Salvador Allende hatte mit seiner linken *Unidad Popular* die Wahl gewonnen, während in Argentinien und Brasilien noch immer düstere Diktaturen herrschten und General Alfredo Stroessner in Paraguay seine schützende Hand über geflohene deutsche Nazis hielt. Bestimmt würde sie hier Anregungen finden für ein neues Buch; und sie könnte vielleicht damit die Demokratiebewegungen ein wenig unterstützen.

Elisabeth war von Lillis Reiseziel alles andere als begeistert. Allein durch Südamerika? Als Frau? Ob sie sich im Klaren darüber sei, worauf sie sich da einließ? Sie wusste allerdings auch: Lilli mochte sich oft schwertun, einen Entschluss zu fassen – wenn es aber erst einmal so weit war, konnte nichts und niemand sie davon abbringen.

Noch am selben Tag kündigte Lilli ihre Wohnung, kaufte einen geräumigen Rucksack, alle nötigen Utensilien und die leichteste und modernste Reiseschreibmaschine, die sie finden konnte. Obwohl sie am Ende doch lieber ihre alte Olympia mitnahm.

Sie bestellte Reiseschecks bei ihrer Bank und buchte einen Flug nach Rio de Janeiro. Ein Rückflugticket zu kaufen, lehnte sie ab. Zum ersten Mal in ihrem Leben würde sie in ein Flugzeug steigen und Europa verlassen. Lilli hatte vor, sich an der Copacabana für eine Weile zu akklimatisieren und von dort zu ihrer Reise über den Kontinent aufzubrechen.

Die Dinge entwickelten sich allerdings anders.

Gerade angekommen, noch benommen vom tropischen Klima und überwältigt von der Stadt, lernte Lilli in einem Café Gabriel kennen. Er war Ende zwanzig, studierte Malerei, und, was Lilli besonders faszinierte, er engagierte sich für die Oppositionsbewegung *Movimento Democràtico Brasileiro*.

Für Lilli, die bisher nur Affären gehabt hatte, war es Liebe auf den ersten Blick – etwas, das sie bisher für eine kitschige Fantasie gehalten hatte. Bereits nach zwei Wochen zogen sie gemeinsam in eine große, teure Wohnung, die Lilli für sie mietete.

Die folgenden Monate waren die aufregendsten ihres Lebens. Eine Stadt wie Rio de Janeiro hatte sich die junge Norddeutsche, aufgewachsen im und nach dem Krieg, nicht in ihren wildesten Träumen vorstellen können! Bisher kannte sie nur Berlin und die Nordsee, und nun erlebte sie die Ipanema, die Copacabana und die Bucht von Guanabara. Und noch nie war sie so verliebt gewesen.

Gabriel führte sie in die Kreise der Studentenbewegung und der politischen Opposition ein, wo man der feministischen Autorin aus Deutschland mit viel freundlichem Interesse begegnete. Lilli erfuhr, was es bedeutete, in einer Diktatur zu leben. Und wie Europa die Bedingungen hier ignorierte und sogar förderte, solange die Geschäfte florierten. Einer von Gabriels Freunden erzählte ihr mit bitterem Grinsen, dass São Paulo als die größte deutsche Industriestadt außerhalb Deutschlands bezeichnet wurde. Mit der wachsenden Distanz zu ihrem Geburtsland konnte sich Lilli nun endlich wieder an ihre Schreibmaschine setzen. Im politisch unfreien Brasilien fühlte sie sich innerlich freier als in Westberlin. Was wohl vor allem daran lag, dass sie sich hier nicht bedrängt fühlte von den vermeintlichen Erwartungen der Kritiker und ihrer Leserschaft.

Schon nach gut einem halben Jahr war ihr zweiter Roman fertig. Lilli erzählte darin eine Liebesgeschichte – wer hätte gedacht, dass sie dazu fähig war! – vor dem Hintergrund der politischen Verhältnisse in Südamerika. Eine zentrale Rolle spielte die kriminelle Sekte *Colonia Dignidad* in Chile, deren deutscher Gründer mit dem Diktator Pinochet kooperierte. Es ging um Nazis, die nach dem Krieg hierher geflohen waren, und um die Renitenz in der deutschen Öffentlichkeit, sich mit dem Unrecht in Südamerika auseinanderzusetzen. Wie in ihrem ersten Buch sah es Lilli als ihre Aufgabe, unbequem zu sein und den Finger in Wunden zu legen.

Während sie recherchierte und schrieb, plante Gabriel seine erste Ausstellung. Ermutigt und finanziert von Lilli, die glücklich war, endlich etwas Sinnvolles mit dem Geld aus ihren Tantiemen tun zu können.

Als sie die letzten Seiten tippte, fühlte sie sich in Rio schon fast zu Hause. Sie sprach beinahe so flüssig Portugiesisch wie die Einheimischen und konnte sich nicht vorstellen, je nach Europa zurückzukehren.

Lilli zweifelte nicht daran, dass die Resonanz ihrer Verlegerin euphorisch sein würde. Aber zwei Tage nachdem sie das Manuskript erhalten hatte, rief Elisabeth sie an und klang unerwartet verhalten. Ja, Lillis Buch sei sicherlich exzellent geschrieben, und ihr persönlich würde es auch gefallen. Nur fürchte sie, dass es bei ihren Leserinnen nicht so gut ankäme. Weil sich die Story doch sehr von dem unterschied, was man von Lilli kannte und an ihrem Debütroman so schätze. Kaum jemand habe Interesse daran, von Diktaturen, Folter und Nazis zu lesen.

Außerdem fürchtete Elisabeth die Ungnade der Literaturkritik. Die würde nach einem so erfolgreichen Debüt ohnehin mit Argusaugen auf den Nachfolger blicken. Und eine Geschichte, die in Südamerika spielt, würde man ihr womöglich nicht abnehmen.

»Warum denkst du nicht noch einmal in Ruhe über Alternativen nach? Vielleicht über einen Stoff, der thematisch *etwas* näher an deinem ersten Buch liegt?«

Lilli hatte fest mit einem positiven Urteil gerechnet und war nun wie vor den Kopf geschlagen. Sie fühlte sich glücklich wie noch nie, alles hatte sich in den letzten Monaten wunderbar entwickelt – und jetzt drohte sich ein Schatten über ihr Leben zu legen. Nein, das wollte sie auf keinen Fall zulassen!

Wenn sie Jahre später darüber nachdachte, erschien Lilli ihre damalige Reaktion ausgesprochen kindisch. Anstatt noch einmal in sich zu gehen, verlangte sie von Elisabeth, das Buch genauso zu veröffentlichen, wie sie es geschrieben hatte.

»Und wenn du es nicht haben möchtest, kein Problem, dann finde ich einen anderen Verlag dafür!«, erklärte sie patzig. Damit kränkte sie ihre Verlegerin, die Lilli bisher in jeder Hinsicht unterstützt hatte, sehr. Und ließ ihr keine Wahl. Denn wer so viele Bücher verkaufte wie Lilli Jansen, konnte sich den Verlag selbstverständlich aussuchen.

»Gut«, hatte Elisabeth mit einem ungewohnt geschäftsmäßigen Ton erwidert, »dann machen wir es so, wie *du* willst.«

Es würde viele Monate dauern, bis sich Lilli bei ihr entschuldigen konnte.

Als ihr zweites Buch in Deutschland erschien, lebte Lilli noch in Brasilien – allerdings inzwischen ohne Gabriel. Lange Zeit war sie wohl zu verliebt und glücklich gewesen, um zu bemerken, wie er zu ihr auf Distanz zu gehen begann. Aber nach dem Erfolg der Ausstellung und mit dem wachsenden Interesse an seinen Bildern konnte sie nicht mehr überhören, wie sehr er seine Unabhängigkeit betonte.

Immer häufiger war er über Nacht weggeblieben, ohne ihr zu sagen, wohin er ging; er stellte Lilli vor seinen Freunden als verwöhnt und elitär dar und behauptete, die teure große Wohnung sei allein ihr Wunsch gewesen. Als sie ihn schließlich zur Rede stellte, warf er ihr vor, sich einen Dreck für die politischen Verhältnisse seines Landes zu interessieren. Sie, die reiche Europäerin, wolle ihn doch nur als ihren Gigolo halten!

Lilli war zutiefst verletzt. Sie verstand nicht, wie der einfühlsame, warmherzige Mann, den sie vor einem Jahr kennengelernt hatte, jetzt derart bösartig sein konnte. Und das, obwohl sie so viel für ihn getan hatte. Aber genau darin lag wohl der Grund für seine Wandlung, vermutete ihre Portugiesischlehrerin, der sie ihr Herz ausschüttete. »Ich wette, der Kerl schämt sich in Grund und Boden, von einer Frau abhängig zu sein. Und dann noch von einer, die viel erfolgreicher ist als er selbst!«

Zum ersten Mal seit ihrer Kindheit hatte Lilli einen Ort gefunden, an dem sie sich geborgen und zu Hause fühlte. Und nun war sie in dieser riesigen Stadt zu einer Fremden geworden. Die Menschen, die sie hier kannte, Künstler und politische Aktivisten, fast ausschließlich Freunde von Gabriel, gingen ihr aus dem Weg. Plötzlich war sie wieder so einsam wie in Westberlin nach ihrem großen Erfolg.

Als hätte jemand einen Schleier weggezogen, nahm Lilli jetzt nicht mehr nur die schönen, exotischen, sondern auch befremdliche und verwirrende Seiten der Stadt wahr. Die brutale Kluft zwischen Arm und Reich, den Schmutz und die ausufernde Kriminalität. Zugleich verurteilte sie sich dafür. Sie kam sich spießig und ungerecht vor, wie sie Rio de Janeiro mit ihrer Heimat verglich. Ja, auf einmal erschienen ihr Westberlin und die kalte BRD tatsächlich als ihre Heimat. Was sie nie zuvor so empfunden hatte. Oder empfinden wollte.

Dann erreichten sie auch noch die ersten Reaktionen vom deutschen Buchmarkt. Was ihre Verlegerin befürchtet hatte, war tatsächlich eingetroffen: Lillis Buch wurde von der Kritik in seltener Einmütigkeit verrissen. Anfragen für Interviews gab es kaum; man war viel mehr daran interessiert, sie abzuschreiben, als mit der Autorin zu sprechen. Kein Wunder, dass kurz nach der Veröffentlichung auch der Buchverkauf in den Keller ging.

Mit der Post kamen vom Verlag nun fast täglich negative Rezensionen. Man fand das Buch unter anderem *langweilig, uninspiriert, schlecht recherchiert, politisch extrem, unglaubwürdig, irrelevant.* Lilli wurde als Jetset-Schriftstellerin dargestellt, die es nicht mehr nötig habe, in Westberlin zu leben. Die lieber von Party zu Party zog und sich an der Copacabana die Sonne auf den Bauch scheinen ließ, um nebenbei ein Buch zu schreiben.

Jemand bezeichnete sie sogar als Nestbeschmutzerin, weil sie abfällig über ihr Heimatland schrieb. Solle sie doch bleiben, wo sie war, aber ihre Romane gefälligst auch dort veröffentlichen!

Tagelang vergrub sich Lilli in ihrem Schlafzimmer, zog den Telefonstecker aus der Wand und öffnete keine Post mehr. Sie verließ ihr Bett nur, wenn es sein musste. Nach der Trennung von Gabriel hatte sie noch darüber nachgedacht, die Reise durch Südamerika nachzuholen. Daran war jetzt nicht mehr zu denken; sie fühlte sich viel zu kraftlos und deprimiert und verspürte kein Interesse an neuen Eindrücken.

Aber in Rio mochte Lilli auch nicht bleiben, ihr war jetzt klar, dass sie hier nichts mehr verloren hatte. Zwar zog es sie nicht nach Deutschland, ein anderer Ort kam ihr aber nicht in den Sinn. Und so verließ sie die Stadt, die sie gleichzeitig so fasziniert und erschreckt hatte, genauso überstürzt, wie sie hierhergekommen war. Sie kündigte die Wohnung, ließ die Möbel, die sie zusammen mit Gabriel gekauft hatte, darin zurück und nahm nur wenige Dinge mit.

Ihre Zeit in Brasilien passte in ihren Rucksack und einen großen ledernen Reisekoffer, den ihr Vermieter ihr schenkte.

Bis zu ihrer Ankunft am frühen Morgen in Frankfurt hatte Lilli die Frage verdrängt, wie es danach weitergehen sollte. Sie würde den nächsten Zug nach Westberlin nehmen – wohin sollte sie auch sonst? Als sie jedoch in der Schlange vor dem Fahrkartenschalter stand, spürte sie, wie ihr übel wurde. Erst jetzt nahm sie wahr, dass sich alles in ihr gegen die enge Inselstadt sträubte. Nein, war Lilli plötzlich klar, sie wollte nicht mehr in der Begrenztheit einer Insel leben. Nie wieder!

Eilig verließ sie den Bahnhof, fast rannte sie und setzte sich draußen auf die nächstbeste Bank. Sie ließ den Kopf auf ihren riesigen Koffer sinken, der im Moment ihr einziges Zuhause war, und schloss die Augen. Nach einigen Minuten wurde ihr bewusst, wie sehr sie fror. Es war Februar und unerträglich kalt für jemanden, der eben noch im brasilianischen Sommer gewesen war.

Lilli sah sich um. Die meisten der an ihr vorbeihetzenden Menschen trugen tristes Grau oder Schwarz. Kaum jemand blickte freundlich oder lächelte. Was für ein befremdlicher Kontrast zu den Cariocas, den Bewohnern Rios, dachte sie.

Warum stieg sie nicht einfach in ein Taxi und ließ sich zurück zum Flughafen fahren? Und flog irgendwohin, wo es warm war und der Himmel blau? Je weiter weg, desto besser. Für einen Moment empfand Lilli Erleichterung bei dem Gedanken. Bis ihr bewusst wurde, dass sie nicht Wärme brauchte, sondern vor allem einen Ort, an dem sie sich sicher fühlen konnte.

So einen Ort gab es aber nicht.

Eine Weile beobachtete sie die Menschen auf dem Bahnhofsplatz. Da fiel ihr ein, dass niemand von ihrer Rückkehr wusste. Nicht einmal Elisabeth. Kein Mensch wartete auf sie. Ein trauriger Gedanke einerseits. Der allerdings auch eine aufregende Seite hatte. Zwar war sie allein – aber sie war auch frei. Sie konnte sich aussuchen, wo sie leben wollte. Und sie konnte es sich jederzeit anders überlegen. Sie verfügte über die Freiheit und die Mittel, sich an jedem Tag neu zu entscheiden.

Lilli richtete sich auf und atmete tief ein und aus. Wenn es schon keinen Ort gab, an dem sie sich geborgen fühlte – ihre Freiheit und ihre Ungebundenheit konnten ihr vielleicht ein wenig von dem Schutz bieten, nach dem sie sich sehnte.

Noch nie hatte sie an etwas so fest geglaubt wie an ihre Beziehung zu Gabriel und ihr zweites Buch. Und mit beiden war sie krachend gescheitert. Deprimierend genug. Aber auf keinen Fall würde sie nun auch noch in das kaltherzige Westberlin zurückkehren wie ein geprügelter Hund!

In diesem Moment durchdrang das schrille Kreischen einer Möwe ihre Gedanken. Lilli blickte in den Himmel und verfolgte mit den Augen den Vogel über ihr. Er erinnerte sie an das platte Land und das Meer; zum ersten Mal an diesem Morgen lächelte sie. Und sie spürte, wie groß ihre Sehnsucht nach dem Norden noch immer war.

Sie nickte, erhob sich und wusste nun, was sie zu tun hatte.

Einige ungemütliche Tage verbrachte Lilli im Hotel, dann hatte sie in einer heruntergekommenen Ecke von Hamburg-Barmbek eine kleine Hinterhofwohnung gefunden. Sie schaffte nur das Allernötigste an, schlief auf einer Matratze am Boden und ließ ihren Koffer im Wohnzimmer stehen; jederzeit zum Aufbruch bereit. Ihre Schreibmaschine verbannte sie auf das oberste Regal der Abstellkammer.

Das Leben in der neuen Stadt fiel ihr anfangs nicht leicht. Hamburg war ihr zwar nicht unvertraut, aber sie kannte hier niemanden mehr. Elisabeth, bei der sie sich nach einigem Zögern doch gemeldet hatte, rief fast täglich an und klang zunehmend besorgt. Lilli musste wirklich deprimiert gewirkt haben, denn einmal fragte Elisabeth sie sogar, ob sie daran denke, sich etwas anzutun.

Nein, solche Gedanken habe sie nun wirklich nicht, behauptete Lilli resolut. Aber das entsprach nicht der Wahrheit.

»Und, schreibst du?«

Langes Schweigen.

»Glaub mir, Lilli, keinem Autor fällt es leicht, einen Misserfolg zu überwinden.« Elisabeths Stimme klang weich und mitfühlend. »Aber ich bin davon überzeugt, dass das beste Heilmittel das Schreiben selbst ist. Hast du nicht einmal gesagt, du könntest dir ein Leben ohne Schreibmaschine gar nicht vorstellen?«

Schweigen.

»Du wirst über deine Enttäuschung hinwegkommen, sobald du an einem neuen Buch arbeitest, da bin ich mir sicher. Und ich bin mir übrigens genauso sicher, frag mich nicht, woher ich das weiß, dass du damit an deinen alten Erfolg anknüpfen wirst.«

Zwar teilte Lilli den Zweckoptimismus ihrer Verlegerin nicht, aber sie wusste, dass sie das Schreiben auf keinen Fall aufgeben durfte. Dass sie schreiben *musste*, um am Leben zu bleiben. Was auch immer dabei herauskam. Und besser, sie versöhnte sich mit dem Gedanken, dass alles, was sie in Zukunft veröffentlichte, an ihrem einen frühen Erfolg gemessen würde. Ob es ihr gefiel oder nicht: Im Moment war sie wie eine Musikerin, die nur einen einzigen Hit zustande gebracht hatte. Blamabel und ein bisschen traurig, sicher, aber sie würde schon lernen, damit zu leben. Schließlich konnte sie immer noch Taxi fahren, falls ihr das Geld ausgehen sollte. Oder so.

»Du hast ja recht, Elisabeth, ich werde sicherlich wieder schreiben. Ich brauche nur ein bisschen Zeit.«

Tatsächlich dauerte es noch einige Wochen, bis sich Lilli überwand und sich traute, ihre Olympia aus der Verbannung zurückzuholen. Sehr vorsichtig, fast ängstlich begann sie sich vorzutasten. Zuerst musste sie herausfinden, worüber sie überhaupt schreiben wollte. Oder konnte. Um diese Frage kreiste nun ihr Leben. Sie ging wieder aus dem Haus und machte sich auf die Suche nach Themen, dachte an kaum etwas anderes, während sie Zeitungen und Bücher las, spazieren ging oder sich stundenlang in Cafés aufhielt und die Menschen um sich herum beobachtete.

Aber nirgendwo wurde sie fündig, nichts interessierte sie ausreichend. War ihr womöglich ihre Neugier abhandengekommen? Eine bedrückende Vorstellung. Allerdings konnte darin auch der Schlüssel zu ihrem Problem liegen – denn vielleicht war es gar nicht so wichtig, worüber sie schrieb.

Während ihr Debütroman förmlich aus ihr herausgeflossen war, hatte sie es sich mit dem zweiten ja wirklich nicht leicht gemacht, weil sie meinte, so viele Erwartungen erfüllen zu müssen. Das war gründlich schiefgegangen. Mit dem Effekt, dass jetzt wohl kaum jemand auf ihr nächstes Werk wartete, was Lilli als große Erleichterung empfand. Und je länger sie darüber nachdachte, desto stärker wurde ihre Überzeugung, weder sich selbst noch irgendjemandem etwas beweisen zu müssen.

Sie hatte lediglich eines zu tun: Sie musste weitermachen, weiterschreiben.

Mit dieser Erkenntnis tat Lilli etwas für sie sehr Ungewöhnliches: Sie griff spontan zum Telefon und fragte eine verblüffte Elisabeth, ob sie Lust habe, für ein paar Tage nach Hamburg zu kommen, um gemeinsam über ein Buchthema nachzudenken. Sie nahm die Einladung sofort an, hörbar erfreut und erleichtert über Lillis schriftstellerische Genesung.

Innerhalb eines Wochenendes, bei viel Wein, Tiefkühlpizza und langen Elbspaziergängen, entwickelten sie zusammen tatsächlich die Grundzüge von Lillis drittem Roman. Wie ihr Debüt war es die Entwicklungsgeschichte einer jungen Frau – die sich entschließt, sich von einem gewalttätigen Ehemann zu lösen und ihr Kind allein aufzuziehen. In den Siebzigerjahren kein alltägliches Thema. Aber eines, das womöglich viele Leserinnen ihres ersten Buchs ansprechen würde.

Nachdem Elisabeth abgereist war, begann Lilli, mit ihrer Olympia und Papier im Rucksack Hamburg schreibend neu zu erkunden. Es war Sommer, und sie schrieb am Strand von Övelgönne, im Sand sitzend, während die großen Pötte an ihr vorbeizogen. Sie schrieb auf schwankenden Elbfähren, die durch den Hafen kreuzten, um Menschen zu ihrer Arbeit und zurückzubringen. Sie schrieb auf Parkbänken vor dem großbürgerlichen Jenischhaus und im noblen, mit viel vergoldetem Stuck verzierten Literaturhauscafé an der Alster.

Als der Herbst kam, zog es sie in die Kneipen von Barmbek und St. Pauli, wo sie auf wackeligen, vom Bier klebrigen Tischen im dichten Zigarettenqualm tippte, oft skeptisch beäugt von den meist männlichen Stammgästen. Sie schrieb in einem Winkel der Staatsbibliothek, wo man sie erkannte und das Klacken ihrer Maschine duldete; sie versuchte sogar, an einem Stehtisch auf dem Weihnachtsmarkt beim Glühwein zu schreiben.

Solange sie daran arbeitete, zeigte Lilli ihre Texte niemandem, nicht einmal ihrer Verlegerin. Noch bevor der Sommer zurückkehrte, war das Buch fertig – und Lilli sich ihrer Sache alles andere als sicher.

Sauber abgetippt ruhte das Manuskript einige Tage auf dem Küchentisch, bis sie sich endlich überwinden konnte, es Elisabeth zu schicken. Anders als damals in Rio war sie nun auf kritische Worte eingestellt; sie wäre nicht verwundert gewesen, hätte ihre Verlegerin ihr geraten, den Text noch einmal grundlegend zu überarbeiten.

Aber Elisabeth fand das Buch einfach nur großartig. Sie prophezeite ihm großen Erfolg, und erneut lag sie damit richtig. Dieselben Kritiker, die Lillis letztes Werk geradezu hämisch verrissen hatten, lobten dieses wieder in den Himmel. Als gäbe es in ihrer Kritikerwelt allein Schwarz und Weiß.

Ein wichtiger Rezensent schrieb jovial überheblich:

»Nach ihren zwischenzeitlichen kleinen Verirrungen hat die große Lilli Jansen sich und ihren Stil nun gefunden. Sie ist erwachsen geworden und hat mit ihrem neuen Roman sogar ihr erstaunliches Erstlingswerk übertroffen.«

Niemand nannte sie mehr jung, wild oder vielversprechend, sondern man sah in ihr eine Autorin, die aus der deutschen Literatur nicht mehr wegzudenken war. Von einem Tag auf den anderen riss man sich wieder um sie. Man wollte sie vortragen und lesen hören, sie interviewen und im Fernsehen mit ihr über Gott und die Welt diskutieren.

Anders als bei ihrem Debüt nahm Lilli nur wenige Einladungen an. Sicher, es tat gut, dass ihr Roman so sehr geschätzt wurde, aber sie empfand darüber eher Erleichterung als Freude oder gar Stolz. Damals, als frischgebackene Autorin, konnte sie die Anerkennung genießen, heute schmeckte sie schal.

Denn ihre ersten beiden Bücher hatte sie genau so geschrieben, wie sie sie hatte schreiben wollen, und sich von niemandem hineinreden lassen. Das dritte war fraglos ein gutes Buch, das eine wichtige Geschichte erzählte. Aber hatte sie sich nicht viel zu sehr angepasst, ja angebiedert, an den Geschmack des Publikums und das Urteil der Kritiker? An die Vorstellungen ihrer Verlegerin?

Und was sich Lilli noch lange Zeit verübelte: Auch wenn sie sich eingeredet hatte, dass es ihr allein um das Weiterschreiben gegangen war – vor allem hatte sie auf den Erfolg gezielt.

Als hätte sie eine Schuld wiedergutzumachen.

Viel später, im Kreis von Freunden und Kollegen, bezeichnete sie sich manchmal als »Hure des Buchmarkts«. Was aber hauptsächlich aus ihrem Hang zum Drama erwuchs.

Immerhin war sich Lilli nun nach ihrem dritten Buch sicher, dass sie weiterschreiben würde. Vielleicht wieder kompromissloser oder doch weiterhin dem Publikum gefällig? Man würde sehen.

Einige Monate nach der Veröffentlichung besuchte Elisabeth Lilli in Hamburg. Sie wollte ihr persönlich mitteilen, dass sie bereits eine halbe Million Exemplare verkauft hatten.

»Ist es vielleicht an der Zeit, dass du sesshaft wirst?«, fragte Elisabeth vorsichtig, als sie sich in der schäbigen kleinen Wohnung umsah, die wirkte, als wollte Lilli sofort wieder ausziehen.

Lilli sah sie erstaunt an und nickte dann nur. Schon am Tag darauf entschied sie sich, ein Haus zu kaufen. Und – was sie allerdings nicht einmal ihrer Verlegerin gegenüber erwähnte, die inzwischen auch ihre beste Freundin geworden war – vielleicht in nicht allzu ferner Zukunft eine Familie zu gründen.

So kam Lilli zu ihrer Blankeneser Villa, in der sie noch heute lebt.

3

Maria

Lillis nostalgisches Schwelgen wurde jäh unterbrochen, zuerst von einem spitzen Schrei, gefolgt vom Scheppern zerbrechenden Geschirrs und schließlich dem Poltern eines dumpfen Aufpralls. Dann kehrte wieder Ruhe ein. Einen Moment lauschte Lilli in die Stille wie ein verschrecktes Kaninchen, schließlich rief sie mit wackeliger Stimme:

»Fräulein Melchior? Ist alles in Ordnung?«

Was für eine dämliche Frage, dachte sie sofort. Nach *in Ordnung* klang das nun wirklich nicht! Jetzt war ein leises Stöhnen zu hören, und jemand ächzte:

»Ich glaube nicht ...«

Endlich gab sich Lilli einen Ruck, eilte in den Flur und zu der Treppe, die in die Küche des Hauses führte. Dort unten bot sich ihr ein scheußlicher Anblick: Zwischen Porzellanscherben und Kuchenmatsch lag ihre Hausdame, die sonst streng frisierten hellgrauen Haare wirr in alle Richtungen stehend, und ihr rechtes Bein sah auf eine sehr ungesunde Weise verdreht aus. Wie das einer Puppe, das jemand mit äußerster Brutalität herauszureißen versucht hatte, fand Lilli und tadelte sich sogleich für den geschmacklosen Gedanken.

Mit Entsetzen in den Augen sah Fräulein Melchior ihre Arbeitgeberin an, die wie versteinert zu ihr herunterstarrte. Sie streckte ihr Hilfe suchend eine Hand empor und ließ sie kraftlos wieder sinken. Dabei bemühte sie sich um ein verzerrtes Lächeln. Sie litt unter starken Schmerzen, das war offensichtlich; trotzdem erlaubte sie sich lediglich ein leises Wimmern zwischen zusammengebissenen Zähnen.

»Mein Gott, Fräulein Melchior!«, stammelte Lilli, mit den Armen rudernd, offenbar unschlüssig, was zu tun war. Es gehörte nicht zu ihren starken Seiten, mit praktischen Problemen umzugehen, erst recht nicht mit Notlagen wie dieser. Als fühlte sie sich aufgefordert, irgendwie tätig zu werden, versuchte ihre Hausdame, sich ein wenig aufzurichten, sackte aber sofort wieder mit einem Stöhnen in sich zusammen.

»Ich denke, wir sollten den Notarzt rufen?«, schlug Lilli zaghaft vor. Fräulein Melchior nickte nur schwach; sie wirkte beschämt, als hätte sie gerade eine Schlacht verloren, die man keinesfalls verlieren durfte.

»Ja, dann gehe ich mal telefonieren«, sagte Lilli und verschwand im Wohnzimmer.

Nachdem der Vorfall gemeldet und Hilfe unterwegs war, stieg sie die Treppe hinab und setzte sich auf die unterste Stufe neben das Unfallopfer. So warteten sie gemeinsam auf das, was nun kommen mochte.

»Ganz bestimmt ist es nichts Schlimmes«, sagte Lilli in die Stille und bereute diese haltlose Bemerkung sofort angesichts des wirklich schlimm verdrehten Beins. Sie überlegte, ob sie tröstend Fräulein Melchiors Hand halten sollte, traute sich aber nicht.

»Ich wette, Sie bekommen einen dekorativen Gips und sind bald wieder auf den Beinen. Ganz bestimmt!«

Weniger überzeugend *konnte* man nicht klingen.

Nach einer Weile fand Fräulein Melchior ihre Sprache wieder.

»Es tut mir so leid, was soll denn nun werden, solange ich nicht für Sie da sein kann? Sie brauchen doch Hilfe, Frau Jansen, es muss sich doch jemand um sie kümmern.«

»Ach was, ich weiß mir schon selbst zu helfen.« Lilli machte eine wegwerfende Handbewegung, als wäre diese Sorge völlig aus der Luft gegriffen. »Ich bin schließlich kein Kind, das man füttern und windeln muss, also wirklich!«

Tatsächlich hatte Fräulein Melchior seit vielen Jahren selbst die winzigsten Alltäglichkeiten für sie erledigt, ungefähr alles außer Füttern und Windeln. Aber das durfte sie ihrer so sehr auf Unabhängigkeit bedachten Chefin natürlich nicht auf die Nase binden.

»Frau Jansen, das geht doch nicht, Sie müssen sich doch auf Ihr Buch konzentrieren. Dahinter haben alltägliche Belange unbedingt zurückzustehen!«

Sie klang schon wieder so oberlehrerinnenhaft, wie Lilli es nur allzu vertraut war. Offensichtlich befand Fräulein Melchior ihren eigenen Zustand weit weniger besorgniserregend als eine unbeaufsichtigte Hausherrin, ein ungeputztes Haus und eine verwaiste Küche. Sie schien intensiv nachzudenken und darüber die Schmerzen zu vergessen, denn ihre Gesichtszüge entspannten sich ein wenig. Bis sie mit der ihr eigenen, keinen Widerspruch duldenden Entschlossenheit verkündete:

»Passen Sie auf, Frau Jansen, wir machen es folgendermaßen: Sollte ich länger als ein oder zwei Tage ausfallen, rufen Sie die Weber an und erklären ihr, was geschehen ist. Die interessiert sich doch für alles und jeden westlich von Altona. Da wird sie wohl in der Lage sein, eine adäquate Aushilfe für Sie zu finden.«

Fräulein Melchior konnte die Frau zwar nicht ausstehen, aber in dieser prekären Situation war man wohl gezwungen, auf sie zurückzugreifen. Lilli zog es vor, den Vorschlag nicht zu kommentieren.

Kurze Zeit später stand vor der Haustür eine aufgeregte Ärztin, die Lilli zuerst einmal versicherte, wie sehr sie ihre Bücher schätzte. Während sie sich zur Patientin führen ließ, blickte sie immer wieder mit großen Augen zu der berühmten Autorin, als wollte sie ihren Anblick einsaugen. Bestimmt hätte sie gern um ein Autogramm gebeten, unterließ es aber, vermutlich aus professionellen Gründen.

Nach einer eingehenden Untersuchung diagnostizierte sie mindestens einen Knochenbruch, wahrscheinlich mehrere, und verabreichte Fräulein Melchior ein starkes Schmerzmittel, das sie bald fröhlich lächeln ließ, als hätte sie gerade die schönste Zeit ihres Lebens. Dann veranlasste die Ärztin, dass die Verunfallte ins Krankenhaus transportiert wurde.

Fräulein Melchior meldete sich bereits einige Stunden später. Offenbar war die Wirkung des stimmungshebenden Medikaments inzwischen abgeklungen, denn sie klang zerknirscht. Es sähe leider ungut aus, erklärte sie Lilli. Man habe sie durchleuchtet und sei zu dem Schluss gekommen, dass die Angelegenheit nicht unkompliziert war. Das Bein sei erst einmal versorgt, geschient und für mindestens einige Wochen ruhiggestellt. Damit komme sie also nicht so bald nach Hause, was natürlich einer Katastrophe gleichkam.

Nein, Schmerzen habe sie keine, aber sie mache sich schreckliche Sorgen um Lilli. Nun müsse also der leidige Weber-Plan verfolgt werden, verkündete Fräulein Melchior mit fester Stimme, als würde sie eine Armee befehligen. Da ihre Arbeitgeberin keine Reaktion zeigte, erklärte sie, dass sie sich umgehend darum kümmere. Und bevor Lilli Protest einlegen konnte:

»Keine Widerrede, das ist schließlich das *Al-ler-min-des-te*, was ich für Sie tun kann!«

Bereits früh am nächsten Morgen war eine höchst aufgeregte Frau Weber in der Telefonleitung.

»Meine Güte, liebste Frau Jansen ...« Ihre Stimme vibrierte

förmlich vor wonnigem Mitleid. »Was Sie durchmachen müssen, Sie Ärmste, es tut mir so schrecklich leid!«

Es war nicht zu überhören, dass sie die Angelegenheit als wahren Glücksfall betrachtete. Bestimmt hätte sie sich niemals träumen lassen, dass die große Autorin einmal ihre Hilfe benötigen würde!

Charlotte Weber war die Gründerin und seit Menschengedenken »erste Vorsitzende« des *Lilli-Jansen-Freundeskreises-Blankenese*, der allerdings nur noch aus fünf nicht mehr ganz jungen Mitgliedern bestand. Sie hatte den Verein ins Leben gerufen, als sie erfuhr, dass sich die Schriftstellerin, die mit ihrem dritten Buch gerade in aller Munde war, in ihrer Nachbarschaft niedergelassen hatte. Obwohl der Lebensstil und die Ansichten von Frau Weber eher konventionell waren, gefiel sie sich in der Rolle der glühenden Feministin. Daher wurden selbstverständlich auch keine Männer in den Freundeskreis aufgenommen. Noch heute traf man sich regelmäßig im gediegenen Blankeneser *Kulturcafé* bei Kaffee und Kuchen und klatschte und tratschte, was das Zeug hielt. Man sprach gelegentlich auch über Lilli und ihre Bücher, aber da von ihr lange nichts Neues erschienen war, boten sie kaum Gesprächsstoff.

Einmal im Jahr wurde der Freundeskreis von Lilli Jansen persönlich zu einer »kleinen Soiree« in ihrer Villa empfangen. Mit Horsd'œuvre und einem Glas Champagner. Das hatte Frau Weber durch ihre beharrliche Bewunderung erreicht. Tatsächlich habe sie die arme Autorin, so erzählte es jedenfalls Fräulein Melchior, »in einer schwachen Stunde mit ihrer grenzenlosen Penetranz dazu genötigt«.

Ihrer Hausdame gegenüber beteuerte Lilli zwar, wie sehr ihr diese Veranstaltungen zuwider waren. Insgeheim genoss sie aber die Aufmerksamkeit, von der sie ansonsten in den letzten Jahren nicht mehr allzu viel bekam.

»Was ist Ihre Perle aber auch für eine *ungeschickte* Person!

Konnte das Fräulein nicht ein *bisschen* besser aufpassen? Na ja, die Gute ist eben auch nicht mehr die Jüngste ... Aber für solche Misslichkeiten hat man schließlich Freunde, nicht wahr?« Und ohne eine Antwort abzuwarten: »Selbstverständlich werde ich jetzt *alles* für Ihr Wohlergehen tun!«

In Lillis Ohren klang diese Ankündigung wie eine Kriegserklärung.

»Das ist sehr freundlich von Ihnen, Frau Weber, wirklich, aber ich komme schon klar. Ich werde es sicherlich schaffen, ein wenig zu putzen und mir Essen zu kochen.«

Sie versuchte ein unbekümmertes Lachen, das allerdings eher gequält klang.

»Aber allerliebste Frau Jansen, Sie scherzen wohl«, entgegnete Frau Weber mit gespieltem Entsetzen. »Sie – als Künstlerin! – können doch unmöglich den Haushalt ganz ohne Dienstboten führen.«

Als verfügte Lilli sonst über ein ganzes Heer von Angestellten.

»Selbstverständlich würde ich mich liebend gern selbst um alle Ihre Belange kümmern ...«

Allein die Vorstellung ließ Lilli zusammenzucken.

»... nur habe ich natürlich meine eigenen zahlreichen gesellschaftlichen Verpflichtungen, Sie wissen schon.«

Erleichtertes Ausatmen.

»Ich werde mich aber umgehend der Sache annehmen und Ihnen eine Hausvorsteherin besorgen, die der Bedeutung der Aufgabe würdig und gewachsen ist. Damit Sie sich ganz Ihrer Kunst widmen können.«

»Vielen Dank, das ist sehr freundlich von ...«

»Ist es denn wahr? Sie arbeiten an einem neuen Werk?«

Das sonst so diskrete Fräulein Melchior hatte es also nicht für sich behalten können. Vermutlich, weil sie einfach zu stolz auf ihre Arbeitgeberin war, was man ihr nicht wirklich übel nehmen konnte.

»Na ja, ich bin dabei ... man wird sehen. Vielen Dank, Frau Weber, für Ihre Mühe.«

Sie knallte den Hörer auf die Gabel, hielt kurz die Luft an und atmete dann erleichtert aus.

An Tag zwei nach dem Unglück hatte sich Lilli bereits an das Alleinsein gewöhnt, und es begann ihr zu gefallen. Dank der Anleitung von Fräulein Melchior, die sich natürlich mehrmals täglich meldete, konnte Lilli inzwischen sowohl den neumodischen Herd als auch den Geschirrspüler bedienen, und ihr war sogar ein Omelett gelungen. Sie hatte außerdem eingekauft, ohne erkannt und angesprochen zu werden. Bisher verlief der Tag also recht zufriedenstellend.

Als nun das Telefon schon zum fünften Mal klingelte, war es mit ihrer Geduld allerdings vorbei.

»Fräulein Melchior, bitte! Ich komme *wirklich* allein ...«

»Aber, meine liebe Frau Jansen, ich bin es doch«, flötete es aus dem Hörer. »Und ich habe eine wun-der-ba-re Nachricht für Sie: Die Not hat ein Ende, die Aushilfe ist gefunden!«

Einige Sekunden schwieg Frau Weber effektvoll, bis sie realisierte, dass die erhoffte Begeisterung ausblieb.

»Also, sie heißt Maria und ist die Nichte eines geschätzten Kollegen meines Hausarztes. Eine sehr fleißige Person; stellen Sie sich vor, sie studiert Medizin!« Für Frau Weber offenbar ein charakterliches Qualitätsmerkmal. »Nun hat sie gerade Semesterferien und sucht ohnehin eine Arbeit, um ihre Studienkasse aufzufüllen. Sie würde sehr gern bei Ihnen wohnen und sich um den Haushalt kümmern, bis das Fräulein zurück ist.«

»Gut.« Mehr fiel Lilli dazu nicht ein.

»Allerdings, es gibt da etwas, das Sie wissen sollten ...«

»Sie ist Kleptomanin?«

»Wie? Nein, natürlich nicht, ach, Sie belieben zu scherzen«, kicherte sie gekünstelt. »Maria ist nur keine Hamburgerin. Genauer gesagt, kommt sie gar nicht aus Europa, sondern von den Kapverden. Genau wie ihr Onkel.«

»Den Kapverden«, wiederholte Lilli wie ein Echo.

»Genau, aber sie ist … wirklich eine Gute.« Das »trotzdem« konnte sich Frau Weber wohl gerade noch verkneifen. »Und Sie sprechen doch so hervorragend Portugiesisch, nicht wahr, liebe Frau Jansen? Damit dürfte die Kommunikation ja kein Problem sein.«

Ihre Siegesgewissheit war nicht zu überhören.

»Na, dann soll es wohl so sein, vielen Dank«, erwiderte Lilli, die einsah, dass diese Schlacht verloren war.

So kam es, dass Maria, eine sportliche junge Frau mit kurzen schwarzen Locken und schönen dunklen Augen, bei Lilli einzog und sich um ihren Haushalt kümmerte. Anfangs wirkte sie sehr schüchtern; wahrscheinlich hatte Frau Weber ihr eingeimpft, was für eine bedeutende Persönlichkeit die Hausherrin sei.

Obwohl Marias Deutschkenntnisse recht gut waren, bat Lilli sie, Portugiesisch mit ihr zu sprechen. Ihr schien, als käme mit dem melodischen Klang der Sprache, die sie an Brasilien erinnerte, auch ein wenig Wärme und Lebensfreude in ihr sonst so unterkühltes Haus.

In den ersten Tagen ihres Zusammenlebens waren die beiden Frauen noch zu befangen, um sich über mehr als Fragen des Haushalts auszutauschen. Als dann das Gespräch auf Marias Heimat kam, musste Lilli gestehen, kaum etwas über die Kapverden zu wissen. Das seien doch diese Inseln … im Indischen Ozean, nicht wahr? Ihr falle nur gerade nicht ein, zu welchem Land sie gehörten. Geduldig lächelnd erklärte ihr Maria, dass die Kapverdischen Inseln, Cabo Verde, ein selbstständiges Land sind und im Atlantik vor der Küste Senegals liegen. Daraufhin rötete sich das Gesicht der weltgewandten Autorin, und sie entschuldigte sich für ihre Ignoranz.

»Ja natürlich, im Atlantik, Geografie war nie meine Stärke …«

Maria erledigte ihre Arbeit gründlich und erstaunlich leise. Wenn sie nicht gerade staubsaugte oder mit Geschirr klapperte, war ihre Anwesenheit kaum zu bemerken. Als würde sich ein guter Geist der Dinge annehmen. Auch Maria schätzte die Ruhe des Hauses, denn anders als im Studentenwohnheim konnte sie in ihrem Zimmer ungestört lernen, sobald sie die wenige Hausarbeit erledigt hatte.

Betrat Lilli morgens das Speisezimmer, war der Frühstückstisch bereits gedeckt. Und da sie ihr in allen Dingen freie Hand ließ, kochte Maria für sie, ohne nach ihren Wünschen zu fragen. Nur vegetarisch hatte es zu sein. Anfangs waren es typisch deutsche Gerichte aus den Kochbüchern von Fräulein Melchior, bis Lilli sie bat, etwas aus ihrer Heimat zuzubereiten, was Maria von nun an mit Hingabe tat.

Während Lilli ihrem Tagwerk nachging – also am Schreibtisch saß, grübelte, Notizzettel bekritzelte und zerknüllte, gelegentlich einige Sätze aufs Papier tippte und auch dies zerknüllte, um dann wieder regungslos aus dem Fenster zu starren –, brachte ihr Maria von Zeit zu Zeit Kekse und Tee oder fragte, ob sie etwas bräuchte, was sie stets mit einem dankbaren Lächeln verneinte.

Lilli gefiel diese stille, respektvolle Koexistenz. Niemand versuchte, sie zu bemuttern oder zu kontrollieren, wie sie es von Fräulein Melchior gewohnt war. Und Maria ließ sie auch nicht ständig spüren, wie bedeutend sie und ihr Schaffen waren. Vor allem hatte sie nicht das Gefühl, sich fortwährend rechtfertigen zu müssen. Als einmal der Gärtner überraschend vorbeischaute, konnte sie sogar mit ihm ein Bier – aus der Flasche! – trinken, ohne dafür gemaßregelt zu werden. Marias Verwunderung darüber bekam Lilli zum Glück nicht mit.

Das Leben hätte also angenehm ruhig dahinfließen können – wenn nur das leidige Buch nicht gewesen wäre. Und die Anrufe ihres Verlegers, der zunehmend nervös wirkte.

»Hey, Lilli, was macht die Kunst, wie läuft's denn so bei dir?«

Er bemühte sich hörbar um einen lockeren Tonfall.

»Ach, du bist es, Johannes. Ich bin ... im Prozess ... mitten im Prozess.«

»Wie schön, ich freue mich, das zu hören.« Er klang alles andere als erfreut. »Kannst du mir denn inzwischen verraten, wann ich mit dem Manuskript rechnen kann? Nur ganz ungefähr natürlich.«

»Na ja, ich könnte dir ein Datum nennen.«

»Wirklich? Das ist großartig, denn ...«

»Aber möglicherweise ändert sich die Storyline noch«, unterbrach Lilli ihn. »Und dann würde ich doch wesentlich mehr Zeit benötigen. Ich möchte dich nicht enttäuschen, lieber Johannes, und außerdem wäre es ja unschön, wenn du die offizielle Ankündigung zurückziehen müsstest, nicht wahr?«

Sie schien seine Qual ein bisschen zu genießen.

»Und wenn du es mir doch ganz inoffiziell verrätst?« Er klang fast flehend. »Das würde mir schon helfen.«

»Tja ...« Sie machte eine Pause. »Nein, ich möchte dir doch lieber eine verlässliche Antwort geben. Sobald ich guten Gewissens dazu in der Lage bin.«

Am anderen Ende der Leitung blieb es sehr still. Da waren die beiden also wieder, im vertrauten Fahrwasser ihres Rituals, das Johannes heute offenbar viel mehr frustrierte als Lilli. Trotzdem unternahm er einen letzten Versuch:

»Vielleicht könntest du mir die bereits fertigen Kapitel – ich meine natürlich die *vorläufig* fertigen – anvertrauen, damit ich einen ersten Eindruck bekomme?« Und bevor sie dies ablehnen konnte, schob er schnell hinterher: »Oder was hältst du davon, wenn ich einfach mal bei dir vorbeischaue?«

Er gab sich hörbar Mühe, die Frage ganz beiläufig klingen zu lassen, als wäre sie ihm gerade erst in den Sinn gekommen.

»Wäre das nicht nett? Dann könnten wir gemeinsam deine Texte durchgehen und darüber sprechen. Ganz entspannt. Und ich könnte dir das eine oder andere Feedback geben. Natürlich nur, wenn du das möchtest.«

»Also ...« In Lillis Gehirn vernebelte es sich, und sie spürte das dringende Bedürfnis, dieses Gespräch augenblicklich zu beenden.

»Erinnerst du dich daran, wie du gemeinsam mit Elisabeth dein drittes Buch konzipiert hast? Sie hat mir oft von ihrem Besuch bei dir in Hamburg erzählt. Und wie produktiv eure Zusammenarbeit war.«

»Ach ja, damals ...«

Müde wanderte Lillis Blick über das Durcheinander der im ganzen Raum ausgebreiteten Notizen. Tatsächlich hatte sie noch immer keine einzige Romanseite geschrieben. Das heißt, getippt hatte sie schon ein paar, aber umgehend im Altpapier entsorgt.

Wie sehr sie dieses Spiel verabscheute!

Am liebsten hätte sie Johannes ehrlich gesagt, wie es wirklich um sie stand: dass sie gar nicht mehr in der Lage war, ein Buch zu schreiben. Weil es ihr an Ideen mangelte und sie offenbar die Fähigkeit eingebüßt hatte, komplexe Handlungsstränge zu entwickeln. Und ihr angesichts ihres Unvermögens außerdem jede Motivation abhandengekommen war. Der Gipfel ihrer Kreativität lag weit hinter ihr, die Schaffensphase der Lilli Jansen hatte ein Ende gefunden. Ja, im Grunde befand sie sich längst im Ruhestand.

So aufrichtig wäre sie gern mit ihm gewesen, hätte einen sauberen Schlussstrich gezogen und das letzte bisschen Würde gewahrt – *wenn* sie in der Lage gewesen wäre, Johannes den Vorschuss zurückzuzahlen. Dafür hätte sie allerdings die letzten Aktien verkaufen müssen, die sie noch besaß, und eines nicht allzu fernen Tages ihr Haus.

Und es gab noch etwas, das Lilli von einer Kapitulation zurückschrecken ließ: Die Vorstellung, nie wieder ein Buch zu veröffentlichen, schmerzte sie mehr, als sie sich eingestand. Trotz aller Qualen, die ihre fruchtlosen Versuche ihr seit Monaten bereiteten. Jetzt aufzugeben, hätte bedeutet, nie wieder bei einer Lesung in aufgeregte, interessierte, mitfühlende Gesichter zu blicken. Und sich nie wieder über positive Rezensionen und gute Platzierungen auf den Bestsellerlisten zu freuen.

Ein neues Buch könnte sie zurückbringen in das öffentliche Leben. Man würde sich für sie und ihre Ansichten interessieren wie früher und sie interviewen wollen und bestimmt auch in Talkshows einladen. Zwar würde sie sich dann über den Rummel beklagen – aber gefallen würde er ihr schon.

Heute war sie für die Welt längst von der Bildfläche verschwunden. Vor einer Weile hatte sie ihre Agentin gebeten, bei einem Literaturfestival vorzufühlen, ob man Interesse habe, Lilli Jansen einzuladen.

»Ach, die lebt noch?«, war die erstaunte Reaktion. Nein, solche älteren Sachen würden nicht ins Programm passen, dafür gebe es kein Publikum. Selbstverständlich hatte sich ihre Agentin nicht die Mühe gemacht, Lilli die Abfuhr etwas weniger kränkend zu vermitteln.

Ja, sie lebte tatsächlich noch. Ob sie diesen Umstand nun begrüßte oder nicht. Und alles in ihr wehrte sich gegen eine Existenz als Schriftstellerin im Ruhestand. Man konnte aufhören, Lehrerin zu sein, Busfahrerin oder Sachbearbeiterin. Aber blieb man nicht zeitlebens Künstlerin?

Es musste ihr irgendwie gelingen, ein gutes Buch zu schreiben. Zumindest noch *ein einziges*! Danach könnte man ja weitersehen.

Johannes räusperte sich am anderen Ende der Telefonleitung und riss Lilli aus ihren Gedanken. Nein, sie fühlte sich heute außerstande, ihm reinen Wein einzuschenken. Dass ihr Schreibprozess noch nicht einmal begonnen hatte.

»Besuchen kannst du mich im Moment leider nicht. Meine Haushälterin ist im Krankenhaus, und dementsprechend sieht es hier aus. Aber sobald alles wieder seine Ordnung hat, melde ich mich bei dir. Dann komm gern vorbei.«

»Okay, Lilli, ich werde dich besuchen, wenn es für dich passt.«

Er klang niedergeschlagen, was sie rührte. Es tat ihr ja aufrichtig leid, dass sie ihn immer wieder enttäuschen und vertrösten musste. Deshalb sagte sie zum Abschied so aufmunternd, wie sie nur konnte:

»Ich bin mir ganz sicher, dir wird das neue Material gefallen.«

»Ich freue mich schon so sehr darauf!«

Johannes nahm den zarten Strohhalm dankbar an wie ein ungeliebter Hund ein Tätscheln im Vorübergehen.

4

Wer zeigt dir den langen Weg?

An diesem ungemütlich feuchten Vormittag zog es kaum jemanden an die Elbe. Wo sich sonst, vor allem im Sommer, Touristen wie Einheimische tummelten, war es jetzt fast menschenleer, was Lilli sehr genoss.

Der graue Hamburger Himmel hing tief über dem Land. Es war kühl, und immer wieder fielen ein paar Regentropfen. Trotzdem mochte sich Lilli noch nicht verabschieden. Gewöhnlich führten ihre Spaziergänge sie hinunter zum Fluss, höchstens bis zum ersten Leuchtturm und von dort zurück zu ihrem Haus. Aber heute lief sie einfach immer weiter, ohne an den Heimweg zu denken.

Vorbei am kleinen Jachthafen, wo zu dieser Jahreszeit keine Boote mehr lagen; längst waren die schmalen Stege abgebaut. Weiter zum Sandstrand von Blankenese, über dem sich das Treppenviertel erhob mit seinen alten Reetdachhäusern, in denen einmal Fischer lebten. Heute lagen sie eingezwängt zwischen weißen Villen. Der Reichtum war unübersehbar, aber es galt hier als unschicklich, damit zu protzen. Nicht so wie in anderen wohlhabenden Stadtteilen, etwa in Eppendorf mit seinen Neureichen, über die man hier die Nase rümpfte.

Lilli liebte dieses Viertel mit seinen verwinkelten Gässchen, die sich scheinbar nur mühsam am steilen Elbhang halten konnten, und den unzähligen Treppen, die einem, im wahrsten Sinne, den Atem nahmen.

Noch immer stand ihr nicht der Sinn danach, heimwärts abzubiegen; immer weiter folgte sie dem aufgewühlten Fluss elbabwärts durch den Sand. Der von der Nordsee kommende Wind wehte ihr kräftig entgegen, er trug den Geruch von Salz und Algen mit sich. Obwohl es noch weit war bis zum Meer, konnte man seine Gegenwart hier schon spüren.

Diese gefühlte Nähe zur Nordsee und die Verheißung von Weite hatten Lilli damals an die Elbe gezogen. An fast jedem Tag und bei jedem Wetter war sie in den Wochen nach ihrer Ankunft am Fluss spazieren gegangen. Oft stundenlang, bis die Stadt endlich weit hinter ihr lag und sich vor ihr nur der Deich und das platte Land bis zum Horizont erstreckten. Dann empfand sie eine beglückende Erleichterung, nicht in die stickige Enge Westberlins zurückgekehrt zu sein.

Lilli erreichte nun den breiten Sandstrand des Falkensteiner Ufers. Wäre die andere Elbseite nicht schemenhaft in der Ferne erkennbar gewesen, man hätte glauben können, am Meer zu sein.

Nur wenige Menschen waren hier mit ihren Hunden unterwegs. Man nickte sich zu, tauschte ein Moin und ein kleines Lächeln aus und ging, den eigenen Gedanken nachhängend, weiter seines Weges.

Lilli blieb stehen und sah sich um.

Einige der Bäume auf dem bewaldeten Elbhang hielten noch tapfer ihr Sommergrün, die meisten hatten sich aber bereits gelb und rot eingefärbt. Lange würde es nicht mehr dauern, bis sie ihre Blätter verloren. Sosehr Lilli den Herbst liebte, graute ihr schon vor den dunklen Tagen, an denen sie sich in ihr viel zu großes Haus zurückziehen und Tiere beneiden würde, die Winterschlaf halten dürfen.

Wie sollte es ihr dann gelingen, ein Buch zu schreiben, wenn es ihr jetzt schon fast unmöglich erschien?

In diesem Moment eilte die elegante weiße Helgolandfähre elbabwärts an ihr vorbei. Die wie an jedem Morgen die Tagestouristen zu der Nordseeinsel beförderte und abends zurück in die Stadt. Und wie immer blickte Lilli ihr hinterher, bis das Schiff im Dunst verschwunden war und Lilli einsam und frierend zurückließ.

Es war Zeit, den Rückweg anzutreten.

Als Lilli endlich vor ihrer Haustür stand, den Finger schon auf der Klingel, zögerte sie für einen Moment – und grinste. Als Hausherrin habe sie zu klingeln und nicht selbst aufzuschließen, hatte Fräulein Melchior ihr eingeimpft. Damit sie sie einlassen und mit einer angedeuteten Verbeugung begrüßen konnte, wie es sich in ihren Augen der »Herrschaft« gegenüber gehörte.

»Ist das wirklich notwendig? Ich habe doch einen Schlüssel, und wir befinden uns im 21. Jahrhundert, werte Frau Melchior«, hatte Lilli gerade neulich wieder aufbegehrt und sich dabei gefühlt wie ein ausverschämtes Kind.

»Immer noch *Fräulein*, werte Frau Jansen, und ein wenig Etikette wird uns wohl kaum schaden«, lautete die freundliche, aber keine Widerrede duldende Antwort.

Lilli mochte dieses Herumreiten auf der Etikette gar nicht. Aber noch weniger schätzte sie, die Kämpferin für Frauenrechte, die sich von niemandem die Butter vom Brot nehmen ließ, Auseinandersetzungen mit ihrer Hausdame. Und so hatte sie ihren Protest aufgegeben und sich gefügt.

Nun öffnete sie mit dem angenehmen Gefühl, etwas Verbotenes zu tun, selbst die Tür – und blieb verdutzt auf der Schwelle stehen. Denn aus dem Flur oder der »Empfangshalle«, wie Fräulein Melchior zu sagen pflegte, strömte ihr laute Musik entgegen.

Zögernd betrat Lilli ihr Haus und sah sich um. Die Musik kam aus dem Wohnzimmer; ihre alte Stereoanlage war also noch immer imstande, eine imposante Lautstärke zu produzieren. Lilli benutzte sie nur selten, hörte manchmal etwas Klassisches, ab und zu Joni Mitchell oder Cohen, die Stones, wenn sie gute Laune hatte, was aber in letzter Zeit selten der Fall war. Und natürlich Rio Reiser.

Eine Musik, wie sie gerade das Haus durchflutete, hatte Lilli noch nie gehört. Sie weckte in ihr Erinnerungen an Brasilien, denn der Gesang war portugiesisch – oder ein portugiesischer Dialekt? Aber sie klang nicht so lebensfroh, wie Lilli es aus Rio kannte. Regungslos lauschte sie dem sanft schwebenden, warmen Rhythmus von Gitarren und Trommeln; darüber sang eine Frau diese einfache, ruhige Melodie. Ihr Lied bestand nur aus wenigen sich wiederholenden Textzeilen. Immer wieder fragte die Sängerin wehmütig nach dem *»langen Weg nach São Tomé«*, und im Refrain sang sie von ihrer *»Sodade nach meiner Insel São Nicolau«*.

Für einen Moment fühlte sich Lilli wie ein Kind, das sich von der Musik wärmen und wiegen ließ, und sie spürte eine kaum auszuhaltende Sehnsucht in sich. Längst vergessen geglaubte Bilder ihrer Insel kamen ihr in den Sinn; von der Landungsbrücke und der alten Kirche auf dem Oberland, und über allem lag die Sehnsucht, endlich nach Hause zu gehen. Lilli wünschte sich, die Musik möge niemals aufhören. Die Sängerin klang melancholisch, ohne dass sie zu trauern schien, nicht mehr, als hätte sie sich längst mit ihrem Leben abgefunden.

Plötzlich war das Lied verstummt. Der letzte Gitarrenakkord schien für eine Sekunde in der Luft zu stehen, und Lilli hörte noch das Echo der Worte:

»Bis zu dem Tag, an dem du wiederkehrst.«

Dann erfüllte eine kühle Stille den Raum, als hätte die Musik alle Wärme mit sich fortgenommen.

Wie eine Fremde blickte sich Lilli irritiert um.

Auf einmal kam Maria hereingeschwebt; mit einem Staubwedel in der Hand bewegte sie sich im Rhythmus des verklungenen Liedes und summte dabei die Melodie – bis sie die Hausherrin erblickte und zusammenzuckte.

»Oh, Senhora, Sie sind zurück, entschuldigen Sie, bitte ...« Und als die nicht reagierte, sondern sie nur fragend ansah: »Ich hatte noch nicht mit Ihnen gerechnet, es tut mir leid.«

Allmählich löste sich Lilli aus ihrer Erstarrung. »Schon gut«, sagte sie leise und bemühte sich zu lächeln. Sie fand nur langsam zurück in die Gegenwart. »Kein Grund, sich zu entschuldigen.«

Maria erwiderte ihr Lächeln zaghaft und nickte; gerade wollte sie den Raum verlassen, als Lilli sie fragte:

»Sagen Sie, die Musik ...?«

»Gefällt sie Ihnen? Bestimmt kennen Sie Cesária Évora?« Jetzt strahlte Maria.

»Nein. Ich meine ja, die Musik gefällt mir sehr. Aber den Namen habe ich noch nie gehört.«

»Sie ist, ich meine, sie *war* die größte Sängerin von Cabo Verde. Sie sang die Morna, die Musik unserer Inseln. Und sie lebte in meiner Heimatstadt Mindelo auf São Vicente. Cize trat auf der ganzen Welt auf. Auf den größten Bühnen!«

Marias Stolz auf ihre Landsfrau war unübersehbar.

»Und immer barfuß. Um ihre Solidarität mit den Armen zu zeigen. Sie haben wirklich noch nicht von ihr gehört?« Offenbar konnte sie nicht glauben, dass jemand die berühmteste Kapverdin nicht kannte.

Lilli schüttelte den Kopf. »Aber nun lerne ich sie ja kennen.«

»In Mindelo gibt es ein Museum für sie. Und sogar unser Flughafen ist nach ihr benannt. Sie waren nie dort?«

»Leider nein. Es ist bestimmt schön in Ihrer Heimat?«

»O ja, Senhora Jansen, Mindelo ist wundervoll!« Marias Gesicht leuchtete. »Es liegt zwischen Bergen in einer weiten

Bucht mit einem Hafen. Wenn man am Abend durch die Altstadt bummelt, wird überall in den Restaurants und Cafés Musik gespielt, und man öffnet die Fenster, damit die Leute auf der Straße zuhören können. Es lässt sich gut leben in Mindelo, allerdings …« Ihr Blick wurde ernst. »… ist es nicht leicht, bei uns Arbeit zu finden. Deshalb verlassen viele Menschen die Insel und gehen ins Ausland, um ihre Familie zu ernähren. Wir sind kein reiches Land, müssen Sie wissen, und nach São Vicente kommen nicht viele Touristen. Nicht so viele wie nach Sal oder Boa Vista.«

»Ich verstehe«, sagte Lilli nur.

»Aber ich werde ganz sicher zurückkehren. Sobald ich mein Studium beendet habe. Denn so schön es hier auch ist in Hamburg, ich vermisse doch den Atlantik und das Licht und die Wärme.«

»Das kann ich sehr gut nachvollziehen. Ich habe vor langer Zeit eine Weile in Brasilien gelebt. Als ich zurück nach Deutschland kam, wurde ich richtig schwermütig in dieser Düsternis. Es dauerte lange, bis ich mich wieder halbwegs eingelebt hatte.«

»Vielleicht besuchen Sie unsere Inseln einmal? Es würde Ihnen bestimmt gefallen.«

»Da bin ich mir sicher.«

»Wenn es Sie nicht stört, mache ich jetzt weiter, ja?« Sie hielt den Staubwedel hoch.

»Selbstverständlich, tun Sie das.« Und als sich Maria abwandte, brummte Lilli: »Das sollte ich wohl auch.«

Dann kam ihr noch etwas in den Sinn: »Ach, Maria, ich würde gern wissen – *Sodade,* hat es dieselbe Bedeutung wie das portugiesische *Saudade*?«

Maria überlegte einen Augenblick.

»Ja und nein, Sodade ist ein Wort aus dem Kreol, das wir auf den Kapverden sprechen. Es beschreibt eine Sehnsucht, die gleichzeitig Fernweh und Heimweh sein kann. Sie wissen vielleicht, dass ein Teil unserer Vorfahren Sklaven waren, die aus Afrika verschleppt wurden?«

Lilli nickte, unsicher, ob sie dies tatsächlich gewusst hatte.

»Sodade war das Heimweh der Menschen nach ihrer afrikanischen Heimat. Für die vielen Auswanderer, die seitdem überall auf der Welt arbeiten, ist es das Heimweh nach Cabo Verde und ihren Familien und für die Daheimgebliebenen, meist Frauen und Kinder, das Sehnen nach ihren Männern und Vätern. Wenn Cesária die Morna singt, spielt Sodade darin oft eine wichtige Rolle.«

»Ich glaube, ich verstehe«, sagte Lilli leise.

»Sodade …«, wiederholte sie flüsternd, als Maria den Raum bereits verlassen hatte.

Kurz darauf saß Lilli wieder an ihrem Schreibtisch. Den Kopf schwer auf die Hände gestützt, blickte sie hinaus in den Garten. Würde man der »späten Jansen« jemals ein Denkmal setzen wollen, dachte sie, man müsste sie wohl in dieser Pose darstellen. Eine deprimierende Vorstellung.

Inzwischen hatte es sich eingeregnet, der kaltgraue Himmel sich noch tiefer über die Stadt gesenkt. Lilli sah den Blättern zu, wie sie sich von ihren Bäumen lösten und langsam zu Boden segelten. Schon jetzt vermisste sie die milden Spätsommertage mit ihrem warmen Licht. Die sich endgültig verabschiedet und das Zepter dem Herbst übergeben hatten, der sich nun erschreckend schnell ausbreitete.

Eine große Stille lag über dem Haus, als wäre es bereits im Winterschlaf versunken. Lilli spürte ein Unbehagen in sich. Vermisste sie vielleicht doch Fräulein Melchiors laute Geschäftigkeit? Inzwischen meldete ihre Hausdame sich nicht mehr täglich, und auch Johannes hatte schon seit einer Weile nicht mehr angerufen. Vermutlich war er, genau wie sie selbst, mit seinem Latein am Ende.

Heute fiel es Lilli nicht schwer, sich vorzustellen, dass ihr literarisches Schaffen abgeschlossen war. Dass es von ihr kein Spätwerk geben würde. Wäre das wirklich so verkehrt? Wie lange wollte sie diesen aussichtslosen Kampf noch führen? Es musste doch legitim sein, ein Ziel aufzugeben, an das man nicht mehr glauben konnte.

»Das Leben ist ein Kampf, der Tod ist der Sieg. Ich lebe, um zu siegen, und ich sterbe, um zu leben«, sprach sie leise in den leeren Raum.

Woher stammten diese kruden Zeilen? Es fiel ihr nicht ein. Aber sie erinnerten Lilli an ihre Mutter, die ihr Leben lang gekämpft hatte. Weil ihr als alleinstehender Frau nichts anderes übrig bliebe, hatte sie Lilli erklärt. Gesiegt hat sie am Ende trotzdem nicht.

Karl May, natürlich, das Zitat stammte von dem Lieblingsautor ihrer Kindheit. *Das Leben ist ein Kampf.* Was für ein erbarmungsloser, trauriger Leitsatz.

Ihre Mutter hätte sicherlich kein Verständnis gehabt für die defätistischen Gedanken ihrer Tochter; nein, sie hätte sie zum Durchhalten aufgefordert. Koste es, was es wolle. Hatte Lilli von ihr womöglich nicht nur das Kämpfen gelernt, sondern unbewusst auch den Auftrag angenommen, den Kampf ihrer Mutter fortzuführen? Diese Frage stellte sich Lilli nicht zum ersten Mal.

Dabei hatte sie ihr Engagement nie als Selbstzweck verstanden, es war ihr nicht allein um das Gewinnen gegangen – sie hatte gekämpft, um etwas zu bewirken, sie wollte wachrütteln und für die bestehenden Verhältnisse sensibilisieren. Auch wenn sie es selbst wohl nicht so formuliert hätte, war Lilli immer eine Optimistin geblieben. Dass die Menschen in der Lage sind, ihr Denken und Handeln zum Besseren zu verändern – und dies auch wollen! –, hatte sie niemals infrage gestellt.

Heute bewunderte Lilli die jungen Leute, die auf die Straße

gingen und sich einsetzten gegen den Klimawandel und die rechten Rattenfänger, für LGBTQ-Rechte und gegen Rassismus – für sie empfand Lilli großen Respekt. Nur, was hatte eine alte Frau dieser Generation zu sagen, was konnte sie noch beitragen? Und außerdem: Was wusste sie schon vom Leben, was hatte sie, die in vielerlei Hinsicht gescheitert war, denn vorzuweisen, um überhaupt noch den Mund aufmachen zu *dürfen*?

Langsam hob sie den Kopf aus ihren Händen und richtete sich auf, bis ihr Rücken knackte.

Wenn sie zurückblickte, erschien Lilli ihr früheres Sendungsbewusstsein vermessen, ja geradezu lächerlich. Und heute? Zerrieb sie sich zwischen Larmoyanz und Selbstverachtung und überließ sich immer wieder ihrer üblichen Verzweiflung. Wie sehr es ihr missfiel, Lilli Jansen zu sein, wie sehr sie sich selbst auf die Nerven ging.

Zum Glück unterbrach die Türklingel Lillis Selbstanklage.

Sie hörte, wie Maria öffnete, dann tönte eine vertraute schrille Stimme durch das Haus. Frau Weber brauchte nur wenige Sekunden, bis sie mit schnellen, laut über das Parkett klackernden Schritten und ohne anzuklopfen, ins Wohnzimmer vorgedrungen war.

»Meine liebste Frau Jansen, wir haben ja schon *seit Ewigkeiten* nichts voneinander gehört!«, flötete sie und schüttelte auch schon energisch Lillis Hand, bevor die sich aus ihrem Stuhl erheben konnte. »Da habe ich mir gesagt, ich muss doch mal nach dem Rechten sehen und schauen, wie es der Armen geht!«

Sie strahlte vor Selbstzufriedenheit.

»Äh, gut, mir geht es ... recht gut, danke der Nachfrage.«

Lilli bemühte sich, freundlich zu klingen. Endlich hatte die Weber einen Anlass, bei ihr einzufallen, und sie ließ diese Gelegenheit selbstverständlich nicht ungenutzt. Bestimmt würde sie noch jahrelang mit ihrer wichtigen Rolle prahlen in dieser ach so fürchterlichen Krise der Schriftstellerin – die sich nun genötigt sah, ihrer Besucherin die Couch und einen Kaffee anzubieten, was diese sofort annahm. Anstatt sich aber für das Befinden der »armen Frau Jansen« zu interessieren, plapperte Frau Weber nun fröhlich drauflos und hielt erst inne, nachdem sie sich über alles und jeden in der Nachbarschaft, nicht unbedingt freundlich, ausgelassen hatte.

Dann wurde ihr Blick streng, und sie verlangte zu wissen, ob Marias Leistungen zufriedenstellend waren. Lilli versicherte ihr, dass sie sehr zufrieden und Maria eine sehr angenehme Mitbewohnerin war. Frau Weber nahm dies nur mit einem Nicken zur Kenntnis und fuhr dann im selben inquisitorischen Tonfall fort:

»Und, was macht das neue Werk?«

Erst als sie die Zornesfalte auf Lillis Stirn sah, realisierte sie ihren Fauxpas; sogleich verlegte sie sich wieder auf ihren süßlichen Säuselton:

»Wird es genauso überragend wie die bisherigen? Na, bestimmt wird es das, da bin ich mir ganz sicher.«

Sie kicherte albern.

»Wir sind ja alle schon *sooo* aufgeregt!«

Lilli nickte nur noch schwach.

»Mir kam übrigens neulich eine *ganz famose* Idee, die Sie begeistern wird, meine liebe Frau Jansen, ich habe sie schon mit dem Verein besprochen.« Sie legte eine kurze dramaturgische Pause ein. »Wäre es nicht wundervoll, wenn Sie noch vor der Veröffentlichung Ihres neuen Buchs daraus für uns etwas lesen? Selbstverständlich nur im kleinsten Kreis Ihrer größten Bewunderer, ganz privat, hier bei Ihnen zu Hause? Es wäre uns eine große Ehre!«

Benommen vom Redeschwall der Weber, war Lilli nicht mehr imstande, nennenswerten Widerstand zu leisten.

»Ja, warum nicht, wir werden sehen ... Aber dafür muss es ja erst einmal fertig werden, nicht wahr ...«

»Sicher.« Frau Weber sah sie mit erwartungsvollen Augen an, als wäre die Fertigstellung des Buchs eine Sache weniger Minuten. Eine Weile schwiegen sich die Frauen an, bis Lilli, um das Thema zu wechseln, bemerkte:

»Dieses Wetter, der Hamburger Winter, es ist nicht unbedingt förderlich für das kreative Schaffen ...«

Ihre Besucherin lächelte verständnisvoll mitleidend.

»... wenn ich daran denke, wie leicht mir das Arbeiten damals in Brasilien fiel ... Das Licht und die tropische Wärme von Rio de Janeiro. Es floss nur so aus mir heraus ... Sie können es sich bestimmt vorstellen ...«

Frau Weber legte eine tröstende Hand auf Lillis Arm und hauchte nur ein »O ja!«, als wüsste sie genau, wovon die Schriftstellerin sprach.

»Aber so ist das nun einmal, wir werden das Wetter kaum ändern, nicht wahr, Frau Weber?«

Dabei entzog sie ihr den Arm und deutete an, aufzustehen und damit das Treffen zu beenden. Allerdings dachte die Besucherin gar nicht daran, sich zu rühren.

»Warum schlagen Sie nicht dem Hamburger Winter ein Schnippchen und verreisen für eine Weile? Haben nicht viele große Künstler im Süden gearbeitet? Denken Sie nur an Hemingway. Oder Gauguin! Es muss ja nicht gleich die Südsee sein ...«

Sie kicherte wieder, als hätte sie etwas Frivoles geäußert.

»Mit meinem seligen Mann pflegte ich ja die Wintermonate an der Amalfiküste zu verbringen. *Herr-lich*, kann ich Ihnen sagen! Dort würden Sie ganz sicher jede Menge Inspirationen finden.«

»Ach ja?«, sagte Lilli nur. Womöglich hatte die Weber in diesem Punkt gar nicht so unrecht. Sie bedankte sich für den Ratschlag; sie würde ihn in Erwägung ziehen.

Nachdem sich Frau Weber endlich verabschiedet hatte, blieb Lilli auf der Couch sitzen, trank ihren Kaffee aus und dachte nach.

Warum eigentlich nicht? Warum sollte sie sich nicht für einige Wochen in den Süden zurückziehen? Oder vielleicht gleich drei Monate? Dem Winter aus dem Weg gehen, Wärme, Sonne, mit Blick aufs Meer.

Und plötzlich war ihr klar, wohin sie reisen wollte: Sie würde den Winter auf den Kapverdischen Inseln verbringen! In den Weiten des Atlantiks, wo es Wärme und Licht im Überfluss gab – und sich ein Zimmer und etwas zu essen sicherlich organisieren ließen.

Gänzlich hingerissen und euphorisiert von ihrer Idee, stürmte Lilli mit großen Schritten in die Küche und erschreckte die arme Maria, als sie plötzlich in der Tür stand und sofort zu reden begann.

»Maria, ich habe eine Frage, meinen Sie, ich könnte einige Zeit in Ihrer Heimat verbringen, also nicht bei Ihnen zu Hause natürlich, sondern auf Ihrer Insel? Ich würde Hamburg nämlich gern für eine Weile verlassen, bis der Winter vorüber ist, vielleicht drei Monate, und zwar möglichst bald, was denken Sie darüber?«

Augenblicklich hatte sich Maria von ihrem Schreck erholt, und sie strahlte Lilli entgegen.

»O ja, unbedingt, das ist eine großartige Idee, Senhora Jansen! Es wird Ihnen auf São Vicente bestimmt gefallen, das verspreche ich Ihnen.«

Sie war ganz außer sich. Die berühmte Schriftstellerin würde *ihre* Insel besuchen!

»Wie kann ich Ihnen helfen? Vielleicht ein Quartier besorgen, oder ...« Marias Gesichtsausdruck wurde plötzlich unsicher. »Selbstverständlich würde ich Sie einladen, bei uns zu wohnen, nur ... meine Familie lebt leider recht beengt, das wäre wohl schwierig. Auch wenn ich Sie wirklich gern ...«

»Nein, nein, das ist sehr nett von Ihnen, vielen Dank, ich werde einfach mein Reisebüro beauftragen, alles für mich zu organisieren. Aber für einige Tipps wäre ich Ihnen sehr dankbar.«

Maria wirkte erleichtert und sicherte ihre Unterstützung zu. Lilli war derart angetan von ihrer Idee, dass sie sofort das Reisebüro anrief und nach einem Angebot verlangte für einen längeren Aufenthalt auf den Kapverden. Und schon kurze Zeit später stand ein Bote vor der Tür und überreichte ihr einen dicken Pappumschlag.

Erwartungsvoll breitete Lilli die Kataloge vor sich auf dem Wohnzimmertisch aus und begann, darin zu blättern. Die Reiseanbieter hatten allesamt klangvolle Namen und überschlugen sich geradezu mit ihren Verheißungen. Sie versprachen einen »unvergesslichen Urlaub«, »höchste Individualität« oder einen »nie erlebten Luxus«.

Die um Swimmingpools gebauten Hotelanlagen waren eindrucksvoll. Hochglanzfotos zeigten weitläufige Apartments und luxuriöse Bungalows mit lauter lächelnden, offenbar manisch glücklichen, allesamt hellhäutigen Paaren. Die dunkelhäutigen Menschen auf den Bildern wirkten ebenso gut gelaunt; allerdings schien man ihnen die Rolle von Statisten zuzuweisen.

So hatte sich Lilli die afrikanischen Inseln eigentlich nicht vorgestellt. Gewiss hatte man in ihrem Alter gegen ein wenig Bequemlichkeit nichts einzuwenden. Aber Luxus in diesen Ausmaßen löste bei ihr ein Gefühl von Beklemmung aus. Ganz abgesehen davon, dass ihr Budget dafür kaum ausreichen würde.

Sie rief Maria, bat sie, sich zu ihr zu setzen, und zeigte ihr die Kataloge. »Kommt Ihnen etwas davon bekannt vor?«

Während sie blätterte, weiteten sich Marias Augen, und ihre Gesichtsfarbe wurde zunehmend blasser. Nach einer Weile sagte sie leise, beinahe flüsternd:

»Nein, Senhora, damit kann ich Ihnen leider nicht helfen. Das alles hier …« Sie deutete auf die Kataloge. »… liegt auf anderen Inseln. Ich glaube nicht, dass es auf São Vicente so etwas gibt. Es tut mir leid, aber bestimmt wird es Ihnen auf Sal oder Boa Vista auch sehr gut gefallen.«

Lilli war die Situation höchst unangenehm; wie konnte sie nur derart unsensibel sein. Als wollte sie Maria unter die Nase halten, in welch schillernder Welt sie verkehrte – gerade sie, die so gut wie pleite war.

»Wenn Sie mir sagen, was davon Ihnen gefällt, versuche ich aber gern, Informationen einzuholen.«

»Nein, nein, entschuldigen Sie, das ist auch für mich eine Nummer zu groß. Oder zwei Nummern, das könnte ich mir gar nicht leisten!« Lilli lachte übertrieben laut. »Wissen Sie, ich stelle mir etwas Kleines, Gemütliches vor. Vielleicht ein privates Zimmer oder eine Pension. Ich brauche ja nur ein Bett und einen Platz für meine Schreibmaschine.«

Sie warf ihrer Olympia einen liebevollen Blick zu.

»Bei freundlichen Menschen. All das hier … ist nicht meine Welt.«

Maria lächelte und wirkte erleichtert. »Wenn Sie möchten, frage ich meine Familie, ob sie jemanden kennen, der Ihnen ein schönes Zimmer vermieten kann.«

»Das wäre wunderbar, vielen Dank!«

Bereits am nächsten Tag buchte das Reisebüro für Lilli Flüge von Hamburg über Lissabon nach São Vicente. Und schon kurz darauf kam eine Nachricht von Marias Eltern: Sie kannten eine junge Frau, die ein kleines Haus am Stadtrand von Mindelo besaß, in dem sie mit ihrem Sohn lebte. Sie würde Lilli gern ein Zimmer für drei Monate vermieten.

Bis zur Abreise blieben nur noch wenige Tage. Da Lillis Hosenanzüge kaum für das tropische Klima geeignet waren, kaufte sie sich mit Marias Hilfe luftigere Kleidung. Und musste grinsen, als sie ihr erzählte, was sie als junge Frau im heißen Rio getragen hatte. Nein, Schlabberhemden und -hosen im Indienlook, damals der letzte Schrei, wären wohl heute nicht mehr angemessen.

Sie bat Maria, ihren uralten ledernen Reisekoffer vom Dachboden zu holen. Als sie das riesige Ding öffnete, meinte Lilli, darin noch immer die Düfte Südamerikas wahrzunehmen. Maria fand, dass er vor allem sehr muffig roch, und reinigte ihn gründlich.

Der heikelste Teil ihrer Reisevorbereitungen bestand für Lilli darin, Fräulein Melchior von ihren Plänen in Kenntnis zu setzen. Immer wieder verschob sie den Anruf in der Klinik, und als sie sich schließlich dazu durchrang, fiel die Reaktion aus wie erwartet: Fräulein Melchior war entsetzt, gekränkt und voller Sorge. Lilli könne doch unmöglich nach Afrika reisen! Allein! Als Frau! In ihrem Alter! Nach Afrika!!

Und wenn es denn *unbedingt* sein müsse, solle sie doch wenigstens noch einige Wochen warten. Denn sobald ihre Gesundheit wiederhergestellt war, würde sie sie selbstverständlich begleiten. Ihre Hausdame und Assistentin müsse sich doch um sie kümmern!

Lilli bedankte sich für das gut gemeinte Angebot, aber so lange könne sie leider nicht warten, behauptete sie. Außerdem sei sie in ihrem Leben ja schon in einigen Ecken der Welt allein unterwegs gewesen. Da würde sie sicherlich ein paar Wochen auf einer afrikanischen Insel überstehen. Und *so* uralt sei sie nun auch nicht …

Lilli kam aber nicht umhin, Fräulein Melchior fest zu versprechen, sich regelmäßig zu melden und genauestens Bericht zu erstatten. Und die versicherte, ja, drohte ihrer Chefin fast, dass sie augenblicklich anreisen würde, sollte sich Lilli in der Fremde unwohl fühlen. Ganz egal, in welchem Zustand ihr Bein sein mochte!

An Fräulein Melchiors Entschlossenheit hatte Lilli keine Zweifel.

Am Tag vor ihrer Abreise stand Frau Weber erneut vor der Tür. Die hatte Wind bekommen von Lillis Plänen und wollte ihr »Bon Voyage« wünschen. Anders als Fräulein Melchior hatte sie an ihrem Reiseziel nichts auszusetzen. Sie verlor allerdings die Fassung, als Lilli ihr erklärte, wo und wie sie wohnen würde. Augenblicklich wurde ihr sonst rosiges Gesicht sehr bleich. Wie Lilli nur um alles in der Welt auf die Idee kommen konnte, in einem *Privatzimmer* zu nächtigen? Das sei doch nun wirklich nicht standesgemäß. Auch *auf diesen Inseln* müsse es doch ein angemessenes Etablissement geben?

Lilli hätte ihr wohl genauso gut berichten können, dass sie vorhabe, in einem Pappkarton am Strand zu hausen und sich von Abfällen zu ernähren.

Gegen ein wenig *Lokalkolorit* sei ja im Grunde nichts einzuwenden, erklärte die indignierte Frau Weber. »Aber, meine allerliebste Frau Jansen, doch nicht *so*!«

Sehr früh am nächsten Morgen bestieg Lilli ein Taxi, das sie zum Hamburger Flughafen brachte.

5

Luís und Isabel

Alles scheint stillzustehen, auch die Blätter des Avocadobaums vor ihrem Fenster bewegen sich nicht.

Lilli schaut auf ihre Armbanduhr. Überrascht stellt sie fest, dass der Vormittag beinahe vorüber ist. Über zehn Stunden hat sie geschlafen, trotzdem ist sie noch immer erschöpft. Es liegt wohl an der langen Reise und dem tropischen Klima, und die Jüngste ist sie schließlich auch nicht mehr. Wenn es nur nicht so stickig heiß wäre. Lilli spürt, wie ein Schweißtropfen nach dem anderen langsam über ihr Gesicht läuft, obwohl sie nur regungslos vor dem Schreibtisch sitzt. Sogar das Atmen strengt sie an.

Bei ihrer Abreise waren es in Hamburg nur wenige Grad über null und so düster, als hätte sich die Sonne entschieden, gar nicht erst aufzugehen. Einen Tag ist es her. Trotzdem erscheint Lilli die Erinnerung an ihre Stadt bereits jetzt so unwirklich wie dieser fremde Ort, an den es sie verschlagen hat. Als schwebte sie zwischen den Welten – unschlüssig, wie es hier mit ihr weitergehen würde.

Immerhin ist sie schon ein wenig vertraut mit ihrem kleinen Zimmer, dem Anblick des Baums vor ihrem Fenster, dem Gesang der Vögel und diesem seltsam exotischen Duft in der Luft. Ein Hund bellt und verstummt sofort wieder. Sie ist wirklich auf São Vicente, Marias Heimatinsel.

Lilli fällt es schwer, sich Maria allein in dem großen Hamburger Haus vorzustellen. Bestimmt kümmert sie sich gut um alles, genauestens telefonisch überwacht von Fräulein Melchior. Lilli muss grinsen bei dem Gedanken. Arme Maria. Aber angenehmer als das Studentenwohnheim ist es wohl allemal. Ob sie auch darüber nachdenkt, wie es Lilli in ihrer Heimat ergeht?

Am Abend zuvor konnte Lilli bereits aus dem Taxi erahnen, wie fremd ihr die Insel und dieses Land sein würden, und das beunruhigte sie mehr, als sie es von sich erwartet hatte. Wenn sie früher auf Reisen ging, war sie auch aufgeregt, klar, aber auf eine positive, neugierige Weise – es war nicht diese furchtsam skeptische Nervosität, die sie jetzt empfand.

Offenbar unterlag selbst die Neugierde den Abnutzungserscheinungen des Alters wie ihre arthrotischen Knie.

Schon den Flug hierher konnte sie nicht genießen. Nach dem Start in Lissabon ließen sie das Festland bald hinter sich, dann war stundenlang nur noch Wasser zu sehen. Lilli mochte weder schlafen noch lesen, konnte den Blick nicht abwenden von dem Ozean unter ihr.

Mit welcher Kraft hatte ihr Fernweh sie früher in die Welt gezogen – und vor Kurzem immerhin noch auf diese Insel. Davon war jetzt nichts mehr zu spüren.

Als Lilli aus dem Flugzeug auf die Gangway trat, schlug ihr die trockene Hitze entgegen und nahm ihr den Atem. Für einen Moment musste sie sich am Geländer festhalten. Sie blickte über den winzigen Flughafen; ihre Maschine war die einzige auf dem Rollfeld. Hinter dem hohen Maschendrahtzaun lag in der untergehenden Sonne trockenes, verbranntes Land, vor ihr ein schmuckloses Gebäude, an dem in großen Lettern stand:

Aeropuerto International Cesária Évora.

Ein inzwischen vertrauter Name. »Sodade«, flüsterte Lilli mit einem Lächeln und stieg dann vorsichtig die Treppe hinunter, während andere Passagiere sie überholten. Kein Bus stand bereit, um sie abzuholen, man ging einfach über einen markierten Weg zu der mit *Ankunft* bezeichneten Glastür. Die Halle dahinter war nicht klimatisiert, und die Passkontrolle ging quälend langsam vonstatten. Lilli schwitzte in ihrem viel zu dicken Reisekostüm, gern hätte sie sich ein wenig ausgeruht, aber nirgendwo gab es eine Sitzgelegenheit.

Mit dem Visum im Pass erreichte sie das einzige Gepäckband, als dort gerade ihr Koffer erschien. Mit aller Kraft wuchtete sie ihn auf den Trolley. Die Luft war heiß und abgestanden. Lilli ließ sich schwer atmend auf ihren Koffer sinken, um sich für einen Moment zu erholen. Um sie herum liefen aufgeregt schnatternde Touristen. Keiner achtete auf sie.

Hinter gelangweilten Zöllnern, die die Ankommenden demonstrativ ignorierten, standen Menschen dicht gedrängt. Sie streckten ihnen mit erwartungsvollen Blicken Schilder entgegen, darauf Namen von Reiseunternehmen und Hotels. Lilli ging aufmerksam an ihnen vorbei und sah sich nervös um. Maria hatte ihr versprochen, jemand würde sie hier abholen, aber nicht erwähnt, woran sie den Abholer erkennen würde.

Sie durchquerte, den schwergängigen Trolley mühsam vor sich herschiebend, mehrmals die kleine Ankunftshalle. Niemand schien sich für sie zu interessieren. Schließlich trat sie durch die gläserne Schiebetür hinaus ins Freie, und dort wartete tatsächlich ein älterer Mann mit einem Pappschild, auf dem in krakeliger Schrift *SENHORA LILI* geschrieben stand.

Lilli atmete erleichtert aus und lächelte.

Beim Einsteigen fragte der Taxifahrer höflich, ob sie eine gute Reise gehabt habe, dann folgten sie einer geraden Asphaltstraße, ohne ein weiteres Wort zu wechseln. Angenehm frische Luft wehte in die offenen Fenster. Sie fuhren durch eine ausgetrocknete, triste Landschaft; in der Ferne waren zerklüftete Berge zu erkennen, die in den letzten Sonnenstrahlen rosa leuchteten. Bald kamen sie an die riesige Bucht, die Lilli schon aus dem Flugzeug gesehen hatte. Trotz der schnell einsetzenden Dämmerung konnte sie ein rostiges Schiffswrack erkennen, das halb aus dem Wasser ragte. Vertrauenerweckend wirkte die Gegend nicht.

Als sie die ersten Häuser der Stadt erreichten, murmelte der Fahrer nur »Mindelo«, und Lilli nickte. Sie verließen die Hauptstraße und fuhren an Häusern im Kolonialstil vorbei. Dies musste die Altstadt sein, von der Maria geschwärmt hatte. Die Straßen wurden schmaler und belebter. Langsam, fast im Schritttempo, passierten sie kleine Restaurants, aus denen der Duft von gegrilltem Essen drang. Auf den Gehsteigen wurde fröhliche, südamerikanisch klingende Musik gespielt.

Lilli gefiel die entspannte Atmosphäre. Wahrscheinlich würde es auch für sie bald ganz selbstverständlich sein, hier unter den Menschen zu flanieren. Aber jetzt war sie dankbar für die sichere Distanz, die das Auto ihr bot.

Nachdem sie das Stadtzentrum durchquert hatten, ging es sanft bergauf, jetzt prägten Betonbauten das Bild, viele erst halb fertig. Überall lagen Hunde auf den schwach beleuchteten Gehwegen, manche schliefen sogar mitten auf der Straße. Der Fahrer umfuhr sie vorsichtig.

Schließlich hielt das Taxi in einer Gasse vor einem zweistöckigen Haus, dessen bröckelnder Putz in einem leuchtenden Gelb gestrichen war. Eine junge Frau trat heraus und öffnete die Beifahrertür. Sie reichte Lilli die Hand, um ihr herauszuhelfen, und begrüßte sie so herzlich, dass Lilli schon fürchtete, sie würde von ihr umarmt werden.

Isabel heißt ihre Gastgeberin, fällt ihr jetzt wieder ein. Nach ihrer Ankunft verzichtete Lilli auf einen Rundgang durch das Haus, lehnte auch das Angebot von Essen und Trinken höflich ab und ließ sich nur eine Wasserflasche geben. Der Fahrer trug ihren Koffer eine schmale Holztreppe hinauf, die unter dem Gewicht gefährlich knarzte. Lilli folgte ihm in das Zimmer.

Hier würde sie also in den folgenden Monaten leben.

Nein, außer Schlaf brauche sie wirklich nichts, bestätigte sie Isabel noch einmal, was die nicht recht zu glauben schien. Dann wünschte sie Lilli eine gute Nacht und schloss die Tür leise hinter sich.

Lilli wusch sich nur Hände und Gesicht, zog sich aus und ließ sich auf das Bett sinken. Sie musste sofort eingeschlafen sein.

Der durch das Fenster hereinströmende blumige Duft erinnert Lilli an Brasilien. Sie überlegt, was sie nun tun soll. Erwartet ihre Gastgeberin, dass sie sich unten blicken lässt? Lilli schätzt es grundsätzlich nicht, wenn sie nicht weiß, was von ihr erwartet wird. Was sie selbst gerade will, weiß sie allerdings auch nicht, sie verspürt überhaupt keinen Impuls.

Zu Hause hätte Fräulein Melchior längst im Speisezimmer ihr Frühstück bereitet, genauso, wie Lilli es kennt und schätzt. Die Zeitungen lägen auf dem Tisch, und sie würde beim Essen lesen und sich wahrscheinlich über die Welt und die Dummheit der Menschen aufregen und sich so auf den Tag einstimmen. Sich aufzuregen, fällt ihr leicht. Eigentlich keine so gute Angewohnheit.

Natürlich werden dieser Tag und viele kommende ganz anders verlaufen, als sie es gewohnt ist, und das ist auch gut so. Schließlich besteht der Sinn einer Reise nicht darin, dass alles wie zu Hause ist. Sie ist ja keine Pauschaltouristin, Gott bewahre.

Gleichzeitig spürt Lilli, wie sehr die Ungewissheit sie belastet. Es schmerzt sie, sich einzugestehen, dass sie zunehmend furchtsamer und ihre innere Welt enger geworden ist. Ach, könnte sie sich doch ein bisschen von dem Abenteurerinnengeist zurückholen und der Unbeschwertheit der jungen Frau, die sie einmal war! Die sich, als sie nach Brasilien aufbrach, überhaupt keine Sorgen machte – sich weder vorher eine Bleibe buchte noch das Bedürfnis hatte, etwas über das Land in Erfahrung zu bringen. Weil sich alles schon irgendwie ergeben würde, darauf vertraute sie fest. Damals war sie noch ein Mensch, der sich gern überraschen ließ.

Darüber lächelt Lilli für einen Moment, dann verhärten sich ihre Gesichtszüge. Will sie sich etwa damit abfinden, dass von ihrem jüngeren, abenteuerlustigen Ich nichts mehr in ihr steckt? Und diese schreckliche Verzagtheit kampflos hinnehmen?

Nein, dazu ist sie nicht bereit! Immerhin hat sie sich doch getraut, allein hierherzukommen. Um auf dieser Insel Neues zu sehen und zu erleben.

»Willkommen, ihr lieben Abenteuer!«, schmettert sie in den leeren Raum und erhebt sich schwungvoll aus ihrem Stuhl. Sofort scheint sie es sich aber anders zu überlegen, sie schüttelt missbilligend den Kopf und sagt leise:

»Ach, du pathetische alte Frau.«

Und verschwindet in dem kleinen Badezimmer, um ihre Morgentoilette zu erledigen.

Lilli entscheidet sich für das luftig weiße Kleid, das sie sich vor der Reise gekauft hat. Sie schließt ihre Zimmertür hinter sich und steigt mit vorsichtigen Schritten die knarrende Holztreppe hinunter. In dem weiß gekalkten schmalen Flur liegt rechts die Haustür; durch den Torbogen zur Linken betritt Lilli einen Innenhof, den sie vom Blick aus ihrem Fenster kennt. Er ist kleiner als erwartet, begrenzt von einem hohen Holzzaun, der unter den rankenden Pflanzen kaum mehr zu erkennen ist. In einer Ecke ragt der Avocadobaum in die Höhe, viel zu mächtig für den Hof; mit seinem ausladenden Blätterdach beschirmt er eine klobige Holzbank, einen Tisch und zwei Stühle.

Lilli zögert, dann setzt sie sich auf die Bank, unsicher, ob ihr dieser private Ort überhaupt gestattet ist. Schüchtern sieht sie sich um. Überall stehen große und kleine Tontöpfe, in denen Blumen wachsen und Tomaten, Paprika und Pflanzen, die Lilli nicht kennt. Ein Jasminstrauch verströmt den intensiven exotischen Duft, den sie aus ihrem Zimmer wahrgenommen hat.

Einen niedrigen Bau hält sie erst für eine Hundehütte – bis in der Öffnung der Kopf eines Huhns erscheint und sie neugierig ansieht. Es scheint einverstanden zu sein mit der Anwesenheit der Fremden, denn es gibt ein Glucksen von sich und tritt heraus. Gefolgt von zwei weiteren Hühnern, die Lilli ebenfalls kurz beäugen und dann am Boden nach Essbarem picken.

»Sie sind wach, wie schön. Guten Morgen! Haben Sie angenehm geschlafen, Senhora Jansen?«

Ihre Gastgeberin ist aus einer Tür in den Hof getreten und strahlt sie munter an. Lilli steht sofort auf.

»Guten Morgen!«

Isabel reicht ihr die Hand, Lilli ist überrascht von ihrem energischen Händedruck.

»So tief und lange habe ich schon seit Ewigkeiten nicht mehr geschlafen.«

»Das freut mich.«

Lilli ist die Frau sofort sympathisch. Ihr Alter zu schätzen, fällt ihr schwer, älter als Anfang dreißig kann sie kaum sein. Sie trägt eine enge Jeans und darüber eine ärmellose rosa Bluse; unter ihrem geblümten Haartuch schauen einige krause schwarze Locken hervor. Ihre dunkle makellose Haut ist faltenfrei wie die eines jungen Mädchens.

»Sie haben bestimmt Hunger?«

Tatsächlich spürt Lilli erst jetzt, wie leer ihr Magen ist.

»O ja«, antwortet sie.

»Dann bringe ich Ihnen etwas Gutes, Senhora Jansen.«

»Danke. Und bitte nennen Sie mich doch Lilli.«

Isabel zögert, als wäre sie sich nicht sicher, ob dies dem älteren Gast aus Europa gegenüber angemessen ist. Dann nickt sie lächelnd und verschwindet im Haus.

»Mögen Sie Kaffee, Lilli?«, ruft sie von drinnen.

»Unbedingt!«

Sie setzt sich wieder auf die Holzbank und schaut den Hühnern zu.

Obwohl sie auf den Namen *Elisabeth* getauft war, riefen die Nachbarn und ihre Freundinnen sie nur Lilli, was ihr selbst gut gefiel. Allerdings nicht ihrer Mutter. Lilli sei ein Name für eine Bäuerin! Zeitlebens blieb ihre Tochter für sie Elisabeth.

Selbst von ihren Eltern mit dem Namen *Erna* gestraft, vermied ihre Mutter alles, was auf die provinzielle Herkunft der Familie hindeuten könnte. Während die Menschen in ihrer Umgebung meistens Plattdeutsch sprachen, war dies bei Lilli zu Hause verpönt. Als Kind war ihre Mutter mit den Eltern vom Land nach Hamburg gezogen und dort von den Stadtkindern wegen ihrer Sprache gehänselt worden. Der Makel einer »Landpomeranze« schien an ihr zu haften wie ein unangenehmer Geruch. Ihrer Tochter sollte das erspart bleiben.

Als Lilli viele Jahre später nach Westberlin kam, hörte man ihr die norddeutsche Herkunft noch immer an, was aber niemanden störte. Sie selbst auch nicht.

Nur vor dem Erscheinen ihres ersten Buchs dachte Lilli noch einmal darüber nach, ob nicht besser *Elisabeth Jansen* auf dem Umschlag stehen sollte, klang es doch seriöser und gebildeter. Aber ihrer Verlegerin, der anderen Elisabeth, gefiel *Lilli Jansen* besser – vor allem, weil sie ihren eigenen Vornamen immer als »großkotzig« abgelehnt hatte. Außerdem schwärmte sie in jener Zeit für die Schauspielerin Lilli Palmer.

So blieb Lilli auch als erfolgreiche Autorin ihrem Namen treu und bereute diese Entscheidung nie.

Isabel unterbricht ihre Erinnerungen, als sie mit einem Tablett zurückkommt und ihr Toast, Marmelade, Kaffee, ein Glas Orangensaft und eine aufgeschnittene Avocado serviert.

»Etwa von diesem Baum?«, fragt Lilli.

Isabel nickt. »Es ist gerade Saison, wir haben eine Menge davon. Lassen Sie es sich schmecken.«

Sie verschwindet wieder im Haus und kommt kurz darauf in einem dunklen Kleid und ohne das Haartuch zurück.

»Ich muss leider zur Arbeit. Kommen Sie allein zurecht?« Sie scheint unsicher, ob sie die ältere Dame sich selbst überlassen kann. »Haben Sie alles, was Sie brauchen?«

»Sicher, vielen Dank, ich fühle mich schon jetzt sehr wohl bei Ihnen.«

Isabel strahlt. »Gleich müsste auch Luís zurückkommen. Der kann Ihnen helfen, wenn Sie einen Wunsch haben. Okay?«

»Okay!«

Mit einem Winken verschwindet Isabel durch den Torbogen. Dann ist Lilli mit den Hühnern allein.

Gerade hat sie ihr Frühstück beendet und sich erhoben, um das Geschirr in die Küche zu bringen, als ihr in den Sinn kommt, dass Isabel es als distanzlos empfinden könnte, wenn sie einfach das fremde Haus betritt. Andererseits möchte sie natürlich hilfsbereit sein. Da werden Lillis Gedanken von einer fröhlichen hellen Stimme gestört.

»Olá, Senhora!«

Im Tor zum Hof steht lächelnd der Junge, der sie begrüßte, als sie vorhin verschlafen aus dem Fenster sah. Noch immer trägt er die Kappe mit dem NASA-Schriftzug; auf seinem T-Shirt unter dem offenen hellblauen Hemd ist eine Rakete abgebildet.

»Olá«, erwidert Lilli. »Kann es sein, dass du dich für die Weltraumforschung interessierst?«

»O ja, sehr! Ich werde nämlich Astronaut! Oder vielleicht auch Astronom, ich bin noch unentschieden«, erklärt er mit ernster Miene. Dann lacht er, kommt zu Lilli an den Tisch und streckt ihr ohne Scheu die Hand entgegen.

»Ich bin Luís, Luís Delgado. Sehr erfreut, Sie kennenzulernen«, sagt er betont förmlich, nimmt seine Kappe ab und deutet eine Verbeugung an. Er hat sehr kurze, krause schwarze Haare.

»Luís Delgado, was für ein schöner Name! Klingt wie der eines Filmstars.«

»Nee, wie der berühmte Fußballer.«

»Ja?« Lilli hat keine Ahnung, wen der Junge meint.

»Na, der angolanische Spieler natürlich. Er hat doch früher auch in Frankreich gespielt.« Für ihn scheint es die selbstverständlichste Sache der Welt zu sein.

»Tatsächlich, hat er das?«

»Klaro.« Luís blickt sie erstaunt an, als hätte er ihr erklären müssen, dass die Erde eine Kugel ist.

»Weißt du, ich habe von Fußball nicht so wahnsinnig viel Ahnung.« Sie zieht entschuldigend die Schultern hoch. »Außerdem habe ich zwei linke Füße.«

Dabei verdreht sie ihre Füße, so weit sie kann, und schaut übertrieben panisch, als fürchtete sie, gleich umzufallen.

Luís lacht laut. »Sie sind lustig, Senhora!«

»Ich bin übrigens Lilli Jansen. Nenn mich einfach Lilli, wenn du magst.«

»Wollen wir Freunde sein, Senhora Lilli?« Er reicht ihr erneut seine kleine Hand.

Lilli schaut den Jungen etwas verdattert an und lacht verlegen, als sie einschlägt.

»Ich fühle mich geehrt!«

»Sie sind die erste alte weiße Frau, die meine Freundin ist.«

»Ach wirklich?« Als alte Frau betrachtet zu werden, missfällt Lilli sichtlich.

»Dabei unterhalte ich mich gern mit den Touristen. Von denen gibt es hier eine ganze Menge, vor allem wenn die Kreuzfahrtschiffe anlegen. Aber die sind immer so in Eile. Sie wollen nur ein Foto mit mir und schenken mir manchmal Geld oder Schokolade und müssen dann immer ganz schnell weiter.«

Lilli nickt verständnisvoll. »Neue Freunde findet man nicht auf die Schnelle.«

»Nein«, bestätigt Luís. Dass jemand keine Zeit hat, sich mit ihm zu unterhalten, ist für ihn offenbar nicht nachzuvollziehen.

»Weißt du, da, wo ich lebe, sind die Leute auch meistens in Eile. Sie gehen schnell, sie arbeiten schnell, und sie reden schnell, ja, sie essen sogar schnell. Als befürchteten sie, ihnen würde das Leben davonlaufen. Dabei ist es in Wirklichkeit umgekehrt, und sie stellen eines Tages entsetzt fest, dass sie ihr eigenes Leben weit hinter sich zurückgelassen haben.«

Lilli grinst über ihr Bonmot und macht sich in Gedanken eine Notiz, um es vielleicht in ihrem Buch zu verwenden.

»Dann haben Sie auch nie genug Zeit?«

»Nein, nein, an Zeit mangelt es *mir* wahrlich nicht!«, sagt Lilli mit einem lauten Lachen, das kein fröhliches ist. »Eher habe ich zu viel davon.«

Luís sieht sie skeptisch an, als wäre er sich nicht sicher, ob seine neue Freundin ihn auf den Arm nehmen will.

»Aber ... wie kann man denn *zu viel* Zeit haben?«

Lilli überlegt einen Augenblick. »Na ja, wenn ein ganzer langer Tag vor einem liegt und man nicht weiß, was man mit ihm anfangen soll. Oder will. Und man deshalb überhaupt keine Lust auf ihn hat. Dann fühlt es sich an, als hätte man zu viel Zeit. Es ist kein gutes Gefühl.«

»Wie kann das denn sein?« Luís nimmt seine Kappe ab, kratzt sich am Kopf und sieht Lilli irritiert an. »Es gibt doch *immer* etwas zu tun. Tausend Millionen Sachen! Ich kann zum

Beispiel an den Strand gehen, ein Buch lesen, meine Freunde treffen, ein Bild malen, mit den Hühnern spielen, den Himmel anschauen, nach Muscheln suchen …«

Er findet immer neue Tätigkeiten, bis er, anscheinend überwältigt von seinen Möglichkeiten, feststellt: »Wissen Sie, ich glaube, bei mir ist es umgekehrt – ich habe immer zu wenig Zeit und viel zu viele schöne Dinge, die ich tun kann.«

Lilli nickt anerkennend. »Das nächste Mal, wenn ich nichts zu tun habe, wende ich mich einfach an dich, in Ordnung?«

»Okay!« Luís strahlt. »Und dann finde ich ganz sicher etwas für Sie zu tun. Oder noch besser: Wir unternehmen etwas zusammen!«

»Ich danke dir, das ist sehr freundlich.«

»Aber jetzt muss ich meine Hausaufgaben machen.«

Luís ist anzusehen, dass dies nicht zu den vielen Dingen gehört, mit denen er sich gern befasst.

»Kann ich Sie allein lassen, haben Sie etwas zu tun?«

Er scheint seine neue Verpflichtung sehr ernst zu nehmen, stellt Lilli gerührt fest.

»Aber ja. Ich sehe erst mal eine Weile den Hühnern zu. Und dann mache ich vielleicht einen Spaziergang. So schnell werde ich mich hier ganz sicher nicht langweilen.«

Sie bemüht sich, überzeugend zu klingen. Luís nickt erleichtert, hängt sich seine Schultasche über die Schulter und verschwindet mit einem letzten Winken im Haus.

»Wie alt bist du eigentlich, Luís?«, ruft Lilli ihm hinterher.

»Ich bin schon zehn Jahre alt«, tönt es stolz von drinnen. »Und Sie?«

»Uralt. Ich könnte deine Großmutter sein.« Sogar deine Urgroßmutter, denkt Lilli entsetzt.

»Das wäre schön, ich habe nämlich keine Oma mehr. Aber dafür eine Uroma. Die lebt auf Santo Antão!«

Obwohl es eine Zeit gab, in der Lilli über eigene Kinder nachdachte, wusste sie nie so recht, mit Kindern umzugehen.

Kindliche Spontaneität und Unvernunft verunsicherten sie, lieber diskutierte sie mit Erwachsenen. Umso erstaunlicher findet Lilli nun, wie einfach es ist und wie viel Spaß es ihr macht, sich mit Luís zu unterhalten.

Sie lächelt zufrieden. Noch keinen Tag ist sie auf der Insel, und schon hat sie einen Freund gefunden. Kein schlechter Anfang.

6

Eine megaberühmte Schriftstellerin

Immer wieder blickt Lilli auf ihre Armbanduhr. Sie ist sich nicht sicher, wann Luís heute nach Hause kommt. Vielleicht ist er nach der Schule zu Freunden gegangen? Das wäre schade, denn sie freut sich darauf, sich mit ihm zu unterhalten und zu hören, was er heute gelernt und erlebt hat.

Endlich hört sie das vertraute Poltern der ins Schloss fallenden Haustür und spürt einen freudigen kleinen Hüpfer in ihrem Bauch. Dann kommt Luís auch schon in den Hof gestürmt, wirft seine Schultasche wie gewöhnlich achtlos auf den Boden und ruft ihr entgegen:

»Senhora Lilli, ich bin zu Hause!«

Lilli strahlt. »Senhor Luís, wie schön!«

Sie sitzt auf der Bank unter dem Avocadobaum vor einer Menge Zettel und Blätter, die sie auf dem ganzen Tisch verteilt hat.

»Und, haben Sie etwas Interessantes erlebt?«, fragt Luís sie wie immer, wenn er aus der Schule kommt.

Seit einigen Tagen wohnt Lilli nun schon bei Luís und Isabel und hat seitdem noch nichts sonderlich Interessantes erlebt. Immerhin konnte sie sich heute zum ersten Mal dazu durchringen, sich ein wenig mit ihrem Buch zu beschäftigen. Bisher verbrachte sie nämlich die Zeit, in der sie allein war, vor allem damit, in den Magazinen, Zeitungen und Büchern zu lesen, die sie sich aus Hamburg mitgebracht hat. Außerdem hat sie viel geschlafen oder einfach nur dagesessen und sich darauf gefreut, dass Luís und Isabel nach Hause kommen.

Ob sie nicht mal vor die Tür gehen wolle, haben ihre Gastgeber sie mehrmals vorsichtig gefragt. Das hat Lilli abgelehnt. Nein, sie fühle sich nicht danach, und außerdem sei ihr Körper noch dabei, sich an das tropische Klima zu gewöhnen. Die Wahrheit aber ist: Sie fremdelt viel zu sehr mit ihrer neuen Umgebung, um allein das sichere Haus zu verlassen – ja, Lilli Jansen, die Weltenbummlerin, traut sich tatsächlich nicht, vor die Tür zu treten! Wenn das jemand wüsste …

Immerhin setzte sie sich einmal, als ihr allzu langweilig wurde, auf die Stufen vor dem Haus und schaute den vorbeigehenden Menschen zu. Man grüßte sie höflich, spielende Kinder lächelten unsicher und wünschten ihr einen guten Tag. Das war erst einmal genug Welt für sie, fand Lilli. Die Stadt laufe ihr ja nicht weg.

Am Tag zuvor überredete Isabel sie nach dem Abendessen, gemeinsam ein Stück spazieren zu gehen. »Nur mal um die Ecke.« Sie bummelten durch die schmalen Straßen ihres Viertels und ließen sich in der Dämmerung auf einer Bank nieder mit wunderbarem Blick über die bereits beleuchtete Stadt zu ihren Füßen. Da Isabel und Luís am Rande der Caldera von Mindelo wohnen, konnten sie wie in einem Amphitheater vom Fährhafen und den Kreuzfahrtschiffen zur Rechten bis zu den Bergen auf der anderen Seite der Bucht blicken und über die Altstadt dazwischen. Friedlich sah es von hier oben aus, dachte Lilli.

»Sehen Sie, da unten liegt der Palast und drum herum die schönen Häuser und Kirchen aus der Kolonialzeit«, erklärte Isabel ihr. »Dahinter können Sie den Torre de Belém und den Fischmarkt erkennen. Wollen Sie sich das nicht einmal aus der Nähe ansehen?«

Das wollte Lilli unbedingt. Aber es hatte Zeit, fand sie, schließlich würde sie noch eine Weile bleiben.

Heute Morgen fiel Lilli ein, dass sie sich dringend bei Fräulein Melchior melden musste. Die war ganz aus dem Häuschen, als sie hörte, wer in der Leitung war:

»Oh, Frau Jansen! Ich habe mir ja schon *solche* Sorgen gemacht!« Ob es ihr denn gut gehe »auf dieser Insel« und sie angemessen versorgt würde und vernünftig untergebracht sei, wollte sie als Erstes wissen. Und ob sie denn auch eine eigene Toilette habe und es fließendes Wasser gebe.

»Ach, ich dachte schon, ich höre gar nichts mehr von Ihnen.« Der Vorwurf war unüberhörbar.

Lilli beruhigte ihre Hausdame. Ja, es ginge ihr gut, und die Menschen, bei denen sie wohne, seien sehr freundlich. Und fließendes Wasser und ein eigenes Bad habe sie auch. Sie freute sich, dass Fräulein Melchior sich auf dem Weg der Genesung befand und schon bald in eine Rehaklinik entlassen würde.

»Ach ja, man kümmert sich hier recht gut um mich. Aber ich vermisse unser Haus doch sehr. Und ich sorge mich ein wenig, weil ...« Es fiel ihr grundsätzlich schwer, Sorgen zu äußern, die nicht anderen galten. »... wenn man mich irgendwann entlässt ... dann werde ich dort ganz allein sein.«

Sie klang wirklich niedergeschlagen.

»Aber nein, Fräulein Melchior, Maria wird Ihnen doch Gesellschaft leisten und sie bestens versorgen!«, versuchte Lilli sie aufzumuntern. »Sie werden sie mögen, da bin ich mir ganz sicher. Und es wird Ihnen bestimmt an nichts fehlen!«

Trotzdem hatte Lilli ein schlechtes Gewissen, als sie sich verabschiedeten und sie ihr weiterhin gute Besserung wünschte. Nicht nur, weil sie Fräulein Melchior, die sich ein halbes Leben lang um sie gekümmert hatte, allein ließ, sondern auch, weil sie befürchtete, dass sich das Zusammenleben der beiden Frauen nicht so harmonisch gestalten würde, wie sie ihrer Hausdame gegenüber beteuerte.

Nach dem Telefonat verharrte Lilli auf der Bank und sah den Hühnern dabei zu, wie sie im Hof nach Essbarem suchten. So konnte es nicht weitergehen. Das tagelange Nichtstun machte sie zunehmend schwermütig, und das war nun wirklich nicht der Zweck dieser Reise. Dazu hätte sie nicht herzukommen brauchen, grübeln konnte sie schließlich auch in Hamburg.

Obwohl ihr überhaupt nicht der Sinn danach stand, beschloss Lilli, sich mit ihrem Buch zu beschäftigen. Wie lange wollte sie noch davor weglaufen? Also gab sie sich einen Ruck, erhob sich und machte sich auf den Weg, um ihre Notizen zu holen.

In ihrem Zimmer störte sie allerdings die Unordnung. Sie hatte bisher nur einen Teil ihrer Sachen in den Schrank geräumt, andere waren noch im Koffer oder lagen verstreut herum. Zwar hatte Isabel ihr »Room Service« angeboten, aber das hatte Lilli abgelehnt. Es wäre ja wohl noch schöner, wenn ihre hart arbeitende Gastgeberin ihr auch noch das Zimmer aufräumen müsste!

Lilli beschloss, erst einmal für Ordnung zu sorgen, da äußere Ordnung bekanntlich auch Ordnung im Kopf schafft, und die brauchte sie dringend. Es dauerte eine Weile, bis sie zufrieden war – erst als ihr partout nichts mehr einfiel, was sie noch aufräumen und erledigen könnte, nahm sie ihre Notizen aus der Schreibtischschublade, setzte sich damit wieder an den Tisch unter dem Avocadobaum und begann, darin zu lesen.

Gänzlich uninteressant fand sie sie nicht. Aber in diesem Durcheinander von Gedankenfetzen und Ideenfragmenten war nicht ansatzweise die Rahmenhandlung für einen Roman zu erkennen. Was natürlich keine neue Erkenntnis war. Vielleicht würde sich eine andere Perspektive ergeben, wenn sie das Chaos ein weiteres Mal ordnete – schließlich hatte sie sich ihre Unterlagen schon eine Weile nicht mehr intensiver angesehen.

Und weil Lilli nichts Klügeres einfiel, begann sie, all die Blätter, Karteikarten und verschiedenfarbigen Klebezettel ihrer Intuition folgend zu sortieren. So entstanden viele Stapel, es wurde kein bisschen übersichtlicher, aber immerhin hatte sie dabei einige Einfälle. Sie holte sich einen Stift aus ihrem Zimmer und kritzelte damit Bemerkungen, beschrieb neue Karten und zerriss einige alte, strich Sätze und Absätze und umkreiste ihr wichtig erscheinende Gedanken.

Für einige Zeit bereitete ihr die Arbeit sogar Freude, doch dann spürte sie, wie ihre Energie nachließ. Als sie sich schließlich zurücklehnte, tief durchatmete und ihre Ergebnisse betrachtete, konnte sie keinerlei Fortschritt erkennen.

Daher ist Lilli jetzt mehr als erfreut, von Luís in ihrem wirren Tun unterbrochen zu werden.

»Etwas Interessantes erlebt? Also, das würde ich *so* nicht behaupten …«, antwortet Lilli zögernd. Sie lässt ihren Blick erneut über ihr Werk schweifen, das den gesamten Tisch bedeckt, und die Sorgenfalte auf ihrer Stirn wird noch ein bisschen tiefer.

»Nein, wirklich interessieren tut mich *das hier* gerade gar nicht!«, sagt sie mit schneidender Geringschätzung in der Stimme. »Aber leider *sollte* es das …«

Natürlich versteht Luís nicht, wovon sie spricht. Er sieht Lilli fragend an, dann betrachtet er mit konzentriertem Blick das Papierchaos vor ihm, als könnte er seiner Freundin auf diese Weise helfen. Bis er seine Neugier nicht mehr zügeln kann.

»Aber … was ist denn das, Senhora Lilli?«

»Gute Frage.« Sie bemerkt den mitfühlenden Blick des

Jungen und bemüht sich um ein Lächeln. »Ach, weißt du, das soll eigentlich ein Buch werden.«

»Ein Buch, wirklich, Sie schreiben ein *richtiges* Buch?«

Lilli nickt. »Tja, jedenfalls versuche ich es.«

»Das ist ja *mega*aufregend!« Luís kann es offenbar gar nicht fassen. »Sie sind eine *richtige* Schriftstellerin?«

Lilli spürt, wie seine Euphorie ihre Stimmung ein wenig hebt, und sagt grinsend:

»In der Tat, ich bin eine *RICH-TI-GE* Schriftstellerin. Aber ›megaaufregend‹ …« Sie imitiert seine hohe Stimme. »… ist es leider nicht.«

Luís lacht und sieht sie dann skeptisch an. Offenbar um ganz sicherzugehen, dass er sie richtig verstanden hat, fragt er: »Sie schreiben also Bücher, die man kaufen kann, die Leute *tatsächlich* lesen?«

»Ja, es gibt tatsächlich Leute, die kaufen und lesen meine Bücher; früher mehr, heute weniger. Insgesamt habe ich vierzehn geschrieben, und das hier …« Sie wirft einen genervten Blick auf ihre Notizen. »… soll das fünfzehnte werden. Und ganz bestimmt mein letztes!«

Luís ist offensichtlich beeindruckt.

»Nur ist es schon eine Weile her, dass ich ein Buch fertiggestellt habe – stell dir vor, da kamst du gerade auf die Welt.« Lilli schmunzelt kurz über Luís' erstaunten Blick. »Ich bin mir nicht sicher, ob es mir noch einmal gelingen wird.«

»Aber Sie haben sich doch schon so krass viele Gedanken gemacht.«

Sein Blick wandert wieder über Lillis Notizen.

»Na ja …«

»Worum geht es denn, erzählen Sie mir die Geschichte, ja? Bitte!«

Er schaut Lilli erwartungsvoll an.

»Nein, das geht nicht, das kann ich nicht, weil …« Sie stutzt. »Weil ich noch gar nicht weiß, wovon sie handeln soll.«

»Ach so.«

Luís nickt und schaut sie verständnisvoll an. Einen Augenblick scheint er über das Problem nachzudenken, dann leuchten seine Augen plötzlich wieder, und er verkündet:

»Kein Problem, Senhora Lilli, Sie lesen mir einfach vor, was Sie aufgeschrieben haben.« Da die Notizen auf Deutsch verfasst sind, kann er sie nicht verstehen. »Und dann überlegen wir gemeinsam, was in der Geschichte ...«

»Nein!« Lilli unterbricht den Jungen barsch, selbst erschrocken von ihrer Vehemenz. »Das tun wir *ganz sicher nicht*!«

Luís blickt sie verwirrt an. Er wirkt gekränkt, sagt aber nichts.

»Hast du nicht irgendetwas Besseres zu tun, anstatt ...?« Lilli bricht ab, zum Glück.

So leid es ihr tut, den Jungen vor den Kopf zu stoßen – hier ist eine Grenze erreicht. Schließlich geht es nicht um ein Kinderspiel, sondern um ihre berufliche Existenz.

»Klar, hab ich«, flüstert Luís, zögert einen Moment, als erwartete er doch noch eine Erklärung, und verschwindet dann mit hängenden Schultern im Haus.

Lilli würde ihm gern etwas Versöhnliches hinterherrufen, aber ihr will nichts einfallen. Es fühlt sich an, als hätte sich in ihrem Kopf eine schwere Tür krachend geschlossen. Die die Welt daran hindert, ihr zu nahe zu kommen – und sie selbst dahinter allein zurücklässt. Es ist ein vertrautes Gefühl.

Wie naiv sie doch war! Hat sie ernsthaft geglaubt, mit Hamburg und dem Winter auch ihre Dämonen hinter sich zurücklassen zu können? Jetzt hat sie auch noch den Jungen verletzt, der an ihrem Schlamassel nun wirklich keine Schuld trägt.

Lilli starrt auf die blau gestrichene Holztür, die in das Haus der Familie führt. Ihr schlechtes Gewissen scheint ihr Herz zusammenzupressen und ihr die Luft zu nehmen. Wie ein Stein sitzt sie nur da und starrt und bemüht sich zu atmen. Um ihre wild durcheinanderwirbelnden Gedanken zu mäßigen und um nicht gänzlich zu verzweifeln, ist es wohl am besten, sie konzentriert sich wieder auf ihre Arbeit. Worin auch immer diese Arbeit bestehen mag.

Hektisch wandert ihr Blick über die Notizen. Kann darin nicht doch eine gute Geschichte verborgen liegen? Die sie nur noch nicht entdeckt hat? Weil sie sich viel zu sehr anstrengt? Allmählich bekommt sie wieder mehr Luft, das Herz schlägt ruhiger, und ihre Gedanken hören auf, durcheinanderzurennen wie eine Herde panischer Pferde.

Einem Impuls folgend nimmt sich Lilli ein leeres Blatt und zeichnet darauf eine Strichfigur. Sie könnte für eine der zentralen Personen des Buchs stehen. Weitere Strichfiguren kommen schnell hinzu. Lilli lächelt, als ihr klar wird, dass sie die Handelnden drei Generationen zuordnen muss: Da sind die schon älteren Menschen, die den Krieg überlebt haben. Dann die jüngeren, die in den Wirtschaftswunderjahren das Land wieder aufbauen, und schließlich die Generation der Babyboomer. Sie gehören zu einer weitverzweigten Familie, so viel ist klar, und in jeder der Generationen gibt es eine zentrale Frauenfigur. Von diesen Frauen soll das Buch nun also erzählen. Das ist gut. Und jetzt?

Lilli fühlt sich ein wenig erleichtert, immerhin, aber sie weiß nicht, wie sie weitermachen soll. Um nur nicht zurückzufallen in ihre Versteinerung, kritzelt sie weitere Figuren und schmückt sie mit immer neuen Details aus. Dabei bemerkt sie gar nicht, wie ihr Gesichtsausdruck weicher wird und sie zu lächeln beginnt.

»Oooh, die sind ja voll niedlich!«

Lilli war so tief in ihr Tun versunken und hat gar nicht mitbekommen, dass Luís wieder neben ihr steht. Zu ihrer großen Erleichterung lächelt er, als wäre nichts geschehen.

»Luís, mein Freund!« Sie legt ihm eine Hand auf die Schulter. »Es tut mir schrecklich leid, ich war sehr gemein zu dir. Weißt du, manchmal ... da bin ich ...«

»Ist schon okay.« Er zeigt auf die gezeichneten Figuren. »Die sind echt schön.«

»Findest du?«

Luís nickt strahlend.

»Tja, vielleicht sollte ich lieber einen Comic zeichnen.«

»O ja, super, das sollten Sie unbedingt!«

»Ich befürchte nur, dass mein Talent dafür nicht ausreicht.« Sie stellt sich das Gesicht ihres Verlegers vor, wenn sie ihm mitteilte, dass Lilli Jansen von nun an nicht mehr schreiben, sondern Comics zeichnen würde, und muss darüber lachen.

»Ich denke, ich sollte für heute Schluss machen. Schließlich habe ich ja auch Urlaub, nicht wahr?«

»Genau! Möchten Sie sich vielleicht *heute* Mindelo ansehen, Senhora Lilli?«, fragt Luís vorsichtig, denn diese Frage hat er ihr in den letzten Tagen mehrmals gestellt und stets ein Nein bekommen. »Ich würde Sie sehr gern begleiten.«

Lilli überlegt einen Augenblick. Ist sie ausgerechnet jetzt in der Stimmung für Menschen und Trubel? Dann gibt sie sich zu ihrer eigenen Überraschung einen Ruck.

»Hervorragende Idee, das machen wir. Etwa jetzt gleich?«

»Klaro! Kommen Sie, das wird toll!«

Luís reicht ihr eine Hand, die Lilli zögernd ergreift, und zieht sie zum Hoftor. Sie kann gerade noch rasch nach ihrer Umhängetasche greifen.

Dann stürmen die beiden durch die Haustür hinaus in die Stadt.

Gemütlich bummeln Lilli und Luís durch schmale Gassen mit niedrigen Häusern, deren blätternde Fassaden von keinem guten Zustand zeugen und die trotzdem freundlich wirken, weil jedes in einer anderen Farbe gestrichen ist. Viele Fenster und Türen sind mit Eisenstangen vergittert, stehen aber weit offen, sodass man hören und sehen kann, wie drinnen Kinder spielen, Fernseher und Radios laufen, man schwatzt und lacht oder streitet. Menschen sitzen vor ihren Häusern, unterhalten sich mit den Nachbarn, erledigen Hausarbeiten oder beobachten einfach nur, was auf der Straße vor sich geht.

Von allen Seiten werden die beiden Spaziergänger gegrüßt und die fremde Frau mit freundlicher Neugier beäugt.

»Das ist meine Freundin Senhora Lilli«, erklärt Luís jedermann und -frau stolz. »Sie kommt aus Deutschland und ist eine megaberühmte Schriftstellerin!«

Die Leute nicken ihr respektvoll lächelnd zu. Allerdings ist es Lilli gar nicht angenehm, auf diese Weise präsentiert zu werden.

»Es reicht doch, wenn du sagst, dass ich deine Freundin bin«, flüstert sie Luís zu, peinlich berührt. »Meinetwegen, dass ich aus Deutschland komme. Aber was ich beruflich mache, interessiert bestimmt niemanden.«

»O doch!«, entgegnet er ihr mit großen Augen. »Natürlich interessiert das jeden!« Und schon erläutert er den nächsten Passanten, wer seine Begleiterin ist.

Die Menschen reagieren überaus freundlich, stellen viele Fragen und sind überrascht von Lillis fließendem Portugiesisch. Obwohl man auf den Kapverden untereinander meistens Kreol spricht, ist die Amtssprache nach wie vor Portugiesisch. Alle scheinen sich mit Luís über seinen Gast zu freuen – und nach einer Weile hat sie sich damit abgefunden, die »megaberühmte Schriftstellerin« zu sein.

Ein kleiner Hund mit zotteligem schwarzem Fell hat Luís entdeckt, kommt freudig schwanzwedelnd angerannt und legt sich sofort auf den Rücken, um sich von ihm den Bauch kraulen zu lassen.

Lilli ist erstaunt, wie viele Hunde es hier gibt, die überall sitzen, gehen und liegen, einzeln und in Gruppen, auf den Wegen schlafen und nicht selten sogar auch auf der Straße.

»Die meisten von ihnen sind frei und gehören zu niemandem«, erklärt ihr Luís, während er den kleinen Zottel streichelt. »Sie werden aber mit Fressen versorgt. Es gibt sogar einen Verein, der Futter- und Wasserspender aufhängt. Wenn ich Geld für ein Eis habe, gebe ich es manchmal lieber ihnen. Denn die Hunde wollen ja auch ein gutes Leben haben.«

»Das finde ich großartig von dir«, sagt Lilli beeindruckt und beschließt, den Hundehelfern ebenfalls Geld zu spenden.

Nicht alle Tiere sehen wohlgenährt und gesund aus. Aber sie hat auf ihren Reisen viele Straßenhunde gesehen und sich mit manchen angefreundet – den meisten ging es sichtlich schlechter als diesen. Vor allem wundert Lilli, wie sicher sich die Tiere im Verkehr bewegen und sogar viel befahrene Straßen überqueren. Und dass Autofahrer schlafende Hunde vorsichtig umfahren, anstatt zu hupen und sie zu verscheuchen.

»Ich glaube, es sagt viel über die Menschen aus, wie sie mit Tieren umgehen«, sagt sie, und Luís nickt zustimmend.

Etwas später biegen die beiden in eine verkehrsreiche Straße mit breitem Fußweg ein. Bei jedem Geschäft, das sie passieren, erklärt Luís, was es dort zu kaufen gibt und wie die Besitzer heißen. Oft sind es natürlich Freunde von ihm. Lilli hört aufmerksam zu und lässt sich nicht anmerken, dass es für sie mit der Zeit ein wenig ermüdend wird.

Als sie an einem Café vorbeikommen, in dem es laut Luís die besten *Pasteis de Nata* gibt, die typisch portugiesischen Cremetörtchen, schlägt Lilli vor, hier eine Pause einzulegen. Die Hitze und die Sonne setzen ihr zu, und so ist sie froh, sich an einem der Tische im Schatten niederlassen zu dürfen. Mit einem Taschentuch tupft sie sich den Schweiß vom Gesicht.

»Ich bin eben keine junge Frau mehr.« Sie zieht die Schultern hoch, als wollte sie sich für diesen Umstand entschuldigen. Luís betrachtet sie besorgt. »Aber nach einem Kaffee bin ich wieder fit. Versprochen!«

Lilli probiert ein Törtchen, das wirklich gut ist, und Luís ist hochzufrieden mit seinem Eis. Dabei schauen sie einigen Jugendlichen zu, wie sie über der Straße die Weihnachtsbeleuchtung anbringen. Ob das nicht ein bisschen früh sei, fragt Lilli, aber Luís erklärt ihr, dass ja die ganze Innenstadt geschmückt werden müsse. Wo dann alles in bunten Lichtern erstrahlen würde. Ihm ist anzusehen, wie sehr er sich darauf freut.

»Weihnachten ist die schönste Zeit des Jahres, nicht wahr?«, fragt Lilli, ohne Widerspruch zu erwarten.

»Klaro. Nur Karneval ist natürlich viel besser«, stellt Luís fest, als könnte es in diesem Punkt keine zwei Meinungen geben.

Sofort nachdem beide aufgegessen haben und Lilli ihren Galão getrunken hat, hält es Luís nicht mehr auf seinem Stuhl.

»Wollen wir weiter, wir müssen doch noch in die Altstadt, dort wird es Ihnen wahnsinnig gut gefallen!«

Eigentlich hätte Lilli gern noch ein wenig verweilt, aber sie stimmt ihm lächelnd zu und erhebt sich, nicht ganz ohne Mühe. In einem gemächlichen, der Hitze angemessenen Tempo setzen sie ihren Spaziergang fort und stehen bald vor einem repräsentativen rosa-weißen Bau mit vielen Verzierungen und Spitzen, der aussieht, als wäre er aus Zuckerguss.

»In diesem Palast wohnte früher der Gouverneur. Wenn Sie mögen, können wir den besichtigen, aber heute ist er leider geschlossen.«

Lilli nickt nur und ist insgeheim froh darüber. Dann führt sie Luís durch die rechtwinklig angelegten schmalen Gassen der Altstadt mit ihren Läden, Restaurants und Bars.

»Am Abend wird hier überall Musik gemacht.«

»Davon habe ich gehört.« Lilli erinnert sich an Marias begeisterte Schilderungen ihrer Heimatstadt.

Eine Weile hören sie einem älteren Mann zu, der, auf einer Mauer sitzend, Gitarre spielt und dazu ein trauriges Lied singt. Auf dem Platz vor einer weißen Kirche aus der Kolonialzeit machen drei junge Männer ganz andere Musik, die südamerikanisch fröhlich klingt. Menschen umringen sie, singen mit und bewegen sich ganz selbstverständlich im Takt der Rhythmen.

Lilli gefällt es sehr.

Als sie an einem Bekleidungsgeschäft vorbeikommen, stoppt sie plötzlich.

»Ich brauche einen Hut! Sonst verbrennt mir die Sonne noch meine allerletzten Gehirnzellen.«

Sie entscheidet sich für einen roten Strohhut mit so breiter Krempe, dass sie über ihre Schultern hinausreicht. Genau das Richtige für die Tropen, findet sie. Als sie anschließend damit durch die engen Gassen bummeln, müssen die Leute ausweichen, um nicht mit dem Hut zu kollidieren, aber das ist Lilli egal.

»Wollen wir ans Meer gehen?«, schlägt Luís vor.

»O ja«, stimmt Lilli sofort zu. »Das Meer mag ich sehr.«

»Ich auch.«

Sie folgen einer breiten Straße, auf beiden Seiten eingerahmt von prächtigen zweistöckigen Häusern, jedes makellos renoviert und angestrichen in Hellblau, Rosa oder einem hellen Grün. Darin hätten früher die reichen Leute gewohnt, als Cabo Verde noch eine Kolonie war, erklärt ihr Luís. Lilli kann sich gut vorstellen, wie man damals auf den herrschaftlichen Balkonen weilte und sich das Treiben darunter ansah.

Dann stehen sie am Wasser, vor ihnen ein Hafen mit Segelbooten, Katamaranen und Jachten. Lilli ist überrascht, wie modern alles aussieht – den Hafen einer kleinen afrikanischen Insel hatte sie sich romantischer vorgestellt.

»Ich dachte eigentlich, hier gibt es Fischerboote, nicht solche ... protzigen Dinger.«

Sie zeigt verächtlich auf die großen, sicherlich sehr teuren Schiffe.

»Fischerboote haben wir auch, die liegen da hinten«, lacht Luís, »ich glaube, vor allem für die Touristen. Kommen Sie!«

Sie gehen ein Stück an der Promenade entlang, auf der einen Seite ein Platz mit schönen alten Gebäuden, auf der anderen moderne Geschäfte und Banken. Dann beginnt direkt neben der Straße ein menschenleerer kleiner Strand. Hier dümpeln tatsächlich einige Fischerboote im flachen Wasser, andere liegen einsam im gräulichen Sand. Am Ende des Strandes steht ein aus hellen Steinen gemauerter Turm.

»Der kommt mir irgendwie bekannt vor«, sagt Lilli. »Er sieht ja aus, als hätte man ihn erst gestern erbaut.«

»Ist auch noch nicht so alt, das Ding, Salazar hat den bauen lassen, der Diktator. Richtig übler Kerl, hab ich in der Schule gelernt. Und dieser Turm steht eigentlich in Lissabon. Das ist die Hauptstadt von Portugal.«

Er ist offensichtlich stolz auf sein Wissen. »Der hier ist nur 'ne olle Kopie.«

»Trotzdem sehr hübsch«, meint Lilli und schiebt dann schnell hinterher: »Diktatoren sind natürlich immer üble Kerle. Und wer ist der da?«

Sie zeigt auf eine in den Sand gebaute Statue aus Bronze auf einem hohen Sockel.

»Das ist Diogo, der Typ, der die Insel entdeckt hat. Ist echt lange her. Möchten Sie noch weitergehen? Da vorn kommt gleich die Fischhalle; da kann man Fisch kaufen. Riecht dort aber nicht *so* toll ...«

Lilli kann den intensiven Geruch schon ahnen und schüttelt nur den Kopf. Sie spürt, wie sehr der lange Spaziergang und die vielen Eindrücke sie erschöpft haben. Dazu die Hitze, die noch immer nicht nachlassen will. Jetzt scheint auch ihr Stadtführer keine Lust mehr auf Aktivitäten zu haben.

»Was hältst du davon, wenn wir uns was zu trinken besorgen und dort in den Schatten setzen?« Sie zeigt auf einen der wenigen Bäume am Strand.

»Eine Cola?« Luís ist plötzlich wieder wach.

In einem Kiosk an der Straße kauft Lilli gekühlte Getränke

und ein weiteres Eis für den Jungen. Der ist zwar zu bescheiden, um sie darum zu bitten, aber seinen sehnsüchtigen Blick zur Kühltruhe kann sie nicht übersehen.

»Vielen, vielen Dank, Senhora Lilli!« Er strahlt vor Freude.

»Sehr, sehr gern geschehen, Senhor Luís.«

Sie bummeln zurück zum Wasser und lassen sich dort unter einem Baum im Sand nieder. Lilli schnauft behaglich, als sie endlich sitzen kann. Obwohl so nah an der Straße, findet sie es hier erstaunlich still. Gelegentlich ist hinter ihnen ein Auto zu hören – sonst nur abwechselndes Eisschlecken, das schlürfende Geräusch der Strohhalme und ein friedliches Wellenplätschern.

Der Geruch von Algen erinnert Lilli an die Elbe. Ihr letzter Spaziergang am Strand von Blankenese – was für eine andere Welt! – ist tatsächlich erst wenige Tage her. Aber an Hamburg mag sie jetzt nicht denken. Sie lässt ihren Blick über die weite Bucht schweifen, wo zwei Kreuzfahrtschiffe wie riesige gestrandete Wale im Hafen liegen und die Sicht auf den Durchgang zum offenen Meer versperren. Hinter ihnen ragen über weit entfernten Wolken unwirklich die Berggipfel der Nachbarinsel.

»Warst du schon einmal dort?«

»Natürlich, auf Santo Antão wohnt doch meine Vovo.«

»Deine Großmutter?«

»Meine Uroma, Mamas Oma.«

Für eine ausführlichere Antwort ist er offenbar zu sehr auf sein Eis konzentriert.

Inzwischen hat die Hitze endlich ein wenig nachgelassen. Lilli spürt, wie ihre Augen schwer werden in der nun angenehm warmen Abendsonne. Sie setzt ihren Hut ab und legt ihn neben sich in den Sand. Ein Schläfchen wäre jetzt schön.

»Wenn man mit dem Schiff immer weiter und weiter nach Westen fährt, kommt man nach Amerika«, sagt Luís leise.

»Hmm«, antwortet Lilli dösend.

»Aber bis dort ist es wirklich sehr weit.«

»Hmm.«

»Da lebt mein Papa.«

»Ach ja?« Sie sieht ihn überrascht an.

»Ich glaube schon.« Luís schaut ernst. »Viele Papas von São Vicente arbeiten in fremden Ländern.«

»Davon habe ich gehört.« Lilli weiß nicht, was sie sonst sagen soll.

»Bestimmt wäre mein Papa viel lieber hiergeblieben bei mir und Mama. Aber in Mindelo gibt es nicht so viel Arbeit.«

»Ich verstehe. Kann er euch denn ab und zu besuchen?«

Luís gibt keine Antwort, reißt nur kleine Fetzen vom Etikett der Colaflasche ab. Dann springt er plötzlich mit einem Satz auf und klopft sich den Sand aus seiner kurzen Hose.

»Das war toll, Senhora Lilli! Aber ich muss noch Hausaufgaben machen, wollen wir heimgehen?«

»Äh, ja, selbstverständlich.«

Verdattert von Luís' abrupter Reaktion, schält sich Lilli aus dem Sand und erhebt sich mühsam. Es liegt nicht nur an der Nachmittagshitze, dass ihr Gesicht zu glühen scheint – die Frage nach seinem Vater hätte sie dem Jungen wohl nicht stellen dürfen. Aber woher hätte sie das wissen sollen?

»Gehen wir nach Hause.«

Luís greift ganz selbstverständlich nach ihrer Hand und hält sie den ganzen Weg über fest, während sie den Strand verlassen und in die Uferpromenade einbiegen.

7

Komm mir bloß nicht mit Gauguin!

»Stell dir vor, Mama, wir waren am Meer beim Diogo, und wir haben Cola getrunken, und ich habe sogar zwei Eis bekommen, das war cool, und der Senhora gefällt es sehr gut bei uns in Mindelo, nicht wahr?«

Immer neue Begebenheiten fallen Luís ein, während er seiner Mutter übersprudelnd berichtet, was die beiden in der Stadt gesehen und erlebt haben. Isabel, die gerade den Hof gefegt hat, unterbricht ihre Arbeit, um ihm ihre ganze Aufmerksamkeit zu widmen. Dabei wirft sie Lilli gelegentlich einen entschuldigenden Blick zu, als zweifelte sie daran, dass der Gast genauso viel Spaß hatte wie ihr Sohn. Die aber nickt nur immer wieder bestätigend und lächelt.

»... und ich habe Senhora Lilli den Palácio gezeigt, und wir haben zusammen Musik gehört, und stell dir vor ...«

»Wie nennst du die Senhora? Sie heißt Senhora Jansen! Bitte entschuldigen Sie«, sagt sie zu Lilli und scheint wirklich aufgebracht. »Es ist sehr unhöflich, einen Erwachsenen beim Vornamen zu nennen, das weißt du doch!«

»Lassen Sie nur, das ist in Ordnung, ich habe ihn gebeten, mich so zu nennen«, erklärt ihr Lilli beschwichtigend. »Und gern auch ohne die ›Senhora‹.«

Isabel schaut die beiden skeptisch an.

»Ich hoffe, Luís war keine Belastung für Sie? Er ist ja

manchmal ein bisschen ... *intensiv.*« Dabei streichelt sie ihrem Sohn liebevoll über den Kopf. Der blickt nur genervt, weil er in seiner Erzählung unterbrochen wurde.

»Aber nein, Luís ist ein prima Kerl, ich hatte eine großartige Zeit mit ihm. Und eine Menge über Mindelo gelernt habe ich auch. Sie haben einen überaus intelligenten Sohn, auf den Sie wirklich stolz sein können!«

Luís grinst.

»Na gut. Aber jetzt ist es allerhöchste Zeit für meinen überaus intelligenten Sohn, seine Hausaufgaben zu machen.«

»Och nee, ich hab doch vorhin schon das meiste davon erledigt«, mault er, vom Grinsen keine Spur mehr.

»Dann erledigst du eben noch den kleinen Rest und bist bis zum Abendessen damit fertig.«

Sie gibt ihm einen zärtlichen Klaps, und Luís schleicht schmollend im Schneckentempo ins Haus. Sein Kopf erscheint aber noch einmal in der Tür, und er ruft Lilli zu:

»Vielen Dank für das Eis und die Cola, Senhora Lilli!«

»Gern geschehen. Und ich danke Ihnen für die hervorragende Stadtführung, Senhor Luís!«

Tatsächlich kann sie sich nicht erinnern, wann sie sich das letzte Mal so gut amüsiert hat wie an diesem Nachmittag.

Isabel lächelt noch immer, während sie sich wieder dem Gemüse für ihr Abendessen widmet. Als sie bemerkt, dass Lilli unschlüssig im Hof steht, lädt sie sie mit einer Handbewegung ein, ihr Gesellschaft zu leisten. Lilli nimmt auf einem der Stühle Platz und beginnt, ohne zu fragen, Erbsen aus ihren Schoten zu befreien.

»Luís ist wirklich ein charmanter Junge. Und so voller Neugier und Wissensdurst.«

»O ja«, bestätigt Isabel. »Ihm fällt das Lernen viel leichter als den meisten seiner Mitschüler. Jedenfalls, solange ihn etwas interessiert – Geschichte, Geografie und natürlich alles, was mit Wissenschaft und Technik zu tun hat. Wenn er sich nur auch in den Fächern, die er nicht mag, ein kleines bisschen mehr anstrengen würde ...«

Sie schüttelt ratlos den Kopf.

»Dabei ist es so wichtig, dass er einen guten Abschluss schafft. Er soll es doch einmal besser haben.«

»Ich war als Kind genauso. Ich weigerte mich einzusehen, warum ich etwas so Unnützes wie Mathematik oder Chemie lernen sollte. Was würde ich wohl je damit anfangen? Und es stimmte ja: Das meiste, was man mir in der Schule gegen meinen Willen eintrichterte, habe ich nie wieder gebraucht. Wir würden schließlich ›für das Leben lernen und nicht für die Schule‹, erzählten uns die Lehrer. Was für ein Quatsch!«, sagt sie lachend, blickt aber sofort wieder ernst, als sie Isabels Gesichtsausdruck bemerkt. Die scheint es nicht so locker zu sehen.

»Luís war schon immer ein verträumtes Kind. Mal will er Astronaut oder Astronom werden, mal ein berühmter Fußballspieler, und dann möchte er unbedingt zur See fahren. Für alles, was realistisch ist, interessiert er sich nicht.«

»Ist das nicht normal für einen Jungen seines Alters? Viel schlimmer wäre doch, wenn er *keine* Träume hätte, oder?«

»Sicher«, antwortet Isabel. »Sie haben ja recht. Nur, wie wird er damit umgehen, wenn er eines Tages realisiert, dass sich seine großen Träume nicht erfüllen lassen?«

»Meinen Sie nicht, dass er dann kleineren Träumen nachgeht?«

»Vielleicht. Vielleicht verliert er aber auch den Mut und wirft alles hin. Und setzt sich ins Ausland ab wie so viele Männer.«

Lilli denkt daran, was Luís ihr erzählt hat. Natürlich versteht sie Isabels Angst, sein Sohn könnte in die Fußstapfen seines Vaters treten und dem Ruf der Welt folgen. Sie ist ja selbst ein Inselkind und weiß, wie verlockend dieser Ruf ist –

gerade für junge Menschen, die in so engen, vom Meer diktierten Grenzen aufwachsen. Aber die meisten kehren eines Tages zurück, weil sie ihr Heimweh nicht mehr aushalten. Bestimmt wird es Luís' Vater früher oder später auch so ergehen. Jedenfalls wünscht sie das Luís und seiner Mutter.

»Wir Inselkinder können auf dem Festland nicht glücklich sein«, pflegte Lillis Großvater zu behaupten. Natürlich ahnte er nicht, dass gerade für seine Lieblingsenkelin eine Rückkehr nie infrage kommen würde.

»Das erinnert mich irgendwie ans ... *Krabbenpulen.*« Weil ihr dafür kein portugiesischer Begriff einfällt, benutzt Lilli das deutsche Wort und zeigt Isabel mit den Fingern, was sie meint.

»Wir haben als Kinder oft Krabben gepult. Sie kamen aus der Nordsee, direkt vor der Haustür. Am liebsten hatte ich sie auf Brötchen oder im Omelett. Ich habe seit Ewigkeiten keine Krabben mehr gegessen ...«

Während sie sich sonst jede Erinnerung an ihre Kindheit verbietet, kommt ihr nun das Bild der Fischer in den Sinn, wie sie mit ihren großen Körben an Land kamen und die Insulaner hinunter zum Südstrand gingen, um Krabben, Fische und Hummer zu kaufen. Lilli spürt den kühlen Sand unter ihren Füßen und riecht den strengen Duft der Meerestiere. Neben ihr läuft ihre beste Freundin Liese, und sie hört ihr helles Lachen. »Wer zuerst an der Brücke ist!«, ruft sie Lilli zu und rennt los. Sie ist eine gute Läuferin, und Lilli weiß, dass sie sie unmöglich einholen kann. Trotzdem läuft sie ihr hinterher. Der salzige Wind ist kühl in ihrem Gesicht. Über ihr schreien die Möwen.

»Dann sind Sie auch am Meer aufgewachsen?«

Lilli zuckt zusammen, und die Bilder aus ihren Erinnerungen verschwinden augenblicklich wie vom Licht verscheuchte Schatten; dann nickt sie nur stumm. Isabel sieht sie verwundert an und stellte keine weitere Frage. Für eine Weile gehen die beiden Frauen schweigend ihrer Arbeit nach, das einzige Geräusch ist das Knacken der Schoten. Als sie damit fertig sind, bringt Isabel die Erbsen in die Küche und kommt mit Paprika und Zucchini zurück, die sie in kleine Würfel schneiden.

Lilli fürchtet, dass ihre Kindheitserinnerungen noch nicht aufgegeben haben und irgendwo im Dunkel ihres Kopfes darauf lauern, sich erneut hervorzuwagen. Das gilt es zu verhindern.

»Was machen Sie eigentlich beruflich, Isabel?«

»Vormittags arbeite ich als Verkäuferin in der Markthalle.« Sie zeigt auf das Gemüse vor ihnen. »Ich bekomme es billiger, daher gibt es bei uns viel davon. Und nur selten Fleisch.«

Sie wirft Lilli ein Lächeln zu, weil sie inzwischen weiß, dass die sich vegetarisch ernährt.

»Und dann habe ich noch einen Job in einem Hotel, ich kümmere mich dort um die Rezeption und alles mögliche andere. Vor allem, wenn die Besitzerin nicht da ist. Das Leben hier ist nicht billig. Deshalb vermiete ich auch das Zimmer.«

Isabel unterbricht ihre Arbeit, sie scheint sich einen Moment zu fragen, ob sie ihren Gast behelligen darf. Dann flüstert sie, wohl damit ihr Sohn sie nicht hört:

»Ich habe ständig ein schlechtes Gewissen. Weil ich Luís so oft allein lassen muss. Aber ich möchte ihm unbedingt ein besseres Leben ermöglichen. Egal, ob er nun auf São Vicente bleibt oder sich eines Tages doch entscheidet, im Ausland zu arbeiten.«

»Das kann ich gut verstehen.«

»Und außerdem ...« Isabel lächelt verlegen. »... habe ich auch eigene Pläne. Ich möchte im nächsten Jahr ein Fernstudium für Hotelmanagement beginnen. Damit ich eines Tages ein Hotel leiten kann.«

»Ihr eigenes Hotel?«

»Ja, *das* wäre toll!«, kichert sie wie ein junges Mädchen.

»Nein, natürlich nicht. Ich möchte nur nicht ewig Rezeptionistin bleiben.«

»Ich finde das großartig«, sagt Lilli ehrlich. »Wollten Sie schon immer im Hotel arbeiten?«

»Nein, das hat sich so ergeben. Eigentlich wollte ich seit meiner Jugend Ärztin werden.«

Sie sieht Lilli an, als würde sie sich dafür schämen.

»Das ist doch ein wunderbarer Beruf. Aber es hat nicht geklappt?«

»Wie hätte *ich* denn Ärztin werden können? Es war natürlich völlig unrealistisch, und das wusste ich im Grunde auch. Denn meine Familie war arm, ich konnte von Glück sagen, überhaupt zur Schule gehen zu dürfen.«

»Ach, wie schade«, sagt Lilli leise, verärgert über ihre eigene Naivität.

»Es ist okay. Ich bin ja froh, dass ich Arbeit habe. Und wenn ich tatsächlich den Studienabschluss schaffe und einen Job in einem guten Hotel bekomme, dann habe ich eine Menge erreicht. Vielleicht kann Luís dann ein wenig stolz auf seine Mutter sein.«

Lächelnd widmet sie sich wieder ihrem Gemüse.

Lilli empfindet Bewunderung für diese tapfere junge Frau, der es das Leben nicht gerade leicht gemacht hat, die so hart arbeiten muss und dabei noch allein für ein Kind sorgt. Wie ihre eigene Mutter, die nach dem Krieg jede Arbeit annahm, um sich und ihre Tochter über die Runden zu bringen. Und später noch ihren Ehemann, als der zurückkam aus der Gefangenschaft.

Seltsam, denkt Lilli, dass sie für Isabel so großen Respekt empfindet, während sie nie würdigen konnte, was ihre Mutter für sie getan hat.

»Und Sie schreiben tatsächlich Bücher?«

»Ja, jedenfalls bemühe ich mich.«

»Sie ist eine weltberühmte Schriftstellerin, Mama!«, tönt

es laut aus dem Haus. »So megaberühmt wie Eugénio Tavares. Mindestens!«

»Und du kümmerst dich um deine Hausaufgaben, junger Mann!«, ruft Isabel lächelnd zurück. Sie sieht Lilli verblüfft an.

»Sie sind berühmt? Was für eine Ehre für uns.«

»Ach Unsinn, nein, was heißt schon berühmt ... Ich bin ja kein García Márquez und keine Toni Morrison.« Sie spürt, wie ihr die Röte ins Gesicht steigt. Normalerweise neigt Lilli nicht dazu, ihr Licht unter den Scheffel zu stellen. Sie ist durchaus stolz auf ihre Erfolge – die Buchpreise, die man ihr verliehen hat, und dass manche ihr sogar den Nobelpreis zutrauen. Jetzt und hier ist es ihr allerdings unangenehm, als Prominente betrachtet zu werden.

Zum Glück ist aus ihrem Zimmer jetzt das Klingeln ihres Handys zu hören, sodass sie sich entschuldigen und verschwinden kann.

»Na, hast du dich schon eingelebt?«

»Johannes! Wie schön, dass du dich meldest!«

»Du klingst ja gut gelaunt, hallo, Lilli.«

Seine Überraschung ist kaum verwunderlich, denn wie lange ist es her, dass sich seine berühmteste Autorin über einen seiner Anrufe gefreut hat?

»Warum sollte ich denn nicht gut gelaunt sein! Ich fühle mich hier sehr wohl, die Stadt und die Insel sind wirklich schön, und ich lebe bei sehr lieben Menschen, Isabel und ihrem Sohn Luís. Der ist erst zehn Jahre alt und unglaublich clever. Wir reden viel miteinander, stell dir vor, er hat mir gleich am ersten Tag seine Freundschaft angeboten! Und mir heute Mindelo gezeigt; wir haben am Meer gesessen und Cola getrunken und uns unterhalten und ...«

Es sprudelt aus ihr heraus, und Johannes kann nur gelegentlich ein interessiertes »Ach« und »Wie nett« einstreuen, bis Lilli abschließend feststellt:

»Also, alles ganz zauberhaft!«

Johannes kann sich nicht erinnern, jemals dieses Wort aus ihrem Mund gehört zu haben.

»Na, das freut mich … dass es so *zauberhaft* ist.«

»Ach ja?« Für einen Moment scheint Lilli irritiert, dann muss sie lachen. »O Gott, ich klinge ja wie meine eigene Großmutter! Aber ich fühle mich hier tatsächlich sehr wohl. Wenn es nur nicht so heiß wäre. Ich bin ständig am Schwitzen, die Sonne ist brutal. Ich verlasse das Haus nur noch unter einem riesigen Strohhut, mit dem ich ziemlich albern aussehe, aber was solls? Wie geht es dir?«

»Ein bisschen Wärme könnten wir hier in Berlin gut gebrauchen. Heute ist es eisig kalt, würde mich nicht wundern, wenn es bald schneit. Ich freue mich sehr, dass es dir gut geht, Lilli.«

»Ja, da habe ich Frau Weber ausnahmsweise einmal dankbar zu sein. Es war nämlich ihre Idee, für eine Weile in den Süden zu reisen.«

»Wem?«

»Charlotte Weber, die uneingeschränkte Herrscherin über Blankenese. Und Vorsitzende des *Lilli-Jansen-Freundeskreises.*«

»Sie haben tatsächlich Ihren eigenen Fanclub, Frau Elisabeth Jansen? Das hast du mir bisher verschwiegen.«

Sein breites Grinsen ist nicht zu überhören.

»Na ja, es ist eher ein Tratschverein für gelangweilte ältere Damen. Aber immerhin. Schließlich darf man nicht wählerisch mit seinen Bewunderern sein, nicht wahr? Vor allem, wenn die besten Jahre weit hinter einem liegen.«

»Ach nee, Lilli, it ain't over till it's over. Was macht übrigens dein Buch, wirken die Tropen auch inspirierend auf deine Kreativität?«

Als Johannes ihr tiefes Durchatmen hört, ist ihm wohl sofort klar, wie dünn das Eis ist, auf dem sie sich bewegen.

»Die ersten Tage hier habe ich mir freigenommen, um mich einzugewöhnen, aber heute habe ich angefangen, das bisherige Material zu sichten.« Es ärgert sie, wie rechtfertigend sie klingt.

»Das freut mich.«

Lilli schweigt.

»Ich hoffe, du bist zufrieden damit, denn wenn der Grundstein erst einmal gelegt ist ...« Nach dem lockeren Beginn ihres Telefonats ist Johannes offenbar nicht vorbereitet auf ihre unterkühlte Zurückhaltung. »Eine Reise in die Tropen hat ja schon so einigen Künstlern neuen Schwung gegeben ... und sie zu ... großen Werken inspiriert.«

»Jetzt komm mir bloß nicht auch noch mit Gauguin und Hemingway!«, schnauft Lilli verächtlich.

Innerhalb weniger Sekunden ist ihre gute Laune umgeschlagen in die Bitterkeit ihrer letzten Telefonate.

»Und diesem dämlichen Gefasel von der *Inspiration*. Literatur ist Arbeit, verdammt noch mal! Jedenfalls, wenn man sie ernst nimmt. Klar braucht es eine Prise Inspiration. Aber der Rest ist definitiv *Transpiration*!«

Als wollte sie dies illustrieren, nimmt sie ihre Brille ab und wischt sich den Schweiß aus dem Gesicht. Und da Johannes nicht reagiert, redet sie weiter.

»Weißt du, das hat schon deine Mutter nicht einsehen wollen. Ständig redete sie von ›kreativen Prozessen‹, ach so wichtigen ›Brainstormings‹ und ›Inspirationen, denen man nachspüren müsse‹, bla, bla, bla, blödes Gewäsch!«

Schweigen. Dann sagt Johannes bemüht freundlich:

»Vielleicht solltest du nicht ganz so negativ an die Sache herangehen, liebe Lilli?«

Das Eis unter ihnen wird noch dünner.

»Warum genießt du nicht erst einmal für eine Weile die schöne Umgebung und unternimmst etwas mit deinen neuen Freunden. Du hast doch Zeit. Und vielleicht kommen dir dabei Ideen, an die du heute noch gar nicht denkst. Die Transpiration kommt ja von allein ...«

Er lacht zaghaft. »Entschuldige, ich weiß natürlich, wie schwierig es für dich ist.«

»Ist schon in Ordnung, ich bin in letzter Zeit ein bisschen dünnhäutig«, antwortet Lilli leise. Sie denkt einen Moment nach und sagt dann: »So spontan und impulsiv, von plötzlichen Einfällen geleitet – früher hat das für mich funktioniert. Da konnte ich mich von Worten und Ideen treiben lassen, und es kam meistens etwas Interessantes dabei heraus. Das machte noch Spaß. Aber dir muss ich ja nicht erklären, dass ich schon lange nicht mehr so arbeite.«

Sie scheint ernsthaft bemüht um das Verständnis ihres Verlegers.

»Heute brauche ich nicht in erster Linie ›Inspiration‹«, sie spuckt das Wort förmlich aus, »sondern Struktur. Meine Arbeit folgt einem logischen Konzept, ich konstruiere meine Geschichten, wie eine Architektin ein Haus plant. Erst nach der logischen Struktur kommen die Worte. Das eigentliche Schreiben ist vielleicht sogar der weniger bedeutsame Teil.«

»Das weiß ich doch.« Johannes' Stimme klingt weich und verständnisvoll. »Nur ist seit deinem letzten Buch viel Zeit vergangen. Ringst und kämpfst du nicht schon seit Jahren mit dir – nicht erst, seitdem du an dem neuen Manuskript arbeitest? Und wenn du unzufrieden mit den Fortschritten bist, liegt das bestimmt nicht daran, dass du dich nicht genug anstrengst, eher im Gegenteil, oder?«

Lilli gibt keine Antwort.

»Kann es sein, dass es so, wie du deine letzten Bücher geschrieben hast, für dich nicht mehr funktioniert? Schließlich verändern wir uns. Brauchst du vielleicht neue Wege, vielleicht auch ... neue Themen?«

»Neue Themen?«

»Ich habe sogar einen Vorschlag, ich denke schon länger

darüber nach. Nur fürchte ich, du redest nie wieder ein Wort mit mir, wenn ich den äußere …«

»Na komm, so schlimm wird er schon nicht sein.«

Johannes hört, dass sie immerhin wieder lächeln kann, und das ermutigt ihn.

»Hast du schon mal darüber nachgedacht, über dein Leben zu schreiben? Als Roman mit autobiografischen Bezügen – oder vielleicht sogar eine klassische Autobiografie?«

Erneut schlägt Johannes aus der Telefonleitung ein kühles Schweigen entgegen.

»Du hast so viel erlebt und ausprobiert, Lilli, hast Grenzen überschritten und spannende Persönlichkeiten getroffen. Ich bin mir sicher, die Menschen interessieren sich für dich und deine Erfahrungen. Ich würde alles dafür geben, so ein Buch von dir lesen zu dürfen. Ehrlich!«

Lilli räuspert sich. Sie scheint sich ihre Antwort zurechtzulegen wie einen Fußball vor dem Elfmeter. »Ich verstehe.« Die Schärfe ihrer Stimme lässt Johannes ahnen, dass es kein graziler Schuss wird.

»Das Trostprogramm für die alternde Autorin also. Wenn die schon keine ernst zu nehmenden Bücher mehr zustande bringt, kann sie immer noch Anekdoten aus ihrem Leben zum Besten geben. Hauptsache, man bringt sie ein allerletztes Mal auf die Bestsellerliste.«

»Lilli, so ist es überhaupt nicht …«

»Aber nein, das ist doch im Grunde eine *groß-ar-ti-ge* Idee! Bestimmt verkauft es sich hervorragend! Man wird sich reißen um die Alte! Hauptsache ihre Erinnerungen sind schön dreckig, stimmt's? Das steigert die Nachfrage. Und natürlich die Auflage und die Einschaltquoten.«

Sie stutzt kurz und posaunt dann heraus:

»Yeah, lasst uns das literarische Resteficken starten!«

»Bist du fertig?«

Schweigen, dann ein trotziges »Ja«.

»Auf die Gefahr, dass du mir dies *wirklich* übel nimmst, aber es ist mir gerade egal: Dein Selbstmitleid steht dir nicht. Und deine Empörung – sofern sie überhaupt ernst gemeint und nicht nur Pose ist – finde ich unpassend und kindisch.«

Jetzt ist es Johannes, der hörbar um Fassung ringt.

»Du willst nichts Biografisches schreiben? Okay, dann eben nicht. Es war eine Idee, eine ziemlich gute, wie ich finde, aber wenn sie dir nicht gefällt, vergiss es einfach.«

Atmen. Auf beiden Seiten der Leitung.

»Ich werde mich über jedes neue Buch von dir freuen. Ganz egal, ob du es morgen schreibst oder erst in ein paar Jahren – meine Bewunderung für dich ist und bleibt groß. Und sie wird auch nicht im Mindesten abnehmen, falls du dich am Ende entscheiden solltest, gar nichts mehr zu veröffentlichen.«

»Danke«, sagt Lilli kleinlaut.

»Du bist eine große Schriftstellerin, Lilli Jansen, und ich glaube an dich. Ich glaube allerdings auch, dass du dir seit Langem vor allem selbst im Weg stehst.«

»Das mag sein.« Sie schluckt hörbar. »Ich werde über deinen Vorschlag nachdenken.«

»Gut. Offensichtlich kann ich dir im Moment nicht helfen. Aber ich wünsche dir von Herzen, dass du dir helfen lässt. Von wem auch immer.«

»Ich glaube, es gibt Abendessen, ich muss Schluss machen.«

»Hab eine gute Zeit auf deiner Insel, Lilli, genieße sie.«

»Danke, Johannes.«

8

Luftwurzeln

Laut hallt das metallische Klacken der alten Schreibmaschine durch den Hof. Mal sind es nur einzelne Anschläge, die lustlos in der Stille zu stochern scheinen, mal verstummt die Maschine für eine Weile ganz. Um dann plötzlich in ein wildes Stakkato zu verfallen – bis das muntere Klingeln des Zeilenhebels verkündet: Wieder eine Zeile geschafft!

Abgesehen von den Geräuschen der Olympia ist es heute ungewöhnlich ruhig im Hof. Nicht ein Vogel zwitschert, kein Hund bellt, und aus der Nachbarschaft sind auch keine menschlichen Stimmen zu hören. Als wären alle übereingekommen, der berühmten Autorin unbedingte Ruhe zu gewähren. Nicht einmal die Hühner lassen sich blicken.

Die Nachmittagshitze ist drückend, nur ein kleiner batteriebetriebener Plastikventilator, den Luís ihr geschenkt hat, sorgt für etwas Luftbewegung. Das Glas auf dem Tisch ist schon wieder leer. Bevor Isabel zur Arbeit ging, hat sie eine große Kanne selbst gemachter Zitronenlimonade in den Kühlschrank gestellt und Lilli noch einmal versichert, dass sie sich bedienen dürfe und bitte nehmen solle, was immer sie möge.

Heute hat Lilli tatsächlich zu schreiben begonnen. Verbissen erkämpft sie sich Zeile um Zeile, der verflixte erste Satz ist gefunden, zumindest vorläufig, sogar schon einige Seiten sind getippt, und Lilli zwingt sich, sie nicht reflexhaft sofort wieder zu verwerfen. Überzeugt ist sie von den bisherigen Resultaten zwar nicht, aber nach Tagen des quälenden Grübelns und Kritzelns hat sich in Lillis Kopf tatsächlich so etwas wie ein Romankonzept zusammengefügt. Ob es genügend Substanz hat – man wird sehen.

Und da sie in ihrem überhitzten kleinen Zimmer keinen klaren Gedanken fassen konnte, verlegte sie ihren Arbeitsplatz hinunter in den Hof. Wo sie nun sitzt und tippt, beschattet vom Avocadobaum, und endlich einmal wieder so etwas wie Freude am Schreiben empfindet.

Das Krachen, mit dem die massive Haustür ins Schloss fällt, lässt Lilli zusammenzucken. Verwundert stellt sie fest, dass Luís bereits aus der Schule zurückgekommen ist – offenbar hat ihre Arbeit sie die Zeit vergessen lassen. Kein schlechtes Zeichen.

»Senhora Lilli!«, ruft Luís freudig, als er durch den Torbogen in den Hof gehüpft kommt.

»Senhor Luís, überaus erfreut«, erwidert Lilli und verbeugt sich im Sitzen. »Ich hoffe, Sie hatten eine angenehme Zeit in Ihrer Lehranstalt?«

»Äußerst angenehm, vielen Dank«, lacht er laut. »Na ja, ging so, stellen Sie sich vor, ich hatte heute Mathe, und meine Lehrerin, diese blöde ... was ist denn das?«

Er zeigt mit dem Finger auf die Schreibmaschine.

»Rat mal.«

Staunend schaut er sich das Gerät von allen Seiten an.

»Krass, voll Steampunk! Aber was macht man denn damit?«

Lilli zieht nur die Schultern hoch, als könnte auch sie sich keinen Reim darauf machen. Luís untersucht die Typenhebel und das eingespannte Papier.

»Also, das ist ein Keyboard, logisch. Mit einem integrierten

Drucker, allerdings einem *sehr* ollen. Wo schließt man denn den Monitor an und die Maus?«

Er sucht erfolglos nach Computerbuchsen.

»Ein Stromkabel hat es auch nicht, es funktioniert dann wohl mit Akku. Aber irgendwo muss man doch das Ladekabel reinstecken?«

Luís wirkt zunehmend ratloser.

»Es connectet bestimmt über Bluetooth, nicht wahr?«

Jetzt kann sich Lilli nicht mehr zurückhalten und bricht in schallendes Gelächter aus. Luís sieht sie verwirrt an.

»Darf ich vorstellen: meine liebe alte Freundin Olympia. Sie ist eine *Schreibmaschine*. Noch nie davon gehört?«

»Eine Schreib...maschine?« Luís grinst über das sonderbare Wort und schüttelt den Kopf.

»Stell dir vor, auf ihr habe ich alle meine Bücher getippt.« Sie streicht liebevoll über das antiquierte Gerät. »Auf solchen Maschinen schrieb man früher, als es noch keine Computer gab. Direkt auf das Papier, ohne Drucker und sogar ohne Strom.«

Lilli zeigt dem staunenden Jungen, wie man ein Blatt einzieht, und schlägt einige Tasten an.

»Dort steht ja mein Name: *Luís*. Wow! Darf ich auch mal?«

Er setzt sich davor und beginnt zu tippen, erst zögerlich, dann immer sicherer. Nachdem Lilli ihm erklärt hat, wie man zur nächsten Zeile wechselt, ist Luís ganz im Tun versunken. Bis er nach einer Weile stoppt, Lilli zufrieden anschaut und verkündet:

»Fertig! Und wie sende ich das jetzt? Als Mail?«

»Du nimmst das Blatt heraus«, sie führt es ihm vor, »steckst es in einen Umschlag, anschließend klebst du eine Briefmarke drauf und wirfst es in den nächsten Briefkasten.«

Luís starrt sie einen Augenblick ungläubig an und nickt dann.

»Ich verstehe.«

Er scheint sich allerdings noch immer zu fragen, ob ihn Lilli nicht doch auf den Arm nimmt.

»Aber das dauert dann ja Tage, bis es ankommt?«

»Genau. So war das früher, sehr viel gemächlicher als heute. Da kannten wir noch keine E-Mails und SMS oder was es heutzutage alles gibt.«

»Voll krass.«

»Möchtest du vielleicht auch eine Schreibmaschine haben?«

»Na ja.« Luís scheint um eine Antwort zu ringen. »Sie ist wirklich interessant, Ihre Olympia, und sehr schön, aber …«

Offensichtlich fürchtet er, Lilli zu kränken, und sagt dann mit seinem allerfreundlichsten Lächeln: »Ich glaube, ich hätte doch lieber einen richtigen Computer.«

»Das kann ich gut verstehen«, sagt Lilli, und Luís wirkt erleichtert.

»Mein Freund Fred hat einen Computer, mit dem spielen wir manchmal. Seine Eltern sind nämlich ziemlich reich. Und wenn ich meinen Schulabschluss schaffe, bekomme ich auch so einen, hat Mama mir versprochen.«

Er strahlt.

»Na, dass du den schaffst, ist doch keine Frage, oder?«

»Natürlich nicht!«, antwortet Luís indigniert.

»Natürlich nicht.« Lilli klopft ihm auf die Schulter. »Und jetzt würde ich gern noch ein bisschen auf dieser Antiquität schreiben, es läuft nämlich gerade ganz gut. Okay?«

»Klaro.« Er greift sich grinsend seine Schultasche und verschwindet im Haus.

Kaum hat Lilli einige Zeilen getippt, erscheint Luís wieder im Hof, mit Buntstiften und einem Malblock unter dem Arm.

»Stört es Sie, wenn ich mich zu Ihnen setze, Senhora Lilli? Ich bin auch ganz still, versprochen.«

»Na klar. Gemeinsam arbeitet es sich auch viel besser.«

Luís erklimmt einen der Stühle, seine Füße erreichen noch nicht ganz den Boden, und ordnet erst einmal seine Wachsstifte.

»Hast du heute keine Hausaufgaben?«

»Im Prinzip schon, aber die kann ich genauso gut am Wochenende erledigen. Jetzt steht mir der Sinn nach etwas Kreativem«, erklärt er ihr mit ernsthaftem Gesichtsausdruck.

Lilli verkneift sich ein Lachen. »Das verstehe ich, wenn die Kunst es verlangt, darf man ihren Ruf nicht ignorieren.«

Nachdem er eine Weile überlegt hat, entscheidet sich Luís, Klara zu zeichnen.

»Sie ist nämlich mein Lieblingshuhn«, flüstert er Lilli ins Ohr, wohl damit die anderen Hühner ihn nicht hören und womöglich gekränkt sind.

Nun macht er sich entschlossen an die Arbeit, heimlich beobachtet von Lilli, die so tut, als würde sie sich ansehen, was sie bisher geschrieben hat. Der Junge zeichnet konzentriert einige Linien, verzieht das Gesicht, startet einen neuen Versuch, zerreißt schließlich das Blatt, beginnt auf einem neuen, und schon bald liegen mehrere zerknüllte Papierbälle auf dem Boden.

Lilli fühlt sich an ihre eigene Arbeitsweise der letzten Monate erinnert. Dann verschwindet auch noch Luís' Modell in ihrem Stall, und er muss das Huhn mit einigen Körnern wieder herauslocken, bevor er seine Bemühungen fortsetzen kann. Es dauert nicht lange, bis er seine Stifte fallen lässt.

»Ich habe keine Lust mehr!«, verkündet er genervt.

»Du willst schon aufgeben?«

»Ach, ich kriege das einfach nicht hin, es sieht Klara überhaupt nicht ähnlich!« Er verschränkt seine Arme vor dem Bauch und starrt trotzig auf den Boden.

»Na ja, es ist sicher eine anspruchsvolle Aufgabe«, sagt Lilli verständnisvoll. »So etwas braucht gewiss einige Übung und ein gutes Auge. Allerdings ...«

Sie macht eine Pause, und Luís blickt interessiert zu ihr hoch.

»... vermute ich, dass man nie herausbekommen wird, wozu man wirklich fähig ist, wenn man zu schnell die Flinte ins Korn wirft. Und das wäre doch sehr schade, nicht wahr?«

Luís scheint unsicher, ob er dem zustimmen will.

»Weißt du, Senhor Luís, ich glaube, dass viele Menschen vorschnell aufgeben, weil sie sich so sehr vor dem Scheitern fürchten. Um dann wenigstens behaupten zu können, dass sie es ja gar nicht ernsthaft versucht haben. Ich finde das ziemlich feige, was denkst du?«

»Ja, da haben Sie wohl recht, das ist feige.«

»Die wenigsten Leute wissen, wie viel Mut es braucht, etwas Eigenes zu erschaffen.« Lilli flüstert, als verriete sie ihm etwas sehr Geheimes. »Denn wer etwas aus sich heraus schafft, zeigt der Welt sein Herz und macht sich verletzlich. Daher trauen sich nur wirklich mutige Menschen, Künstlerinnen und Künstler zu sein. Ich schätze, du bist ein überaus mutiger junger Mann?«

»Klaro bin ich das! Außerdem will ich unbedingt ein megaguter Hühnermaler sein! Also muss ich mich richtig doll anstrengen.«

»Exakt.«

»Und wenn ich es trotzdem nicht hinkriege?«

»Dann ist es überhaupt nicht schlimm. Weil du es immerhin mit ganzer Kraft versucht hast.«

Entschlossen nimmt sich Luís ein neues Blatt und hält erst einmal inne. Er sieht sich sein Modell, das inzwischen eingeschlafen ist, sehr genau an. Dann beginnt er, sorgsam Linie um Linie zu zeichnen. Lilli ist fasziniert, wie konzentriert er sich nun seiner Aufgabe widmet. Schließlich hält er das Blatt vor sich, betrachtet es mit schräg gestelltem Kopf und nickt dann zufrieden.

»Schon besser«, befindet er.

»Es ist gut«, sagt Lilli anerkennend. »Richtig gut!«

Luís reicht ihr einen Stift.

»Wollen Sie es auch mal probieren? Vielleicht sind Sie ja, ohne es zu wissen, eine exzellente Hühnerzeichnerin?«

Zögernd nimmt Lilli den Stift und ein Blatt Papier. Obwohl sie sich sehr bemüht, das schlafende Huhn akkurat abzubilden, muss sie schließlich resigniert einsehen:

»Ich fürchte, meine Klara sieht aus wie ein stark übergewichtiger Dinosaurier.«

Luís beäugt ihr Resultat kritisch. »Stimmt. Vielleicht eignen Sie sich eher zur Dinosaurierzeichnerin.«

»Na, zum Glück habe ich ja schon einen Beruf«, stellt Lilli mit gespielter Erleichterung fest.

»Bestimmt braucht es auch ganz viel Mut, ein Buch zu schreiben?«

»Ein bisschen schon.«

»Aber Sie würden *niemals* aufgeben, stimmt's?« Er strahlt sie bewundernd an.

»Hm.« Lilli wiegt ihren Kopf nachdenklich hin und her. »Es gibt Tage, an denen ich mutiger bin, so wie heute. Aber auch solche, an denen ich am liebsten kapitulieren und meine Olympia im hohen Bogen aus dem Fenster werfen möchte.«

»Das würden Sie doch nicht tun?«

»Niemals!«

Der Junge denkt eine Weile nach, plötzlich leuchten seine Augen. »Ich habe eine coole Idee: Sie schreiben einfach nur an den mutigen Tagen. Und an den weniger mutigen machen sie eben was anderes. Wir könnten dann gemeinsam etwas Schönes unternehmen, etwas, das nicht so viel Mut erfordert, okay?«

»Eine brillante Idee, vielen Dank!«

Luís strahlt.

»Wussten Sie eigentlich, dass Vögel von den Dinosauriern abstammen? Vielleicht haben Sie ja, ohne es zu wollen, eine Vorfahrin von Klara gemalt?«

»Jetzt, wo du es erwähnst – das könnte tatsächlich sein.«

Einträchtig arbeiten die beiden nebeneinander, schweigend in ihre jeweiligen Werke vertieft. Lilli ringt sich mutig Zeile um Zeile ab, während Luís' Zeichnungen dem Huhn immer ähnlicher werden, bis er schließlich sämtliche Blätter seines Malblocks gefüllt hat. Zufrieden betrachtet er das letzte Bild der Serie, dann schaut er eine Weile seiner Freundin beim Schreiben zu.

»Darf ich Sie etwas fragen, Senhora Lilli?«, fragt er schließlich leise.

»Klar.«

»Haben Sie schon sehr viele Bücher verkauft?«

»Na ja, ein paar ...«

»Ein paar Tausendmillionen?«

Lilli lacht. »Nein, ganz so viele wohl nicht.«

»Mehr als tausend?«

»Vielleicht ein paar Hunderttausend, vielleicht auch mehr, so genau weiß ich das nicht.«

Tatsächlich hat sich Lilli nie sonderlich für ihre Auflagenzahlen interessiert. Solange das Geld reichte, warf sie selten einen Blick auf ihr Bankkonto. Lieber befasste sie sich mit dem nächsten Projekt. Oder ging auf Reisen, um den Kopf freizubekommen, wenn sie gerade ein Manuskript abgegeben hatte. Zwar schickte ihre Agentin ihr regelmäßig die Abrechnungen des Verlags, aber die überflog Lilli nur, ließ sie in einer Schublade verschwinden und vergaß sie sofort wieder.

Luís nickt anerkennend.

»Dann kennen bestimmt alle Leute bei Ihnen zu Hause in Deutschland Ihren Namen?«

»Nicht alle, aber viele. Vor allem die älteren. Und die jüngeren, denen man in der Schule mit meinem Kram auf die Nerven geht.«

»Dürfen Kinder in der Schule etwa Ihre Bücher lesen?«

»Na, von *dürfen* kann nicht die Rede sein, sie *müssen* eher«, sagt Lilli grinsend.

»Wirklich?« Luís sieht sie mit großen Augen an. »Also mir würde es wahnsinnig gut gefallen, ein Buch von Ihnen zu lesen! Gibt es welche in meiner Sprache?«

»Das weiß ich nicht.«

Sie kann sich nicht daran erinnern, ob etwas von ihr ins Portugiesische übersetzt wurde. Wahrscheinlich schon. Aber für einen Zehnjährigen würden sich ihre Bücher ohnehin kaum eignen.

Während Lilli jetzt noch einmal kritisch liest, was sie heute geschrieben hat, bohrt Luís in der Nase, offenbar in seine Gedanken vertieft.

»Es ist bestimmt cool, berühmt zu sein«, sagt er leise, wohl mehr zu sich selbst.

»Wieso?«

»Weil alle dann wissen, wer man ist.«

»Viele Leute in Mindelo wissen doch auch, wer du bist?«

»Nee, nicht so. Als berühmter Schriftsteller wird man bestimmt von allen total bewundert. Und man hat außerdem wahnsinnig viel Geld, nicht wahr?«

Lilli muss prustend lachen.

»Also das mit dem Geld, das hält sich in Grenzen. Wenn man unbedingt reich werden will, gibt es sicherlich einfachere Wege, als ausgerechnet Bücher zu schreiben.«

Nach Luís' skeptischem Blick zu urteilen, scheint er ihr nicht zu glauben.

»Und Bewunderung ... die kann mir nun wirklich gestohlen bleiben. Von der darf man sich auf keinen Fall abhängig machen! Lob und Anerkennung kommen und gehen – man wird heute auf Händen getragen, und morgen interessiert sich keine S..., niemand mehr für dich.«

»Sie wollen also überhaupt nicht bewundert werden?«

»Na ja, wenn ich ehrlich bin ...« Sie kann ein Grinsen nicht unterdrücken. »... ein kleines bisschen Bewunderung ist schon nicht schlecht. Aber als ernsthafte Autorin schreibt man nicht, um bewundert zu werden.«

»Warum schreibt man denn als ernsthafte Autorin?«

»Weil man etwas mitzuteilen hat. Etwas, das einem wichtig ist und am Herzen liegt.«

»Und was haben Sie mitzuteilen?«, fragt Luís, während sein Blick über die gekritzelten Notizen auf dem Tisch schweift.

»Tja. Gute Frage.« Lilli zuckt ratlos mit den Schultern. »Wenn ich das nur wüsste.«

Sie zieht das letzte Blatt energisch aus der Schreibmaschine und legt es zu den anderen.

»Ich glaube, es reicht für heute. Darf ich aufhören, Senhor Luís?«

»Okay, Sie dürfen.«

»Das ist nett von dir.«

Als Lilli ihre Unterlagen und die Schreibmaschine in ihr Zimmer gebracht hat und zurück in den Hof kommt, sitzt Luís noch immer am Tisch und sieht nachdenklich aus. Sie setzt sich zu ihm, gemeinsam beobachten sie, wie Klara und die anderen Hühner gelangweilt im Hof umherlaufen.

»Vielleicht ist mein Papa ja auch berühmt«, sagt Luís leise, ohne Lilli anzusehen.

»Meinst du?«

»Als er noch hier in Mindelo lebte, war er Koch. Ein superguter, hat mir Mama erzählt. Jetzt hat er vielleicht ein eigenes Restaurant in New York. Das könnte doch sein, oder?«

»Dein Vater lebt in New York?«, fragt Lilli vorsichtig.

»Possivelmente.« Luís zieht das Wort in die Länge wie einen

großen weichen Kaugummi. »In Amerika sind alle Menschen sehr reich. Man kann bestimmt viel Geld verdienen, wenn man in New York ein Geschäft hat. Oder in einer Bank arbeitet. Und natürlich, wenn man ein sehr berühmtes Restaurant besitzt! Weil all die berühmten Leute dorthin kommen, die Stars aus dem Fernsehen und die Footballspieler.«

»Ist das so?« Lilli weiß nicht recht, was sie sagen soll.

»Klaro. Also ich glaube, mein Papa wohnt in einem Wolkenkratzer. Vielleicht in dem, an dem King Kong hochgeklettert ist?«

»Das Empire State Building? *Possivelmente*«, sagt Lilli lächelnd.

»Möchten Sie ein Foto von Papa sehen?«

Ohne ihre Antwort abzuwarten, hüpft Luís vom Stuhl und verschwindet im Haus. Nach einigen Sekunden ist er zurück und reicht ihr ein vergilbtes schwarz-weißes Passfoto.

»Das ist mein Papa«, verkündet er strahlend.

Lilli schätzt den jungen Mann auf dem Bild auf höchstens Anfang zwanzig. Tatsächlich ist eine gewisse Familienähnlichkeit zu erkennen. Aber seine Augen wirken nicht so lebendig und aufgeweckt wie die seines Sohnes. Verträumt oder sehnsüchtig schaut er in die Kamera, als wäre er gar nicht anwesend, sondern mit seinen Gedanken in einer anderen Welt.

»Dein Papa sieht sehr nett aus.«

»Er ist auch sehr nett, glaube ich.«

Lilli gibt ihm das Foto zurück, und Luís schaut noch einen Augenblick liebevoll auf den Mann, der sein Vater ist. Leise sagt Luís:

»Wissen Sie, Senhora Lilli, so richtig erinnere ich mich nicht an ihn. Als er wegging, war ich nämlich noch ein Baby.«

Er hat also seinen Vater seitdem nicht mehr gesehen. Nun versteht Lilli, warum der Junge neulich das Gespräch abbrach, als sie ihn fragte, ob er sie manchmal besuche. Bestimmt war die Frage schmerzhaft für ihn. Denn was ein abwesender Vater für ein Kind bedeutet, weiß sie selbst nur zu gut. Aber anders als Luís durfte Lilli mit ihrem Vater immerhin die ersten Lebensjahre verbringen.

Ein richtiges Papakind war sie damals, bevor er sie verließ. Während ihre Erinnerungen an ihn danach langsam verblassten, wurde aus ihm immer mehr eine Figur ihrer Fantasie. Lange glaubte sie fest daran, dass er eines Tages als Kriegsheld zu ihnen zurückkehren würde. Nicht als der gebrochene Mann, der dann tatsächlich vor ihrer Tür stand.

»Aber er wird natürlich zurückkommen«, erklärt Luís mit entschlossener Stimme. »Sobald er genug Geld verdient hat in Amerika. Da bin ich mir ganz, ganz sicher! Davon kauft er uns ein riesiges Haus am Meer, wo die reichen Leute wohnen. Weil wir dann ja auch reich sind. Das wird super!«

Seine Augen leuchten.

»Meine Freunde werden mich beneiden, und ich werde sie alle zu uns einladen. Wir spielen dann zusammen in unserem Garten. Oder schwimmen in unserem Pool. Mama muss natürlich nicht mehr arbeiten, sie hat schöne Kleider und ist den ganzen Tag zu Hause. Die Leute werden meinen Papa bestimmt sehr bewundern, weil er so weit gereist ist und die ganze Welt kennt!«

Luís' verträumtem Lächeln ist anzusehen, wie fragil es ist, wie sehr er sich bemüht, die schöne Vorstellung gegen alle inneren Zweifel zu verteidigen.

Er hüpft von seinem Stuhl und setzt sich neben Klara auf den Boden. Das Huhn lässt sich von ihm streicheln, hält ganz still und scheint es zu genießen.

»Oder Papa holt uns zu sich nach Amerika, das wäre natürlich auch toll. Dann wohnen Mama und ich bei ihm in seinem Wolkenkratzer. Und ich gehe auf eine amerikanische Schule und trage eine schöne Uniform und spiele Football. Bestimmt würde es mir und Mama in New York megagut gefallen.«

Sein Blick erwartet von Lilli eine Bestätigung.

»Das wäre sicherlich schön. Aber meinst du nicht, dass du deine Insel vermissen würdest? All die Menschen hier, deine Freunde und deine Vovo? Und Klara?«

Luís nickt nachdenklich.

»Sie haben recht, ich hätte wohl schlimmes Heimweh. Und Hühner kann man nicht mitnehmen nach New York?«

»Ich fürchte, das wäre schwierig.«

»Dann ist es wirklich besser, wenn Papa bei uns in Mindelo wohnt. Hier ist ja auch unser Zuhause.« Er scheint noch eine Weile zu grübeln und sagt dann lächelnd: »Es ist etwas sehr Schönes, ein Zuhause zu haben.«

Lillis Miene zeigt keine Regung.

»Sie sind in dieser großen Stadt zu Hause, nicht wahr, in ...?«

»Hamburg, ja, dort wohne ich. Aber mein Zuhause ist es nicht.«

Luís wendet sich von Klara ab und blickt sie fragend an. »Und wo ist Ihr Zuhause?«

»Ach.« Lilli blickt in den kleinen Ausschnitt des Himmels, den man vom Hof sehen kann, als würde sie dort nach einer Antwort suchen. »Weißt du, es gibt Menschen, die brauchen ein Zuhause, und andere, die brauchen keines. So wie es Pflanzen gibt, die tiefe Wurzeln haben. Aber es gibt auch Pflanzen mit Luftwurzeln. Denen ist es nicht so wichtig, wo sie sind, solange sie genug Licht und Wasser bekommen.«

»Und Sie haben Luftwurzeln?«

»Ich denke schon.«

Luís scheint nicht ganz überzeugt. »Also ich bin in Mindelo zu Hause, weil ich hier geboren wurde und weil ich hier schon immer lebe. Ist nicht dort Ihr Zuhause, wo Sie geboren wurden?«

»Das existiert nicht mehr.« Sie steht abrupt auf. »Und jetzt bin ich müde und muss mich einen Augenblick ausruhen.«

Ohne den verwunderten Gesichtsausdruck ihres Freundes zu beachten, verlässt sie mit schnellen Schritten den Hof.

Endlich hat die Hitze des Tages nachgelassen und sich in eine angenehme Abendwärme gewandelt. Tiefe Dunkelheit liegt über dem Hof, nur von wenigen Glühbirnen im Avocadobaum wird die kleine Welt beleuchtet und in ein heimeliges Licht getaucht. Grillen zirpen leise, irgendwo läuft ein Fernsehgerät, sonst ist es still.

Auf dem Tisch stehen zwei Gläser mit einem gut gekühlten leichten Weißwein, den Isabel aus dem Hotel mitgebracht hat. Ihren müden Augen ist anzusehen, dass ein anstrengender Tag hinter ihr liegt.

»Sie haben heute an Ihrem Buch geschrieben, hat mir Luís erzählt?«

»Ja, ein wenig. Ich hoffe, es ist ein Anfang.«

»Das wäre schön, ich wünsche es Ihnen.«

»Und wir haben Hühner gezeichnet, meins sah allerdings eher aus wie ein Dinosaurier – Luís hat deutlich mehr Talent als ich. Sehr nett unterhalten haben wir uns auch.«

»Ich freue mich, dass Sie beide sich so gut verstehen. Worüber haben Sie sich denn unterhalten?«

»Über dies und das. Über Amerika und den Mut, kreativ zu sein. Ich habe Luís gezeigt, wie eine Schreibmaschine funktioniert, aber er meinte, er hätte doch lieber einen Computer.«

Die beiden Frauen lachen.

»Luís hat mir gesagt, wie gern er in Mindelo lebt und wie schön es ist, ein Zuhause zu haben. Und er hat mir ein Bild von seinem Vater gezeigt.«

»Ach ja, sein Vater.« Isabel seufzt. »Luís vergöttert ihn. Dabei war er noch ein Baby, als er uns verließ. Wir haben nur dieses eine Foto von ihm.«

»Luís hat mir erzählt, sein Vater lebe in New York und habe

dort ein Restaurant. Und dass er glaubt, er würde eines Tages zurückkommen zu Ihnen. Aber das geht mich ja nichts an …«

Lilli ist es jetzt sichtlich unangenehm, den Vater des Jungen überhaupt erwähnt zu haben.

Isabel blickt eine Weile schweigend in ihr Weinglas.

»Vor einer Weile sahen wir eine Dokumentation über New York. Luís interessiert sich für alles aus den USA. Darin ging es auch um die Wall Street, und es tauchte kurz jemand auf, in dem er meinte seinen Vater zu erkennen. Also war sich Luís sicher, er würde in einer Bank in New York arbeiten. Tagelang sprach er davon. Manchmal ist sein Vater auch ein Cowboy, ein berühmter Sportler oder ein Astronaut. Aber er kehrt dann doch immer wieder zu der Vorstellung zurück, dass er ein Restaurant besitzt. Weil er vor seiner Abreise in Mindelo als Koch gearbeitet hat. Ich kann Luís ja verstehen – wenn er seinen Vater schon nicht hier bei sich hat, braucht er zumindest eine Vorstellung davon, wer er heute ist und wie er lebt.«

»Aber Sie wissen nicht, wo er lebt?«, fragt Lilli vorsichtig.

»Wohl kaum in den USA!«

Isabel nimmt einen großen Schluck aus ihrem Weinglas. Sie wirft einen Blick zum Haus, wohl um sich zu versichern, dass Luís sie nicht hört.

»Wir haben damals geheiratet, weil ich schwanger war. Er verließ uns bald nach Luís' Geburt. Dabei hatte er hier, anders als viele andere junge Männer, eine gute Arbeit. Aber die reichte ihm nicht. ›Ich will euch ein besseres Leben ermöglichen‹, sagte er. Vielleicht glaubte er das sogar.«

Isabels Lachen klingt bitter.

»Er wollte wohl vor allem eines: möglichst weit weg von mir und uns und von der Verantwortung, Vater zu sein. Im Grunde war er selbst noch ein Kind.«

Lilli denkt an den jungen Mann auf dem Foto mit dem sehnsuchtsvollen Blick.

»Zuerst ging er nach Lissabon, wo man ihm einen Job in einem Restaurant angeboten hatte. Dort blieb er aber nicht lange, dann war er plötzlich in Spanien. Anfangs schrieb er unregelmäßig und schickte Geld. Mal versprach er, er würde bald zurückkommen, mal kündigte er an, er würde uns zu sich holen.«

Mit einem traurigen Kopfschütteln sagt sie leise: »Es ist so lange her …«

»Sie haben keinen Kontakt mehr?«

»Nein. Die Briefe kamen immer seltener, nur manchmal noch mit ein paar Geldscheinen. Ich habe ihm weiterhin geschrieben und von Luís erzählt, habe ihm immer wieder erklärt, wie sehr der Junge seinen Vater braucht. Darauf ging er gar nicht ein. Wo er war, verriet er mir nicht. Wahrscheinlich fürchtete er, wir könnten bei ihm vor der Tür stehen. Amerikanische Briefmarken waren jedenfalls nie auf den Briefen; die letzten kamen aus afrikanischen Ländern. Das ist Jahre her. Wer weiß, ob er überhaupt noch lebt.«

»Für Luís muss es sehr schwer sein.«

Isabel nickt, ihre feuchten Augen glänzen im schwachen Licht.

»Irgendwann fing er natürlich an, sich für seinen Vater zu interessieren. Er begann, Fragen zu stellen, aber ich hatte kaum Antworten für ihn. Wir kennen einige Familien, in denen die Väter im Ausland Geld verdienen. Nur kommen die regelmäßig zu Besuch nach Hause, und irgendwann kehren die meisten zurück. Alles, was Luís hat, ist dieses Foto.«

»Ich kann gut verstehen, dass er sich schöne Geschichten über ihn ausdenkt. Er hat ja eine Menge Fantasie.«

»Die hat er wirklich!«

Beide lächeln.

»Und er trägt eine so große Sehnsucht in seinem Herzen. Nach einem Menschen, den er überhaupt nicht kennt. Aber so sind wir hier wohl alle – sehnsüchtige Seelen, voller Sodade.«

Lilli weiß darauf nichts zu antworten. Isabel richtet sich auf und leert ihr Glas mit einem großen Schluck.

»Jetzt habe ich Sie mit unseren Geschichten gelangweilt.«

»Aber nein, ich fühle mich geehrt, dass Sie mir all dies anvertrauen.«

»Ich rede sonst kaum darüber. Danke für Ihr offenes Ohr. Sie sind bestimmt auch eine sehnsüchtige Seele?«

»Ich? Nein, das bin ich ganz sicher nicht.« Lilli senkt den Blick, von der Frage überrumpelt.

9

Dankbar für dieses kleine bisschen Leben

Bei jedem Schluck aus ihrer Colaflasche erzeugt das Loch im Strohhalm ein schlürfendes Geräusch. Manche Leute drehen sich um und grinsen freundlich, weil die Urheberin eine ältere Dame ist, die sich für die Aufmerksamkeit sichtlich schämt. Aber um Magen-Darm-Infekte zu vermeiden, solle man auf keinen Fall direkt aus der Flasche trinken, stand im Reiseführer. Und so nimmt sie das peinliche Schlürfen in Kauf.

Schon seit einer Weile sitzt Lilli auf der Praça Nova unter einem knorrigen alten Baum, der ihr in der Nachmittagshitze Schatten spendet. An die Temperaturen São Vicentes hat sie sich inzwischen fast gewöhnt. Meistens trägt sie dünne weiße Leinenhosen und darüber ein weites Hemd, durch das ein kühlender Luftzug wehen kann – und natürlich den Strohhut, den sie nicht einmal hier im Schatten absetzt. Mit ihrer großen Sonnenbrille könnte man Lilli für eine Filmdiva halten.

Wahrscheinlich würde sie in dieser Aufmachung und mit ihrer inzwischen tiefbraunen Gesichtsfarbe niemand aus der Heimat erkennen. Die Vorstellung gefällt ihr. Es mag eine Illusion sein, der sich Reisende gern hingeben, aber im Moment fühlt sich Lilli so weit von Hamburg entfernt wie ein anderer Mensch. Nicht nur äußerlich.

Während sie sonst zur Hektik neigt und ihre Gedanken oft flatterhaft sind, hat sie sich in Mindelo inzwischen dem Tempo der Einheimischen angepasst. Die Zeit auf dieser winzigen Insel im Atlantik scheint viel gemächlicher dahinzufließen, als Lilli es gewohnt ist. Und das Leben bewegt sich in einem sanften Rhythmus, dem sie sich anvertrauen, von dem sie sich tragen lassen kann wie in einer Sänfte.

Auf der hellblau gestrichenen Holzbank neben ihr liegt ihre alte Umhängetasche aus Leder, Lillis treue Begleiterin auf allen Spaziergängen durch Mindelo; darin ein Skizzenheft, Stifte, ihre zahllosen Notizzettel und die wenigen bereits getippten Seiten. Alles stets griffbereit – falls ihr eine Idee kommen oder ihr plötzlich der Sinn danach stehen sollte, in ihren Aufzeichnungen zu lesen. Damit kein Einfall verloren gehen kann.

Wenn denn mal einer vorbeikäme. Aber auch dann würde Lilli ihn womöglich nicht einmal bemerken, denn sie ist in diesen Tagen sehr damit beschäftigt, ihr Leben zu genießen.

Nachdem sie anfangs dankbar für Luís' Begleitung war, ist sie inzwischen auch gern ohne ihn unterwegs. Sie liebt es, ziellos durch die Stadt zu streifen, in dem herrlichen Gefühl, Teil des kapverdischen Alltags zu sein. Wenn sie mit jemandem ins Gespräch kommt, freut sie sich. Aber sie kann es genauso sehr genießen, allein in einem Straßencafé zu sitzen und den Menschen beim Leben zuzusehen. Oder durch die Gassen zu bummeln auf der Suche nach neuen Wandmalereien, die es überall in Mindelo gibt.

Selbst während Lilli Stunden am Meer verbringt und über alles Mögliche nachsinnt, verirren sich ihre Gedanken kaum jemals zu ihrem Buch. Und wenn, liegt es daran, dass ihr schlechtes Gewissen sie mahnt.

Mit einem entschlossenen letzten Schlürfer leert Lilli die Colaflasche und lächelt zufrieden. Wobei sie nicht weiß, was sie mehr erfreut: die kalte Brause oder die Vorstellung von

Fräulein Melchiors missbilligendem Gesichtsausdruck. Die würde ihr zu Hause selbstverständlich niemals etwas so Ungesundes servieren. Geschweige denn mit einem Strohhalm wie ein Teenie.

Die *Praça Nova* gehört zu Lillis Lieblingsplätzen in Mindelo. Am Rand der Altstadt gelegen, heißt sie offiziell eigentlich *Praça Amilcar Cabral*, aber so nennt niemand diesen Platz. Obwohl er aus dem 19. Jahrhundert stammt, ist er noch immer der »neue Platz«.

Dass sich Lilli hier gern aufhält, liegt nicht an seinen optischen Reizen. Er ist sachlich rechteckig, von großen Platten aus Beton bedeckt und umrandet von schmalen Straßen. Vor allem kommt sie hierher wegen der von Mauern umrandeten Beete mit Büschen und Blumen und knorrigen Bäumen, in deren Schatten blaue Holzbänke zum Verweilen einladen. Immer wenn Lilli an der *Praça Nova* vorbeischaut, kauft sie sich eine Flasche Cola – eine von Luís übernommene neue Vorliebe – und setzt sich damit auf ihre Lieblingsbank, hinter der die roten Blüten eines großen Hibiskusstrauchs wuchern.

Lilli ist überrascht. Während der Platz normalerweise verschlafen vor sich hin dämmert, tobt hier heute Nachmittag das Leben. Geschäftig wirkende Passanten eilen an ihr vorüber, manche mit prall gefüllten Einkaufstüten. Frauen balancieren schwere Körbe mit Bananen oder Gemüse elegant auf dem Kopf. Die meisten Menschen scheinen dagegen über alle Zeit der Welt zu verfügen. Sie bummeln allein und zu zweit über und um den Platz, essen ein Eis, pausieren auf den Bänken und Mauern, lesen Zeitung oder unterhalten sich. Oder schauen einfach dem Geschehen zu.

Gerade beobachtet Lilli zwei Mädchen, die die glatte Betonfläche als Rollschuhbahn verwenden. Sie haben keine modernen Roller- oder Inlineskates, sondern uralte Modelle, wie Lilli sie noch aus ihrer Kindheit kennt. Die man sich unter die

Schuhe schnallt und die, so fest man ihre Riemen auch zieht, trotzdem immer wackelig sitzen.

Jetzt bemerken die beiden, dass Lilli ihnen bei ihrem Slalomlauf um die Spaziergänger zusieht. Sie winken ihr verlegen zu, während sie kichernd an ihr vorbeigleiten, und Lilli winkt lächelnd zurück.

Wie schön diese alltäglichen Dinge doch sind. Und wie schön, dass sie einfach hier sitzen, eine Cola trinken und sich an der Gesellschaft der Menschen erfreuen darf. Dies mögen Kleinigkeiten sein, aber Lilli verspürt ein Gefühl tiefer Dankbarkeit. Obwohl sie eine Fremde ist, lässt man sie ganz selbstverständlich teilhaben am Leben und an dem Trubel. Und in all dem Alltäglichen gibt es so erstaunlich viel Interessantes zu entdecken!

»Olá, alemão! *(Hallo, Deutsche!)*«, unterbricht eine raue Stimme Lillis Gedanken.

Ein ungewöhnlich förmlich gekleideter älterer Herr im grauen Anzug und mit Krawatte verbeugt sich lächelnd und zieht dabei seinen Borsalino. Lilli braucht eine Sekunde, dann erkennt sie den Großvater eines Freundes von Luís, den sie auf einem ihrer gemeinsamen Spaziergänge durch die Stadt getroffen haben. Sie freut sich über das bekannte Gesicht und erwidert seinen Gruß.

»Darf ich?«, fragt er höflich.

»Selbstverständlich«, antwortet Lilli und rückt ihre Tasche zur Seite, damit er neben ihr, natürlich in schicklichem Abstand, auf der Bank Platz nehmen kann.

Der Mann, dessen Name ihr nicht einfallen will, fragt sie, wie es ihr in Mindelo gefalle. Er ist sichtlich stolz, als sie von seiner Heimatstadt schwärmt. Und den Menschen hier, die ihr schon ans Herz gewachsen sind. Sie berichtet ihm, was sie bereits gesehen und erlebt hat, und der Mann hört ihr aufmerksam zu. Unvermittelt fragt er sie:

»Möchten Sie vielleicht auch?«

Er hat eine Schachtel mit dünnen Zigarillos aus seiner Hemdtasche gezogen und bietet Lilli einen davon an. Seit Jahrzehnten hat sie nicht mehr geraucht. Kurz geht ihr durch den Sinn, was wohl ihre Hausdame dazu sagen würde, und lässt sich dann schmunzelnd einen Zigarillo anzünden. Beim ersten Zug muss sie husten, und der Mann sieht sie besorgt an, aber die folgenden schmecken ihr immer besser.

»Wirklich kein schlechtes Leben, Senhor«, sagt sie lachend und lehnt sich wohlig zurück. Sie genießt das nebelige Gefühl, in das der Tabak ihr Gehirn hüllt.

»O ja, das Leben kann wunderbar sein, Senhora«, bestätigt der Mann mit einem wissenden Lächeln.

So sitzen sie eine Weile schweigend nebeneinander, blasen Rauchwolken in die Luft und schauen den Menschen auf dem Platz zu.

»Ich habe den Eindruck, die Bewohner Ihrer Insel verstehen sich besonders gut darauf zu leben.«

»Ist das so?«, sagt er erst fragend und gibt sich dann selbst eine Antwort: »Ja, Sie haben wohl recht, wir haben unser *carpe diem* gelernt.«

Er schmunzelt, dann wird seine Miene ernst.

»Aber, wissen Sie, das war nicht immer so. Als Kind erzählten mir meine Eltern von dem Hunger, den es früher auf unserer Insel gab. Die meisten Menschen waren sehr arm. Noch heute sind wir kein reiches Land, allerdings ein recht zufriedenes, denke ich.«

Er bläst einen perfekten Rauchring in die Luft und lächelt, als wollte er demonstrieren, wie zufrieden er gerade ist. Lilli versucht, es ihm nachzutun, bringt aber nur eine unförmige Wolke hervor und bricht daraufhin in ein kindliches Kichern aus.

»Ich weiß, es klingt nach dem alten Klischee der ›glücklichen Insulaner‹, aber die Menschen hier erscheinen mir tatsächlich irgendwie ... unbeschwerter. Auch wenn viele es bestimmt nicht leicht haben.«

»Sie meinen, unbeschwerter als bei Ihnen zu Hause?«

»Absolut! Würden wir beide jetzt auf einem Platz in Hamburg sitzen und die Leute dort beobachten – ganz sicher würden Sie die wenigsten als *unbeschwert* empfinden. Oder gar zufrieden.«

Der Mann schaut sie interessiert an. »Sondern?«

»Ernst, hektisch, viele auch erschöpft. Bei uns blickt man gern griesgrämig in die Welt. Natürlich haben wir auch Freude am Leben, und es wird gelacht und gelächelt. Aber wohl nicht so wie hier. Vielleicht weil die Menschen doch sehr in ihren Gedanken und Befürchtungen gefangen sind.«

»›Das Volk der Dichter und Denker‹, nicht wahr?« Er grinst. »Worüber wird denn bei Ihnen so intensiv nachgedacht?«

»Tja ...« Spontan fällt Lilli keine Antwort ein, dazu hat sie in den vergangenen Jahren zu wenig menschlichen Kontakt gehabt. »Ich vermute, der oder die gute Deutsche denkt vor allem darüber nach, was er oder sie zu tun und zu leisten hat. Bei uns verweist man ständig auf all die ›To-dos‹, die es zu erledigen gilt.«

Der Mann lächelt fragend.

»Vielleicht ist das schwer nachzuvollziehen, aber viele Menschen leiden vermutlich unter der Last, die ihr Leben ihnen aufbürdet. Vor allem unter ihrer Arbeit leiden viele. Wenn ich manchmal morgens mit der Bahn fahre, sehe ich unter den Berufstätigen fast nur in sorgenvolle, ja widerwillige Gesichter. Ich glaube, viele haben Angst. Vielleicht grübeln wir auch viel zu viel darüber, was von uns alles erwartet wird. Und dass wir womöglich Erwartungen enttäuschen könnten.«

Lilli versucht, sich die Menschen in Deutschland in Erinnerung zu rufen.

»Was für uns tatsächlich eine wichtige Rolle spielt, ist der Mangel.«

»Mangel? Bei Ihnen?« Er sieht Lilli ungläubig an.

»Es mag Ihnen merkwürdig vorkommen, aber wir denken oft daran, was uns fehlt, was nicht ausreicht, was besser sein müsste. Auch woran es uns selbst mangelt. Und ständig vergleichen wir uns mit anderen – hauptsächlich, um festzustellen, wer mehr hat oder besser ist als wir.«

Lilli zieht die Schultern hoch, als wollte sie sich entschuldigen für sich und ihre seltsamen Landsleute.

»Ich war leider nie in Europa. Für uns ist es nicht ganz leicht, dorthin zu reisen, daher ist mein Wissen über Ihr Heimatland recht begrenzt.«

Der Mann scheint seine Worte sehr genau abzuwägen.

»Soweit ich aber weiß, geht es Ihnen in Europa – jedenfalls aus der Perspektive des durchschnittlichen Afrikaners – materiell sehr gut, nicht wahr? Sie haben ein sicheres Leben, gute Krankenhäuser und Schulen, gesundes Essen, einen Wohlstand, von dem die meisten hier nur träumen können.«

»Ja, das stimmt sicherlich.« Lilli nickt in Erwartung des nicht unberechtigten Vorwurfs, auf einem sehr hohen Niveau zu klagen.

Der Mann schweigt eine Weile und sagt dann mit überraschend weicher und verständnisvoller Stimme: »Ich kann mir vorstellen, dass jemand, der viel besitzt und erreicht hat, auch viel Angst hat, es zu verlieren.«

»Das ist wohl wahr. Haben die Menschen hier diese Angst nicht?«

Der Blick des Mannes wandert über die *Praça Nova*.

»Sehen Sie, dass der Platz leicht erhöht liegt? Es gab eine Zeit, in der nur reiche Leute, die natürlich Schuhe trugen, ihn betreten durften. Während die barfüßigen Armen auf dem Weg drum herum laufen mussten.«

»Wirklich?«

»Als die Portugiesen Cabo Verde entdeckt hatten, bauten sie zuerst eine Militärstation, und bald kamen die ersten europäischen Siedler. Aber es gab nicht genug Arbeitskräfte für die Salzgewinnung und um Zuckerrohr und Kaffee anzubauen. Denn so attraktiv waren diese abgelegenen Inseln für Europäer wohl nicht. Also bekamen sie vom König das Recht zugesprochen, Sklaven von der westafrikanischen Küste zu *importieren.*«

Er setzt dabei das Wort mit den Fingern in Anführungszeichen.

»Und weil mit den verschleppten Menschen eine Menge Geld zu verdienen war, verkaufte man Sklaven später auch in die Neue Welt. Dort schufteten sie sich auf den Plantagen zu Tode, und São Vicente wurde mit dem Sklavenhandel reich. Jedenfalls die wenigen Europäer, die hier lebten. Die große Mehrheit der Menschen litt unter Seuchen und Hungersnöten, denn die Siedler verwandelten die Inseln in Wüsten. Stellen Sie sich vor: Über hunderttausend Menschen sind im 18. und 19. Jahrhundert verhungert! Und die Regierung in Lissabon? Die ließ es geschehen und unternahm gar nichts!«

Für einen Moment scheint der Mann noch immer fassungslose Wut über das Unrecht der Vergangenheit zu empfinden. Dann wird sein Blick wieder milde.

»Ich habe die portugiesische Diktatur erlebt und unsere Unabhängigkeit 1975. Und wie Cabo Verde später eine Demokratie wurde. In unseren Adern fließt europäisches Blut genauso wie das der Sklaven. Und jetzt schauen Sie sich uns an …«

Mit einer ausladenden Geste weist der Mann auf die Menschen um sie herum.

»Ist es da ein Wunder, dass wir all das genießen, so gut wir nur können? Vielleicht ist uns besonders bewusst, wie dankbar wir sein können für das kleine bisschen Leben, das wir haben!«, sagt der Mann lachend.

»Ich verstehe«, entgegnet Lilli leise. »Ja, ich glaube, ich verstehe.«

Eigentlich ist es für sie längst Zeit, sich auf den Heimweg zu machen. Sie nimmt ihre Tasche auf den Schoß, hält sie mit beiden Armen umschlossen, bleibt aber sitzen. Während sie die fröhlichen Menschen auf dem Platz beobachtet, kreisen Lillis Gedanken um das Leid ihrer Vorfahren. Schließlich sagt sie leise, ohne sich zu dem Mann neben ihr umzudrehen:

»Glauben Sie wirklich, dass wir unsere Existenz mehr zu schätzen wissen, wenn uns deren Schattenseiten bewusst sind?« Sie stutzt kurz. »Dass wir uns an vergangenes Leid erinnern müssen, um uns an der Gegenwart erfreuen zu können?«

Lilli ist es unangenehm, diese Fragen einem fremden Menschen zu stellen. Zumal sie in ihrem Alter doch längst eine Antwort darauf gefunden haben sollte. Sie spürt die Anspannung, mit der sie ihre Tasche umklammert. Als wollte sie sich an ihr festhalten wie an einem Rettungsring. Der Mann sieht sie interessiert an.

»Sie glauben das nicht?«

Lilli räuspert sich. »Ich bin mir nicht sicher. Sollten wir unseren Blick nicht eher nach vorne richten? Und uns bemühen, das hinter uns Liegende, vor allem das Schlimme und Traurige zu vergessen? Denn was hilft es uns zurückzublicken – vorbei ist doch nun mal vorbei.«

Die Härte ihrer eigenen Stimme erschrickt Lilli. Eine Weile schweigt sie und sagt dann leise:

»›Starke Menschen schauen nach vorne!‹ Das hat meine Mutter immer gesagt. ›Nur schwache Menschen lassen sich davon beeinflussen, was früher war.‹ Sie hat sich bis zu ihrem Tod geweigert, mit mir über die Vergangenheit zu sprechen.«

»Olá, senhores, atenção!«, kreischen die beiden Mädchen.

Der Mann kann gerade noch rechtzeitig die Beine anziehen, um einen Sturz zu verhindern, während sie auf ihren Rollschuhen an ihnen vorbeirauschen. Lachend ruft er ihnen ein lautes »Olé!« hinterher wie ein spanischer Torero.

Es ist das knarrende Geräusch der Rollen auf dem harten Untergrund, das in Lilli etwas längst Vergessenes anstößt und an die Oberfläche ihrer Erinnerung aufsteigen lässt. Wie sie mit ihren Freundinnen auf Rollschuhen durch die belebten Gassen des Unterlands lief, die Leute hinter ihnen herschimpften und sie nur darüber lachten. Man war wohl damals nicht so verständnisvoll mit Kindern wie die Menschen hier.

Lilli wagt ein vorsichtiges Lächeln.

»Wissen Sie, ich hatte im Grunde eine gute Kindheit. Jedenfalls, bis mein Vater fortging. Und wir später die Insel Hals über Kopf verlassen mussten. Und damit alles endete ...«

Der Mann schaut sie mitfühlend an. »Wie alt waren Sie? Wenn ich das fragen darf.«

Fast flüsternd antwortet Lilli: »Ich war erst fünf.«

Sie presst ihre Tasche an sich, als wollte sie ihre Erinnerungen zurückdrängen, dorthin, wo sie fast ihr ganzes Leben waren, ins Dunkle, Nichterinnerbare. Die Enge im Hals ist schwer zu ertragen, sie fürchtet, nicht genug Luft zum Atmen zu bekommen. Trotzdem lockert sie ihren Griff nicht.

Warum muss sie in diesen Tagen nur immer wieder an ihre Kindheit denken? Welchen Sinn hat das? Und warum muss sie sogar über ihre Erinnerungen sprechen – wann hat sie vor dieser Reise je mit jemandem über die Insel gesprochen?

Mit einem Ruck richtet Lilli sich auf. Wie eine Soldatin, die auf Kommando Haltung annimmt. Nein, sie wird nicht jetzt noch, an ihrem Lebensabend, damit beginnen!

»Mein Leben, also mein *wirkliches* Leben, begann eigentlich erst in Westberlin. Da war ich Anfang zwanzig. Die Zeit davor bestand aus Unwichtigem und Banalem, sie hatte im Grunde keinen Wert. Eine typische Nachkriegsbiografie. In Berlin blühte ich auf und fand mich und meine Bestimmung.«

Dieser Satz könnte aus dem Klappentext eines ihrer Bücher stammen. »Meine Bestimmung« – geht's noch kitschiger? Lilli fühlt, wie ihr das Blut in den Kopf steigt. Warum hält sie nicht einfach den Mund? Trotzdem verspürt sie das Bedürfnis, dem Mann von sich zu erzählen.

»Westberlin war damals wie eine Insel in einem fremden, bedrohlichen Land. Vielleicht fühlte es sich für mich deshalb sofort vertraut an. Ich hatte das Gefühl, über Nacht zu einem anderen Menschen zu werden. Oder ...« Sie lächelt. »... wie Nietzsche es formulierte: Ich wurde die, die ich war. Eine Progressive, die etwas verändern und eine neue Zukunft gestalten wollte. Dass man sich dafür radikal von seiner eigenen Vergangenheit lossagen musste, schien mir nur folgerichtig. Es kam mir nicht ungelegen.«

»Waren Sie glücklich?«

»Glücklich?« Lilli überlegt eine Weile. »Es war eine aufregende und aufwühlende Zeit. Die politischen und gesellschaftlichen Bewegungen, all die großen Visionen und Ideen, nichts durfte klein sein. Wir glaubten, die ganze Welt umkrempeln zu können! Jugendliche Allmachtsfantasien. Dazu kam, dass ich in meinem Beruf bald ein wenig Erfolg hatte.«

Lilli hofft, dass der Mann nicht um ihre Prominenz weiß.

»Der mir guttat, denn ich war im Grunde eine unsichere junge Frau vom Lande. Aber Erfolg kann schnell zur Selbstverständlichkeit werden, und ich wollte mehr davon.«

Sie schüttelt den Kopf, als staunte sie über sich selbst.

»Aber Sie haben gefragt, ob ich glücklich war in Berlin – für eine Weile war ich das wohl. Dann zog es mich weg, und ich kehrte nie zurück. Ich lebte längere Zeit in Brasilien. Aber wollen Sie das alles überhaupt wissen, bestimmt langweile ich Sie.«

»Keineswegs, ich fühle mich geehrt, dass Sie mir aus Ihrem Leben erzählen.«

Sein freundliches Interesse tut Lilli gut.

»In Rio de Janeiro lernte ich einen Mann kennen und verliebte mich Hals über Kopf«, sagt sie lächelnd. »Ja, damals war ich tatsächlich glücklich. Ich hatte plötzlich eine Zukunft. Oder noch viel wichtiger: Ich hatte eine Gegenwart! Unsere gemeinsame Zeit dauerte kaum ein Jahr, sie war wohl die beste meines Lebens.«

Obwohl sie noch immer lächelt, spürt Lilli, wie ihre Augen feucht werden. Schnell holt sie ein Taschentuch hervor. Es ist schon seltsam, sie war nie eine, die leicht Tränen vergießt. Selbst die Trennung von Gabriel, über die sie unendlich traurig war, beweinte sie nur kurz, dann hatte sie sich wieder unter Kontrolle. Warum sie wohl hier in Mindelo so nah am Wasser gebaut hat?

»Bitte entschuldigen Sie.«

Sie steckt das Taschentuch ein.

»Ich ging zurück nach Deutschland, wurde sesshaft und habe meine Arbeit ordentlich gemacht. Es war kein schlechtes Leben, beileibe nicht – ich durfte viel und weit reisen, habe eine Weile in Kanada gelebt, ich hatte Freunde überall auf der Welt, auch einige Liebschaften.« Ein kurzes Grinsen. »Und jetzt sitzt hier vor Ihnen diese alte, sentimentale Frau, die von ihrer Vergangenheit faselt und darüber rührselige Tränen vergießt.«

Der Mann beugt sich zu ihr herüber, er legt eine Hand auf ihren Unterarm, drückt ihn sanft und sagt mit einem freundlichen Zwinkern:

»*Möge Gott uns immer so bewahren – in Frieden, Liebe und Zuneigung.* Das hat Cesaria einmal gesagt.«

»Danke.«

Der Platz hat sich inzwischen fast geleert. In den Bäumen hört man jetzt Vogelzwitschern, das vorher im Menschentrubel unterging.

»Ich sollte wohl besser nach Hause gehen«, sagt Lilli leise und erhebt sich. »Es tat gut, mit Ihnen zu sprechen.«

»Die Freude lag ganz bei mir«, antwortet der Mann und reicht ihr zum Abschied die Hand.

Lilli hängt sich ihre Tasche über die Schulter und will sich schon zum Gehen wenden, als ihr etwas auffällt.

»In Hamburg, wo ich seit Jahrzehnten lebe, sage ich nie, dass ich ›nach Hause gehe‹. Hier schon. Seltsam, nicht wahr?«

»Es ist eben nie zu spät, Wurzeln zu schlagen«, sagt der Mann mit einem verschwörerischen Blinzeln.

»Meinen Sie?«

Gerade als Lilli den Hof betritt, kommt ihr Luís entgegengestürmt und bleibt abrupt vor ihr stehen.

»Wow, die ist ja *cool*!«

Er starrt auf die Weltkugel, die sie, geheimnisvoll lächelnd, unter dem Arm trägt.

»Stell dir vor, die stand in einem Schaufenster und rief mir zu: ›Nimm mich mit zu Luís!‹ Aber ich weiß gar nicht, ob du damit überhaupt etwas anfangen kannst.«

Tatsächlich hat sie den Globus im Fenster eines Schreibwarenladens gesehen und ihn spontan für ihren Freund gekauft. Wohl wissend, dass sie ihm, der sich so sehr für die Welt interessiert, damit eine Riesenfreude machen würde.

Luís' Augen werden größer und größer. Offenbar ist er sich nicht ganz sicher, ob er Lilli richtig verstanden hat.

»Ja?«, fragt er erst zögernd und dann mit entschlossenerer Stimme: »Doch, ich weiß damit schon etwas anzufangen. Eine ganze Menge sogar!«

»Na, so ein Glück, da bin ich aber erleichtert.« Sie reicht dem Jungen den Erdball aus Kunststoff, aus dem ein Stromkabel hängt. »Ich vermute, er kann leuchten, hoffentlich stört dich das nicht.«

Jetzt bricht ein lautes Lachen aus dem Jungen heraus, und er hüpft vor Freude auf und ab. »Nein, das stört mich wirklich gar nicht! Das ist sogar richtig krass toll!«

Als fürchtete er, Lilli könnte es sich anders überlegen, greift er nach dem Globus, platziert ihn auf dem Tisch und steckt den Stecker in die Verlängerungsschnur, an der eben noch die Lichter im Avocadobaum hingen. Schlagartig liegt der Hof im Dunklen. Dafür leuchten jetzt die Meere auf der Weltkugel in einem strahlenden Hellblau und die Kontinente grün und braun.

»Oh!«, sagt Luís nur, und seine Augen weiten sich noch ein bisschen mehr. »Wie schön! Viel schöner als die Weltkarte in der Schule.«

In diesem Moment kommt Isabel aus dem Haus, scheint erst verwundert zu sein über die Dunkelheit im Hof und sieht dann den leuchtenden Globus.

»Woher ...?«

»Den hat Senhora Lilli mir geschenkt!« Und erst jetzt fällt Luís ein, was er in seiner Freude übersehen hat: »Entschuldigen Sie, ich hab ganz vergessen, mich zu bedanken. Vielen, vielen, vielen Dank!«

Und dann umarmt er seine Freundin, so fest er kann, und drückt seinen Kopf an Lillis Bauch, die zwar gerührt ist, mit so viel stürmischer Zuneigung aber nicht recht umzugehen weiß. Unsicher streicht sie über den Kopf des Jungen.

»Ist ja schon gut, gern geschehen, freut mich, dass er dir gefällt.«

»Der war doch bestimmt teuer.« Isabels Gesicht verrät Freude über die Glückseligkeit ihres Sohnes – und gleichzeitig Unsicherheit und vielleicht ein wenig Scham. »Ein so großes Geschenk können wir unmöglich annehmen.«

Darüber hat Lilli gar nicht nachgedacht. Dass sie Isabel beschämen könnte, wenn sie Luís etwas schenkt, das seine Mutter ihm nicht so einfach kaufen kann. Manchmal ist sie wirklich unsensibel, tadelt sie sich. Sie denkt viel zu wenig an die Gefühle ihrer Mitmenschen. Eine Weile steht Lilli unschlüssig da und sagt schließlich zerknirscht:

»Aber nein, der war gar nicht teuer, ein Sonderangebot, das muss Ihnen nicht unangenehm sein. Ich dachte, er könnte

Luís vielleicht beim Erdkundeunterricht helfen. Was meinst du, Luís?«

Der ist aber schon viel zu sehr darin vertieft, sein Geschenk zu erforschen, als dass ihn die Befindlichkeiten der Erwachsenen interessieren.

»Schau, Mama, hier sind wir!« Er hat die Kapverden im Blau des Atlantiks entdeckt. »Wie klein unsere Inseln sind, schauen Sie mal, Senhora Lilli.«

Zu dritt beugen sie sich über die Weltkugel.

»Ja wirklich, so klein«, bestätigt Isabel.

Luís dreht den Globus, bis im Westen Amerika erscheint.

»Und wie riesig dagegen Amerika ist!«

Er schaut sich eine Weile auf der Südhalbkugel um, entdeckt dann die USA im Norden und schließlich an der Ostküste New York.

»Da wohnt mein Papa.« Luís zeigt auf die Kürzel der Stadt und schaut zu Isabel auf. »Nicht wahr, Mama?«

Isabels Antwort kommt zögernd: »Ja, wer weiß, vielleicht.«

In seiner Begeisterung scheint Luís den Zweifel in der Stimme seiner Mutter gar nicht wahrzunehmen.

»Seht mal, man kann ganz einfach mit dem Schiff rüberfahren.« Er zeichnet mit dem Finger eine Linie von den Kapverden bis nach New York. »Wir müssten uns nur eines der Boote von den Fischern ausleihen. Wie lange braucht man wohl für die Reise?«

»Das ist wohl ein bisschen zu weit für ein kleines Boot«, lacht Isabel und wirkt jetzt entspannter.

»Ja?« Luís sieht sie skeptisch an. »Und wenn wir ein großes Segel anbringen und uns ganz viel zu essen und Wasser mitnehmen? Was meinen Sie, Senhora Lilli?«

»Also, ich hätte viel zu große Angst vor den Wellen auf dem Ozean. Und vor den Stürmen und Strömungen. Man braucht sicherlich ein großes hochseetüchtiges Schiff, um es lebendig über den Atlantik zu schaffen.«

Aber Luís scheint entschlossen, solch kleinliche Argumente zu überhören.

»Stellt euch vor, wir würden in den Hafen von New York einfahren. An der Freiheitsstatue vorbei. Die steht da doch, oder?«

Er schaut zu Lilli, die nur nickt.

»Und Papa würde am Kai stehen und uns empfangen. Wie überrascht er wäre!«

Er lacht überdreht, während seiner Mutter diese Fantasie offenbar gar nicht behagt.

»Ich kümmere mich dann mal um das Abendessen«, sagt sie und lässt die beiden allein.

Eine Weile tut Luís so, als würde er sich wieder auf den Globus konzentrieren.

»Meinen Sie, Papa würde sich freuen, uns zu sehen?«, fragt er Lilli dann, ohne sie anzusehen.

»Bestimmt würde er sich freuen.«

»Sind die Boote im Hafen wirklich zu klein, um damit nach New York zu segeln? Auch wenn wir uns ganz viel Zeit nehmen für die Reise?«

»Ich fürchte, ja. Du möchtest doch nicht in einem Sturm verloren gehen. Stell dir vor, wie traurig deine Mama und deine Uroma dann wären.«

»Stimmt.« Luís nickt. »Das geht nicht.«

Er beginnt, den Globus langsam wieder nach Westen zu drehen, schaut sich Afrika genau an, beeindruckt von der Größe des Kontinents, dann wandert er nach Norden und landet in Europa. Es dauert einen Augenblick, bis er Deutschland gefunden hat.

»Das ist aber nicht sehr groß.« Er klingt enttäuscht.

Lilli lacht. »Tja, wenn man die ganze Welt betrachtet, ist es geradezu winzig.«

»Und da steht ganz klein *Ham*. Ist das etwa Hamburg?«

»Genau, da wohne ich. Und wenn du ganz genau hinschaust, kannst du sogar mein Haus erkennen. Es ist weiß und hat ein rotes Ziegeldach.«

Luís kneift die Augen zusammen und nähert sich dem Globus, bis seine Nase ihn fast berührt.

»Ich kann gar nichts erkennen, Senhora L...« Da sieht er Lillis Grinsen, blickt sie erst verwirrt an und verpasst ihr dann einen zärtlichen Knuff gegen den Arm.

»Haben Sie in Ihrem Haus schon als Kind gewohnt?«

»Nein, ich habe es erst als Erwachsene gekauft.« Sie zögert kurz. »Meine Kindheit habe ich auf einer Insel verlebt, genau wie du.«

»Ach, dann ist dort Ihre Heimat, Ihre Wurzeln sind also auf einer Insel?«

»Ja, da waren einmal meine Wurzeln. Aber mein Zuhause gibt es schon lange nicht mehr.«

Und bevor Luís eine weitere Frage stellen kann, sagt sie mit gespielter Fröhlichkeit:

»Jetzt will ich aber mal sehen, was es heute zum Abendessen gibt.«

Ohne seine Reaktion abzuwarten, verschwindet auch sie im Haus und lässt Luís allein mit seinem Globus zurück.

10

Cize

Es ist Sonntag, früh am Morgen. Lilli liegt im Bett und ist bereits hellwach, obwohl sie gern noch ein wenig länger geschlafen hätte. Sie atmet die frische morgendliche Luft und lauscht dem munteren Gezwitscher eines Vogels, dem Gackern der Hühner unter ihrem Fenster und dem Klappern aus der Küche. Offenbar ist Isabel schon dabei, das Frühstück zuzubereiten.

Am Abend zuvor hat sich Lilli spontan entschieden, sich heute einen schreibfreien Tag zu erlauben. Nicht dass sie sonst täglich an ihrem Buch arbeiten würde, aber sie spürt den ständigen Druck, dass sie es *sollte*. Heute ist sie davon also offiziell befreit, und das fühlt sich gut an.

Lilli dehnt und rekelt sich unter dem dünnen Bettlaken, gibt dabei ein wohliges Stöhnen von sich. Dann erhebt sie sich mit einem Schwung, verweilt noch einen Moment auf der Bettkante und beginnt mit einem Grinsen ihren freien Tag.

Wenig später sitzt Lilli unter dem Avocadobaum und nippt am heißen Milchkaffee, den Isabel ihr gerade gebracht hat. Dabei blättert sie in einem Schulbuch über kapverdische Geschichte, das Luís ihr geliehen hat. Doch um wirklich aufzunehmen, was sie liest, sind ihre Gedanken noch zu träge. Immer wieder wandert ihr Blick zu den Hühnern, die aufgeregt gackernd nach ihren Frühstückskörnern picken.

Lilli findet diese sonntägliche Idylle ganz wundervoll.

Die Hausherrin erscheint in der Tür mit dem Frühstückstablett für sich und ihren Gast. Lächelnd bewegt sie sich im Rhythmus der Musik, die hinter ihr aus dem Haus klingt.

»Wer zeigt dir den langen Weg nach São Tomé?«, fragt Cesária Évora. Ihre melancholische Stimme ist Lilli inzwischen sehr vertraut. Ohne es zu merken, singt sie leise mit: *»Sodade nach meiner Insel São Nicolau.«*

»Wenn du mir schreibst, schreibe ich dir. Wenn du mich vergisst, vergesse ich dich«, stimmt Isabel mit ein und setzt sich zu Lilli an den Tisch.

Da Luís an Sonntagen selten freiwillig vor zehn Uhr aufsteht, haben die Frauen den Hof in der stillen Morgenstimmung für sich allein.

»Sosehr ich die Energie meines Sohnes liebe, manchmal ist es auch ganz schön ohne ihn«, sagt Isabel und schenkt sich Kaffee aus der Thermoskanne ein. »Sie kennen den Text des Liedes?«

Lilli nickt. »Ich habe es erst vor einigen Wochen zum ersten Mal gehört. Es hat sofort etwas in mir berührt, ich weiß nicht, warum. *Sodade nach meiner Insel São Nicolau*«, singt sie und schaut dabei verträumt.

»Cize wohnte nicht weit von hier.«

»Cize?«

»Das war Cesárias Spitzname, so nannten wir sie. Und *Sodade*, das war ihr Lied, eigentlich unser aller Lied. Sie sang es aus tiefstem Herzen, wohl deshalb berührt es die Menschen so sehr. Weil Cize wusste, wie es ist, verlassen zu werden und Sehnsucht zu empfinden. Sie hat schon mit sechzehn ihre große Liebe kennengelernt. Eduardo, einen Gitarristen und Seemann. Aber er ging nach Europa und kehrte nie zurück. Und später, als sie ihr erstes Kind bekam, verließ sie der Vater. Ihre drei Kinder hat sie allein aufgezogen. Sie können sich vorstellen, dass ich mich ihr immer besonders verbunden gefühlt habe«, sagt Isabel mit einem liebevollen Lächeln.

»Kannten Sie sie denn persönlich?«

»Natürlich. Auch wenn sie auf der ganzen Welt berühmt war, hier in Mindelo lebte sie ganz normal unter uns. Man traf sie auf der Straße und auf dem Markt. Und wenn sie nicht gerade unterwegs war und Konzerte gab, stand ihr Haus allen Menschen offen. Kinder bekamen Süßigkeiten von ihr, die Erwachsenen eine Zigarette oder einen Grogue, unseren kapverdischen Zuckerrohrschnaps. Manchmal ließ sie sich durch die Gegenden der Stadt fahren, in denen ärmere Menschen wohnen, und verteilte Geldscheine unter ihnen.«

Isabel nimmt einen Schluck aus ihrer Kaffeetasse.

»Cize war eine von uns. Am Ende kam sie nach Mindelo zurück, um hier ihre letzten Tage zu verbringen. Bei offener Tür und natürlich rauchend!«, sagt sie lachend. »Waren Sie schon in ihrem Museum?«

»Noch nicht, aber ich würde es mir sehr gern ansehen.«

»Luís begleitet Sie bestimmt.«

»Das wäre schön, ich werde ihn fragen.«

Ohne ein Wort zu sagen, frühstücken die beiden Frauen, während sie der Musik lauschen. Als Isabel die Teller zurück auf das Tablett stellt, fragt sie beiläufig:

»Geht es voran mit Ihrem Buch?«

»Ach, das Buch ...« Lilli macht eine wegwerfende Geste.

Isabel ist es sichtlich unangenehm, danach gefragt zu haben. »Entschuldigen Sie meine Neugier, es geht mich ja gar nichts an.«

»Ist schon okay. Hätten Sie mich vor einer Woche darauf angesprochen, ich hätte Ihnen wohl geantwortet, dass ich auf einem ganz guten Weg bin. Aber heute ... Mit jedem Tag bin ich weniger überzeugt von dem, was ich tue. Manchmal wünsche ich mir, ich hätte nie damit begonnen.«

»War es mit Ihren anderen Büchern auch so schwer?«

»Nein. Das Schreiben fiel mir zwar selten leicht, das geht wahrscheinlich den meisten Schriftstellern so. Man hat mal einen Durchhänger oder ist blockiert oder stellt fest, dass man sich verrannt hat. Aber so schwer und zäh wie mit diesem Buch – nein, so schlimm war es nie. Vielleicht hatte ich früher auch einfach mehr Energie.«

Lilli nimmt ihre Brille ab und reibt sich die Augen. Sie wirkt plötzlich älter.

»Aber Sie haben doch keine Eile, oder?«, fragt Isabel vorsichtig.

»Na ja, ich fürchte, mein Verleger glaubt, er bekäme das Manuskript in einigen Monaten, vielleicht einem halben Jahr. Und ich lasse ihn in dem Glauben. Wenn der wüsste!« Lillis Lachen klingt bitter. »Dabei kennen wir uns schon so lange, es ist eigentlich unfair von mir ... Ich bin Ihnen unendlich dankbar, Isabel, dass ich hier bei Ihnen und Luís sein darf auf dieser wunderbaren Insel. Sonst wäre ich bestimmt zutiefst deprimiert.«

»Weil Sie nicht mehr an Ihr Buch glauben können?«

»Ja.« Lilli denkt einen Augenblick nach. »Aber vielleicht bin ich auch zu pessimistisch, womöglich gelingen mir morgen einige gute Sätze, und ich sehe wieder Licht am Horizont. Vielleicht sollte ich mir mehr Mühe geben, an das Buch zu glauben. Wenn es nur nicht so eine verdammte innere Achterbahnfahrt wäre!«

Isabel ist anzusehen, wie gern sie etwas Tröstliches sagen würde. »Vielleicht fällt Ihnen ein anderes Thema ein, über das es Ihnen leichterfällt zu schreiben?«

»Nein, das ganz sicher nicht!«, sagt Lilli mit harter Stimme. »Diese Story ist mein letzter Versuch, danach kommt gar nichts mehr, dann ist ein für alle Mal Schluss!«

»Ich verstehe.« Isabel lächelt unsicher und streicht Lilli zärtlich über den Arm. »Bestimmt ist dies eine sehr dumme

Frage, aber Sie haben doch schon viele Bücher veröffentlicht und waren so erfolgreich – wäre es denn wirklich so schlimm, wenn Sie keins mehr schreiben?«

Lilli starrt nur auf ihre leere Kaffeetasse.

»Sie könnten doch einfach Ihre Zeit bei uns genießen. Und wenn Sie zurückkehren nach Hause, wird dort der Frühling beginnen und die Welt bestimmt wieder ganz anders aussehen.«

Jetzt schaut Lilli ihr in die Augen und sagt: »Das könnte ich gewiss tun, wäre es allein eine Frage des Ehrgeizes oder meiner gekränkten Eitelkeit. Aber ich brauche schlicht das Geld.«

Isabel ist sichtlich überrascht. »Aber Sie sind doch berühmt?«

»Berühmt, berühmt, davon kann ich mir nun wirklich nichts kaufen, die Berühmtheit zahlt wohl kaum meine Rechnungen, Schätzchen!«, platzt es verächtlich aus ihr heraus, und es braucht einige Sekunden, bis sie Isabels verletzten Blick wahrnimmt. Sofort ist ihre Wut verflogen.

»O Gott, bitte entschuldigen Sie, Isabel, bitte, es tut mir schrecklich leid, es ist nur ...« Lilli spürt, wie ihr die Tränen in die Augen steigen. »Es ist ...«

Isabel zieht ein geblümtes Stofftaschentuch aus ihrer Bluse und reicht es ihr. »Ist schon gut.«

Lilli schnäuzt sich, die Tränen laufen ihr weiter über das Gesicht.

»Ich brauche tatsächlich das Geld«, wiederholt sie noch einmal leise, die Peinlichkeit dieses Geständnisses ist ihr anzusehen. Dann sagt sie, als wollte sie nun Isabel trösten: »Aber ich habe ja noch nicht aufgegeben, ich werde es weiter versuchen, okay? Nur, wetten würde ich darauf nicht ... Was solls, sonst verkaufe ich eben mein Haus.«

Isabel blickt sie mit ungläubigen Augen an. »Aber das ...«

»Das wäre kein Drama. Ich hänge nicht an dem alten Kasten.« Lilli bemüht sich zu lächeln. »Allerdings würde ich wohl früher als geplant abreisen – so gern ich hier bei Ihnen und Luís bin.«

»Sie haben Ihr Zimmer doch schon für drei Monate bezahlt.«

»Selbstverständlich behalten Sie das Geld, so oder so.«

Isabel wirkt erleichtert. »Ich fände es aber schön, wenn Sie bleiben.«

»Ihnen muss mein Gejammer doch wie der blanke Hohn erscheinen. Sie arbeiten so viel, ziehen den Jungen ganz allein auf – und ich klage über meine Luxuswehwehchen.«

»O nein, das tut es ganz sicher nicht!«

Isabel scheint bestürzt darüber, dass Lilli ihr so abfällige Gedanken zutraut. Dann sagt sie, als müsste sie um jedes Wort ringen:

»Meine Arbeit, die ist bestimmt nicht leicht. Trotzdem würde ich nicht mit Ihnen tauschen wollen. Wenn ich in der Markthalle Kisten schleppe oder im Hotel an der Rezeption stehe, weiß ich, was von mir erwartet wird. Und was ich am Monatsende dafür bekomme. So viel Unsicherheit, wie Sie sie haben, zu arbeiten, ohne zu wissen, was dabei herauskommt und wie die Menschen es aufnehmen werden – das wäre nichts für mich. Ein bisschen mehr Geld verdienen würde ich natürlich schon gern. Aber dafür mache ich ja die Ausbildung.«

Fast wäre Lilli herausgerutscht, wie sehr sie Isabel beneidet, aber das hätte wohl zynisch geklungen. Also nickt sie nur schweigend, wischt noch einmal über ihr feuchtes Gesicht und bringt immerhin ein schwaches Lächeln hervor.

»Darf ich Ihnen eine Frage stellen?«

»Sicher.«

»Wenn Sie noch einmal von vorn anfangen könnten, würden Sie sich dann wieder dafür entscheiden, Schriftstellerin zu werden?«

»Ich … ich weiß nicht«, stottert Lilli. »Vielleicht schon … Nein, ich kann es wirklich nicht sagen.«

Isabel erkennt Lillis Unwohlsein. »Ist ja auch überhaupt nicht wichtig.«

Sie steht auf und klopft Lilli mit einem freundschaftlichen Zwinkern auf die Schulter. Dann stellt sie das Geschirr und die restlichen Frühstückssachen auf das Tablett und verschwindet in der Küche.

Lilli lehnt ihren Kopf an den Avocadobaum und schaut nach oben in den hellblauen Himmelsausschnitt über dem Hof. Sie bemüht sich, Isabels harmlose Frage beiseitezuschieben; es will ihr nicht gelingen.

Würde sie sich noch einmal für ein Leben als Schriftstellerin entscheiden?

»Noch einmal« ist natürlich Quatsch. Es war ja nicht ihre bewusste Entscheidung, sondern purer Zufall. Gerade als sie – amateurhaft! – mit dem Schreiben begonnen hatte, wurde sie von Elisabeth gefunden. Allerdings behagt Lilli dieses Narrativ auch nicht. Ihre Karriere und damit ihr ganzes Leben als Resultat einer einzigen zufälligen Begegnung?

Wahrscheinlich wäre ihr neu entdeckter Schreibdrang ohne Elisabeth tatsächlich schnell versiegt, so sprunghaft, wie sie damals war. Aus eigenem Antrieb hätte sie sich bestimmt nicht aufgerafft und auf die Suche nach einem Verlag gemacht. Nein, dazu hätte ihr Selbstvertrauen kaum ausgereicht. Das Schreiben wäre ein Hobby geblieben – wenn sie es denn überhaupt durchgehalten hätte.

Lilli Jansen ohne den Ruhm, das Interesse der Öffentlichkeit und das Geld? Schwer vorstellbar. Allerdings hätte sie auf die Schattenseiten ihrer Karriere gern verzichtet: Auf die ständige Angst vor Misserfolgen, ihre ungesunde Abhängigkeit vom Feuilleton und die fortwährenden Zweifel an ihrem

Können. Und nicht zuletzt diese quälenden Blockaden, unter denen sie ja nicht erst heute leidet.

Hat es sich eigentlich gelohnt?, fragt eine kühle Stimme in Lillis Kopf. Was für eine alberne, pathetische Frage!

»Wie wär's mit einem frischen Kaffee?« Isabel schaut aus der Tür mit der Kanne in der Hand. »Oder kann ich Ihnen sonst noch etwas Gutes tun?«

»Nein danke. Das ist nicht nötig.«

Obwohl Isabel längst wieder im Haus verschwunden ist, blickt ihr Lilli noch eine Weile hinterher.

Sind nicht die meisten ihrer Leserinnen Frauen wie Isabel? Denen das Leben keine Rosen vor die Füße gestreut hat. Starke Frauen, die nicht bereit sind, sich den Verhältnissen zu beugen, sondern eigene Wege gehen. Lilli denkt an die interessierten, wachen Gesichter ihres Publikums, damals, als sie noch Vorträge oder Lesungen hielt. Und an die Briefe der Frauen, die ihr bis heute schreiben, um sich für ihre Bücher zu bedanken und von ihren eigenen Geschichten zu erzählen. Sie lächelt.

Ja, natürlich hat es sich gelohnt! Warum verliert sie nur so schnell aus den Augen, für wen sie ihre Bücher schreibt? Sicher nicht für die verdammte Literaturkritik und auch nicht für Johannes oder ihr eigenes Ego oder eine möglichst hohe Auflage. So angenehm es auch bisher war, über ihre Finanzen nicht nachdenken zu müssen.

Ja, sie würde sich tatsächlich erneut für diesen Beruf entscheiden. Trotz der Misserfolge und Kränkungen, trotz aller Entscheidungen, die sich im Nachhinein als unklug herausstellten. Und ja, Lilli ist sich ziemlich sicher, den richtigen Weg gegangen zu sein. Sie hofft nur, dass ihr diese Gewissheit eine Weile im Gedächtnis haften bleibt.

Langsam richtet sie sich auf und sieht sich im Hof um. Die Hühner haben sich inzwischen in ihren Stall zurückgezogen. Es ist still. Auch aus dem Haus kommen keine Geräusche.

»Guten Morgen, Senhora Lilli.«

Ein verschlafener Luís, noch im Pyjama, steht in der Tür und winkt ihr zu.

»Guten Morgen, Sonnenschein!«

Er grinst, setzt sich neben Lilli auf die Bank und lehnt seinen Kopf an ihre Schulter. Heute freut sie sich sogar noch mehr als sonst, den Jungen zu sehen.

»Also, bevor wir zum Museum gehen, müssen Sie sich unbedingt etwas anschauen«, erklärt ihr Luís, weigert sich aber, zu verraten, was er ihr zeigen möchte. Wie von Isabel vorhergesagt, war er sofort Feuer und Flamme für die Idee, seine Freundin durch das Cesária-Évora-Museum zu führen. Und um Lilli noch heute dorthin zu begleiten, verzichtet er sogar darauf, mit seinen Freunden schwimmen zu gehen.

Nein, ein Besuch bei Cize duldet keinen Aufschub!

Am frühen Nachmittag machen sie sich auf den Weg. Luís beginnt, ein Lied der Sängerin zu pfeifen, Lilli stimmt sogleich mit ein, und so bummeln die beiden, gemeinsam pfeifend und von den Leuten freundlich belächelt, durch die Straßen Mindelos.

Bestimmt wäre es Lilli vor einer Weile noch unangenehm gewesen, aber jetzt genießt sie ihre Zweisamkeit und sogar das Interesse der Menschen. Denn wie immer, wenn sie Hand in Hand durch die Stadt gehen, zieht das ungewöhnliche Duo – der schlaksige Junge und die alle überragende ältere Frau mit der knallroten Sonnenbrille und ihrem riesigen Strohhut – auch heute die Blicke der Menschen auf sich. Ab und zu grinsen sich die beiden verschwörerisch an. Manchmal stimmt jemand im Vorübergehen in ihr Pfeifen mit ein, denn die Lieder von Cesária kennt hier natürlich jedes Kind.

Plötzlich bleibt Luís vor einer hohen Hauswand stehen, wo sich schon einige Touristen versammelt haben und andächtig nach oben blicken.

»Schauen Sie, Senhora Lilli, ist das nicht cool?!«

Über die gesamte Seitenfläche des Hauses erstreckt sich ein Porträt der berühmten Sängerin. Mit geschlossenen Augen, den Kopf auf eine Hand gestützt, scheint sie tief in ihre Gedanken versunken zu sein.

»Oh, das ist wirklich wunderschön«, sagt Lilli staunend.

Zuerst hält sie es für ein Gemälde, aber als sie näher herangehen, erkennt sie, dass das Bild in die Wand gehauen ist. Was aussieht wie graue Farbe, ist der herausgemeißelte dunklere Putz unter der weiß gestrichenen Wand. Überall in Mindelo hat Lilli schon die unterschiedlichsten Bilder und Graffiti an den Hauswänden bewundert, viele von ihnen wahre Kunstwerke. Aber dieses Bild ist etwas Besonderes.

Eine Weile stehen sie ehrfürchtig schweigend davor, nur das Klicken der fotografierenden Touristen ist zu hören. Dann verkündet Luís, dass es Zeit ist weiterzugehen, und Lilli beschließt, ein anderes Mal zurückzukommen, um sich das Werk noch einmal in Ruhe anzusehen.

»Hier wohnte Cize, man kann es aber nicht besichtigen.«

Luís zeigt im Vorbeigehen beiläufig auf das Haus aus rotem und gelbem Beton, an dem nur der kleine Schriftzug *Casa Cesária Évora* auf die frühere Besitzerin hinweist. Kurz darauf biegen sie in eine schmale Nebenstraße ein und stehen bald vor dem *Núcleo Museológico Cesária Évora,* das in einem unscheinbaren zweistöckigen Gebäude untergebracht ist.

Als sie eintreten und noch bevor sich Lillis Augen an das gedämpfte Licht gewöhnen können, tönt es ihnen entgegen:

»Olá, Luís, wie schön, dass du mal wieder vorbeischaust!«

Eine Frau tritt hinter dem Tresen hervor, umarmt Luís und gibt Lilli lächelnd die Hand.

»Das ist meine Freundin Senhora Jansen. Sie ist aus Deutschland zu Besuch und eine sehr berühmte Schriftstellerin.«

Lilli hat sich inzwischen angewöhnt zu ignorieren, wenn

Luís sie auf diese Weise vorstellt. Abzubringen ist er ohnehin nicht davon, denn in seinen Augen hat jeder Mensch unbedingt zu erfahren, wie prominent seine Begleitung ist. Die Kassiererin weigert sich beharrlich, von den beiden Eintritt zu verlangen, aber Lilli lässt es sich nicht nehmen, ein paar Geldscheine in die Spendenbox für das Museum zu stecken.

Im ersten Raum ist eine etwas erhöhte Bühne eingerichtet mit einem Mikrofonständer und einer Gitarre, die an die Wand gelehnt steht. Daneben ein Tischchen mit einer halb vollen Cognacflasche, einigen Gläsern und einer angebrannten Zigarette im Aschenbecher. Als würde die Künstlerin nur eine Pause machen und gleich ihr Programm fortsetzen.

Jeder Winkel des kleinen Hauses erinnert an die Sängerin, jede Wand ist behängt mit Fotos. Die meisten zeigen Cesária mit anderen Menschen, mit Berühmtheiten genauso wie mit Kindern aus der Nachbarschaft. Lilli ist überrascht, wie nah sie sich dieser Frau fühlt, die sie selbst nie getroffen hat.

»Kommen Sie, Senhora Lilli, schauen Sie!«

Luís winkt aufgeregt aus dem nächsten Raum und zeigt auf ein kleines Schwarz-Weiß-Foto. Lilli muss nahe herantreten, bis sie erkennt, wer darauf abgebildet ist: Cesária Évora neben einer sehr jungen, unsicher blickenden Isabel mit einem Baby auf dem Arm.

»Das bin ich!«, ruft Luís so laut, dass sich andere Museumsbesucher umdrehen und lächeln.

»Ich bin beeindruckt«, sagt Lilli und nickt anerkennend. »Erinnerst du dich noch daran, als das Bild gemacht wurde?«

»Selbstverständlich!«, behauptet er und dann, etwas kleinlauter: »Na ja, glaube ich jedenfalls ... Mama hat mir davon erzählt, wie wir nach meiner Geburt bei Cize zu Besuch waren.«

Auf den meisten der Fotos schaut Cesária ernst, nur selten lächelnd oder mit einem Schmunzeln. Melancholisch wirkt sie und manchmal traurig, findet Lilli. Sie denkt daran, was ihr Isabel über die unerfüllte Liebe der Sängerin erzählt hat, und meint, die Sodade in ihren Augen erkennen zu können.

Ein schmales Treppenhaus, das in den ersten Stock führt, ist geschmückt mit Plattencovern und einem großen Porträtfoto. Es zeigt Cesária Évora vor einem Mikrofon mit geschlossenen Augen und einem in sich gekehrten Lächeln. Sie muss wirklich geliebt haben, was sie tat, geht Lilli durch den Kopf. Ob sie wohl trotzdem gelegentlich mit sich und ihrer Arbeit haderte? Eine Weile verharrt Lilli im Bann des Bildes. Zweifelte die Sängerin vielleicht auch manchmal an sich? Dass Erfolg und Berühmtheit nicht vor Selbstzweifeln schützen, weiß Lilli ja nur zu gut.

Im ersten Stock sind einige Kostüme und persönliche Gegenstände ausgestellt. Ein Raum widmet sich ihrem Tod und den Trauerfeierlichkeiten in Mindelo. Im Dezember 2011 starb Cesária Évora im Alter von siebzig Jahren, viel jünger, als Lilli heute ist. Auf dem Wandmonitor läuft ein Video der Trauerprozession. Tausende von weinenden, lachenden und singenden Menschen begleiten den Leichenwagen mit dem bescheidenen weißen Sarg durch die Stadt. Es wird applaudiert, und immer wieder stimmt die Menge *Sodade* an.

Verschämt wischt sich Lilli eine Träne von der Wange und muss über sich selbst lächeln.

Auf dem schmalen Balkon zur Straße steht ein Aschenbecher, ein Schild fordert die Besucher auf, zu Ehren der Sängerin eine Zigarette zu rauchen:

Fumar em Honda da Cize
Smoking in honor of Cize

Lilli spürt Wehmut, als sie das Haus verlassen und hinaustreten in das grelle Sonnenlicht. Nicht allein wegen der Helligkeit setzt sie schnell ihre Sonnenbrille auf.

»Das war ganz wunderbar, Luís! Vielen Dank, dass du mich hierher begleitet hast.«

»Sehr gern geschehen.«

Beiden ist nicht danach, sich zu unterhalten, während sie ziellos durch kleine Straßen bummeln. Erst als sie an einem Imbiss vorbeikommen, bemerkt Lilli, wie hungrig sie ist.

»Was hältst du von Falafel und Cola?«

Luís strahlt.

Ihre Pappteller und Flaschen mühsam balancierend, finden sie einen schattigen Platz auf einer Bank. Als sie schweigend gegessen und getrunken haben, sagt Lilli leise, mehr zu sich selbst als zu ihrem Begleiter:

»Sie muss ein ganz besonderer Mensch gewesen sein.«

»Cize war so alt wie ich, als sie ins Waisenhaus kam.«

»Sie hatte keine Eltern mehr?«

»Ihr Vater starb, da war sie erst sieben. Der war auch Musiker. Und stellen Sie sich vor: Ihre Mama musste sich um sechs Kinder kümmern. Ganz allein! Das hat sie aber nicht geschafft, und deshalb musste Cize ins Waisenhaus, als sie zehn war.«

»Das ist ja schrecklich.«

»Hm.« Luís stellt die leere Flasche auf den Boden. »Waren Sie schon an ihrem Grab?«

»Nein, ist es hier in Mindelo?«

»An der Straße zum Flughafen. Möchten Sie es besuchen?«

Lilli überlegt kurz und sagt dann: »Ein anderes Mal sehr gern. Sollten wir nicht langsam nach Hause gehen?«

Sie hat ein schlechtes Gewissen, weil sie den Jungen an Isabels einzigem freien Tag für sich in Beschlag nimmt. Luís nickt, und sie machen sich gemächlich auf den Weg.

»Mögen viele Leute bei Ihnen zu Hause Cizes Musik?«, fragt Luís nach einer Weile.

»Das weiß ich, ehrlich gesagt, gar nicht. Ich habe selbst erst vor Kurzem von ihr gehört.«

»Wirklich?« Er blickt Lilli erstaunt an. »Wie denn?«

»Also, das war so: Ich habe eine Dame, die sich um meinen

Haushalt kümmert …« Sofort ist Lilli peinlich, dass sie sich zu Hause bedienen lässt. »Also, die mir beim Kochen und Putzen hilft. Vor einigen Wochen hatte sie einen ziemlich schlimmen Unfall und musste ins Krankenhaus.«

»Ach, das tut mir leid.« Luís scheint ehrlich mit der ihm unbekannten Frau zu fühlen.

»Sie ist zum Glück schon wieder auf dem Weg der Besserung. Auf jeden Fall bekam ich eine Aushilfe, eine junge Studentin aus Mindelo, und die hat Musik von Cesária gehört und …«

»Ach klar, Maria ist ja bei Ihnen.«

»Du kennst Maria?«

»Natürlich! Sie ist total nett.«

Natürlich kennt Luís auch Maria, welche Frage. Er blickt sie irritiert an, weil er offenbar nicht versteht, worüber Lilli grinst.

Sie hören eine Weile einem jungen Straßenmusiker zu, der – was auch sonst – Lieder von Cesária Évora spielt. Lilli legt einen Geldschein in seinen Gitarrenkoffer, und sie gehen weiter.

»Welche Musik mögen Sie gern?«

»Ich höre nicht mehr so oft Musik. Und wenn, meistens Klassik. Ich mag Opern.«

»In Opern wird doch so merkwürdig gesungen? Vor allem die Frauen, als würde ihnen etwas wehtun, nicht wahr?«

Luís sieht sie gequält an, als litte er schlimme Schmerzen, und Lilli muss lachen.

»Stimmt, manche Arien klingen tatsächlich so.«

»Und richtige Musik, ich meine von Leuten, die richtige Lieder singen?«

»Solche ›richtige Musik‹ habe ich eher gehört, als ich jünger war. Janis Joplin, Bob Dylan, Hendrix, die Beatles … und natürlich Joni Mitchell.«

Luís sieht sie verständnislos an.

»Dafür bist du viel zu jung.« Sie schüttelt den Kopf. »Ach

ja, ganz wichtig war für mich damals eine deutsche Rockband, die *Ton, Steine, Scherben* hieß.«

Sie übersetzt den Namen ins Portugiesische, was bei Luís für Stirnrunzeln sorgt.

»Singen Sie mir etwas von denen vor?«

Lilli denkt sofort an den Titel *Mach kaputt, was dich kaputt macht*, lässt den aber doch besser unerwähnt. »Der Sänger der Band hieß Rio Reiser, den habe ich sehr gemocht. Aber er lebt leider auch schon lange nicht mehr.«

Lilli singt leise auf Deutsch das Lied *Junimond*. Dann übersetzt sie für Luís den Text.

»Warum sitzt der auf einer Wolke? Ist er im Himmel?«

»Kann schon sein. Rio Reiser hat viele melancholische Lieder geschrieben, voller Sehnsucht, viel Sodade. Aber nicht nur.«

Lilli stimmt nun mit lauter, fester Stimme ein anderes Lied an, das dazu auffordert, sich bereit zu machen »für den Kampf ums Paradies«. Sie übersetzt auch diese Worte und muss darüber lächeln.

»Weißt du, wir waren damals sehr naiv. Die ganze Welt wollten wir verändern mit unseren Ideen.«

»Und? Haben Sie die Welt verändert, Senhora Lilli?« Luís blickt sie mit erwartungsvollen, ernsten Augen an.

»Aber nein.« Lillis helles Lachen schallt durch die schmale Straße, sodass sich einige Leute nach ihr umdrehen. »Na ja, vielleicht ein klitzekleines bisschen, vielleicht für ein paar Menschen. Aber niemand verändert die Welt einfach so. Jedenfalls nicht zum Guten. Die schnellen Veränderungen führen meistens zu schlimmen Dingen.«

»Möchten Sie mit Ihrem neuen Buch nicht die Welt verändern und besser machen?«

»Das wäre doch zu viel verlangt, oder?«

»Nö, finde ich gar nicht. Cize wollte die Welt mit ihren Liedern bestimmt auch ein bisschen besser machen.«

»Das glaube ich auch.« Lilli wackelt unschlüssig mit dem Kopf hin und her. »Es wäre natürlich schon schön, wenn mir alten Frau das auch gelingen könnte.«

»Possivelmente?«, fragt Luís grinsend.

»Possivelmente.«

Sie gehen eine Weile schweigend nebeneinander. Dann sagt Luís plötzlich mit sehr entschlossener Stimme:

»Also, ich *will* die Welt verändern! Auf jeden Fall!«

11

Reue?

Lilli spürt den warmen grobkörnigen Sand unter ihren Füßen, während sie am Wasser entlangschlendert. Sie wundert sich, dass sie nirgendwo einen Badegast sieht, obwohl es ein heißer Sommertag ist. Nur die Kolonie der Kegelrobben liegt am Ende des langen Strands dösend in der Sonne. Nicht ein Lüftchen regt sich. So spiegelglatt hat Lilli das Meer noch nie gesehen.

Die Hitze ist kaum zu ertragen.

Wohin geht sie eigentlich? Lilli denkt angestrengt nach, aber es will ihr nicht einfallen. Bis sie in den Dünen einen Holzzaun bemerkt. Neugierig tritt sie näher. Der Zaun begrenzt ein Quadrat, in dem in mehreren Reihen Holzkreuze im Sand stehen. Friedhof der Namenlosen *steht auf einer Bronzeplatte.*

Lilli öffnet die Pforte und tritt ein. Nacheinander sieht sie sich die Kreuze der unbekannten Menschen an, die das Meer an Land gespült hat. Die alle einmal von jemandem vermisst wurden, von denen jedoch niemand weiß, dass sie hier ruhen. Es müssen einsame Tote sein, vermutet Lilli.

Ob sie eines Tages wohl auch hier begraben sein wird?, fragt sie sich. Die Vorstellung gefällt ihr. Frieden zu finden als eine Namenlose. Ja, sie wird hierher zurückkehren, und es wird Musik gespielt werden, wenn man ihren weißen Sarg in den Dünensand hinablässt. Sie wird zurückkehren. Ein guter Gedanke.

Die ins Schloss fallende Haustür reißt Lilli aus ihrem Traum. Mit dem Kopf an den Avocadobaum gelehnt, muss sie eingeschlafen sein. Für einen Moment noch spürt sie den Nachhall eines angenehm friedlichen Gefühls, dann erscheint eine gehetzte Isabel mit vollen Einkaufstüten im spärlich beleuchteten Hof.

»Es tut mir leid, ich dachte wirklich, ich würde es rechtzeitig zum Abendessen schaffen, aber es gab so viel zu tun, Gäste reisten später als erwartet an, und dann war heute auch noch eine Kollegin krank ... Ist Luís im Bett?«

Schon vor Stunden hat Isabel angerufen – Lilli geht inzwischen ganz selbstverständlich ans Telefon, wenn ihre Gastgeber nicht zu Hause sind – und sich wortreich dafür entschuldigt, dass es heute später werden würde. Jetzt steht sie gequält lächelnd vor Lilli, stellt die Taschen mit ihren Einkäufen auf den Boden und sinkt dann, wie in Zeitlupe, auf einen der Stühle.

Abgekämpft sieht sie aus, noch müder als sonst, wenn sie von der Arbeit kommt. Mit einem Taschentuch wischt sie sich den Schweiß von der Stirn.

»Entschuldigung.«

»Ach was, das ist ganz unnötig, hier ist alles in allerbester Ordnung. Wir haben uns ein Brot gemacht, und dann ist Luís brav ins Bett gegangen«, flunkert Lilli. Denn natürlich fand er immer neue Themen, die er unbedingt mit ihr besprechen musste, und zögerte so das Zubettgehen erfolgreich hinaus. Sie hofft, dass der Junge inzwischen schläft und nicht noch einmal auftaucht.

»Danke«, sagt Isabel mit einem tiefen Ausatmen.

»Und Sie bleiben jetzt hier sitzen und erholen sich erst einmal, während ich die Sachen in die Küche bringe.«

Lillis Ton duldet keinen Widerspruch. Ohne eine Antwort abzuwarten, geht sie mit den schweren Taschen ins Haus und ist kurze Zeit später mit zwei Bierflaschen wieder da. Bevor sie einen Schluck nimmt, hält sich Isabel das kühle Glas an die Stirn. Ihre Gesichtszüge werden langsam weicher.

»Ach, das tut gut, Senhora Jansen, danke. Was würde ich nur ohne Sie tun.«

»Meinen Sie nicht, Senhora Delgado, dass Sie mich *endlich* Lilli nennen könnten?«

Isabel lacht und sagt dann leise, als kostete es sie noch immer Überwindung:

»Okay, natürlich. Saúde, Lilli.«

»Saúde, Isabel.«

Sie stoßen mit ihren Flaschen an.

»Oh, warten Sie, ich habe eine Idee!«

Isabels Augen blitzen auf, und sie verschwindet mit großen Schritten im Haus. Es dauert nur einige Minuten, bis sie mit einer Tüte Nachos und einer Schale mit einer grünen Creme darin zurückkommt.

»Sie mögen bestimmt Guacamole, Senho…, Lilli?«

Einträchtig miteinander schweigend sitzen die beiden Frauen am Tisch, dippen Chips in die Avocadocreme und trinken dazu Bier. Allmählich scheint die Last ihres Tages von Isabel abzufallen.

Ganz beiläufig fragt sie Lilli, als käme es ihr gerade in den Sinn: »Und wissen Sie inzwischen, ob Sie sich noch einmal für Ihren Beruf entscheiden würden, ob Sie wieder Schriftstellerin werden wollten?«

Lilli ist überrascht, dass sich Isabel daran erinnert.

»Ich habe tatsächlich lange über Ihre Frage nachgedacht. Und bin zu dem Schluss gekommen: Ja, ich würde immer wieder schreiben wollen.« Sie lächelt. »Wenn ich mir vorstelle, ich hätte damals das Angebot für mein erstes Buch ausgeschlagen – bestimmt hätte ich es mir mein ganzes Leben lang vorgeworfen. Ein kluger Kopf hat mal gesagt, die Menschen bereuen viel seltener etwas, das sie getan haben, als dass sie bereuen, etwas *nicht* getan zu haben. Auch wenn mich der

Gedanke schmerzt, jetzt womöglich das Ende meiner Karriere erreicht zu haben.«

Isabel scheint für einen Moment zu zögern, dann sagt sie leise: »Wissen Sie, Lilli, ich habe von diesen Dingen natürlich keine Ahnung …« Verlegen kratzt sie am Etikett ihrer Bierflasche. »Aber ich glaube nicht, dass Sie schon am Ende angekommen sind. Sie werden noch ein Buch schreiben, da bin ich mir sicher.«

Lilli weiß nicht, wie sie auf Isabels Optimismus reagieren soll. Mit geneigtem Kopf sieht sie sie an und sagt schließlich: »Das ist schön. Dass zumindest *Sie* daran glauben.« Dabei zieht sie die Schultern hoch, als wollte sie sich für ihr mangelndes Zutrauen entschuldigen. »Und wissen Sie, was *ich* glaube? Dass wir auf jeden Fall noch mehr Bier brauchen!«

»Darf ich Ihnen eine persönliche Frage stellen?«, fragt Isabel, als Lilli mit zwei weiteren Flaschen aus der Küche zurückkommt und sich wieder an den Tisch setzt.

Lilli nickt vorsichtig.

»Haben Sie jemals etwas bereut?«

»Na ja.« Sie zögert mit ihrer Antwort. »Was meinen Beruf angeht, bereue ich im Großen und Ganzen kaum etwas. Natürlich bis auf den Vertrag, den ich für dieses Buch unterschrieben habe!«

Sie verzieht genervt das Gesicht, allerdings ist Isabel nicht klar, wie ernst sie es meint.

»Und sonst …« Lilli überlegt. »Als ich in Brasilien lebte, habe ich einen Mann kennengelernt. Gabriel, ein Adonis! Der zwar mein Geld und meine Unterstützung dankend annahm, mich aber für meinen Erfolg und meine Unabhängigkeit verachtete. Und mich verließ. Er hat mir sehr wehgetan. Ich hätte vorsichtiger sein müssen. Aber bereue ich, mich auf ihn eingelassen zu haben?«

Sie hält kurz inne.

»Ich glaube nicht. Andererseits hat mich diese Erfahrung

so sehr verletzt, dass es mir mein Leben lang schwerfiel, Menschen zu vertrauen. Vor allem Männern. Vielleicht bereue ich manchmal, mich nicht mehr bemüht zu haben, über meinen Schatten zu springen.«

»Haben Sie sich jemals Kinder gewünscht? Eine Familie?«

»Ach …« Die Frage ist Lilli unangenehm. »Es gab eine Zeit, in der ich tatsächlich daran dachte. Stellen Sie sich vor: Ich habe mir sogar ein großes Haus gekauft, um Platz zu haben für eine Familie. Dort wohne ich noch immer – und noch immer allein.«

»Das tut mir leid.«

»Unsinn, es muss Ihnen wirklich nicht leidtun!«, sagt Lilli barsch, um das Thema vom Tisch zu wischen. »Aber wir reden nur von mir, wie langweilig. Würden *Sie* denn etwas anders machen, wenn Sie könnten?«

Lillis Gegenfrage trifft Isabel sichtlich unvorbereitet. Sie blickt nach oben in die Lichter im Baum und sagt dann zögernd, ohne Lilli anzusehen:

»Natürlich würde ich mich immer wieder für mein Kind entscheiden. Luís ist das Beste, was mir in meinem Leben passieren konnte. Auch wenn er nicht geplant war.« Ein kurzes Lächeln huscht über ihr Gesicht. »Ich frage mich nur manchmal, ob es klug war, meinen Mann zu heiraten. Nein, klug war es sicher nicht. Ob ich ihn trotzdem noch einmal heiraten würde? Na ja …«

Lilli fällt auf, dass sie nicht »Ex-Mann« sagt.

»Wahrscheinlich schon. Ich würde es wohl wieder und wieder tun und jedes Mal hoffen, dass er sich anders verhält. Und uns *nicht* verlässt. Als würde man immer wieder diesen *Titanic*-Film anschauen und hoffen, das Schiff würde *dieses Mal* nicht untergehen.«

Ihr Lachen klingt traurig. »Ganz schön dumm, ich weiß. Sie halten mich sicher für sehr naiv.«

»O nein, das tue ich nicht, Sie sind gewiss nicht naiver als ich!« Lilli klingt sehr bestimmt. Und dann weicher: »Sie folgen eben Ihrer Sodade, nicht wahr?«

Isabel blickt zum Fenster, hinter dem Luís schläft, und sagt leise:

»Meine große Sehnsucht war immer die nach einer eigenen glücklichen Familie. Zwei oder drei Kinder und ein Mann, mit dem ich für immer zusammenbleibe. Als ich dann Luís' Vater kennenlernte, sah ich uns schon als altes Ehepaar, umringt von Enkeln, vor unserem Haus sitzen. Na ja, das kam etwas anders.« Sie seufzt. »Was solls, wir müssen uns eben fügen in das, was der Herr für uns bereithält. Sonst werden wir nur unglücklich. Und der Herr hat mir Luís gegeben, und dafür bin ich ihm unendlich dankbar!«

Dabei berührt Isabel das kleine silberne Kreuz, das sie an einer Kette trägt.

»Luís ist wirklich ein Geschenk«, bestätigt Lilli. »Einen Enkel wie ihn hätte ich gern.«

»Er ist meine Familie.« Isabel lächelt stolz. »Meine Mutter starb, als ich noch ein Kind war, unsere Großeltern mussten für mich und meine Geschwister sorgen. Unseren Vater sahen wir nur selten, weil er auf anderen Inseln arbeitete. Er ist nicht mehr am Leben, genauso wie meine Schwester. Mein Bruder fährt zur See wie so viele Männer von den Kapverden. Seine Familie lebt in Portugal, sie besuchen uns gelegentlich. Dann ist Luís das glücklichste Kind der Welt, er liebt seinen Onkel über alles. Wahrscheinlich wünscht er sich einen Vater wie ihn.«

Lilli braucht einen Augenblick, um all die Informationen über Isabels Familie zu verarbeiten. Dann sagt sie: »Sie sind so jung, Isabel, Sie können doch noch die Familie bekommen, die Sie sich immer gewünscht haben. Vielleicht heiraten Sie noch einmal?«

»Aber nein.« Sie lächelt verlegen. »Ganz sicher nicht, ich werde mich niemals von Luís' Vater scheiden lassen.«

Lilli weiß auf diese entschiedene Antwort nichts zu erwidern. Die beiden Frauen nehmen einen Schluck aus ihren Bierflaschen und schweigen eine Weile.

»Allerdings«, jetzt kichert Isabel wie ein verlegenes Mädchen, »manchmal träume ich schon davon, mich noch einmal zu verlieben. Wie damals. Und vielleicht eine Tochter zu bekommen.«

Sie leert ihre Bierflasche und stellt sie auf den Tisch. »Das ist natürlich Unsinn. Aber so ist es eben mit unseren Sehnsüchten, sie bleiben bei uns bis zu dem Tag unseres Todes. Möchten Sie noch ein Bier?«

»Nein danke.«

»Außerdem habe ich viel zu große Angst, noch einmal verlassen zu werden. Es würde mir das Herz wohl endgültig brechen.«

»Das kann ich sehr gut verstehen.«

»Da ist es doch besser, alles bleibt, wie es ist – mit einer unerfüllten Sehnsucht.«

Isabel lächelt und blickt sich in ihrem Hof um.

»Auch wenn mein Leben nicht immer einfach ist, ich bin sehr dankbar dafür.«

»Das kann ich ebenfalls gut verstehen.«

»Und Sie, Lilli?«

»Bitte?«

»Was ist ihre Sodade? Sie haben doch bestimmt auch eine Sehnsucht.«

Jetzt leert auch Lilli ihre Bierflasche und stellt sie so unsanft auf den Tisch, dass es knallt.

»Ach was, was für eine unsägliche Frage an eine alte Schachtel! Ich muss froh sein, wenn ich morgens aus dem Bett komme. Sehnsüchte sind nichts für jemanden wie mich.«

Lillis harter Blick scheint Isabel zu verunsichern. Trotzdem gibt sie nicht auf. »Und früher?«

»Nein, ich war nie ein sehnsüchtiger Mensch. Ich habe versucht, das Beste aus dem zu machen, was gerade möglich war – nicht allzu weit nach vorne geblickt und niemals zurück.«

»Sie hatten auch nie Heimweh?«

»Immer nur Fernweh. Es wäre ja auch dumm, wie sollte eine Heimatlose wie ich Heimweh haben!« Sie steht so abrupt auf, dass Isabel erschrickt. »Und jetzt ist es für eine betagte Frau an der Zeit, ins Bett zu gehen. Wer weiß schon, ob ich morgen wieder aufwache.«

»Gute Nacht, Lilli«, sagt Isabel freundlich. »Bestimmt wachen Sie morgen wieder auf.«

»Gute Nacht, schlafen Sie gut.«

Mit energischen Schritten stampft Lilli durch das Hoftor, ohne sich noch einmal umzudrehen. Gewiss nicht wie ein altersmüder Mensch, denkt Isabel lächelnd. Und dass Lilli Jansen keine Sehnsucht kennt?

Nein, das glaubt sie ihr ganz und gar nicht.

Heute verspürt Lilli keinen Impuls, sich der Welt mehr als unbedingt nötig auszusetzen. Nach dem eiligen Frühstück mit Isabel und Luís, die beide spät dran waren wie meistens, räumt sie in Ruhe das Geschirr ab. Inzwischen gehört dies zu ihren Aufgaben, die Lilli sich nicht nehmen lässt. Danach zieht sie sich mit dem Paket, das sie gerade von Maria bekommen hat, auf ihr Zimmer zurück.

Darin sind von Lilli bestellte Bücher und ihre Post, die sich in der Zwischenzeit angesammelt hat. Das einzig Interessante ist eine Karte von Maria, in der sie sich nach Lillis Befinden erkundigt und ihr versichert, dass zu Hause alles in Ordnung ist. Und sie gerade bis über beide Ohren im Anatomiekurs steckt und sehr froh darüber ist, in Lillis Haus ungestört dafür lernen zu können.

Lilli freut sich über die Nachricht aus Hamburg. Das Leben dort erscheint ihr allerdings sehr weit weg, wie eine Welt, die sie schon vor langer Zeit hinter sich gelassen hat. Dass sie in nicht allzu ferner Zukunft dorthin zurückkehren wird, kann sie sich nicht vorstellen. Nachdem sie ihre Post in einer Schublade entsorgt und Maria eine Karte zurückgeschrieben hat, kuschelt sich Lilli mit dem neuen Roman einer jungen Kollegin auf ihr Bett.

Er gefällt ihr ausgesprochen gut, und das ist nicht unheikel. Denn über ein Buch, das ihr *nicht* gefällt, kann sich Lilli herrlich aufregen und an der Gewissheit erfreuen, dass sie es selbst besser hinbekommen hätte. Was sie natürlich niemandem gegenüber je zugeben würde. Vermutlich sind die meisten Autoren die gnadenlosesten Kritiker ihrer eigenen Zunft.

Aber ein so gelungenes Buch wie dieses bedeutet für Lilli eine Herausforderung. Denn aus jedem der originell und frisch formulierten Sätze, aus jedem schönen Bild und der klug gestrickten Handlung hört sie zuallererst die Anklage heraus:

»So etwas kannst *du* nicht!« Gefolgt von: »So etwas kannst du nicht *mehr*!«

Eigentlich neigte Lilli nie zum Neid. Aber wie so viele Menschen schließt sie aus dem Können und den Erfolgen anderer auf sich selbst und ihr eigenes Unvermögen. Die hohe Buchauflage einer Kollegin bedeutet, dass niemand Lillis Bücher lesen will. Aus einer positiven Rezension der Konkurrenz leitet sie, ohne nachzudenken, ab, dass man ihr Werk gering schätzt. Und sieht sie die Ankündigung einer Lesung im renommierten Literaturhaus an der Alster, ist ihr klar, dass man sie niemals mehr dorthin einladen wird.

Während einige ihrer Kollegen – zufälligerweise alle männlich – ganz selbstverständlich davon ausgehen, dass jedes Wort, das sie schreiben, Ausdruck ihres Genies ist, stellen andere ihr Licht grundsätzlich unter den Scheffel. So wie Lilli. Obwohl sie weiß, wie dumm diese Angewohnheit ist.

Ihr geht es wohl so, wie sie neulich dem Mann auf der *Praça Nova* erklärt hat: Auch sie ist eine Gläubige des Mangels. Instinktiv geht sie davon aus, dass stets ein Mangel herrscht – an Lob, Interesse, Erfolg, Zuneigung, Qualität und so weiter. Und wenn jemand viel davon bekommt, kann folglich für sie nichts übrig bleiben.

Natürlich ist Lilli bewusst, wie verdreht dies ist, »echt krass«, würde Luís sagen. Selbstverständlich hat sie nie mit jemandem über diesen Charakterfehler gesprochen – der vermutlich, zu diesem Schluss ist sie gelangt, typisch ist für im Mangel aufgewachsene Kriegskinder. Geholfen hat ihr diese Erkenntnis bisher nicht.

Lilli lässt das erschreckend gute Buch der Konkurrentin auf ihren Bauch sinken und blickt zum Fenster. Dort steht sie auf dem Schreibtisch, ihre Olympia. So unschuldig. Dabei ist allein ihre Existenz ein einziger schreiender Vorwurf! Gegen Lillis Unfähigkeit und ihre Ideenlosigkeit und nicht zuletzt auch gegen ihr inakzeptabel hohes Alter.

»Du kannst es nicht mehr, du bist alt«, flüstert die ihr zu, »sieh endlich ein, dass es vorbei ist.«

»Ach, lass mich doch in Ruh!«, entgegnet Lilli laut und schrickt zusammen. Sie spricht tatsächlich mit einer Schreibmaschine. Von der sie sich angeklagt fühlt.

Zum Glück klingelt ihr Handy.

»Na, wie steht es um meine Lieblingsautorin?« Johannes' Stimme klingt ausgesprochen unbeschwert. »Störe ich?«

Wenn der wüsste, dass seine Lieblingsautorin gerade dabei ist, dem Wahnsinn anheimzufallen.

»Nein, du störst nicht.«

»Und wie geht es dir so auf San … wie heißt diese komische Insel noch mal?«

»São Vicente heißt sie.« Lilli muss lächeln. »Und mir geht es gut, danke der Nachfrage.«

»Das freut mich. Sind die Insulaner noch nett zu dir?«

»Sehr nett sogar. In diesen wenigen Wochen bin ich schon

mit mehr Leuten ins Gespräch gekommen als zu Hause in den letzten Jahren. Wildfremde Menschen erzählen mir aus ihrem Leben, voller Vertrauen, und manchmal erzähle ich sogar von mir. Ich bin ja an sich auch kein misstrauischer Typ. Nur eben ein Nordlicht, das gewohnt ist, sich zurückzuhalten. Ich fürchte, ich taue hier wirklich ein wenig auf.«

»Das ist ja grauenhaft!«, lacht Johannes. »Und was macht dein Freund?«

»Luís? Der ist unglaublich! Mit seinen zehn Jahren so voller Leben und Träume, so selbstbewusst und kreativ, ständig hat er neue Ideen. Ich würde mir gern eine Scheibe davon abschneiden. Mit allergrößter Selbstverständlichkeit erklärte er mir neulich, dass er die ganze Welt verändern will.«

»Ist das in dem Alter nicht normal?«

»Wahrscheinlich. Warst du als Kind auch so?«

»Na klar! Ich wollte die Welt aus den Angeln heben und hatte null Zweifel, dass es mir gelingen würde.«

Er lacht so dröhnend laut, dass Lilli das Telefon ein Stück vom Ohr weghalten muss.

»Was hattest du denn vor?«

»Ich wollte zum Beispiel das berühmteste, tollste und allerspannendste Buch seit Jules Verne schreiben.«

»Na, als Spross einer Verlegerfamilie.«

»Stimmt, was wollte man anderes von mir erwarten.« Lilli kann sein Grinsen hören. »Ich freue mich, dass es dir gut geht.«

Sie schweigen einen Augenblick.

»Ich finde an den Menschen hier besonders faszinierend, dass zwei ganz unterschiedliche Seelen in ihrer Brust schlagen: Einerseits sind sie offenherzig und fröhlich. Aber sie haben auch eine ganz andere, melancholische Seite. Hast du schon einmal von *Sodade* gehört?«

»Nein.«

»Mit dem Wort beschreiben die Kapverdier eine Form der

Sehnsucht, die hier allgegenwärtig ist. Vor allem in der Musik. An jeder Ecke der Stadt wird musiziert, auf der Straße, in Cafés und Bars. Und selbst über den flotten Rhythmen liegt meist eine melancholische, sehnsuchtsvolle Melodie.«

Ohne nachzudenken, fragt sie: »Hast du eigentlich eine Sehnsucht?«

»Eine Sehnsucht?«

Lilli ist sofort peinlich, Johannes etwas so Persönliches gefragt zu haben. Obwohl sie ihn schon als Kind kannte, haben sie eine gewisse professionelle Distanz gewahrt, seitdem er ihr Verleger ist. Vielleicht kann sie jetzt offener mit ihm umgehen, weil ein paar Tausend Kilometer und ein Ozean zwischen ihnen liegen. Sie hört das Rauschen in der Leitung und möchte gerade ansetzen, sich zu entschuldigen und ihn von ihrer Frage zu entbinden, als er leise antwortet:

»Ja, eine Sehnsucht hatte ich wohl immer.« Erneut schweigt er für eine Weile, dann räuspert er sich. »Nach meiner Mutter, das wird dich vielleicht überraschen. Ich kenne keinen Menschen, der so sehr mit seiner Arbeit verheiratet ist, wie sie es war. Elisabeth – ›Mama‹ durfte ich sie ja nicht nennen, weil ihr das zu antiquiert klang – wollte sicherlich eine gute Mutter sein, bestimmt gab sie sich Mühe. Gerade weil ich keinen Vater hatte, zumindest keinen, von dem sie mir erzählt hat.«

»Mir auch nicht.«

»Ich weiß. Aber auch wenn wir Zeit miteinander verbrachten, was nicht oft der Fall war, habe ich immer gespürt, wie ihre Gedanken woanders waren. Nicht bei mir. Sondern wahrscheinlich bei ihren Autorinnen, sorry, Lilli, und Büchern oder auf Messen oder bei irgendwelchen Krisen des Verlags.«

Johannes schluckt hörbar.

»Die meiste Zeit kümmerten sich irgendwelche Mitbewohnerinnen um mich. Und als der Verlag Geld abwarf – was ja vor allem dein Verdienst war –, eine Nanny. Ich bekam teure Geschenke, ich durfte mich mit berühmten Autoren und

Schauspielern unterhalten, aber die Nähe meiner Mutter spürte ich nur selten.«

Lilli kann hören, wie sehr Johannes noch immer darum trauert.

»Deshalb galt *meine* Sehnsucht wohl immer Elisabeth. Meiner Mama.«

»Ich verstehe.«

»Bis sich von einem Tag auf den anderen alles änderte. Erinnerst du dich, als ich ihr damals vorschlug, im Verlag zu arbeiten und ihn eines Tages an ihrer Stelle weiterzuführen? Obwohl ich ihre Angebote bis dahin immer abgelehnt hatte. Sie hat sich darüber gar nicht so gewundert, wie ich erwartet hatte.«

»Du hast es gemacht, um ihr nahe zu sein?«

»Ich denke schon. Und es funktionierte! Denn auf einmal verbrachten wir fast jeden Tag miteinander. Sie stellte mir Fragen, war interessiert und hatte das Bedürfnis, mir von sich zu erzählen.«

»Ich erinnere mich daran, ihr schient plötzlich unzertrennlich.«

»Andere Kinder bemühen sich, zu ihren Eltern auf Abstand zu gehen, wenn sie erwachsen werden – bei mir war es umgekehrt.«

»Warst du damals glücklich?«

»Meiner Mutter nah sein zu können, war wirklich ein großes Glück für mich. Wenn wir nur mehr Zeit miteinander gehabt hätten. Wer weiß, was für ein Verhältnis wir heute hätten, wenn sie noch leben würde.«

»Es war ein halbes Jahr, nicht wahr?«

»Fünf Monate. Dann bekam sie die Diagnose, ganz zufällig entdeckte man den Krebs.«

»Ich kann bis heute nicht fassen, dass sie nur noch einige Wochen hatte. Du warst jeden Tag bei ihr. Ich durfte sie nur einmal besuchen. Um mich zu verabschieden.«

»Mama fiel es schwer zu zeigen, wie sehr sie litt. Und sie wollte für niemanden eine Zumutung sein.«

»Ich konnte das gut verstehen. Ich verlor meine beste Freundin – und bekam einen neuen, sehr jungen Verleger. Der seine Sache von Anfang an richtig gut machte.«

Eine Weile ist nur das leise Rauschen der Telefonleitung zu hören.

»Die Sehnsucht nach ihr, das war ja deine Frage, die spüre ich noch heute. Vielleicht sehne ich mich auch nach der Mutter, die sie nie sein konnte oder wollte.«

»Luís, meinem jungen Freund, geht es ähnlich. Er sehnt sich nach seinem Vater, obwohl er ihn nie kennenlernen durfte. Wahrscheinlich ist die Sehnsucht nach den fehlenden Eltern etwas Archetypisches.«

»Sehnst du dich auch nach deinen Eltern?«

»Nein, ich bin nicht so. Weder sehne ich mich nach meinem Vater, an den ich mich sowieso kaum erinnere, noch nach meiner Mutter. Oder sonst jemanden. Ich habe das Konzept nie verstanden.«

Lillis eben noch weiche, verständnisvolle Stimme klingt jetzt sachlich und kühl, als würde sie ein Referat halten.

»Ich habe gelernt, meinen Blick nicht zurück, sondern nach vorne zu richten. Auch wenn inzwischen nicht mehr allzu viel vor mir liegt.«

»Okay.«

Sie spürt, dass Johannes ihr nicht glaubt.

»Sehnsucht, ach was, ich habe Hämorrhoiden, das ist schlimm genug!«

Johannes' Lachen dröhnt aus dem Hörer. Und weil Lilli nichts sagt, fragt er nach einer Weile:

»Und, was macht dein Buch?«

»Das Buch, ja ...« Natürlich würde er das Gespräch früher oder später darauf bringen. Trotzdem fühlt sich Lilli von der Frage überfahren. »Ich habe noch nicht so viel geschrieben, wie du dir wohl erhoffst, ich schätze, höchstens fünfzig Schreibmaschinenseiten?«

»Immerhin«, antwortet Johannes und klingt tatsächlich enttäuscht. »Wenn du fünfzig hast, werden daraus auch hundert und dann …«

»Johannes?«

»Ja?«

»Es ist nicht gut.«

»Wie meinst du das? Qualitativ nicht gut? Das glaube ich nicht, oft ist der eigene Blick ja …«

»Es würde dir nicht gefallen«, unterbricht Lilli ihn. »Und den Leserinnen auch nicht. Ich meine es ernst.«

»Wenn du magst, könnte ich es mir mal anschauen?«

»Nein.«

»Hab ich mir gedacht.«

Das Rauschen in der Telefonleitung scheint lauter zu werden.

»Du magst jetzt denken, dass ich mal wieder viel zu kritisch mit mir bin«, sagt Lilli mit ruhiger Stimme, und bevor er antworten kann: »Aber ich habe tatsächlich im Moment einen ganz guten Blick auf meine Texte, und ich sehe deutlich, was ihnen fehlt: die Lebendigkeit und die Farben, die mich hier umgeben. Das Leben in Mindelo, jedenfalls wie es mir begegnet, ist so kraftvoll und bunt und vielfältig, es ist nach vorne gerichtet und so voller Möglichkeiten. Dagegen ist die Geschichte, an der ich arbeite, blutleer. Die Figuren wirken blass und konstruiert. Und ich schaffe es nicht, sie glaubwürdig zu machen, ihnen Leben einzuhauchen. Was ich früher durchaus konnte, Charaktere zu zeichnen mit ihren Gedanken, Gefühlen, Widersprüchen – das will mir einfach nicht mehr gelingen.«

»Ist das so?«

»Weißt du, Johannes, ich sehe jeden Tag die *realen* Sorgen und Probleme von Isabel, meiner Gastgeberin. Wie sie viel zu viel arbeiten muss, um ihren Sohn zu ernähren, und sich gleichzeitig dafür schämt, weil sie so wenig Zeit hat für ihn. Und dabei plant sie auch noch für ihre Zukunft. Früher wäre ich imstande gewesen, mir eine Figur wie sie auszudenken und in eine Handlung einzuspinnen. Was ich heute schreibe, kommt mir dagegen irreal vor. Es hat nichts, aber auch gar nichts zu tun mit der wirklichen Welt.«

Ihr Seufzen klingt schmerzhaft.

»Kann es sein, dass du in einer Sackgasse steckst, aus der du dich erst herausarbeiten musst, bevor du eine neue Perspektive einnehmen kannst?«

Lilli schüttelt nur stumm den Kopf.

»Wie auch immer es für dich weitergeht, ich wünsche dir, dass du die Zeit auf San ... auf deiner Insel trotzdem genießen kannst.«

»Wir werden sehen. Sollte ich mich entscheiden, das Buch aufzugeben, werde ich auf jeden Fall abreisen, so schön es hier auch ist. Ich hätte sonst ständig das Gefühl, man würde mich mitleidig beäugen, ›die arme gescheiterte Autorin‹. Den Vorschuss bekommst du dann natürlich zurück.«

»Ach, es wäre schade. Ich gebe die Hoffnung auf einen wunderbaren neuen Roman von Lilli Jansen noch nicht auf. Und meinen unerschütterlichen Glauben an dich sowieso nicht.«

»Danke«, sagt Lilli und klingt verzagt, sie kann sich über sein Zutrauen nicht freuen.

»Übrigens, stell dir vor, ich werde demnächst in Luís' Schule den Kindern von meiner Arbeit erzählen.«

»Ja?«

Johannes ist offensichtlich überrascht von Lillis abruptem Themen- und Stimmungswechsel.

»Er hat mir erzählt, dass Eltern in den Unterricht eingeladen werden, um den Kindern ihre Berufe zu erklären. Luís meinte, es wäre ›megatoll‹, wenn ich ihn begleite und von der Schriftstellerei erzähle.« Sie grinst. »Aber das sei doch die

Aufgabe seiner Mama, habe ich gesagt, und er hat herumgedruckst, und erst dann hab ich verstanden, dass Isabel nicht in die Schule kommen kann, weil sie arbeiten muss.«

»Aha.«

»Die Frau hat so unglaublich viel um die Ohren! Mit ihren zwei Jobs und dem Haushalt, manchmal kommt sie erst spätabends völlig erschöpft nach Hause. Und im nächsten Jahr will sie auch noch eine Ausbildung zur Hotelkauffrau beginnen. Trotzdem reicht das Geld hinten und vorn nicht. Weil Luís' Vater sich nicht mehr um seine Familie kümmert. Isabel weiß nicht einmal, wo der verdammte Kerl steckt!«

»Aha.«

»Manchmal sitzen wir abends, wenn Luís im Bett ist, unter unserem Avocadobaum im Hof und reden. Isabel hat wohl sonst niemanden, dem sie ihr Herz ausschütten kann. Sie gibt sich zwar nach außen als taffe Frau, aber ich glaube, sie fühlt sich oft überfordert.«

»Und deshalb begleitest du den Jungen in seine Schule?«

»Genau. Dass seine Mutter nicht dort sein kann, ist bestimmt nicht angenehm für ihn. Vielleicht kann ich es ihm ein bisschen erleichtern.«

»Die international berühmte Autorin – du wirst bestimmt der Knaller sein.«

»Quatsch! Ich würde gern darauf verzichten. Womöglich finden die Leute mich abgehoben und arrogant.«

»Ach Lilli, die werden dich lieben.«

»Danke. Meinst du wirklich? – Was ist denn?«, fragt Lilli unsicher, nachdem Johannes einen Augenblick geschwiegen hat.

»Ist dir eigentlich bewusst, wie unbeschwert und lebendig du klingst, wenn du von Luís und Isabel erzählst und von der Insel und ihren Menschen? So habe ich dich schon sehr lange nicht mehr erlebt.«

»Ja?«

»Die Insel tut dir anscheinend sehr gut, Lilli. Wenn du deine Buchpläne tatsächlich verwerfen solltest, okay, dann ist das eben so. Aber ich glaube, du solltest auf keinen Fall früher als geplant abreisen. Außerdem«, er räuspert sich, »habe ich so ein Gefühl, dass du auf dieser Insel noch etwas schreiben wirst. Vielleicht etwas, das du dir noch gar nicht vorstellen kannst. Oder willst.«

»Jetzt fang *bitte* nicht wieder an mit deiner Schnapsidee, ich müsse unbedingt etwas Biografisches schreiben!«

Lilli bemüht sich, genervt zu klingen, ihr Lächeln ist aber nicht zu überhören.

»Nie-mals!«

»Na, dann ist ja gut.«

»Ich wünsche dir viel Erfolg in der Schule.«

»Danke.«

»Ach, und außerdem: Frohe Weihnachten!«

»Stimmt, Weihnachten ... das wünsche ich dir auch.«

12

Ich heiße Lilli Jansen, und ich schreibe Bücher

Es ist später Nachmittag, und Luís weiß offenbar nicht mehr wohin mit sich und seiner Aufregung. Nervös läuft er im Hof umher, gibt den Hühnern schon ihre Abendration Körner, verschwindet für eine Weile im Haus, um sich dann wieder neben Lilli zu setzen, die auf der Hofbank entspannt in der Zeitung liest.

»Steht da was Interessantes drin?«

»Geht so.«

»Über Politik?«

»Auch. Nichts wirklich Neues.«

»Warum lesen Sie es dann?«

»Weil ich wissen will, was in der Welt geschieht. Sitz bitte still.«

»Können wir *endlich* losgehen?«

»Es ist noch zu früh.«

»Wir können ja langsam gehen.«

»Wir wollen doch nicht vor dem verschlossenen Schultor warten, oder?«

»Hm.«

Luís hüpft von der Bank und verfolgt die Hühner, bis die sich genervt in ihr Haus zurückziehen. Lilli grinst. Wie schön, dass sich der Junge so sehr darauf freut, mit ihr in seine

Schule zu gehen. Nun erscheint auch noch eine hektische Isabel, die eigentlich schon längst unterwegs sein wollte, um ihre Abendschicht im Hotel anzutreten.

»Ist es wirklich okay für Sie, Lilli? Schließlich sind Sie hier, um Urlaub zu machen ... äh, ich meine, um Ihr Buch zu schreiben.«

Isabel ist es sichtlich unangenehm, dem Gast die Begleitung ihres Sohns überlassen zu müssen.

»Selbstverständlich, es ist absolut okay für mich. Ich freue mich sogar darauf und fühle mich geehrt«, versichert Lilli ihr ein weiteres Mal.

»Siehst du, hab ich dir doch gesagt. Senhora Lilli findet das toll!« Der patzige Ton seiner Mutter gegenüber ist ungewöhnlich für Luís. »Können wir jetzt endlich los?«, wendet er sich wieder quengelnd an Lilli.

»Gleich. Ich weiß ja, wie gern Sie Luís begleitet hätten. Aber es ist doch eine glückliche Fügung, dass ich da bin und einspringen kann, nicht wahr?«, bemüht sich Lilli, selbstverständlich zu klingen.

Isabels Arbeitgeberin, die ihr sonst oft entgegenkommt, bestand darauf, dass sie am heutigen Abend im Hotel ist.

»Habt viel Spaß, ihr beiden!«, ruft sie, bevor sie eilig durch das Hoftor verschwindet, und Lilli und Luís winken ihr hinterher.

»Wie schade, dass deine Mama dich nicht begleiten kann.«

»Ist schon okay.« Luís macht eine wegwerfende Geste. »Wollen wir losgehen?«

»Klaro, gehen wir los, junger Mann.«

Lilli streicht ihm über den Kopf, obwohl sie weiß, dass er das nicht mag. Sie kann sich noch ihre Tasche greifen, dann wird sie schon von ihm aus dem Haus gezogen.

»Ich finde, du hast eine echt tolle Mutter, du kannst stolz auf sie sein.«

Sie stößt ihm aufmunternd mit dem Ellbogen gegen die

Schulter, während sie mit großen Schritten durch die Gassen gehen.

»Hm. Ich weiß«, sagt er leise und geht noch ein bisschen schneller. Obwohl Lilli die längeren Beine hat, muss sie sich anstrengen, um mitzuhalten. Nach einer Weile beginnt Luís, *Sodade* zu pfeifen, wie neulich, als sie auf dem Weg zum Museum waren. Lilli stimmt mit ein, aber es dauert nicht lange, und ihr Pfeifen ist wieder verebbt.

»Als Sie so alt waren wie ich, musste Ihre Mutter da auch viel arbeiten?«

»O ja. Damals lag der Krieg gerade ein paar Jahre hinter uns, also der Zweite Weltkrieg. Weißt du davon aus der Schule?«

»Selbstverständlich!«, sagt Luís empört. »Den habt ihr Deutschen angefangen und krass verloren.«

»Genau. Also, nicht ich direkt, aber die Generation meiner Eltern und Großeltern.«

»Ich habe Filme darüber gesehen. Alles war kaputt bei Ihnen, nicht wahr?«

»Vor allem in den Städten, ja. Bei uns auf dem Land war es nicht ganz so schlimm. Aber es gab für die Menschen nur wenig zu essen, jedenfalls wenn sie kein eigenes Land besaßen so wie wir.«

Luís nickt interessiert.

»Meine Mutter hat sich ganz allein um mich gekümmert, genau wie heute deine Mama.«

»Und wo war Ihr Vater? Auch in einem anderen Land?«

»Der war ... auch in einem anderen Land«, und um Fragen zuvorzukommen, spricht sie schnell weiter. »Wir hatten kaum Geld, konnten uns keine neue Kleidung leisten und lebten in einer winzigen Wohnung, eine richtige Bruchbude war das. Und meine Mutter musste wirklich hart arbeiten.«

»Das tut mir leid.«

Lilli kennt Luís' Schule schon von früheren Spaziergängen. Das *Liceu Ludgero Lima* ist ein dreistöckiger Bau aus weißem und rotem Beton, der von drei Seiten einen großen Hof umschließt. Luís hat ihr stolz erklärt, dass Ludgero Lima ein Freiheitskämpfer war, der sich für die Unabhängigkeit von Cabo Verde eingesetzt hat.

Die beiden betreten den weitläufigen Platz, wo bereits andere Kinder mit ihren Eltern warten und sich unterhalten. Augenblicklich drehen sich alle Köpfe in ihre Richtung. Lilli will Luís' Hand loslassen, weil sie annimmt, dass es ihm peinlich ist, Händchen haltend mit einer alten Frau gesehen zu werden. Aber er lockert seinen Griff nicht und steuert direkt auf eine Gruppe von drei Schülern mit ihren Vätern zu. Deren Blicke wirken erst irritiert, dann begrüßen sie die Neuankömmlinge herzlich.

»Darf ich vorstellen: meine Freundin Senhora Lilli, ich meine Senhora Jansen«, erklärt Luís und blinzelt ihr verschwörerisch zu. »Sie kommt aus Deutschland.«

Dass sie eine wahnsinnig berühmte Schriftstellerin ist, behält er ausnahmsweise für sich. Wahrscheinlich, vermutet Lilli, damit ihr Auftritt im Klassenraum einen größeren Effekt erzielt. Die Väter reichen ihr höflich die Hand, die Kinder lächeln schüchtern.

»Meine Mutter hat heute keine Zeit, sie muss arbeiten. Deshalb erzählt die Senhora von ihrem Beruf«, erläutert Luís die Situation mit entschlossener Stimme. Dass ihm dabei doch etwas unbehaglich ist, scheint nur Lilli mitzubekommen.

Die Väter nicken ihr ermutigend zu.

»Ihr werdet total staunen, denn Senhora Lilli ist eine mega…«, will es nun doch aus Luís herausplatzen, aber er kann sich gerade noch zurückhalten. »Das werdet ihr ja später hören«, sagt er und blickt geheimnisvoll.

»Du machst uns ja richtig neugierig«, sagt einer der Männer und dann zu Lilli: »Ich hoffe, es gefällt Ihnen bei uns.«

»Ganz bestimmt, vielen Dank!«

»Bei Ihnen in Deutschland geht sicherlich alles viel geordneter zu als hier«, sagt er schmunzelnd.

»Da wäre ich mir nicht so sicher«, lacht Lilli.

In diesem Moment ertönt eine schrille Klingel, und alle bewegen sich in gemächlichem Tempo in Richtung des Eingangs.

»Sehen Sie?«

Luís weist Lilli auf den Namen der Schule hin, *Liceu Ludgero Lima* steht in weißen Lettern über der Glastür, und sie nickt angemessen beeindruckt.

Das Klassenzimmer ist geräumig und hell, überall an den weißen Wänden hängen Zeichnungen und Plakate. Jetzt stürmen die Kinder in den Raum und setzen sich an ihre angestammten Plätze, weiße Tisch mit Beinen aus Metall. Alle plappern aufgeregt durcheinander, während ihre Klassenlehrerin die Eltern begrüßt, jedem und jeder die Hand gibt und sich für das Kommen bedankt.

Lilli ist die junge Frau sofort sympathisch. Sie trägt ein hellblaues Kleid und hat ihre langen Haare mit einem gelben Band hochgebunden. Als die hochgewachsene ältere Dame vor ihr steht, hält sie kurz inne und scheint zu überlegen. Dann spricht sie sie freundlich auf Englisch an und lächelt überrascht, als ihr Gegenüber in fast perfektem Portugiesisch antwortet. Lilli erklärt ihr, dass Luís' Mutter heute leider nicht kommen kann und sie eingeladen wurde, ihn an ihrer Stelle zu begleiten.

»Wie schön«, strahlt die Lehrerin. »Sie wissen bestimmt, dass die Eltern heute von ihren Berufen erzählen. Fühlen Sie sich aber bitte nicht dazu verpflichtet. Ich freue mich, dass Sie bei uns sind.«

Mit einer einladenden Geste weist sie auf die Stuhlreihe an einer Seite des Raums. Lilli sucht sich den Platz am Ende aus; ein wenig verschüchtert, als müsste sie fürchten, gleich an die Tafel beordert und abgefragt zu werden. Wie erstaunlich, denkt sie mit einem Grinsen, dass die Schulatmosphäre sie als Erwachsene noch immer beeindrucken kann.

Luís, der in der ersten Reihe sitzt, dreht sich zu ihr um und lässt sie mit hoch gestreckten Daumen wissen, dass er alles unter Kontrolle hat. Als man nun Platz genommen und sich der Lärmpegel gesenkt hat, stellt sich die Lehrerin vor die große grüne Tafel und begrüßt noch einmal die Anwesenden und ganz besonders herzlich den Gast aus dem fernen Deutschland. Man nickt Lilli anerkennend zu, als wäre es eine Leistung, es von dort hierher geschafft zu haben. Sie lächelt flüchtig in alle Richtungen.

Obwohl die Anwesenden natürlich darüber im Bilde sind, erklärt die Lehrerin, dass es eine Tradition sei, einmal im Jahr Eltern, Freunde oder Familienangehörige einzuladen, damit sie von ihren Berufen erzählen. Denn so bekämen die Kinder aus erster Hand einen Eindruck und könnten sich schon einmal Gedanken machen, was für sie später infrage käme. Dann tritt sie zur Seite, weist auf den Raum vor der Tafel wie auf eine Bühne und sagt in Richtung der Erwachsenen:

»Bitte, wenn Sie also mögen …«

Obwohl nicht dazu aufgefordert, gehen die Eltern in der Reihenfolge der Stühle nacheinander nach vorne, um vor der Klasse ihren Vortrag zu halten. Die einen erledigen dies ganz selbstverständlich, nehmen sich viel Zeit und genießen ihren Auftritt sichtlich. Andere scheinen sich im Mittelpunkt der Aufmerksamkeit unwohl zu fühlen und bringen die Aufgabe schnell hinter sich. Vielleicht weil sie sich dabei genauso an ihre eigene Schulzeit erinnern wie Lilli.

Unter den Eltern sind nur drei Mütter, was Lilli wundert, denn in Mindelo scheinen die meisten Frauen berufstätig zu sein.

Ein junger Vater erzählt vom Leben als Fischer. Seinem Gesicht ist anzusehen, dass es häufig der Sonne und dem Meerwasser ausgesetzt ist. Ihm fällt es nicht leicht, vor so vielen Leuten zu sprechen; er ringt um Worte, aber nimmt die Herausforderung sehr ernst und bemüht sich, ein akkurates Bild seiner Arbeit zu vermitteln.

Viel selbstbewusster ist das Auftreten eines Vaters, der ein Hotel leitet und sich sichtlich darin gefällt, sein Publikum mit allerlei lustigen Bemerkungen und Anekdoten zu unterhalten.

Ein jüngerer Mann mit langen Dreadlocks verdient sein Geld als Gitarrist. Obwohl daran gewöhnt, im Rampenlicht zu stehen, wirkt er hier nervös. Schnell hat er seinen Vortrag beendet. Als die Kinder ihm aber Fragen stellen, taut er immer mehr auf und erzählt strahlend von seinem Leben als Musiker. Man ist nur enttäuscht, dass er sein Instrument nicht mitgebracht hat.

Voller Hingabe berichtet eine der Mütter von ihrer Arbeit im Reisebüro, vom Kontakt zu den Menschen und der Freude, die ihr begegnet, wenn sie ihnen einen lang gehegten Traum erfüllen kann. Als sie fertig ist, zwinkert sie Lilli zu.

Eine junge Frau erklärt den Kindern, dass sie wie Isabel als Verkäuferin in der Markthalle arbeitet. Dann weiß sie aber nichts mehr zu sagen, und für einen Augenblick herrscht erwartungsvolles Schweigen. Bis die Lehrerin eingreift und ihr so interessierte Fragen stellt, als hätte sie den aufregendsten Job der Welt. Als die Frau schließlich zurück zu ihrem Platz geht, strahlt sie vor Stolz, und die anderen Eltern scheinen sich ehrlich mit ihr zu freuen.

Es gibt Eltern, die in der Verwaltung arbeiten, einen Polizisten, einen Arzt und einen Lehrer, dessen Vortrag sogar mit Applaus bedacht wird.

Lilli genießt es, den Menschen und ihren Geschichten zuzuhören – nur wächst langsam auch ihre Nervosität. Zwar hat die Lehrerin ihr versichert, sie solle sich nicht gezwungen fühlen, selbst etwas beizutragen. Aber ihr ist natürlich bewusst, wie enttäuscht Luís wäre, wenn sie sich drückte.

Als die Krankenschwester, die neben ihr saß, ihren Vortrag beendet und wieder Platz genommen hat, strecken sämtliche Eltern und Kinder die Köpfe und sehen Lilli neugierig an. Auch wenn es feige ist, hat sie doch insgeheim gehofft, dass man sie übergehen würde. Da sie ja keine Familienangehörige ist.

Lilli zögert noch, als sich die Lehrerin schon erhebt und sich bei den Eltern für ihre Beiträge bedankt. Allerdings lösen sich die Blicke nur widerwillig von Lilli, sodass die Lehrerin sich gezwungen sieht zu erklären, dass man der Besucherin ja nicht abverlangen könne, vor so vielen fremden Menschen zu sprechen. Dabei nickt sie Lilli freundlich zu.

Das Publikum ist damit aber offensichtlich unzufrieden, einzelne enttäuschte Unmutsbekundungen sind zu hören. Bis Lilli schließlich zaghaft aufsteht und erklärt, dass sie selbstverständlich keine Ausnahme sein wolle und sehr gern von ihrem Beruf erzähle.

Zum zweiten Mal geht ein Applaus durch den Raum, und Lilli spürt eine leichte Röte in ihr Gesicht steigen.

Wie schon oft in ihrem Leben, wenn der Rückweg verstellt war, tritt Lilli nun die Flucht nach vorn an. Sie streckt sich zu ihrer vollen Größe, hält kurz inne, lächelt und geht dann mit entschlossenen Schritten nach vorne zur Tafel. Allein dieses Auftreten beeindruckt ihr Publikum sichtlich. Sie nimmt sich ein Stück Kreide und schreibt damit ihren Namen.

»Ich heiße Lilli Jansen und schreibe seit vielen Jahren Romane.«

Ein Raunen und anerkennendes Kopfnicken geht durch die Anwesenden. Voller Stolz strahlt Luís über das ganze Gesicht.

»Ich lebe in Hamburg, das liegt in Deutschland.« Sie geht zur Weltkarte und zeigt auf das kaum erkennbare Land. »Aber im Moment darf ich bei Luís und seiner Mutter wohnen, wo es mir sehr, sehr gut gefällt.«

Alle Köpfe wenden sich dem Jungen zu, dessen Strahlen noch ein wenig heller leuchtet. In ihrem langen Leben hat Lilli schon eine Menge Vorträge gehalten, sie hat vor großem Publikum gelesen, ist oft im Fernsehen aufgetreten. Trotzdem fühlt sie sich jetzt, vor höchstens zwanzig Kindern und ihren Eltern, aufgeregt wie bei ihrer allerersten Lesung.

Vielleicht weil sie ahnt, dass sie sich nicht verstecken kann, man ihr hier Phrasen und Allerweltsweisheiten nicht abnehmen würde. Sie räuspert sich und berichtet dann von ihrer Arbeit als Schriftstellerin – so ehrlich, wie sie vielleicht noch niemals darüber gesprochen hat.

Lilli erzählt von ihren bisher veröffentlichten Büchern, welche Themen ihr am Herzen liegen, von dem unerwarteten Erfolg ihres ersten Buches genauso wie von der Pleite des zweiten. Sie erklärt, dass ihr die Rolle und die Gleichberechtigung der Frauen schon immer besondere Anliegen sind, und niemand im Raum scheint darüber verwundert.

Ihr launiger Bericht von der nicht immer einfachen Zusammenarbeit mit ihrem Verlag und ihrer grantigen Agentin bekommt einige Lacher. Sie schwärmt von dem guten Gefühl, wenn Menschen sich an ihren Büchern erfreuen – lässt aber auch nicht unerwähnt, wie sehr es schmerzen kann, eine negative Kritik zu lesen. Der Ehrlichkeit halber verliert sie sogar einige Sätze über ihr jetziges Projekt. Wie sehr es sie zur Verzweiflung bringt, erwähnt sie nicht.

Schließlich beendet Lilli ihren Vortrag mit der lapidaren Bemerkung:

»So was macht man also als Autorin. Ich hoffe, ich habe Sie und euch nicht allzu sehr gelangweilt.«

Im Raum schwebt ein beeindrucktes Schweigen. Mit großen Augen sehen Erwachsene wie Kinder Lilli an, die sich unsicher verbeugt und sich gerade zurück an ihren Platz retten will, als der tosende Applaus losbricht. Sogar einige Bravorufe sind zu hören. Ungläubig blickt Lilli in ihr begeistertes

Publikum, das sich mit ihr und über ihren ungewöhnlichen Beruf freut. Mit dieser Resonanz hat sie nicht gerechnet. Am liebsten würde sie sich der Aufmerksamkeit entziehen, aber die Lehrerin fragt ihre Schülerinnen und Schüler nun, ob jemand vielleicht eine Frage an Lilli habe.

Erst scheint sich niemand zu trauen – dann folgt Frage auf Frage. Ob sie auch Abenteuer- oder Piratengeschichten schreiben würde oder Bücher über Prinzessinnen, woher sie ihre Ideen bekommt und ob man denn überhaupt mit Büchern genug Geld verdienen kann? Sie wollen wissen, ob man zur Universität gehen muss, um schreiben zu können, wie sie ihre Bücher in die Geschäfte bringt und ob sie das selbst erledigen muss. Welches Fach in der Schule ihr liebstes war und ob sie eine besonders gute Schülerin war?

Ein Junge versucht, mit seinem literarischen Wissen zu prahlen, und fragt Lilli, ob sie Eugénio Tavares, den berühmtesten Dichter der Kapverden, persönlich kennt. Nein, sie sei zwar schon ziemlich uralt, antwortet sie grinsend, aber Tavares sei ja schließlich schon 1930 gestorben, und so alt sei sie nun auch wieder nicht. Das Publikum lacht mit ihr und ist offensichtlich beeindruckt von ihren Kenntnissen.

Die Kinder erzählen Lilli von Büchern, die sie besonders mögen, und schlagen ihr Themen vor, über die sie unbedingt einmal schreiben müsse. Und mehrere Mädchen bekunden spontan, dass sie entschlossen seien, ebenfalls Schriftstellerinnen zu werden, wozu ihnen Lilli gratuliert. Einige der Eltern wirken darüber allerdings eher beunruhigt.

Weil die Fragen kein Ende nehmen, setzt die Lehrerin schließlich an, die Runde abzumoderieren.

»Okay. Jetzt muss Senhora Jansen aber erst einmal Luft holen. Ich möchte Ihnen im Namen der Klasse ganz herzlich danken und …«

Sie wird von einer Schülerin in der ersten Reihe unterbrochen: »Wollten Sie schon immer Bücher schreiben?«

»Als ich in eurem Alter war, ahnte ich wohl gar nicht, dass es diese Möglichkeit überhaupt gibt«, erklärt Lilli. »Vor allem für eine Frau. Nach der Schule wusste ich nur, dass ich keinen typischen Frauenberuf ergreifen wollte so wie Lehrerin oder Krankenschwester.«

Lilli erschrickt und sucht die Blicke der Lehrerin und der Krankenschwester.

»Bitte entschuldigen Sie, ich wollte nicht arrogant klingen – das sind gewiss sehr schöne Berufe. Nur eben nicht für mich.«

Die beiden Frauen lächeln, sie scheinen es ihr nicht übel zu nehmen. Lilli muss sich kurz sammeln.

»Stellt euch vor, zuerst habe ich eine Lehre als Dachdeckerin gemacht. Das schickte sich damals für Frauen eigentlich nicht, aber nach dem Krieg wurden Handwerker gebraucht. Dann habe ich nebenbei für eine kleine Provinzzeitung geschrieben. Und später habe ich angefangen, Politik zu studieren.«

Anerkennendes Nicken im Publikum.

»Aber das war nichts für mich. Bald langweilte ich mich an der Universität, am liebsten hätte ich das Studium abgebrochen – nur hatte ich keine Ahnung, was ich sonst hätte tun können. Da lernte ich meine Verlegerin kennen, und sie fragte mich, ob ich nicht ein Buch für sie schreiben wolle.«

»Haben Sie auch mal daran gedacht, mit dem Schreiben aufzuhören?«, fragt das Mädchen in der ersten Reihe, das gebannt an Lillis Lippen hängt.

»Bei *jedem einzelnen* Buch!« Lilli verdreht theatralisch die Augen, und die Kinder und Eltern brechen in lautes Gelächter aus.

»Und warum haben Sie trotzdem immer weitergemacht?«

Lillis Gesicht wird ernst. Für einen Moment scheint sie ihre Antwort genau abzuwägen, dann sagt sie mit leiser Stimme:

»Bestimmt klingt es seltsam für euch. Ich habe immer weitergeschrieben, weil ich es *musste.*« Sie zögert erneut. »Ich glaube, ich habe dem Schreiben sogar mein Leben zu verdanken. Weil ich sonst vielleicht den Halt verloren hätte. Und abgerutscht wäre, so wie man auf einem lehmigen Abhang abrutscht und in die Tiefe gleitet. Wisst ihr, ich habe einen Krieg erlebt. Und wie vielen Überlebenden fiel es mir immer schwer, mich sicher zu fühlen. Deshalb musste ich einen Weg finden, mir Gewissheit und ein Fundament zu schaffen. Mein Fundament ist das Schreiben, meine Bücher geben mir Gewissheit.«

Lilli ist überrascht, wie klar sie diesen Gedanken formuliert hat, der ihr in dieser Deutlichkeit bisher nicht bewusst war. Fragend blickt sie in ihr Publikum, denn ihre Antwort war wohl für zehnjährige Kinder schwer zu verstehen. Entsprechend irritiert wirken sie, aber einige der Erwachsenen nicken verständnisvoll.

Die Lehrerin nutzt sogleich das Schweigen im Raum, um die Veranstaltung endgültig zu beenden. Noch einmal bedankt sie sich bei den Eltern und wünscht den Kindern schöne Ferien.

»Und ganz besonders möchte ich Ihnen, Senhora Jansen, dafür danken, dass Sie sich die Zeit für uns genommen haben.«

»Ich habe Ihnen zu danken und euch, vielen Dank!«, erwidert Lilli gerührt.

»Wow, Sie waren wahnsinnig superklasse, Senhora Lilli! Richtig cool!«

Während die beiden nach Hause schlendern, will Luís' Euphorie gar nicht nachlassen. »Haben Sie gesehen, wie alle sie angeschaut haben, die Eltern und die Kinder? Die fanden Sie ganz megatoll! Auch dass Sie aus Europa kommen und schon überall auf der Welt waren. Und so berühmt sind!«

»Das freut mich.«

Lilli weiß nicht so recht, wie sie mit seiner Begeisterung umgehen soll. Einerseits kann sie ihre Freude darüber nicht verhehlen, wie stolz ihr junger Freund auf sie ist. Aber gleichzeitig ist es ihr unangenehm, denn ihre europäische Herkunft ist ja nun wirklich kein Verdienst. Und womöglich hat ihr Auftritt bewirkt, dass einige Väter und Mütter jetzt fürchten, ihre Kinder könnten weniger stolz auf sie sein. War es wirklich nötig, sich so sehr als Berühmtheit aufzuspielen?

»Und meine Lehrerin fand Sie auch voll gut!«

Lilli lächelt nur schwach und drückt die Hand des Jungen.

»Meine beste Freundin ist die total Coolste von allen!«

»Wie wär's zur Feier des Abends mit einem Eis?«

»Au ja! Etwa aus der guten Eisdiele?«

Lilli ist erleichtert, dass ihr Ablenkungsmanöver funktioniert.

»Selbstverständlich!«

Luís vollführt kleine Freudenhüpfer. Erst vor Kurzem waren sie zum ersten Mal dort, und Luís stellte fest, dass dieses Eis ganz sicher das allerbeste auf der ganzen Welt ist. Allerdings auch das teuerste der Stadt und somit etwas Besonderes.

Etwas später bummeln sie mit ihren Eisbechern durch die engen Gassen der Altstadt von Mindelo.

»Vielleicht könnte ich ja auch Schriftsteller werden, was meinen Sie?«

»Wenn du das möchtest, klar«, bestätigt Lilli. »Aber ich dachte, du willst entweder Astronaut oder Astronom werden?«

»Stimmt.« Luís nickt nachdenklich.

»Worüber würdest du denn schreiben?«

»Natürlich würden meine Bücher im Weltall spielen. Und von Raumschiffkapitänen handeln so wie Luke Skywalker oder Michael Burnham.«

»Oder Käpt'n Kirk und Mr Spock?«, schlägt Lilli vor, um sich fachkundig zu zeigen.

»Wer iss'n das?«

Als die beiden in den dunklen Hof treten, ist auch Isabel gerade erst nach Hause gekommen. Luís läuft ihr entgegen, umarmt sie stürmisch und beginnt sofort zu erzählen.

»Es war so toll, Senhora Lilli war total genial! Alle waren sooooo begeistert von ihr und von ihrem Beruf und natürlich, weil sie so berühmt ist, und sie hat uns erklärt, wie sie Bücher schreibt und dass das manchmal echt schwer ist und …«

Wie ein Wasserfall berichtet Luís seiner Mutter von jedem noch so kleinen Detail, während Lilli gezwungen lächelnd danebensteht. Es dauert eine Weile, bis sein Erzählfluss versiegt.

»Wie schön, dass Ihr Vortrag so gut ankam.« Isabel scheint sich aufrichtig mit ihrem Gast zu freuen. »Das wäre mir wohl nicht gelungen, wenn ich von *meinen* Jobs erzählt hätte.«

Ein Anflug von Traurigkeit huscht über ihr Gesicht, als sie Luís zärtlich über seinen Kopf streicht. Für ihre Befürchtung, keine gute Mutter zu sein, empfindet sie es bestimmt als Bestätigung, wenn sie hören muss, wie stolz ihr Sohn auf Lilli ist.

»Aber das kann man doch überhaupt nicht miteinander vergleichen! Bücher zu schreiben, ist für die meisten Menschen eben etwas Ungewöhnliches«, entgegnet Lilli schnell. »Dafür wäre mir wohl kaum ein Sohn wie Luís gelungen. Es war so schön zu sehen, wie sehr er von seinen Mitschülern gemocht wird.«

Isabel legt lächelnd einen Arm um den Jungen. »Ich habe nicht allzu viel Großartiges in meinem Leben geschafft – aber auf meinen Sohn bin ich *wirklich* stolz.«

»Ach, Mama, lass doch!« Luís ist offensichtlich peinlich, wie hingerissen die beiden Frauen über ihn reden.

»Na, dann kümmere ich mich mal um das Abendessen.«

Lilli möchte ihr dabei helfen, aber Isabel lehnt das Angebot entschieden ab und verschwindet im Haus.

Lilli und Luís setzen sich an den Tisch und genießen die Ruhe – nach all dem Trubel des Abends. Die Hühner haben sich bereits in ihr Haus zurückgezogen; nebenan in der Nachbarschaft läuft ein Fußballspiel im Fernsehen. Ab und zu ist Jubel oder ein wütender Kommentar zu hören.

»Hast du gar keine Hausaufgaben?«

»Nee, wir haben doch jetzt Ferien«, erklärt er breit grinsend. »Aber ich könnte etwas für Sie zeichnen!«

»O ja, das wäre nett.«

Luís holt einen Block und seine Buntstifte und macht sich ans Werk. Lilli schaut ihm dabei zu und erkennt bald, was es darstellen soll.

»Bin das etwa ich?«, fragt sie betont überrascht.

»Ja, wie Sie vor der Klasse stehen und erzählen. Und das ist Senhora Gomes, meine Lehrerin, und das bin ich mit den anderen Kindern.«

Allen Menschen auf seinem Bild hat er ein fröhliches Lachen verliehen.

»Du könntest doch auch andere Eltern bei ihren Vorträgen malen.«

Luís nickt, nimmt sich ein neues Blatt, überlegt einen Moment und zeichnet dann einen großen Mann mit Hut und einem langen schwarzen Mantel, der einem Prediger ähnelt und nicht lächelt.

»An den Herrn erinnere ich mich gar nicht?«

»Können Sie auch nicht, weil das mein Papa ist.«

»Ach so?« Lilli sieht den Jungen fragend an.

»Der war natürlich nicht da. Aber ich habe mir gerade vorgestellt, wie das wohl gewesen wäre.«

»Ich verstehe.«

»Bestimmt hätten ihn alle genauso cool gefunden wie Sie.«

»Bestimmt.«

»Stellen Sie sich vor, was er alles erzählt hätte! Wie krass es ist, in New York zu leben, und von seinem Restaurant und was für berühmte Leute er kennt. Meine Freunde – und natürlich auch die Eltern – wären total beeindruckt von ihm!«

»Da bin ich mir sicher«, pflichtet Lilli ihm bei.

Beide betrachten eine Weile schweigend das Bild.

Dann blickt Luís sie plötzlich ernst an und sagt sehr leise:

»Manchmal denke ich, dass mein Vater vielleicht niemals zurückkommen wird.«

»Ja?«

»Aber sagen Sie das bitte nicht Mama«, flüstert er. »Denn sie glaubt ja fest daran.«

»Meinst du?«

Luís nickt traurig.

»Denken Sie, dass Papa mich vergessen hat?«

Eigentlich ist Lilli immer dafür eingetreten, dass man den Menschen die ungeschminkte Wahrheit zumuten sollte. Weil jeder lernen muss, mit der Welt umzugehen, wie sie nun einmal ist. Und niemand davon profitiert, in seinen Illusionen noch bestärkt zu werden.

Auch wenn sie diesen Mann nicht kennt, erscheint es ihr doch sehr unwahrscheinlich, dass er sich noch sonderlich für seine Familie interessiert. Warum fällt es eigentlich Männern so viel leichter als Frauen, ihre Kinder im Stich zu lassen?! Lilli spürt Ärger in sich aufsteigen und muss einmal tief durchatmen, um Luís ruhig zu erklären:

»Nein, das denke ich nicht, Eltern vergessen ihre Kinder ganz gewiss nicht.«

Luís sieht sie mit großen Augen an. Lilli ahnt, dass dies der Trost ist, den er sich von ihr wünscht.

»Wer weiß, was für Gründe er hat, dass dein Vater sich nicht bei euch meldet? Ich bin mir aber sicher, er denkt sehr oft an dich und deine Mama.«

Luís lächelt dankbar. Vielleicht hilft eine tröstende Lüge manchmal doch mehr als die schmerzvolle Wahrheit. Früher oder später wird der Junge ohnehin seine eigenen Schlüsse ziehen und mit seinem Vater abschließen. Oder wird sich Luís sein Leben lang von ihm vergessen und zurückgewiesen fühlen? Hoffentlich wird ihn niemals die Frage quälen, ob es womöglich an ihm lag, dass sein Vater die Familie verließ.

Diese Frage immerhin blieb Lilli erspart, obwohl auch sie ein Vaterkind war. Immer war es seine Nähe, die sie suchte, wenn sie sich vor einem Gewitter fürchtete oder Sorgen sie quälten. Hatte sie etwas Besonderes erlebt, musste sie es zuallererst ihm erzählen. Und zu ihren schönsten Kindheitserinnerungen zählen die Spaziergänge mit ihrem Vater Am Falm, der Hauptstraße des Oberlandes, mit seinen Hotels und Andenkenläden und dem Blick über das Unterland, den Hafen und die Düne.

Zwar war es ihre Mutter, die in den schlimmsten Jahren für Sicherheit und Essen sorgte – und ihr später genug Angriffsfläche bot, um gegen sie und ihre Werte zu rebellieren. Aber nie fühlte sich Lilli ihr so nah wie dem verschwundenen Vater.

»Woran denken Sie gerade, Senhora Lilli, Sie schauen so traurig?«

Sie versucht ein Lächeln, was ihr nicht gelingt. Dann gibt sie, ohne sich wie sonst zu verschließen, dem Jungen eine ehrliche Antwort:

»Ich denke an meinen Vater. Auch er ist weggegangen, weißt du. Vor sehr, sehr langer Zeit. Er kam nicht zurück.«

Jedenfalls fühlte es sich für Lilli so an, als wäre er nie zurückgekommen. Denn der Mann, der eines Tages plötzlich vor ihrer Tür stand, war nicht der Vater, an den sie sich erinnerte. Auch wenn er äußerlich eine gewisse Ähnlichkeit hatte, war er ihr ganz fremd. Wie eine leere Hülle erschien er dem Mädchen, er machte ihr Angst. Einige Monate bis zu seinem Verschwinden lebten ihre Mutter und sie mit diesem unheimlichen Fremden.

Danach wurde er nicht mehr erwähnt. Erst später, als erwachsene Frau, traute sie sich, ihrer Mutter Fragen zu stellen. Denn ihre eigenen Erinnerungen waren verblasst, und sie hätte gern mehr über ihren Vater erfahren. Aber sie traf auf eine Wand des Schweigens. Warum solle man in der Vergangenheit herumwühlen? Wem würde das schon helfen? Vorbei sei nun einmal vorbei und Nostalgie nur etwas für schwache Charaktere. Lilli solle gefälligst nach vorn schauen.

Sosehr sie es sich wünschte, gelang es Lilli – dem Vaterkind – nie, ein Mutterkind zu werden.

»Hat Ihr Vater Ihnen auch nicht geschrieben?«

Lilli braucht einen Moment, um aus ihren Erinnerungen zurückzufinden in die Gegenwart.

»Nein, hat er nicht.«

Die wenigen kurzen Briefe aus der Feldpost mag sie nicht erwähnen.

»Sie sind noch immer traurig darüber, nicht wahr?«

»Ach was, nein. Es ist ja so lange her«, sagt Lilli schnell. Aber sie bekommt tatsächlich feuchte Augen. Nach all den Jahren. Sie wischt sich eine Träne aus dem Gesicht.

»Was bin ich doch für eine sentimentale alte Schachtel.«

Sie bemüht sich um ein Lächeln. Luís streicht ihr mitfühlend über den Arm.

»Man hört nie auf, seinen Papa zu vermissen, oder?«

Lilli legt ihre Hand auf die Hand des Jungen und drückt sie.

»Ich weiß nicht, vielleicht ist das so ...«

13

Feliz Natal e um Feliz Ano Novo

Die Sache ist wirklich nicht ungefährlich. Lilli steht auf der obersten Sprosse der wackeligen Trittleiter, die Isabel ihr überlassen hat. Unter allergrößten Bedenken! Mit halbwegs gesundem Menschenverstand sollte man in ihrem Alter nicht mehr auf Leitern steigen, das ist Lilli schon klar. Aber sie möchte unbedingt ihren Gastgebern mit dem geschmückten Baum eine Freude bereiten, wenn sie aus der Kirche nach Hause kommen.

Isabel hat ihr angeboten, sie geradezu bedrängt, Luís und sie in den Weihnachtsgottesdienst in der *Igreja da Nossa Senhora da Luz* zu begleiten, der schönen Kirche aus der Kolonialzeit. Das sei eine feierliche und gleichzeitig sehr fröhliche Veranstaltung, es würde ihr bestimmt gefallen. Schließlich sei sie doch getauft, oder?

So gerührt Lilli von dem Angebot auch war, lehnte sie es doch freundlich ab. Dass sie mit allem Kirchlichen im Allgemeinen und der katholischen Kirche im Besonderen auf keinem so guten Fuß steht, ließ sie lieber unerwähnt.

»Gehen Sie nur ohne mich, und wenn Sie zurückkommen, feiern wir gemeinsam.«

Vor allem Luís war enttäuscht, die Messe ohne seine Freundin feiern zu müssen.

Während sie allein ist, balanciert Lilli nun also auf der Leiter, um die bunten Glaskugeln, eine Lichterkette und die von Isabel selbst gebackenen Kekse, Sterne mit roter und grüner Zuckerglasur, in den Avocadobaum zu hängen. Möglichst, ohne dabei abzustürzen. Eine Christbaumkugel ist ihr bereits entglitten und auf dem Boden zerschellt. Aber langsam entwickelt Lilli eine gewisse Routine, und es macht ihr unerwartet viel Spaß. Sie ertappt sich sogar dabei, wie sie *O Tannenbaum* vor sich hin summt.

Für Lilli wäre es völlig in Ordnung gewesen, Weihnachten allein zu sein. Sie hatte sich schon überlegt, den Nachmittag mit einem Spaziergang durch die festlich geschmückte Stadt zu verbringen und sich an den feiernden Menschen zu erfreuen. Irgendwo hätte sie etwas gegessen und sich später in ihr Zimmer zurückgezogen. Auf keinen Fall wollte sie sich auch noch an diesem wichtigen Feiertag in das Familienleben ihrer Gastgeber drängen. Die beiden sollten einmal ungestört zu zweit sein können, fand Lilli. Wo Isabel doch ohnehin so wenig Zeit für ihren Sohn hat.

Aber sie hatte die Rechnung ohne ihre Wirtin gemacht. Allein die Vorstellung, Lilli an diesem besonderen Tag sich selbst zu überlassen, empörte Isabel geradezu.

»Auf was für seltsame Ideen Sie manchmal kommen, Lilli«, sagte sie kopfschüttelnd. »Selbstverständlich feiern Sie mit uns! Wir gehen zusammen in die Kirche, dann tauschen wir unsere Geschenke aus, und anschließend essen wir gemeinsam. Wir freuen uns doch, das Fest mit Ihnen zu verbringen!«

Selten hatte Lilli sie so entschlossen und keinen Widerspruch duldend erlebt. Immerhin konnte sie den Kirchenbesuch abwenden. Nach ihrer anfänglichen Skepsis empfand sie tatsächlich mehr Vorfreude, als sie sich eingestehen mochte. Vorfreude auf Weihnachten, also wirklich! Zuletzt hatte sie in ihrer Kindheit so etwas gefühlt.

An ihre Kindheit erinnerten Lilli auch die nach Zimt und Anis duftenden Kekse, die Isabel am Vorweihnachtsabend zubereitete. Das sei doch nichts Besonderes, meinte sie, aber Luís verriet Lilli augenzwinkernd, dass es in den letzten Jahren immer nur Kekse aus dem Supermarkt gegeben hatte. Und seine Mutter sich von einer Freundin ein Rezept besorgt hatte, das garantiert nicht schiefgehen konnte.

Wie jedes Kind freute sich Luís natürlich auf seine Geschenke. Genauso sehr schien er aber die Atmosphäre und ihre Dreisamkeit zu genießen. Immer wieder versicherte er Lilli, wie schön es sei, dass sie gemeinsam feiern würden.

Vor einigen Tagen wurde Lilli von Isabel gefragt, ob sie eine gebratene Gans essen wolle. Sie habe recherchiert und herausgefunden, dass es in Deutschland am Heiligen Abend traditionell eine Weihnachtsgans gebe. Es sei nicht ganz leicht, so ein Tier in Mindelo aufzutreiben, aber selbstverständlich würde sie sich gern darum kümmern. Ihr Gast solle sich ja wie zu Hause fühlen.

»Um Gottes willen, nein, die armen Kreaturen! Sie wissen doch, dass ich Fleisch gar nicht schätze«, platzte es förmlich aus Lilli heraus. Gleichzeitig rührte sie Isabels Angebot. »Das ist wirklich sehr lieb von Ihnen, vielen Dank. Aber ich bevorzuge lebendige Gänse.«

Isabel wirkte erleichtert. »Was essen Sie zu Hause am Weihnachtstag?«

Lilli überlegte. Sie konnte sich tatsächlich nicht erinnern, was ihr Fräulein Melchior gewöhnlich serviert. Oder ob es Heiligabend überhaupt ein bestimmtes Gericht gibt. Denn Lilli lässt die Feiertage zwar ohne Gegenwehr über sich ergehen, verweigert aber konsequent jede Kooperation und überlässt die Vorbereitungen gänzlich ihrer Hausdame. So wie die Lieferung der riesigen Tanne, die vom Gärtner dann – natürlich unter ihrer strengen Aufsicht – mit dem Weihnachtsschmuck behängt wird. Fräulein Melchior hat das Zeug irgendwann einmal in Eigenregie angeschafft.

Wenn es nach Lilli ginge, könnte sie auf den Baum sehr

gut verzichten, genauso wie auf die im ganzen Haus verteilte gruselig stimmungsvolle Dekoration. Aber all ihre früheren Versuche, das Fest zu ignorieren und wie einen ganz normalen Tag zu behandeln, stießen bei Fräulein Melchior auf taube Ohren. Auch Lillis Vorschlag, dass es doch bestimmt schön wäre, die Feiertage bei ihrer Schwester, der einzigen noch lebenden Verwandten, zu verbringen, wies Fräulein Melchior mehrmals barsch zurück.

Weihnachten zu feiern, sei nun einmal Tradition, und an Traditionen habe man sich gefälligst zu halten! Schließlich beugte sich Lilli dem Unausweichlichen.

Im Laufe der Jahre hat es sich eingebürgert, dass die beiden Frauen am Heiligen Abend gemeinsam – was Fräulein Melchior an allen anderen Tagen des Jahres strikt ablehnt – das Festessen einnehmen. Im Wohnzimmer vor dem mit echten Kerzen erleuchteten Baum. Danach schenken sie sich gegenseitig eine Kleinigkeit, weil Fräulein Melchior selbstverständlich auch auf einer Bescherung besteht. Sonst wäre es doch kein richtiges Weihnachten! Anschließend trinken sie selbst gemachten Glühwein und schauen dabei zusammen fern. Und dann ist Lilli selig, die Angelegenheit wieder einmal hinter sich gebracht zu haben.

Während sie jetzt den Avocadobaum schmückt und dabei *O Tannenbaum* summt und singt, stellt sie zu ihrer eigenen Überraschung fest, dass sie das weihnachtliche Zusammensein mit Fräulein Melchior tatsächlich ein wenig vermisst. Und sie beschließt, es im nächsten Jahr mit etwas mehr Dankbarkeit zu betrachten.

Falls sie dann noch am Leben sein sollte.

»In meiner Kindheit war Weihnachten ohne Kartoffelsalat und Würstchen undenkbar. Obwohl mein Vater davon nicht sonderlich begeistert war. Einmal wagte er den Vorschlag, wir könnten doch zur Abwechslung mal etwas anderes essen. Da kam es beinahe zu einer Familienkrise!«

Lilli lachte, als sie Isabel davon erzählte. Der erschien die Vorstellung eines Salats aus Kartoffeln mit einer Wurst wohl auch nicht gerade als kulinarische Offenbarung. Trotzdem behauptete sie, es unbedingt ausprobieren zu wollen, und Luís stimmte sofort zu. An Lillis erstem Weihnachtsfest auf São Vicente sollte es also Kartoffelsalat und Würstchen geben. Nur, fragte Isabel vorsichtig, sei nicht Wurst auch aus Fleisch gemacht?

»Ich habe im Supermarkt Tofuwurst gesehen. Die werde ich besorgen. Und den Kartoffelsalat bereite ich auch zu!«, erklärte Lilli strahlend.

Allerdings wussten ihre Gastgeber inzwischen, wie es um ihre Fähigkeiten als Köchin stand, und so blickten die beiden sie ein wenig skeptisch an.

»Keine Sorge, da kann wirklich *nichts* schiefgehen«, versicherte Lilli ihnen.

Isabel nickte höflich, aber bestimmt würde sie heimlich ein »Ersatzessen« zubereiten. Nur für alle Fälle.

Zu Lillis Überraschung hatte am Morgen Fräulein Melchior angerufen. Sie wolle Lilli nur ganz schnell frohe Weihnachten wünschen, sagte sie und klang hektisch. Sie habe ja noch nie ein »Ferngespräch mit dem Ausland« geführt und nun sogar gleich Afrika!

Lilli freute sich sehr, die vertraute Stimme zu hören, und fragte sich, warum sie Fräulein Melchior bisher erst einmal angerufen hatte. Vielleicht weil sie fürchtete, ein Gespräch mit ihrer Hausdame könnte ihrem Gefühl von Unabhängigkeit und Freiheit abträglich sein? Weil sie Lilli bestimmt mit ihren üblichen sorgenvollen Fragen und harschen Kommentaren überhäuft hätte?

Tatsächlich klang Fräulein Melchior heute – nachdem ihr Lilli noch einmal versichert hatte, dass der Anruf ganz sicher kein Vermögen kosten würde – ungewohnt entspannt. Sie berichtete, dass sie zurück aus der Reha sei und endlich wieder ein wenig laufen könne. Allerdings sei sie noch krankgeschrieben und solle sich schonen. Sie lebe ja nun zusammen mit Maria in Lillis Haus.

»Ach«, entgegnete Lilli nur. Sie hatte gar nicht mehr daran gedacht, dass Fräulein Melchiors Reha inzwischen abgeschlossen war. »Die arme Maria«, dachte sie spontan.

Umso überraschter war sie, als Fräulein Melchior ihr nun begeistert berichtete, was für eine »patente Person« Maria sei und wie rührend sie sich um die Genesende kümmere. Die beiden würden sich »exzellent« verstehen und sich oft unterhalten. Sie müsse sich nur zusammenreißen, so Fräulein Melchior, um die junge Frau nicht allzu sehr von ihren Studien abzuhalten. Außerdem habe Maria so viele faszinierende Dinge von den Kapverden zu erzählen. Dort müsse es ja richtig schön sein, sie würde sie fast ein bisschen beneiden, erklärte sie der sprachlosen Lilli.

»Und stellen Sie sich vor: Maria bereitet für uns beide ein typisch kapverdisches Weihnachtsgericht zu. Ich freue mich schon sehr auf den gemeinsamen Heiligabend! Ich habe für sie ein schönes Geschenk von einer Freundin besorgen lassen, weil ich das Haus ja noch nicht verlassen kann.«

Lilli wusste gar nicht wohin mit ihrem Staunen und verspürte sogar einen Anflug von Eifersucht.

»Und wie geht es Ihnen in Ihrem Inselparadies?«, beendete Fräulein Melchior ihren euphorischen Heimatbericht.

»Äh, mir geht es gut. Sehr gut sogar. Ich freue mich, dass Sie fast wieder gesund sind. Und sich so prima mit Maria verstehen.«

Lilli brauchte einen Augenblick, bis sie sich so weit gesammelt hatte, um Fräulein Melchior von ihrem Leben mit Isabel und Luís zu erzählen – von ihrem Alltag in Mindelo, der schönen, aufregenden Stadt und ihren freundlichen Bewohnern, von den Unternehmungen und den Gesprächen mit ihrem

Freund Luís und natürlich dem erfolgreichen Auftritt in seiner Schule.

»So wohl habe ich mich tatsächlich schon lange nicht mehr gefühlt.«

»Ach, wie schön, Frau Jansen, ich bin sehr erleichtert! Und was macht Ihr Buch?«, fragte Fräulein Melchior ganz arglos.

Diese Frage war wohl unausweichlich, trotzdem überrumpelte sie Lilli.

»Na ja«, druckste sie. »Ich arbeite daran, erkämpfe mir Seite um Seite, aber …« Ihr entfuhr ein peinlich lauter Seufzer. »Ich fürchte, es ist nicht das, was ich schreiben möchte.«

»Was möchten Sie denn schreiben, liebe Frau Jansen?«

»Tja, wenn ich das nur wüsste.«

Zum Glück hakte Fräulein Melchior nicht weiter nach.

Lilli hängt die letzte Kugel in die Zweige des Avocadobaums. Dann steigt sie vorsichtig von der Leiter, schaltet die bunte Lichterkette ein, lässt sich erschöpft auf einen Stuhl sinken und bewundert ihr Werk. Feierlich sieht ihr Baum aus, findet sie, auch wenn er nicht viel Ähnlichkeit mit einer klassischen Weihnachtstanne hat. Umso besser.

Luís wollte unbedingt einen Weihnachtsbaum aus Plastik kaufen, was Isabel und sie unisono ablehnten. Aber die Familien aller seiner Freunde hätten doch auch so einen, protestierte er, der sei jedes Jahr wiederverwendbar und gar nicht teuer. Die Frauen blieben standhaft. Nein, so ein Plastikding komme auf gar keinen Fall in dieses Haus!

Den Avocadobaum zu schmücken, war Lillis Idee, und nach einigem Schmollen gab Luís schließlich seine Zustimmung. Wenn auch widerwillig.

Die Farben der Lichterkette leuchten nacheinander auf. Blau, Rot, Grün, Gelb, eine Weile gemächlich, dann immer schneller, bis sie in hektisches Durcheinanderblinken verfallen und sich nur langsam wieder beruhigen. Eigentlich verabscheut Lilli solchen Elektrokitsch, aber diesen findet sie wunderschön. Beim Anblick des weihnachtlichen Baums durchläuft sie ein warmes Gefühl von Freude und Dankbarkeit. Während es in ihrer Heimat kalt und ungemütlich ist, sitzt sie in der warmen, blumig duftenden Abendluft. Und darf bei diesen beiden lieben Menschen sein, die es so gut mit ihr meinen.

Jetzt fällt ihr ein, dass sie Johannes anrufen wollte. Schon vor ein paar Tagen kam eine Weihnachtskarte von ihm mit vielen guten Wünschen und keinem Wort zum Buch. Eigentlich hätte sie gern mit ihm gesprochen, aber Isabel und Luís kommen gleich nach Hause. So beschließt sie, den Anruf morgen nachzuholen, und freut sich darauf.

Sie vermisst auch Johannes ein wenig. Den Mann, dem sie seit Wochen aus dem Weg geht, der sie mit seinen Fragen und abstrusen Vorschlägen regelmäßig auf die Palme bringt. Es ist schon erstaunlich, denkt sie lächelnd, wie es dem Geist der gegenwärtigen Weihnacht gelingt, die spröde Lilli Jansen so milde und sogar ein bisschen sehnsüchtig zu stimmen.

Aus dem Nachbarhof schallt leise spanische Weihnachtsmusik zu ihr herüber. Ein süßlich-sentimentales Lied, das in Lilli Erinnerungen an die wenigen schönen Weihnachtsfeste ihrer Kindheit weckt. An diese Schallplatte, die ihre Mutter tagelang spielte, bis niemand sie mehr ertragen konnte.

»Jetzt mach doch *endlich* mal dieses grausame Gedudel aus!«, hört sie ihren Vater entnervt rufen und muss lächeln.

Sie denkt an ihre Großeltern, die über die Feiertage vom Festland zu Besuch kamen, und an den Gottesdienst am Heiligen Abend in Sankt Nicolai, der festlich geschmückten Inselkirche, obwohl niemand in der Familie sonderlich gläubig war. Und sie erinnert sich an die unerträglich lange Zeit bis zur Bescherung.

Während in allen Familien Mütter oder Väter die Bäume schmückten und die Bescherung vorbereiteten, flanierten die

Kinder mit ihren Großeltern oder Verwandten durch die Gassen des Oberlandes. Die Erwachsenen tranken Glühwein Am Falm und taten geheimnisvoll, während die Kinder ihre Aufregung kaum aushalten konnten. Man traf unterwegs Freundinnen und Freunde und spekulierte gemeinsam, was für wunderbare Dinge wohl unter den Bäumen auf sie warteten.

Doch der Geist der vergangenen Weihnacht hält nicht nur gute Erinnerungen für Lilli bereit.

Wie lange hat sie schon nicht mehr an die Weihnachtsfeste nach dem Krieg gedacht, allein mit ihrer Mutter? An dieses seltsam bedrückende Gefühl, als führten sie zu zweit ein Theaterstück auf, darum bemüht, füreinander fröhlich und unbeschwert zu scheinen. Und an ihr Mitleid mit der Mutter, die ihrer Tochter ein schönes Fest bereiten wollte – und wohl spürte, dass sie dazu nicht in der Lage war. Zumal sie Lilli kaum etwas schenken konnte, denn dafür fehlte das Geld in den ersten Jahren nach ihrer Flucht.

Das war die Zeit, in der Weihnachten für Lilli endgültig zerbrach und nur eine traurig lächerliche Fassade übrig ließ.

Später veranstalteten sie in ihrer Berliner Kommune ein »Anti-Weihnachten«, so nannten sie es. Ohne geheuchelte Sentimentalität und den allgegenwärtigen Konsumterror. Mithilfe von Alkohol und anderen Drogen konnten sie die Traditionen zwar aussperren, aber nicht die Melancholie und die Sehnsüchte, die schwer wie Weihrauch in der Luft hingen. Es waren zutiefst deprimierende Veranstaltungen. Später machte Lilli es sich zur Angewohnheit, die Feiertage, so gut es ging, zu ignorieren.

Aber nun kommt ihr noch ein Weihnachtsfest in den Sinn, an das sie sich gern erinnert: Zusammen mit Gabriel besuchte sie über die Feiertage seine Familie, die eine Bustagesreise von Rio entfernt lebte. Es war ein fröhliches Fest, ein großes buntes Durcheinander mit vielen Menschen, von den Kindern bis zu den Urgroßeltern – ohne den fürchterlichen deutschen Zwang zur Besinnlichkeit. Lillis letztes frohes Weihnachten.

Seitdem sie in Hamburg wohnt, ist Weihnachten für sie nicht mehr als eine peinigende Pflichtveranstaltung gewesen, die es irgendwie durchzustehen gilt.

Jedenfalls bis heute.

»Olá, Senhora Lilli!«

Luís kommt in den Hof gerannt und bleibt mit strahlenden Augen vor dem geschmückten, blinkenden Avocadobaum stehen.

»Oh, wie schön! Viel schöner als so 'ne blöde Plastiktanne«, flüstert er ergriffen.

Seine Augen werden noch ein bisschen größer, als er die mit Engeln, Weihnachtsmännern und Rentieren bedruckte Weihnachtstischdecke sieht und darauf die brennenden kitschig goldenen Kerzen. Mit schauriger Wonne hat Lilli am Tag zuvor auf dem afrikanischen Markt eingekauft.

»Ist das etwa für mich, äh, uns?«

Er zeigt auf die bunten Pappteller, auf denen sich alle möglichen Süßigkeiten türmen. Lilli nickt und freut sich an der fassungslosen Begeisterung des Jungen. In gemächlicherem Tempo kommt jetzt auch Isabel in den Hof, und auch sie ist eine Weile sprachlos über den Anblick. Dann umarmt sie Lilli und wünscht ihr ein Feliz Natal.

»Sie haben Kekse in den Baum gehängt, wie nett.«

»Bei uns zu Hause nahm man dafür Lebkuchen, aber so sieht es auch schön aus, nicht wahr?«

»Sehr schön!«, bestätigen Isabel und Luís.

Dass die Kekse über Nacht aufweichen und am nächsten Morgen allesamt unter dem Baum liegen werden, ahnen die drei heute zum Glück noch nicht.

»Bekomme ich jetzt mein Geschenk?«

Luís sieht seine Mutter erwartungsvoll an.

»Eigentlich machen wir die Bescherung ja erst nach dem Abendessen. Was meinen Sie, Lilli?«

»Also, mir ist das egal.«

Isabel kapituliert achselzuckend, und für Luís gibt es kein Halten mehr. Er bekommt von seiner Mutter eine Jeans, ein knallrotes T-Shirt mit einer NASA-Rakete darauf und einen Bildband über den Weltraum und seine Erforschung. Die Hose nimmt er mit einem Nicken zur Kenntnis, streift freudestrahlend das T-Shirt über sein gutes Hemd und widmet sich sofort dem Buch. Während er am Tisch darin blättert, hat er die Welt um sich herum vollkommen vergessen.

»Ich war mir nicht sicher, ob dir das gefallen würde …«

Erst jetzt bemerkt Luís, dass Lilli mit einem langen Paket vor ihm steht.

»Oh«, sagt er nur und reißt das bunte Geschenkpapier auf. Ungläubig lächelnd holt er ein Lichtschwert aus dem Karton, das neongrün leuchtet und surrende Geräusche von sich gibt, wenn man es bewegt.

»Ja, und ob mir das gefällt! Wahnsinn! Damit bin ich ein richtiger Jedi!«

Und auf der Stelle beginnt er im Hof herumzuhüpfen und mit dem Schwert gegen die Hühner zu kämpfen, die sich entsetzt in ihr Haus zurückziehen.

»Danke, Senhora Lilli! Und danke, Mama!«

Dann ist er, mit dem eingeschalteten Schwert in der Hand, auch schon wieder in sein Buch vertieft.

Isabel schenkt Lilli ein knielanges Kleid mit einem bunten Blumenmuster, das sie selbst genäht hat. Tränen der Rührung schießen Lilli in die Augen, denn seit ihrer Kindheit hat niemand mehr etwas für sie genäht. Zwar entspricht das farbenfrohe Design nicht ihrem sonstigen Stil, aber sie findet es ganz wundervoll. Sie umarmt Isabel und will schon ins Haus laufen, um das Kleid anzuziehen, als ihr einfällt:

»Ich habe nur eine Kleinigkeit für Sie.«

Sie überreicht ihrer Gastgeberin eine in Goldpapier verpackte kleine Schachtel. Darin findet Isabel eine antike silberne Brosche mit einem eingefassten Amethyst darin. Die beiden Frauen umarmen sich und bedanken sich wortreich beieinander.

Erst jetzt fällt Luís ein, dass auch er etwas zu schenken hat. Aus seinem Zimmer holt er eine selbst getöpferte Schale für seine Mutter und ein Bilderbuch für Lilli, das aus zusammengehefteten Seiten besteht.

»Ich habe alle Orte gemalt, die Sie in Mindelo besonders mögen«, erklärt er ihr. »Damit Sie sie niemals vergessen.«

Lilli kommen erneut die Tränen, und als die drei das gegenseitige Umarmen und alle Dankesbezeugungen beendet haben, erklärt Isabel, dass es nun wirklich Zeit für das Festessen sei.

»Mögen Sie ein Tischgebet mit uns sprechen?« Als Isabel aber Lillis verdutzten Blick sieht, sagt sie schnell: »Das muss natürlich nicht sein, wir beten sonst ja auch nicht bei Tisch, nur an Feiertagen.«

Lilli hat seit dem Konfirmandenunterricht nicht mehr gebetet, und schon damals widerstrebte es ihr. Allerdings fände sie es unhöflich, die freundliche Einladung abzulehnen. Also lässt Lilli ihren Atheismus beiseite und gibt sich einen Ruck.

»Sehr gern ... wenn Sie mir sagen, wie das geht?«

Luís sieht sie erstaunt an und erklärt ihr, dass es wirklich nicht schwierig sei. Die drei fassen sich an den Händen, und nach einem kurzen Schweigen sagt Isabel, den Blick auf eine der goldenen Kerzen vor sich gerichtet:

»Herr, lass heute alle Menschen satt werden und glücklich sein. Wir danken dir für alles, das du uns gibst. Und vor allem danken wir dir für unseren lieben Gast.« Sie wirft Lilli ein Lächeln zu. »Gut zusammen leben, nehmen, teilen, geben – wenn jeder etwas hat, werden alle satt.«

»Danke«, sagt Lilli leise.

Luís fährt mit fester Stimme und einem strahlenden Gesicht fort: »Jedes Tierlein hat sein Essen, jedes Blümlein trinkt von dir. Hast auch uns heut' nicht vergessen, lieber Gott, wir danken dir.« Und zu Lilli gewandt sagt er: »Danke, lieber Gott, für meine Freundin Senhora Lilli. Bitte lass alle Menschen glücklich sein. Vor allem Mama und Lilli, meine Vovo und Papa und alle meine Freunde und natürlich Klara und ihre Schwestern.«

Dann sieht er Lilli erwartungsvoll an. Die hat einen dicken Kloß im Hals und braucht einen Augenblick, bis sie sprechen kann.

»Danke, dass ich hier sein darf bei diesen wunderbaren, lieben Menschen. Lass uns andere Menschen glücklich machen, und bitte lass uns ein bisschen von dem Glück finden, nach dem wir uns alle sehnen. Danke für das Leben!«

Lilli ist überrascht, wie leicht ihr die Worte über die Lippen kamen.

»Amen«, ergänzt Isabel. »Und Feliz Natal.«

»Feliz Natal.«

»Wie sagt man das auf Deutsch?«

»Wir sagen *Fröhliche Weihnachten.*«

Luís und Isabel versuchen sich daran, scheitern aber an der Aussprache der CHs, bis die drei in übermütiges Lachen ausbrechen.

Nach dem Essen sitzen Lilli und ihre Gastgeber unter dem illuminierten Avocadobaum. Sehr satt nippen sie an dem mit Zimtstangen und Nelken gewürzten heißen Apfelsaft und schauen dabei den Hühnern zu, die eine Extraportion Körner bekommen haben. Isabel hat ihr Küchenradio in den Hof gestellt, das leise kapverdische Weihnachtslieder spielt.

»So ein schönes Weihnachtsfest habe ich schon seit Ewigkeiten nicht mehr erlebt«, sagt Lilli beseelt. Und Isabel und Luís betonen noch einmal, wie lecker sie das typisch deutsche Festtagsessen fanden. Allerdings hat Lilli den Eindruck, dass dies vor allem Ausdruck ihrer Höflichkeit ist.

»Warum essen Sie eigentlich kein Fleisch, Senhora Lilli?«, fragt Luís ganz unvermittelt. »Hat das mit Ihrem Glauben zu tun?«

»Sei nicht so neugierig«, ermahnt ihn Isabel. »Das geht dich nichts an.«

»Ist schon in Ordnung«, beschwichtigt Lilli sie. »Nein, nicht direkt mit Glauben – oder vielleicht doch ...« Sie überlegt einen Augenblick. »Vor allem aus Respekt vor dem Leben. Buddha hat gesagt, dass jede Kreatur, Mensch wie Tier, glücklich sein und Leid vermeiden will.«

»Das glaube ich auch«, bestätigt Luís.

»Und ich bin mir sicher«, fährt Lilli fort, »dass auch Tiere Gefühle haben, dass sie Angst kennen und Freude und dass jedes Wesen leben möchte. Deshalb will ich keiner Kreatur Leid zufügen. Kannst du das verstehen?«

Luís nickt und sagt dann sehr ernst: »Sie haben recht, das soll man wirklich nicht. Ich werde darüber nachdenken.« Er blickt zu den Hühnern. »Wir würden ja auch niemals Klara und ihre Schwestern essen, oder, Mama?«

»Nein, natürlich nicht. Wann haben Sie aufgehört, Fleisch zu essen?«, fragt Isabel.

»Ich war wohl etwas älter als Luís heute. Damals bekam ich mit, wie in der Nachbarschaft ein Schwein geschlachtet wurde. Ich höre seine Todesschreie noch heute, es war grauenhaft! An jenem Tag habe ich beschlossen, nie wieder ein Tier zu essen.«

Luís erhebt seinen Becher und sagt feierlich: »Mögen alle Tiere und alle Menschen glücklich sein und ihnen niemand ein Leid antun.«

Die Tage nach Weihnachten flossen sehr gemächlich dahin. Lilli hatte beschlossen, sich eine Schreibpause zu erlauben und alle Gedanken an das Buch bis zum neuen Jahr aus ihrem Kopf zu verbannen. Und da Luís nicht zur Schule musste und Isabels Hotel geschlossen war, verbrachten die drei viel Zeit miteinander.

Luís konnte gar nicht genug bekommen von einem Brettspiel, das seine Urgroßmutter ihm zu Weihnachten geschickt hatte. Immer und immer wieder wollte er es spielen. Meistens gewann er – woran die beiden Frauen ein wenig mitwirkten –, und dann hüpfte er wie ein Superheld mit seinem Lichtschwert durch den Hof und feierte sich selbst. Wenn er doch einmal verlor, gab er sich fassungslos wütend und zutiefst zerknirscht. Lilli amüsierte sich insgeheim köstlich darüber, was für ein schlechter Verlierer ihr junger Freund war.

Am heutigen Silvesterabend darf Luís zusammen mit Freunden in der Stadt feiern, sodass Isabel und Lilli den Hof für sich haben. Noch ist die Nacht still, nur gelegentlich wird die Ruhe vom Knall einer verfrühten Rakete gestört. Die beiden Frauen haben gerade zu Abend gegessen. Isabel hatte, wohl vorsichtshalber, darauf bestanden, sich heute um das Essen zu kümmern. Und nun sitzen sie beim Weißwein unter dem noch immer geschmückten Avocadobaum.

»Was wünschen Sie sich für das nächste Jahr?«, fragt Lilli in die Stille.

Isabel schaut weiter in die Kerze vor ihnen auf dem Tisch, als hätte sie die Frage gar nicht gehört. Schließlich sagt sie leise: »Zukunftswünsche habe ich eigentlich nicht.«

»Ach, wirklich nicht?«

»Es wäre natürlich schön, wenn es mit dem Abendstudium klappt. Aber sonst? Ich wünsche mir, dass alles so weitergeht wie bisher. Dass ich meine Jobs behalte und uns beide durchbringen kann. Und keiner von uns krank wird. Darüber wäre ich sehr froh.«

Lilli nickt. Was für bescheidene Wünsche für eine so junge Frau.

»Doch, einen Wunsch hätte ich tatsächlich, allerdings einen kaum erfüllbaren: Ich hätte gern mehr Zeit mit Luís. Im nächsten Jahr wird er schon elf – dabei war er doch gerade noch ein Baby.« Sie lächelt. »Es dauert nicht mehr lange, bis er die Schule beendet und studiert oder anfängt zu arbeiten. Vielleicht gründet er eine eigene Familie. Ich bete nur, dass er die Insel nicht verlässt wie sein Vater. Es ist ein bisschen egoistisch, ich weiß, aber das ist einer Mutter erlaubt, nicht wahr?«

»Na klar!«

»Selbst wenn Luís in Mindelo bleibt, wird er mich nur gelegentlich besuchen, und das ist ja auch richtig so.« Leise seufzt sie. »Ich denke viel zu selten daran, wie kostbar unsere verbleibende gemeinsame Zeit ist. Umso trauriger macht es mich, dass ich so wenig zu Hause bei ihm sein kann.«

»Wissen Sie, Isabel, ich habe in meinem langen Leben schon viele Eltern mit ihren Kindern erlebt, aber nur selten eine so enge Bindung wie die zwischen Ihnen und Luís.«

»Wirklich?«, fragt Isabel unsicher.

Lilli nickt lächelnd. »Hätte ich jemals einen Sohn oder eine Tochter gehabt, ganz sicher wünschte ich mir eine Beziehung wie die von Ihnen beiden.« Sie streicht Isabel liebevoll über den Arm. »Und das sage ich nicht einfach nur so, um Sie zu trösten.«

»Es tut gut, das zu hören, danke.«

»Aber …« Lilli vollführt mit den Fingern grinsend einen Trommelwirbel auf der Tischplatte. »… wenn Sie darüber hinaus *noch* einen Wunsch frei hätten, einen ganz egoistischen, nur für sich allein?«

»So einen Wunsch habe ich tatsächlich.« Isabel blickt verschämt, als wünschte sie sich etwas Verbotenes. »Einmal in meinem Leben möchte ich eine große Reise machen, davon habe ich schon als Kind geträumt. Am liebsten in die USA oder nach Europa. Natürlich zusammen mit Luís, damit auch er etwas von der Welt sieht.« Sie zuckt die Schultern. »Aber in diesem Leben werde ich es wohl höchstens bis Praia schaffen.«

Als sie Lillis mitfühlenden Blick sieht, ergänzt sie schnell: »Aber so wichtig ist es mir auch wieder nicht.«

Dabei erhebt sie sich, räumt das Geschirr zusammen, um es in die Küche zu bringen, und fordert Lilli mit einer Geste auf, sitzen zu bleiben.

Lilli nippt an ihrem Wein. Nur zu gern würde sie Isabel ihren Herzenswunsch erfüllen. Gleichzeitig weiß sie aber, dass sie ein so großes Geschenk wohl niemals annehmen könnte – was Lilli gut versteht, denn es gehört auch nicht gerade zu *ihren* Stärken. Wie oft stand ihr schon ihr Stolz im Weg, wenn jemand ihr etwas schenken oder ihr helfen wollte. Selbst wenn sie wusste, dass es wirklich gut gemeint war.

Als Isabel zurück in den Hof kommt, ist Lilli noch dabei, mit sich zu ringen. Bis sie schließlich ihre Bedenken beiseiteräumt und Isabels Hand ergreift.

»Ich vermute, es wird Ihnen schwerfallen, dies auch nur in Erwägung zu ziehen ...«

Isabel sieht sie irritiert an.

»Aber ich möchte Sie bitten – wirklich von Herzen bitten –, zumindest in Ruhe darüber nachzudenken: Würden Sie und Luís mich einmal in Hamburg besuchen? Es ist nicht New York oder Paris, aber es ist eine schöne Stadt, und ich habe ein großes Haus mit viel zu viel Platz. Ich möchte sie gern einladen. Selbstverständlich bezahle ich die Flüge und alles andere. Es würde mich sehr glücklich machen, wenn ich einmal *Ihre* Gastgeberin sein dürfte. Es ist also im Grunde ein sehr egoistischer Wunsch von mir.«

Isabel weicht Lillis fragendem Blick aus. Dann ringt sie sich zu einem Lächeln durch, schüttelt dabei aber langsam den Kopf.

»Das ist sehr, sehr freundlich von Ihnen. Und sehr großzügig. Aber …«

»Tun Sie mir den Gefallen, nicht sofort Nein zu sagen? Und es sich zumindest durch den Kopf gehen zu lassen? Bitte! Sie würden mir wirklich eine große Freude bereiten.«

Isabel zögert kurz, dann gibt sie sich einen Ruck. »Gut, ich werde es mir überlegen, versprochen. Nur sagen Sie bitte Luís nichts davon, er wäre so enttäuscht, wenn …«

»Natürlich nicht. Danke.«

»Ich danke Ihnen, Lilli!«

Sie setzt sich neben ihren Gast auf die Bank und umarmt sie.

»Jetzt sind Sie aber dran: Was wünschen Sie sich für das neue Jahr?«

»Ach nein, so etwas fragt man doch keine alte Frau. In meinem Alter sollte man gar nicht so weit vorausdenken. Denn wie hoch ist die Wahrscheinlichkeit, dass es mich in einem Jahr überhaupt noch gibt? Nein, Zukunftswünsche sind etwas für junge Menschen – für uns alte kommt es eben, wie es kommt.«

Isabel sieht sie einen Moment skeptisch an, dann bricht sie in lautes Lachen aus.

»Nein, Lilli, netter Versuch, aber das nehme ich Ihnen nicht ab! Hört man jemals auf, Wünsche zu haben? Ich glaube nicht. Und ich halte Sie, mit Verlaub, auch nicht für eine so genügsame Frau, die sich mit wenig zufriedengibt.«

Lilli grinst schwach, ihr ist anzusehen, dass sie Isabels Frage gern aus dem Weg gegangen wäre. Am liebsten würde sie aufspringen und fliehen. So wie sie es gewöhnlich tut, wenn sie fürchtet, jemand könnte ihr zu nah kommen. Jetzt widersteht sie aber dem Fluchtimpuls und bleibt sitzen.

»Vielleicht haben Sie recht, man verliert mit dem Älterwerden womöglich nicht seine Wünsche. Aber die Angst wird größer, dass die Zeit für ihre Erfüllung nicht mehr ausreicht. Ich vermute, so geht es auch jüngeren Menschen. Nur wird meine Lebenszeit knapp, und mit ihr schrumpfen die Möglichkeiten. Sie werden kleiner und kleiner, sodass es schmerzt, sich überhaupt zu fragen, was man sich wünscht.«

»Ja«, sagt Isabel, »das verstehe ich.«

»Außerdem habe ich das Gefühl, etwas in mir verändert sich. Hätten Sie mir diese Frage vor einigen Monaten gestellt, meine Antwort wäre wohl gewesen, dass ich nur einen einzigen großen Wunsch habe, nämlich noch *ein* gutes Buch zu schreiben.«

»Und heute?«

»Heute erscheint mir dies gar nicht mehr so bedeutsam, ja, beinahe nebensächlich. Ist das nicht sonderbar? Wo sich doch fast mein ganzes Leben um das Schreiben drehte. Oder um das Nicht-schreiben-Können.«

Lillis Lächeln wirkt fragil.

»In den letzten Wochen habe ich erfahren, wie gut es ist, einfach nur am Leben zu sein. Dieses kleine bisschen Leben! Das klingt nicht gerade nach einer bahnbrechenden Erkenntnis. Aber es ist so. Und wenn Sie mich fragen, was heute mein größter Wunsch ist: Ich möchte in einem Jahr noch auf der Welt sein. Noch halbwegs gesund. Und dieser Wunsch«, sie schluckt, »macht mir tatsächlich Angst. Viel mehr Angst als die Aussicht, kein Buch mehr zustande zu bringen.«

Lilli lächelt traurig.

»In meinem Alter die längst vergessene Liebe zum Leben wieder zu entdecken – klingt das nicht wie ein ganz mieser Scherz?«

Sie atmet tief ein und wieder aus und sagt mit festerer Stimme: »Wahrscheinlich sollte man sich als betagte Person mit dem nahenden Ende abfinden. Schicksalsergeben. ›Dein Wille geschehe‹ und so. Aber ...«

Sie blickt zum Himmel, als wollte sie beten. Dann grinst sie verschlagen und ruft nach oben: »What the fuck, NEIN!«

Isabel sieht sie entsetzt an.

»Entschuldigung. Wenn der liebe Gott mich abrufen will, soll er das bitte tun. Aber bis dahin?« Sie hält ihr Weinglas hoch in den Himmel. »Bis dahin will ich *leben. Das* ist mein Wunsch für das nächste Jahr!«

In diesem Moment ertönt über ihnen das laute Krachen einer explodierenden Rakete. Die beiden Frauen lachen.

»Auf das Leben!«, sagt Isabel – und dann überwindet sie sich und ruft laut: »What the fuck!«

Sie stoßen an und nehmen einen großen Schluck aus ihren Gläsern. Mit einem versöhnlichen, bereits etwas beschwipsten Grinsen sagt Lilli:

»Noch eine altersweise Erkenntnis: Je länger ich hier auf São Vicente bin, je mehr Abstand ich zu meinem Alltag habe, desto deutlicher wird mir, dass mein Leben in Hamburg im Grunde gar nicht so ganz schlecht ist.«

Sie zieht die Schultern übertrieben hoch, als müsste sie sich für diese Feststellung entschuldigen.

»Die wenigen Menschen, die ich noch kenne, sind sehr gut zu mir, selbst Frau Weber«, kichert sie, ohne Isabel zu erklären, wer das ist. »Und ich habe das Privileg, in einer wirklich schönen Stadt zu leben. Ich bin mir übrigens sicher, es würde Ihnen und Luís dort gefallen.« Sie zwinkert Isabel zu, die nicht darauf reagiert. »Trotzdem wäre es auch schön, wenn ich das Buch beenden könnte. Ich würde nämlich gern wissen, ob ich's noch kann. Und in einem Jahr wünsche ich mir dann, dass es auch den Leserinnen und Lesern gefallen möge.«

»Auf Ihr Buch!«

Isabel hebt das Glas, und sie stoßen an.

»Ich glaube, ich bin ein bisschen betrunken«, stellt Lilli fest, ihre Aussprache ist tatsächlich etwas unrund. »Wie viele

Menschen habe ich lange geglaubt, dass Erfolg und Ruhm ein gelungenes Leben ausmachen. Aber je länger ich darüber nachdenke, desto mehr Zweifel kommen mir daran. Marilyn Monroe hat einmal gesagt, dass Karriere etwas Wunderbares sei, aber nichts, woran man sich wärmen könne in einer kalten Nacht. Das ist sehr wahr.

Wissen Sie, Isabel, wenn ich zurückblicke, waren das Schönste meiner Karriere die leuchtenden Augen des Publikums, wenn ich aus einem meiner Bücher las. Und die Briefe von Menschen, die mir dankten, weil ich ihnen geholfen habe, Mut zu fassen.«

Lilli hebt erneut ihr Glas und sagt lächelnd:

»Auf dass wir erkennen mögen, was wirklich wichtig ist.«

»Hallo?«

Plötzlich steht Luís im schwachen Schein der Lichterkette vor ihnen im Hof.

»Was machst du denn schon hier? Es ist doch noch gar nicht zwölf Uhr?«

»Darf ich mich trotzdem zu euch setzen?«, fragt er ungewohnt schüchtern.

»Na klar!«

Lilli rückt ein Stück zur Seite, und er nimmt neben ihr auf der Bank Platz.

»War es bei euch nicht schön?«

»Doch.«

»Aber du wolltest nicht bei deinen Freunden bleiben?«

»Nö.«

Die beiden Frauen sehen ihn fragend an.

»Mit denen kann ich ja jeden Tag abhängen. Und da dachte ich ...« Es ist ihm sichtlich unangenehm, das zuzugeben. »Dass es auch ganz okay wäre, bei euch zu sein.«

»Das finden wir auch ganz okay.« Lilli legt ihren Arm um den Jungen und drückt ihn an sich. »Wir haben uns gerade darüber unterhalten, was wir uns für das nächste Jahr wünschen. Hast du einen Wunsch?«

»Na klar, jede Menge!«, platzt es aus ihm heraus. Aber dann, nachdem er offenbar eine Weile überlegt hat, sagt er: »Eigentlich möchte ich nur, dass alles genau so bleibt, wie es jetzt ist.«

Er steht auf und umarmt seine staunende, gerührte Mutter.

»Und ich möchte, dass Senhora Lilli das ganze Jahr bei uns bleibt.«

»Das ist sehr lieb von dir, ich würde auch sehr, sehr gern bei euch bleiben. Nur ist das leider nicht möglich. Denn ich habe ja ein Zuhause und dort eine Menge zu tun.«

Luís nickt nur. »Ich weiß. Aber wünschen kann ich es mir doch trotzdem.«

»Eine Weile bleibe ich ja noch bei euch.«

In diesem Augenblick knallt und kracht es überall um sie herum. Kirchenglocken beginnen zu läuten, und in den Nachbarhäusern jubeln Menschen und wünschen sich gegenseitig ein gutes neues Jahr.

»Feliz Ano Novo, Mama! Feliz Ano Novo, Senhora Lilli!«

»Feliz Ano Novo.«

»Feliz Ano Novo.«

14

ZORN!

Müde und fast am Ende ihrer Kräfte lässt sich Lilli in einen der schweren Holzsessel sinken und atmet tief durch. Eine der Kellnerinnen kommt sofort zu ihr.

»Senhora Lilli, schön, dass Sie wieder mal vorbeischauen! Sind Sie gut in das neue Jahr gekommen?«

Lilli nickt nur und bedankt sich mit einem Lächeln. Sanft klingt leise Musik durch den verwinkelten Innenhof des Cafés. In einem kaum beleuchteten Winkel sitzt, fast unsichtbar, eine junge Gitarristin auf einem Holzschemel, ganz versunken in ihr Spiel. Die Menschen an den Bistrotischen hören ihr andächtig zu, einige unterhalten sich leise.

Lilli liebt diesen Ort. Wie eine Insel liegt das Café im touristischen Zentrum von Mindelo, versteckt hinter einer schmalen, unscheinbaren Tür, die kaum jemand wahrnimmt, der nicht danach sucht. Sobald man hindurchtritt, lässt man den Lärm der Altstadt hinter sich und wird von tiefer Ruhe empfangen. Auf ihren Spaziergängen legt Lilli hier gern eine Pause ein, um sich von der Hitze und dem Trubel der Stadt zu erholen.

Noch immer außer Atem, lässt Lilli den Kopf gegen die hohe Rückenlehne sinken und blickt nach oben. Über ihr wuchern rosa Blüten einer Bougainvillea durch das Dach aus Schilfmatten. Sie lässt ihre Augen zufallen und lauscht der

Musik. Erst ein vorsichtiger Applaus holt Lilli zurück. Langsam lässt sie ihren Blick durch das Café wandern, über die Bilder, die überall an den Wänden hängen, vor allem moderne Kunst von jungen Kreativen aus der Stadt.

An jedem freien Fleck stehen große und kleine Tontöpfe auf dem Boden mit allen möglichen Pflanzen, mit tropischen Blumen genauso wie Küchenkräutern. Es duftet intensiv nach Jasmin.

Ab und zu betreten Touristen das Café, bleiben am Eingang stehen und staunen. Vermutlich haben sie in ihrem Reiseführer von diesem Ort gelesen und sind dann doch überrascht von dem Frieden, den er ausstrahlt. Zwei Frauen, die gerade angekommen sind, sehen sich suchend um, und Lilli gibt ihnen mit einem Nicken zu verstehen, dass die Sessel neben ihr noch frei sind. Die beiden lächeln dankbar und nehmen Platz.

Lilli hat ein Buch mitgebracht, das sie nun aus ihrer Tasche zieht und sich anschaut, als sähe sie es zum ersten Mal. Für einen Moment zögert sie, beginnt dann doch zu lesen. Schon nach wenigen Sekunden hat sie sich so sehr darin vertieft, dass sie ihre Umgebung kaum mehr wahrzunehmen scheint. Ihre Miene ist ernst, immer wieder runzelt sie die Stirn, als wäre sie nicht einverstanden mit dem, was sie liest. Manchmal huscht auch ein kurzes Lächeln über ihr Gesicht.

Die Gitarrenspielerin hat ihren Auftritt beendet und bedankt sich mit einem verschämten Nicken für den Applaus. Lilli legt ihr Buch auf den Tisch vor sich und nippt, noch immer gedankenversunken, an ihrem inzwischen abgekühlten Galão.

ZORN! steht in fetten roten Lettern auf dem im poppigen Stil der Siebziger gestalteten Cover und kleiner darüber *Lilli Jansen*. Es ist ihr Erstlingswerk, das vor langer Zeit aus einer orientierungslosen Studentin über Nacht eine bekannte Schriftstellerin machte.

Eigentlich schätzt Lilli es nicht, in ihren alten Texten zu lesen. Warum auch immer, sie hatte unmittelbar vor der Abreise einem Impuls nachgegeben, es aus dem Regal gezogen und eingepackt. Vielleicht in der verschrobenen Hoffnung, ihr erstes Buch möge sie bei der Arbeit am letzten inspirieren. Seitdem hatte es seinen Platz auf dem kleinen Tisch in ihrem Zimmer, ohne dass es Lillis Aufmerksamkeit auf sich zog. Bis sie das Buch am Morgen spontan in ihre Spaziertasche steckte, bevor sie das Haus verließ. Für den Fall, dass sie gerade heute darin lesen wollte. Jetzt ist sie bereits im dritten Kapitel angekommen.

Immer wieder verliert sie sich darin, vergisst, dass es ihre eigenen Worte sind, und empfindet noch immer die eigenartige Faszination, die von ihnen ausgeht. Was sie liest, ist ihr einerseits vertraut; kein Satz, an dessen Entstehung sie sich nicht erinnert. Gleichzeitig empfindet Lilli ihre damalige Sprache – aus der Distanz eines halben Jahrhunderts – als roh und unfertig. Weit entfernt von dem reifen, eloquenten Stil, den sie später entwickelte. Noch immer spürt sie die Vehemenz, mit der sie dieses Buch einst geschrieben, ja, aus sich herausgeworfen hat.

Es erscheint Lilli, als begegnete ihr zwischen den Zeilen ihr jüngeres Selbst. Wobei der Blick auf ihr eigenes Leben und das ihrer Hauptfigur Jo verschwimmt. So ging es ihr schon damals beim Schreiben, erinnert sie sich – die Jo ihres Buches war ein Kanal für die junge Lilli, durch den sich ihre eigenen Gefühle einen Weg an die Oberfläche bahnen konnten. Vor allem ihr wachsender Zorn. Auf patriarchalische Strukturen, von denen sie sich eingeengt und marginalisiert fühlte, und auf die Selbstherrlichkeit von Männern, die sich liberal und aufgeschlossen gaben, allesamt Revolutionäre sein wollten, aber im Grunde genauso unerschütterlich von ihrer eigenen Überlegenheit überzeugt waren wie ihre Väter und Vorväter.

Lilli erzählte in ihrem Buch, wie Jo vom Land nach Westberlin kommt, voller Zuversicht und in dem naiven Glauben an die grenzenlosen Möglichkeiten der weltoffenen Großstadt. Schnell wird sie desillusioniert, genauso wie damals Lilli. Aber anders als ihre Protagonistin, die an ihrer ohnmächtigen Wut letztlich zerbricht, bot sich Lilli ein Ausweg. Ihr Erfolg öffnete Türen, sie fand Gehör, konnte ihre Kritik formulieren und adressieren, und man – aber vor allem frau – interessierte sich für ihre Sichtweisen.

So verlor Lillis Wut an Wucht und machte weicheren, differenzierten Gefühlen Platz. Bis sie später in Brasilien, nachdem Gabriel sie erst ausgenutzt und dann bekämpft und schließlich verlassen hatte, erneut aufkeimte und sich noch verstärkte durch den Misserfolg ihres zweiten Buches und die vernichtende Kritik daran.

Während sie am Manuskript schrieb, stand der Titel des Buches für Lilli bereits fest. Der Zorn befeuerte ihre Arbeit, also musste ZORN! auch auf dem Cover stehen. Zuerst war ihre Verlegerin davon nicht begeistert, sie schlug vor, einen, wie sie es nannte, »einladenderen« Titel für ihr erstes Buch zu wählen. Aber Lilli bestand darauf, und Elisabeth akzeptierte es, weil sie sah, wie sehr Lilli sich mit ihrer Hauptfigur verbunden fühlte. Sie bewunderte einerseits Lillis Mut, darin ihre eigenen Gefühle so sichtbar werden zu lassen, sorgte sich aber auch, weil sich die junge Autorin damit verletzbarer machte, als sie vielleicht ahnte.

Sanft streicht Lilli über das raue, zerschlissene Papier des Umschlags.

Wahrscheinlich hätte sie sich als die wütende Frau, die sie zu Beginn ihrer Karriere war, unmöglich vorstellen können, dass eine echte Gleichberechtigung der Geschlechter auch fünfzig Jahre später noch immer nicht erreicht sein würde. Womöglich wäre ihr Zorn in Resignation umgeschlagen.

Vielen jungen Menschen ist gar nicht bewusst, wie diskriminierend die Zustände – aus heutiger Sicht – in den Sechziger- und Siebzigerjahren waren. Wenn Lilli später mit Schülerinnen oder Studentinnen auf einem ihrer Vorträge an Schulen und Universitäten über die damaligen Verhältnisse sprach, traf sie oft auf ungläubiges Staunen. Dass sie beispielsweise Anfang der Siebziger noch ihren Ehemann hätte um Erlaubnis fragen müssen, um überhaupt arbeiten zu dürfen!

It's a man's world, sang James Brown – es war tatsächlich eine Welt der Männer.

Heute kann kaum jemand nachempfinden, wie viel Mut es den Frauen abverlangte, 1971 im *Stern* öffentlich zu machen, dass sie abgetrieben hatten. Lilli griff die Auseinandersetzungen zum § 218 auf und thematisierte sie in einem Roman. Später beschäftigte sich ihr Bestseller *Das Geräusch eines brechenden Herzens* mit dem damals überaus heiklen Thema Gewalt in der Ehe.

Ihre Schreibmaschine war Lillis Werkzeug und ihre Waffe.

Mit ihren Geschichten erschuf sie sich Sichtbarkeit und ermutigte andere Frauen, ebenfalls sichtbarer zu werden. Sie wurde für viele Frauen das, was die große Simone de Beauvoir für sie selbst gewesen war. *Das andere Geschlecht* hatte ihr die Augen geöffnet für die Rolle der Frauen im Patriarchat.

Natürlich gibt es nach wie vor eine Menge zum Thema Gleichberechtigung zu sagen. Aber Lilli ist sich unschlüssig, wie sie heute darüber schreiben könnte. Und vor allem fragt sie sich, ob sie es denn überhaupt noch will – und sollte. Ihre Antwort ist im Grunde klar, hat sie nicht alles dazu gesagt und geschrieben, was sie aus ihrer Perspektive sagen und schreiben konnte? Nein, es ist nicht mehr ihre Aufgabe, sondern die der jungen Autorinnengeneration. Dieser Gedanke erleichtert sie.

Gleichzeitig legt sich ein trauriger Schatten auf ihre Stimmung. Sicherlich ist Lilli stolz auf das, was sie geleistet und erreicht hat. Nur liegt all dies in der Vergangenheit, und es schmerzt sie umso mehr, wie weit sie heute davon entfernt ist, derart couragiert zu schreiben.

Sollte sie sich als älterer Mensch nicht von ihrem früheren Schaffen nähren? Anstatt sich zu vergleichen – ja, sogar zu konkurrieren – mit der Frau, die sie vor langer Zeit einmal war? Irgendwann muss es doch genug sein.

»So ein wunderbares Buch, nicht wahr? Auch nach all den Jahren noch!«

Lilli braucht einen Augenblick, bis sie realisiert, dass eine der Frauen neben ihr sie angesprochen hat.

»Wie bitte?«

»Entschuldigen Sie, ich will Sie nicht in Ihrer Lektüre stören. Aber mir ist aufgefallen, dass Sie ein ganz altes Exemplar haben. Ist das etwa die Erstausgabe?«

»Ich fürchte, ja.« Sie lächelt gezwungen.

»Darum beneide ich Sie. Jedes ihrer Bücher habe ich gelesen, nein, ich habe sie alle *verschlungen*, ich *liebe* diese Frau!«

»Tatsächlich?«

»Ohne Lilli Jansen wäre mein Leben gewiss anders verlaufen. Geht es Ihnen auch so?«

Jetzt muss Lilli grinsen. »Das kann ich wohl mit Fug und Recht behaupten.«

»Sie hat mir so wichtige Impulse gegeben, als ich jung war. Ihre Bücher haben mir so viel Mut gemacht. Ohne sie wäre ich wahrscheinlich das verschreckte Mauerblümchen geblieben, das ich als Mädchen war.«

Die Frau lacht herzlich. »Und sicher nicht so aufdringlich, wie ich heute bin. Entschuldigen Sie bitte mein Geplapper.«

»Kein Grund, sich zu entschuldigen.«

Lilli spürt, wie sich in ihrem Bauch ein warmes Gefühl ausbreitet.

Früher, als sie noch im Kontakt zu ihren Leserinnen war, hätte sie es wohl nicht überrascht, dass ihre Bücher Leben verändern können. Schließlich war sie mit der Absicht angetreten, Veränderungen zu bewirken. Aber dann rückten ihre Verkaufszahlen immer mehr in den Mittelpunkt; wahrscheinlich, als sie anfingen zu sinken. Und sie konzentrierte sich vor allem auf ihre Angst, nichts Passables mehr zustande zu bringen.

»Ich frage mich nur, warum die Jansen so lange nichts mehr veröffentlicht hat.« Die Frau beugt sich zu Lilli, als würde sie ihr etwas Vertrauliches verraten wollen. »Warum ist wohl seit Jahren nichts mehr von ihr zu hören?«

»Sie ist schließlich nicht mehr die Jüngste.« Lilli traut sich ein schwaches Grinsen.

»Tja, vielleicht mag sie die Strapazen des Schreibens nicht mehr auf sich nehmen. Genug Geld hat sie ja wohl.«

Lilli zuckt nur mit den Schultern.

»Eine Bekannte von mir schreibt auch Bücher, und die sagt, dass es viel anstrengender sei, als man gemeinhin annimmt«, erklärt die Frau mit einem wissenden Nicken.

»Da hat Ihre Bekannte gewiss recht«, bestätigt ihr Lilli und muss sich jetzt zwingen, nicht zu lachen. Und sagt dann in einem flüsternd verschwörerischen Ton: »Vielleicht fällt Lilli Jansen nichts Neues ein. Oder sie hat schlicht nichts mehr mitzuteilen?«

Die Frau runzelt die Stirn. »Also nein, das halte ich für ausgeschlossen.« Sie klingt geradezu empört über Lillis Mutmaßung. »Eine Künstlerin wie sie hat gewiss *immer* etwas zu erzählen. Also, da bin ich mir ganz sicher!«

»Na, womöglich überrascht sie uns noch mit einem neuen Buch, wer weiß!«, sagt Lilli beschwichtigend.

»Das wäre wirklich wundervoll. Aber ich überlasse Sie jetzt wieder Ihrer Lektüre. Einen schönen Tag noch.«

»Den wünsche ich Ihnen auch. Es ist Zeit für mich zu gehen.«

Damit erhebt sich Lilli, steckt das Buch in ihre Tasche und

geht zum Tresen, um zu zahlen. Beim Verlassen des Cafés winkt sie der Frau noch einmal freundlich zu – die zurücklächelt und sie plötzlich irritiert ansieht, als beschliche sie gerade ein ungeheuerlicher Verdacht.

Lilli öffnet die Haustür und betritt freudig erwartungsvoll den Hof, aber niemand scheint zu Hause zu sein. Bestimmt arbeitet Isabel noch, und Luís könnte mit Freunden unterwegs sein. Eine Weile steht sie unschlüssig da. Sie hätte jetzt gern Gesellschaft, aber nicht einmal die Hühner lassen sich blicken. Also setzt sie sich unter den Avocadobaum. Sofort beginnen ihre Gedanken um das Gespräch im Café zu kreisen.

Hat sie den Menschen vielleicht doch noch etwas mitzuteilen? So felsenfest, wie die Frau davon überzeugt war … Es wäre schön, wenn sie recht hätte. Lilli rührt das Zutrauen dieser Leserin der ersten Stunde. Sie lächelt. Und beschließt, sich noch einmal möglichst unvoreingenommen anzuschauen, was sie bisher geschrieben hat. Denn vielleicht ist ihr Blick wirklich zu kritisch, wie Johannes vermutet hat?

Aus ihrem Zimmer holt sie den dünnen Blätterstapel, setzt sich, tatsächlich ein wenig feierlich gestimmt, zurück auf die Bank und beginnt, langsam zu lesen.

Als die letzte Seite auf den Tisch gleitet, atmet Lilli tief durch. Ihrem Gesicht ist die Enttäuschung anzusehen.

Beim besten Willen kann sie in diesen Seiten nichts entdecken, was der Welt unbedingt mitgeteilt werden müsste. Es ist der Beginn einer Erzählung, nicht schlecht geschrieben, womöglich nicht einmal uninteressant. Nur eine Botschaft, eine Geschichte hinter der Geschichte, wie sie in allen von Lilli Jansens Büchern zu finden waren, die gibt es darin nicht.

Könnte sie sich damit abfinden? Dass ihr Publikum das wahrscheinlich letzte Buch ihrer Karriere – im besten Fall – lediglich *unterhaltsam* findet?

Lilli denkt an die treue Leserin aus dem Café. Bestimmt

würde die sich fragen, warum ihre Lieblingsautorin so ein Buch veröffentlicht. Und vielleicht zu dem Schluss kommen, dass sie wohl doch das Geld braucht.

Der Gedanke ist tatsächlich verführerisch. Selbst ein unambitioniertes Buch von Lilli Jansen würde sich immer noch gut verkaufen. Auch wenn die Kritik nicht begeistert wäre – die Leute sind ja neugierig. Und die Medien sowieso. Sie müsste den Vorschuss nicht an den Verlag zurückzahlen, und die Einnahmen würden vielleicht ausreichen, um ihren Lebensabend zu finanzieren.

Wäre dieses Buch nicht aber ein Verrat an sich selbst und ihrem Lebenswerk?

In diesem Moment fällt die Haustür krachend ins Schloss. Klara erscheint vor dem Hühnerhaus und blickt sich um. Einen Augenblick sieht sie Lilli mit schrägem Kopf an, als könnte sie sich keinen Reim auf diese Frau machen.

Ach, wenn sich Lilli doch nur selbst einen Reim auf sich machen könnte!

Mit einem überschwänglichen »Olã, Senhora!« kommt Luís in den Hof gestürmt und lässt seine Schultasche wie immer auf den Boden fallen.

»Olã, Senhor Luís«, erwidert Lilli seinen Gruß, sehr froh über die Unterbrechung. »Wie war der erste Schultag nach den Ferien?«

»Total klasse. Wir haben über Sie geredet!«

»Ach?« An den Elternabend am letzten Schultag hat Lilli gar nicht mehr gedacht.

»Alle fanden Ihren Auftritt ja *sooo* cool!« Zur Illustration seiner Begeisterung macht er große rudernde Bewegungen mit den Armen. »Und alle wollen jetzt unbedingt ein Buch von Ihnen lesen. Meine Lehrerin hat versprochen, danach zu schauen.«

»Wirklich?«

»Und stellen Sie sich vor: Einer der Jungen meinte, dass

es doch komisch ist, wenn Frauen Bücher schreiben. Was für ein Blödmann!«

»Das hat er gesagt?«

»Ja, aber darüber haben sich die Mädchen voll aufgeregt. Und meine Lehrerin meinte, dass er wohl im letzten Jahrhundert hängen geblieben ist, und dann haben alle gelacht.«

Erst jetzt bemerkt Luís den angespannten Blick seiner Freundin.

»Ist alles okay?«, fragt er besorgt.

»Alles okay, klaro.« Aber er nimmt ihr das nicht ab, und so fügt sie hinzu: »Meine Laune ist grad nicht so gut. Kein Drama, nur ... weißt du, nicht immer ist das Bücherschreiben eine so coole Angelegenheit. Oft ist es ...«

Sie ringt um das passende Wort.

»... zäh. Und ernüchternd und ... Ach, manchmal einfach nur beschissen!«, rutscht es Lilli heraus, was ihr sofort peinlich ist. »Entschuldige, ich weiß, das sagt man nicht.«

»Was ist denn daran so *beschissen*?« Er genießt es sichtlich, das sonst verbotene Wort aufzugreifen.

Lilli schweigt eine Weile unschlüssig; Luís sieht sie mit großen Augen an.

»Menschen, die meine Bücher kennen, haben hohe Erwartungen an ein neues Buch von mir, und ich fürchte, dass ich die nicht erfüllen kann. Deshalb denke ich manchmal, ich sollte besser gar nichts mehr schreiben, als dass ich meine Leserinnen enttäusche, verstehst du?«

»Hm«, sagt Luís nur und hat dabei eine kleine Falte auf der Stirn. »Was erwarten die Leute denn von Ihnen?«

»Na ja, dass ich etwas Kluges schreibe. Kluge Gedanken, auf die sie selbst vielleicht nicht kommen würden. Oder die sie sich selbst nicht zu denken trauen.«

»Und Ihnen fällt *wirklich* gar nichts Kluges ein?«

Lillis Lachen klingt wie ein resigniertes Schnaufen. »So ist es wohl, mir fällt absolut nichts Kluges ein. Obwohl ich mir *wirklich* das Hirn zermartere.«

Luís ist anzusehen, wie sehr er sich anstrengt, Trost für seine Freundin zu finden. Schließlich sagt er:

»Sie sind ja schon sehr, sehr alt, Senhora Lilli. Und Sie hatten bestimmt schon jede Menge kluger Gedanken, nicht wahr? Vielleicht haben Sie einfach schon alle klugen Gedanken, die es gibt auf der Welt, gedacht. Das kann doch sein, oder?«

»Das ist eine äußerst freundliche Hypothese.« Lillis Lächeln wirkt nun etwas weniger gequält. »Aber ich bin mir sicher, dass selbst Menschen, die viel klüger sind als ich, nur einen winzigen Teil aller klugen Gedanken denken können.«

»Ja?«

»Außerdem glaube ich, dass jeder Mensch seine ganz eigene Klugheit hat. Und ich habe meine vielleicht genutzt, so gut es ging.«

»Und dann kommen keine neuen klugen Gedanken dazu?« Luís findet diese Vorstellung sichtlich unbefriedigend.

»Bisher jedenfalls nicht.« Lilli zieht entschuldigend die Schultern hoch.

Luís nickt und blickt sehr ernst. Bis sich sein Gesicht plötzlich aufhellt. »Ich hab's, Sie lassen das einfach! Wenn Sie nämlich schon so viel Kluges geschrieben haben, können Sie doch jetzt mal etwas Spannendes schreiben, ein Abenteuerbuch!«

Und ohne ihre Antwort abzuwarten, springt er auf und verschwindet im Haus. Einige Sekunden später ist er wieder da und reicht Lilli ein Buch.

»Kennen Sie das?«

»*Die Abenteuer des Tom Sawyer*. Klar, das kenne ich. Mark Twain. Ich habe es vor sehr langer Zeit gelesen.«

»Mein Lieblingsbuch! Es ist megaspannend, und man erfährt sehr viel Interessantes über die Welt.«

»Und du meinst, ich sollte auch so etwas schreiben?«

»Genau! Das muss dann ja auch nicht so *wahnsinnig* klug sein.«

»Danke für die gute Idee. Darüber müsste ich mal nachdenken«, druckst Lilli. »Nur fürchte ich, dass ich gar nichts Spannendes und Interessantes zu erzählen weiß.«

»Aber das stimmt doch nicht!« Luís klingt richtig empört. »Sie haben mir schon so viele Sachen aus Ihrem Leben erzählt. Wenn Sie nur aufschreiben würden, was Sie alles erlebt haben, das wäre doch megacool!«

Jetzt fängt der Junge auch schon damit an. Lilli wirft ihm einen missmutigen Blick zu und sagt schroffer, als sie es beabsichtigt: »Nein. Man kann doch nicht plötzlich alles anders machen. Das geht nicht. Außerdem will ich Bücher mit Anspruch schreiben und keine Abenteuerromane.« Sie schnauft verächtlich, als hätte man ihr ein unsittliches Angebot gemacht. »Und Geschichten aus meinem Leben schon gar nicht!«

Erst jetzt merkt Lilli, wie trotzig und gleichzeitig oberlehrerinnenhaft sie klingt. Und wie verletzt Luís sie ansieht.

»Manchmal klingen Sie wie so eine richtige Erwachsene!«, platzt es aus ihm heraus. Das ist offensichtlich kein Kompliment.

»Entschuldige bitte.«

»Schon okay.«

»Weißt du, es ist nicht so leicht für mich.«

»Nein?«

Offensichtlich wissen die beiden nun nicht, mit der verfahrenen Situation umzugehen. Und während Lilli noch überlegt, wie sie ihrem Freund verständlich machen kann, dass sie wirklich keine Abenteuerautorin ist, sagt Luís gänzlich unbefangen:

»Hatten Sie als Kind ein Lieblingsbuch?«

»O ja, ich war das einzige Mädchen im Dorf, das begeistert Karl-May-Romane gelesen hat.« Sie bemerkt Luís' fragenden

Gesichtsausdruck. »Das sind auch Abenteuergeschichten, die hauptsächlich von Jungs gelesen wurden. Jedenfalls damals. Ein bisschen wie *Tom Sawyer.*«

»Ach so.« Luís nickt. »Und haben Sie als Kind auch gespielt?«

»Na klar habe ich gespielt! Ich war ja nicht immer so eine verbiesterte Erwachsene.«

Sie grinst, und Luís grinst mit ihr.

»Wir haben zum Beispiel auf der Landungsbrücke gespielt, das war ein sehr langer und breiter Steg, auf dem die Menschen flanierten und kleine Boote anlegten. Wir haben dort auch geangelt, obwohl es eigentlich verboten war.«

Lilli blinzelt verschmitzt, als wäre das gerade gestern gewesen.

»Und im Sommer fuhren wir mit dem Boot oft rüber zur Düne, einer kleinen Insel, die nur aus Sand bestand. Wir haben dort gebadet und Verstecken gespielt und die Seehunde beobachtet. Und manchmal durften wir am Wasser zelten. Ganz ohne einen Erwachsenen. Während sich dort tagsüber viele Leute tummelten, waren wir abends fast allein. Nur wir und die Seehunde und das Meer.«

Sie lächelt beseelt.

»In den Felsen der Insel brütete eine große Lummenkolonie. Einmal haben wir heimlich mit selbst gebauten Katapulten auf die Vögel geschossen. Wir fühlten uns sehr mutig und verwegen, denn das war natürlich auch streng verboten. Zum Glück trafen wir nie, die Vögel waren viel zu schnell – und wir waren erleichtert darüber.

Und ich erinnere mich noch gut an die Wettrennen, die wir veranstaltet haben: auf der langen Treppe vom Unter- zum Oberland und wieder zurück. Meist war dort viel Betrieb, und wir mussten uns einen Weg durch die Menschen bahnen, die das gar nicht lustig fanden. Meistens habe ich gewonnen. Ich war sogar schneller als die Jungen!«

Sie ist noch immer stolz auf ihre Leistung.

»Das war auf Ihrer Insel? Wo Sie geboren wurden?«

»Genau.« Von einer Sekunde auf die andere trübt sich Lillis Lächeln ein. »Und jetzt wird es bestimmt Zeit für junge Männer, ihre Hausaufgaben zu erledigen, nicht wahr?«

Und ohne sich um Luís' genervten Gesichtsausdruck zu kümmern, steht Lilli auf, räumt ihre Blätter zusammen und verschwindet damit in ihrem Zimmer.

»Wissen Sie, was Karneval ist, Senhora Lilli?«

»Was für eine Frage, *natürlich* weiß ich das!«

Während Isabel das Abendessen zubereitet – wie immer, ohne dass sie sich von ihrem Gast helfen lassen will –, schauen Lilli und Luís den Hühnern zu, wie sie nach ihren Abendkörnern picken.

»Schließlich habe ich eine Weile in Rio de Janeiro gelebt und dort Karneval gefeiert. *Das* war eine Party, kann ich dir sagen!«

Was für eine Party es war, sagt sie aber lieber nicht. Denn niemals davor oder danach hat sie derart über die Stränge geschlagen. Auch dass Alkohol damals nicht die einzige Karnevalsdroge war, die sie mit ihren Freunden in großen Mengen zu sich nahm, erzählt sie Luís natürlich nicht. Nur ihr Grinsen lässt erahnen, dass es nicht allein die Freude am Kostümieren war, die sie begeisterte.

Zum Glück fragt Luís nicht nach. »Hier in Mindelo haben wir den allerallergrößten und allerschönsten Karneval der ganzen Welt!«, erklärt er stolz. »Und stellen Sie sich vor, Senhora Lilli: Bald ist es wieder so weit!«

Er rutscht ungeduldig auf seinem Stuhl hin und her, als wäre es nur noch eine Frage weniger Minuten. Lilli hat schon beobachtet, wie in Hinterhöfen Karnevalswagen geschmückt werden und Gruppen von jungen Leuten zu Sambaklängen tanzen.

»Und das Allercoolste ist der Umzug der Schulklassen!« Plötzlich schaut er Lilli besorgt an: »Sind Sie dann noch hier bei uns?«

»Klaro.« In den letzten Tagen fiel es immer schwerer, die Gedanken an ihre Abreise zu verdrängen. »Das lasse ich mir doch nicht entgehen. Wirst du auch beim Umzug mitlaufen?«

»Selbstverständlich!« Luís sieht sie fassungslos an. »Natürlich! Und in diesem Jahr will ich als Astronaut gehen.«

»Das finde ich eine hervorragende Idee«, bestätigt Lilli grinsend.

»Ich auch. Nur ...« Sein Blick senkt sich auf den Boden. »Mama hat im Moment so viel zu tun und bestimmt keine Zeit, um mit mir ein Kostüm zu basteln. Und ich will ihr nicht zur Last fallen.«

»Das ist sehr umsichtig von dir.«

»Hm.«

Nun sieht er sie mit großen Augen an, und was er sich von seiner Freundin wünscht, ist nicht zu übersehen. Natürlich kann Lilli es nicht ignorieren.

»Also, ich verstehe leider nicht viel von Astronautenkostümen. Aber wenn ich dir irgendwie dabei helfen kann?«

»Au ja, das wäre megatoll!« Luís springt auf und umarmt sie stürmisch. »Ein Lichtschwert habe ich ja schon, aber wir müssen einen Helm finden und einen silbernen Anzug und natürlich einen Sauerstofftank, damit ich nicht ersticke, und silberne Stiefel, die aussehen wie aus Metall, und ...«

»Okay, okay, eins nach dem anderen!«, unterbricht Lilli ihn lachend.

15

Vovo Luísa

Fluchend zerknüllt Luís ein weiteres Blatt von seinem Malblock und wirft es wütend auf den Boden. Dabei hat er doch eine so genaue Vorstellung davon, wie sein Karnevalskostüm aussehen soll! Warum will es ihm nur nicht gelingen, sie auf das Papier zu bringen? Frustriert starrt er auf das nächste leere Blatt vor sich.

Es war Lillis Idee. Er solle doch erst einmal eine Zeichnung von seinem Astronautenanzug anfertigen, um dann gemeinsam zu überlegen, wie sie seinen Entwurf am besten verwirklichen. Das klang ganz vernünftig, aber Luís hatte es sich nicht so schwierig vorgestellt.

Während nun seine Geduld an einem nur noch sehr dünnen Faden hängt, blättert Lilli entspannt in einem historischen Bildband über Mindelo, den sie vor Kurzem in einem Antiquariat gefunden hat. Zwischendurch nimmt sie einen Schluck aus ihrer Teetasse und scheint bester Dinge zu sein.

Anstatt einen weiteren kreativen Anlauf zu unternehmen, knallt Luís nun seinen silbernen Wachsmalstift auf den Tisch und atmet laut schnaufend aus, wohl um die ganze Schwere seines Scheiterns auszudrücken. Aber noch immer reagiert Lilli nicht. Eine Weile beobachtet er sie mit genervter Miene – bis er es nicht mehr aushält.

»Wären Sie auch gern eine Astronautin?«

»Hm, wie bitte?«, fragt sie, ohne von ihrem Buch aufzuschauen.

»Also, ich meine eine *richtige* Astronautin, die so *richtig* mit einer Rakete ins All fliegt?«

»Klar«, murmelt sie.

»Echt jetzt?« Mit dieser Antwort hat er wohl nicht gerechnet. »Sie würden wirklich gern in den Weltraum fliegen?«

»Aber ja.« Endlich nimmt Lilli ihre Lesebrille ab und schaut den Jungen an. »Ich würde tatsächlich alles, na, sagen wir, fast alles dafür geben, um die Erde einmal aus der Ferne betrachten zu dürfen. Den blauen Ball im endlosen schwarzen All ... das muss unglaublich schön sein!«

»Ach?« Luís scheint sich nicht sicher, ob sie ihn nicht doch auf den Arm nimmt.

»Wieso überrascht dich das eigentlich so? Glaubst du, dass ein älterer Mensch keine abenteuerlichen Träume mehr hat? Hältst du mich etwa für so verkalkt?« Sie schaut Luís mit zusammengekniffenen Augenbrauen an, aber ihre Entrüstung ist wohl nicht ganz ernst gemeint.

»Äh, ja, natürlich«, antwortet er schnell, offenbar peinlich berührt. »Ich meine, natürlich nicht, Sie sind natürlich *überhaupt* nicht verkalkt. Ich hätte nur nicht erwartet ... weil sie doch eine so elegante Senhora sind und so.«

Lillis Lachen hallt laut durch den Hof.

»›Elegante Senhora‹! Das ist lieb. Dann hast du wohl auch nicht erwartet, dass ich einen Tauchschein habe und einen grünen Karategurt? Und einen Motorradführerschein, den ich erst mit über sechzig gemacht habe? Und Fallschirmspringen kann ich übrigens auch.« Sie grinst herausfordernd. »Alles nicht so ›senhorahaft‹, oder?«

Luís starrt sie mit offenem Mund an. »Was? Sie sind aus einem richtigen Flugzeug gesprungen? Von hoch oben, einfach so?«

»Na, einen Fallschirm hatte ich schon dabei.«

»Ja aber …« Luís ringt sichtlich um Worte. »Warum?«

»Was ist denn das für eine komische Frage?«, lacht Lilli. »Ausgerechnet von einem zukünftigen Astronauten? Ganz einfach: Ich hab das gemacht, weil ich es machen konnte.«

Luís nickt schweigend, er scheint mit dieser Antwort aber nicht recht zufrieden.

»Ich habe einmal ein Interview mit einem berühmten Bergsteiger gelesen. Er wurde gefragt, warum er auf Berge klettert. Und seine schlichte Antwortet lautete: ›Weil sie da sind.‹«

»Weil sie da sind«, wiederholt Luís leise. Er schaut Lilli nachdenklich an und sagt nach einer Weile zögernd: »Ich glaube, ich verstehe das. Aber hatten Sie denn überhaupt keine Angst?«

»Na und ob ich Angst hatte! Es hätte wohl nicht viel gefehlt, und ich hätte mir vor Angst in die Hosen gemacht, als ich zum ersten Mal da rausspringen sollte!«

Luís grinst. »Und wenn Sie erst oben im Flugzeug gemerkt hätten, dass Ihre Angst doch zu groß ist?«

Sie zuckt die Schultern. »Dann wäre ich eben nicht gesprungen und mit dem Flugzeug wieder runtergeflogen. Es hat mich ja niemand dazu gezwungen. Aber zumindest hätte ich es versucht gehabt. Zum Glück reichte mein Mut gerade eben aus.«

»Sie sind sooo mutig, Senhora Lilli!«, sagt Luís voller Bewunderung.

»Ach was, ich bin alles andere als mutig. Eigentlich war ich immer eine Angsthäsin, und je älter ich werde, desto angsthäsiger werde ich.«

Sie schüttelt missbilligend den Kopf.

»Heute denke ich bei jeder Kleinigkeit zuerst darüber nach, was alles schiefgehen könnte. Und welche Katastrophen möglicherweise geschehen. Diese ständigen Sorgen sind wirklich schlimm. Ich weiß nicht, ob ich mich heutzutage noch trauen würde, Fallschirm zu springen. So viel zum Thema mutig.«

»Ich glaube, ich würde mich das auch nicht trauen.«

Die beiden sehen sich verständnisvoll an, als würden sie sich gegenseitig verzeihen, nicht die Allermutigsten zu sein.

»Aber ich verrate dir ein Geheimnis«, flüstert Lilli und neigt sich zu Luís hinüber.

»Ja?« Er spitzt erwartungsvoll die Ohren.

»In meinem langen Leben hatte ich schon oft kalte Füße. Und ich habe mir schon *unglaublich* viele Sorgen gemacht.« Um die Menge ihrer Sorgen zu illustrieren, macht sie mit den Armen eine ausladende Bewegung. »Und was meinst du: Wie oft ist dann tatsächlich etwas wirklich Schlimmes geschehen?«

Luís kratzt sich nachdenklich am Kopf und mutmaßt dann: »Nicht sehr oft, schätze ich?«

»Ganz genau: nicht sehr oft. Sogar fast nie.«

Luís nickt anerkennend. »Und Sie meinen, deswegen sollte man sich besser keine Sorgen machen?«

»Jedenfalls nicht, wenn man es irgendwie vermeiden kann.«

»Okay, das merke ich mir«, sagt Luís wie ein strebsamer Schüler.

»Und was die Angst angeht: Ich finde, wir sollten uns von ihr nicht vorschreiben lassen, was wir tun oder nicht tun.«

Sie zwinkert ihm verschwörerisch zu.

»Ja.« Luís klingt eher kleinlaut. »Manchmal habe ich aber schon ein bisschen Angst. Obwohl ich das total blöd finde! Und manchmal laufe ich auch vor meiner Angst weg ...«

Dies zuzugeben, fällt ihm, gerade seiner Heldin gegenüber, nicht leicht.

»Weißt du, ich finde das gar nicht schlimm. Ich denke nur, man sollte sich bemühen, nicht sofort vor jeder Angst zu kapitulieren. Sondern sie sich erst einmal genau anschauen.« Sie sieht ihn wissend an. »Weil Ängste nämlich oft Scheinriesen sind.«

»Ja, Scheinriesen kenne ich; aus *Jim Botão*, nicht wahr?«, antwortet Luís mit großen Augen.

»Stimmt, *Jim Knopf* heißt er bei uns. Und genau wie sie werden Ängste nämlich meistens kleiner, je näher man ihnen kommt. Aber natürlich nicht immer. Wenn sie sich dann doch als zu groß und beeindruckend erweisen – na, dann kneift man eben. Das ist keine Schande, denke ich. Was meinst du?«

»Nein, das ist wirklich keine Schande«, bestätigt Luís und wirkt erleichtert.

»Ich verrate dir noch etwas, sag es nur bitte nicht weiter, ja?«

»Versprochen«, flüstert Luís.

»Mich ärgern Leute, die ständig von ihrer Angst faseln. ›Ich trau mich dieses nicht, ich kann jenes nicht, das geht doch nicht, ich fürchte mich doch so …‹«

Lilli verdreht die Augen und schüttelt missbilligend den Kopf.

»Anstatt die Arschbacken zusammenzukneifen – entschuldige bitte meine inakzeptable Wortwahl – und es zumindest mal zu versuchen!«

»Wow!« Luís ist sichtlich beeindruckt von ihrem bildhaften Vortrag. »Sie haben recht, versuchen sollte man es.«

»Towanda!«, ruft Lilli und streckt kämpferisch eine Faust in den Himmel.

»Wie bitte?« Luís sieht sie fragend an.

»Egal, das ist aus einem anderen Buch.«

»Wir besuchen am Sonntag meine Vovo, meine Uroma Luísa auf Santo Antão. Sie müssen uns unbedingt begleiten, es wird Ihnen bestimmt supergut gefallen, und Vovo Luísa ist echt klasse! Kommen Sie mit, ja? Bitte!«

Es wurde höchste Zeit, dass sich Vovo Luísa und seine beste Freundin kennenlernen, fand Luís. Nur fürchtete Isabel, ihr Gast könnte sich verpflichtet fühlen, sie zu begleiten, so sehr, wie Luís sie bestürmte, und das wollte sie auf gar keinen Fall. Schließlich wurde Lilli schon genug von ihren Familienangelegenheiten in Beschlag genommen.

Aber die fühlte sich geehrt und stimmte sofort zu. Sehr gern würde sie Isabels Großmutter kennenlernen und sich die Nachbarinsel anschauen.

Ob sich aber Luísa nicht überrumpelt fühlen könnte, wenn sie unangekündigt dort auftauchte? Ganz sicher nicht, versicherte ihr Isabel, die alte Dame würde sich bestimmt freuen, mal ein neues Gesicht zu sehen. Allerdings sei sie manchmal etwas wunderlich, darauf solle Lilli sich besser einstellen.

»Nach dem Tod meines Großvaters Eugénio vor einigen Jahren weigerte sie sich, ihr Haus zu verlassen, und wollte partout nicht mehr leben. Bis sie einer plötzlichen Eingebung folgte – sie behauptete, sie habe eine ›Vision‹ gehabt – und beschloss, sich nach Santo Antão zurückzuziehen. Unsere Familie besitzt auf der Insel eine kleine Farm, eigentlich nur eine Hütte mit einem größeren Garten. Sie liegt hoch oben in den Bergen, daher ist es dort kühler und viel grüner als hier. Und näher bei Gott, meint Luísa.«

Isabel verzog das Gesicht. Obwohl sie selbst religiös war, schien sie nicht viel von der Eingebung ihrer Großmutter zu halten.

»Von einem Tag auf den anderen beschloss sie, ihre letzten Jahre auf Santo Antão zu verbringen. Ich habe versucht, ihr das auszureden, weil ich dort nur selten nach ihr schauen kann. Seit ihrem Umzug dorthin hat sie die Insel nicht mehr verlassen. Erst im Sarg will sie die Heimreise zu ihrem geliebten Eugénio antreten. Luísa war schon immer stur wie ein Maulesel!«

Und so kommt es, dass die beiden Frauen und Luís heute mit der frühen Fähre nach Santo Antão reisen. Lilli ist beeindruckt und gleichzeitig erschrocken von dem Anblick der ausgetrockneten Vulkaninsel mit ihren hoch aufragenden schroffen Bergspitzen. Lebensfeindlich sieht sie aus, als könnte hier weder Mensch noch Tier existieren. Jenseits des kleinen Hafenortes sind tatsächlich nirgendwo Häuser zu erkennen.

Nur eine knappe Stunde dauert die Überfahrt. Zur Ankunft des Schiffs haben sich einige Bewohner am Anleger versammelt. Man wartet auf Ankommende, es werden Snacks und Getränke verkauft, und einige Sammeltaxis, *Aluguers* nennt man sie auf den Kapverden, stehen bereit für Reisende, die nicht in Porto Novo bleiben wollen.

Isabel führt ihre kleine Gruppe schnurstracks zu einem weißen Minibus und sichert ihnen drei Sitzplätze. Bevor sie aber den Ort verlassen, kreisen sie noch eine Weile durch die schmalen Straßen, halten immer wieder an und warten, bis endlich genug Passagiere gefunden sind. Dreizehn Kinder und Erwachsene mit einem Huhn und einer Menge Gepäck auf dem Dach machen sich schließlich auf den Weg in die Berge.

Auf der aus Pflastersteinen bestehenden Straße lassen sie die Stadt hinter sich. Erst ist die Steigung gering, nimmt aber stetig zu, dann quält sich der Bus im Schneckentempo steil bergauf. Obwohl noch früh am Vormittag, ist es stickig heiß, und eine Klimaanlage gibt es nicht. Immerhin weht durch die offenen Fenster ein schwacher Luftzug herein. Ab und zu hält der Bus, Menschen steigen ein und aus, Gepäck wird auf- und abgeladen.

Lilli verliert bald das Gefühl für die verstreichende Zeit. Sie schaut hinaus, fasziniert von den immer spektakuläreren Blicken über die Insel. Verwitterte Lava prägt die Landschaft, aus der überall Vulkankrater wachsen. Ausgedorrtes Gras überzieht den Boden, wenige Bäume und Büsche spenden dem Auge das einzige Grün.

Isabel ist bereits kurz nach der Abfahrt eingeschlafen; sie hat den Kopf gegen Lillis Schulter gelegt und atmet ruhig. Währenddessen ist Luís damit beschäftigt, ihre Mitreisenden darüber in Kenntnis zu setzen, mit was für einer berühmten Frau sie unterwegs sind. Lilli ist von der Hitze zu erschöpft, um zu protestieren oder sich den neugierigen Blicken zu stellen. Also tut sie einfach so, als würde sie nichts davon mitbekommen, und starrt hinter ihrer Sonnenbrille weiter aus dem Fenster.

Sie scheinen seit Ewigkeiten unterwegs zu sein, als die Vegetation zunimmt und immer mehr Bäume die Straße säumen. Schließlich halten sie, anscheinend im Nirgendwo, und Lilli ist heilfroh, nach der endlosen Schaukelpartie endlich aussteigen und wieder festen Boden betreten zu dürfen.

Als der Bus verschwunden ist, umfängt sie eine große Stille. Die Luft duftet würzig nach dem Harz der Kiefern, es ist erstaunlich kühl hier oben. Kaum vorstellbar, dass sie sich auf einer Insel in Afrika befinden und eben noch in Porto Nova waren, wo schon über dreißig Grad herrschten.

»Wir müssen nur noch ein Stück laufen«, erklärt Luís und weist auf einen Pfad, dem sie eine Weile sanft abwärts durch die hohen Bäume folgen. Dann ruft er plötzlich: »Vovo Luísa, wir sind da!«, und beginnt zu rennen.

Luísas Haus ist eine aus Natursteinen gemauerte weiß gestrichene Hütte mit einem Dach aus kunstvoll gebündeltem Stroh. Malerisch liegt sie zwischen steil abfallenden Terrassen, auf denen Mais angebaut ist und andere Pflanzen, die Lilli nicht kennt. Um das Haus wächst Gemüse, und es wird überschattet von einem uralt aussehenden großen Feigenbaum.

In der Tür erscheint nun eine kleine, gebeugte Frau. Sie trägt eine weiße Schürze und ein buntes Kopftuch. Als sie die drei erblickt, breitet sie lachend die Arme weit aus und ruft ihrem Urenkel entgegen:

»Oh, mein Luís ist da! Welche Freude!«

Die beiden umarmen sich immer wieder überschwänglich, als hätten sie sich seit Jahren nicht gesehen. Erst dann wendet sie sich ihrer Enkelin und der Besucherin zu, die etwas länger brauchen, bis sie das Haus erreicht haben.

»Kommt, kommt, das Essen ist fertig.«

Sie umarmt Isabel deutlich verhaltener als ihren Urenkel und reicht Lilli freundlich lächelnd die Hand.

»Herzlich willkommen, Senhora! Ich bin Luísa. Aber das wissen Sie bestimmt.«

»Vielen Dank. Ich freue mich sehr, dass ich bei Ihnen sein darf. Und bitte nennen Sie mich Lilli.«

Luísa ergreift noch einmal ihre Hand und sagt feierlich: »Lilli, wie schön.«

Die alte Dame muss ungefähr in ihrem Alter sein, schätzt Lilli. Ihre Haare, die unter dem Kopftuch hervorschauen, haben ein ähnliches Hellgrau wie ihre eigenen. Aber während man Lilli meist sehr viel jünger schätzt, als sie tatsächlich ist, erzählen die tiefen Falten in Luísas Gesicht von einem arbeitsreichen, bestimmt nicht immer einfachen Leben. Lilli fällt auf, wie vorsichtig sie sich bewegt.

»Meine Augen sind nicht mehr die besten«, sagt sie, als würde sie Lillis Gedanken lesen. »Aber um meinen kleinen Hof zu bestellen, reicht es zum Glück noch.«

Sie freut sich über die Avocados und das frische Brot, das die drei aus der Stadt mitgebracht haben.

»Ich backe nur selten, es ist mir doch zu mühselig geworden«, erklärt sie Lilli entschuldigend. »Meine Nachbarn kaufen für mich ein, ich fahre kaum noch runter in den Ort.«

Luísas Haus besteht aus einer gemütlichen großen Wohnküche und einer winzigen Kammer, in der ihr Bett steht. Über der offenen Feuerstelle hängt ein großer Topf, aus dem es dampft und duftet.

»Ich habe Cachupa gemacht«, verkündet Luísa ihren Gästen. »Weil ich ja weiß, wie sehr meinem Luís meine Cachupa schmeckt.« Sie streichelt ihrem Urenkel liebevoll über den Kopf. »Ich hoffe, es schmeckt Ihnen auch.«

Natürlich kennt Lilli das Nationalgericht der Kapverden, einen Eintopf aus Mais, Gemüse, Fisch und Fleisch. Wegen der nicht vegetarischen Zutaten hat sie es bisher nicht probiert. Jetzt überlegt sie angespannt, wie sie das Essen vermeiden kann, ohne ihre Gastgeberin zu kränken.

In diesem Augenblick posaunt Luís in seiner fröhlichsten Unbekümmertheit heraus: »Das ist aber nichts für Sie, Senhora Lilli.« Und zu seiner Uroma: »Sie isst nämlich kein Fleisch, sie ist eine Ve-ge...«

»Vegetarierin«, ergänzt Isabel. »Es tut mir leid, Großmutter, ich hätte es dir sagen müssen.«

»Ach nein, lasst nur«, stammelt Lilli, die spürt, wie ihr das Blut ins Gesicht steigt. »Ist schon in Ordnung, ich möchte Ihnen wirklich keine Umstände machen.«

Warum ist sie nur so verunsichert? Wie ein Kind, das befürchtet, zurechtgewiesen zu werden, weil es nicht essen will, was auf den Tisch kommt.

»Ach was«, sagt Luísa in einem freundlich-resoluten Ton. »Sie haben sicherlich Ihre Gründe, Lilli. Mögen Sie Brot mit Käse? Der wird hier in den Bergen hergestellt und ist wirklich gut.«

»Gern, vielen Dank, das ist sehr freundlich von Ihnen.«

Während sie essen, stattet Luís seiner Vovo einen genauen Bericht ab von sämtlichen Geschehnissen aus der Schule, der Stadt und seinem Leben. Und sie hört aufmerksam zu und fragt nach, besonders wenn es um Menschen geht, die sie kennt. Als Luísa anschließend wissen möchte, wie es um seine Schulnoten steht, wird er eher wortkarg – sie lobt, kommentiert und drückt ihr Missfallen aus, wenn Luís in einem Fach nicht so gut ist, wie er sein könnte. Und das sind einige.

Lange hält sie ihre mahnende Haltung aber nicht durch. Bald tätschelt sie seine Wange und sagt immer wieder beseelt: »Ach, mein Luís, mein Junge.«

Lilli ist überrascht, wie verhalten dagegen Luísas Interesse an ihrer Enkelin ausfällt. Sie fragt sie lediglich: »Bei dir alles wie immer?«

»Danke ja, alles wie immer.« Isabel klingt höflich, aber ohne eine emotionale Regung.

Luísa nimmt ihre Antwort nickend zur Kenntnis – um sich dann mit einem strahlenden Lächeln ihrem Gast zuzuwenden:

»Und jetzt möchte ich *alles* von Ihnen wissen!«

Obwohl Luísa nicht älter als sie selbst ist, fühlt Lilli sich für einen Moment, als müsste auch sie sich jetzt für ihre Noten rechtfertigen. Zu ihrer Erleichterung übernimmt Luís den Bericht. Selbstverständlich erläutert er seiner Uroma zuerst, was für eine weltberühmte Schriftstellerin bei ihr zu Gast ist. Luísa ist offenbar beeindruckt und nickt anerkennend, während Lilli nur gequält lächelt. Und da niemand Anstalten macht, ihn zu unterbrechen, erzählt Luís nun ausführlich, warum sie nach Mindelo gekommen ist und was sie bereits gemeinsam unternommen und erlebt haben.

Als Luís schließlich endet und sich zufrieden zurücklehnt, blickt Luísa sie eine Weile an, als müsste sie die vielen Informationen erst einmal verarbeiten. Dann lächelt sie.

»Sie haben ein interessantes Leben, nicht wahr?«

»Ja, ich habe viel Interessantes erlebt und gesehen«, antwortet Lilli leise. »Auch wenn es nicht immer angenehm war, das können Sie sich bestimmt vorstellen. Doch im Großen und Ganzen bin ich mit meinem Leben zufrieden.«

Sie zwinkert Luís zu.

»Das ist gut«, sagt Luísa nur.

Lilli könnte es dabei belassen. Aber sie verspürt das Bedürfnis, Luisa gegenüber ganz aufrichtig zu sein.

»Die letzte Zeit war allerdings nicht leicht für mich. Das Buch, das Luís erwähnt hat, bereitet mir große Probleme. Seit

Monaten stecke ich damit in einer Sackgasse. Zwar arbeite ich fast täglich daran, aber …«

Sie schüttelt nur den Kopf und nimmt einen Schluck aus ihrem Wasserglas. Dann grinst sie plötzlich. »Auch wenn ich in der Sackgasse sitze – mit diesen beiden hier«, sie zeigt auf Isabel und Luís, »ist es ganz gut auszuhalten. Sie haben mir sehr geholfen, mich wieder am Leben zu fühlen und Freude daran zu spüren. Das war in Hamburg noch ganz anders.«

»Und wann werden Sie heimkehren?«, fragt Luísa ganz selbstverständlich.

Lilli spürt sofort Luís' Blick auf sich.

»Ja, heimkehren …« Sie zögert »Meine Miete bei Isabel ist für drei Monate bezahlt, die sind bald vorbei. Es wird tatsächlich Zeit, an meine Rückreise zu denken.«

»Aber Senhora Lillis Zimmer ist danach doch frei, oder?« Luís sieht seine Mutter fragend an. »Dann kann sie doch länger bleiben.«

»Das kann sie sehr gern«, antwortet Isabel und nickt Lilli freundlich zu. »Wenn sie das möchte. Aber ich finde, wir sollten sie nicht dazu drängen.«

»Nein, das solltet Ihr nicht.« Luísas Stimme klingt sehr bestimmt, während sie Lilli einen warmen Blick zuwirft.

Die weiß darauf nichts zu entgegnen. Wenn Lilli in der letzten Zeit Gedanken an ihre Abreise kamen, schob sie sie meist schnell beiseite. Isabels Angebot, zu verlängern, freut sie zwar. Doch ist ihr bewusst, dass sie es genauso wenig annehmen wird wie Isabel ihre Einladung nach Hamburg.

Luís' erwartungsvoller Blick macht es ihr nicht leichter.

»Natürlich möchte ich auf jeden Fall noch den Karneval in Mindelo erleben! Ich kann ja unmöglich abreisen, ohne Luís in seinem Kostüm gesehen zu haben.«

Damit ist das Thema fürs Erste abgewendet, denn nun berichtet er von ihrer gemeinsamen Arbeit an seinem Raumanzug und all den Aufregungen der bevorstehenden Festivitäten.

»Sie haben sich einen wunderschönen Ort geschaffen«, sagt Lilli voller aufrichtiger Bewunderung, während sie nach dem Essen mit Luísa und Isabel die Terrassenwege entlangschlendert und sich die verschiedenen Nutzpflanzen erklären lässt.

»Ja«, antwortet Luísa. »Nur, wer weiß, wie lange ich das alles noch bestellen kann. Es ist schon recht mühsam.«

»Aber dann helfe ich dir doch, Vovo!«, ruft Luís, dem das Tempo der Frauen zu gemächlich ist. Ausgelassen hüpft er von Terrasse zu Terrasse.

»Das ist lieb von dir, mein Luís.« Sie strahlt.

Nachdem die drei Frauen Kaffee getrunken haben, der weiter unten auf der tropischen Nordseite der Insel angebaut wird, verkündet Isabel: »Es wird leider Zeit für uns aufzubrechen, ich muss heute noch für eine Abendschicht ins Hotel.«

»Okay!« Luís springt sofort auf. Denn so gern er auch bei seiner Vovo ist, wird es ihm hier doch schnell langweilig, sodass er nichts dagegen hat, zurück in die Stadt zu fahren.

Lilli findet es schade, sich schon verabschieden zu müssen. Ihr gefällt dieser im Gegensatz zu Mindelo so friedliche Ort sehr – sie kann gut verstehen, dass sich Luísa für ihren Lebensabend hierher zurückgezogen hat. Die hat das Bedauern in Lillis Gesicht wohl bemerkt.

»Warum bleiben Sie nicht einfach noch ein wenig hier bei mir, Lilli? Wir alten Frauen haben uns doch bestimmt eine Menge zu erzählen, nicht wahr? Sie können hier auf der Küchenbank übernachten, die ist bequemer, als sie aussieht. Und morgen früh nehmen Sie einfach die erste Fähre zurück in die Stadt.«

Lilli muss über das Angebot nicht lange nachdenken. »Wenn es Ihnen keine Umstände macht, würde ich tatsächlich sehr gern noch ein Weilchen bei Ihnen bleiben.«

»Das freut mich.«

Die beiden Frauen begleiten Luís und Isabel zurück zur Straße und warten mit ihnen, bis das Aluguer nach Porto Novo vorbeikommt.

»Und Sie sind sich wirklich sicher, dass Sie es allein zurück schaffen?«, fragt Isabel ein weiteres Mal.

»Keine Sorge, ich habe in meinem Leben schon *ganz andere* Reisen bewältigt. Da werde ich wohl noch eine kleine Fährfahrt schaffen!«

Luís und seine Uroma umarmen sich innig.

»Wirst du auch bald wiederkommen, mein Junge?«

Sie hat Tränen in den Augen und streichelt ihm zärtlich über das Gesicht.

»Na logo, wir kommen bald wieder, vielleicht ja schon nächste Woche!«

»Das würde mich sehr freuen.«

Isabel umarmt Luísa kurz. Dann steigen sie in das Sammeltaxi, das jetzt kein Bus ist, sondern ein Pick-up mit zwei Holzbänken auf der Ladefläche und einem Dach, unter dem sich die Reisenden gegenübersitzen. Sehr bequem sieht es nicht aus, denkt Lilli.

»Ich bin morgen wieder bei euch!«

Sie winken Luís und Isabel hinterher, bis der Wagen hinter einer Kurve verschwindet.

»Ich sorge mich um Isabel, sie hat es nicht leicht«, sagt Luísa, als sie später auf der Holzbank vor ihrem Haus sitzen und Tee trinken. Lilli ist überrascht, wie fürsorglich sie nun von ihrer Enkelin spricht, nachdem sie eben noch so distanziert miteinander umgegangen sind.

»Sie arbeitet so hart, und trotzdem reicht das Geld kaum für die beiden. Jetzt möchte sie auch noch diese Ausbildung machen; ich weiß nicht, wie sie das alles schaffen will.«

Luísas bekümmerter Blick wandert über das weite Tal zu ihren Füßen. »Zum Glück ist Luís sehr klug. Ich hoffe, der

Junge wird eine gute Ausbildung machen oder vielleicht sogar studieren. Er soll es doch einmal leichter haben als wir.«

Sie lächelt kurz und schaut dann wieder ernst. »Ich würde sie gern unterstützen, aber ich kann es nicht, und das schmerzt mich.«

»Das verstehe ich.« Mehr weiß Lilli nicht zu sagen.

»Dass sie sich damals unbedingt auf diesen *Kerl* einlassen musste! Alle haben sie gewarnt, was habe ich auf sie eingeredet. ›Der hat dich verlassen, bevor du bis zehn zählen kannst!‹, habe ich ihr gesagt. Aber nein, sie wollte nicht hören. Wie junge Mädchen eben so sind. Wir alle wussten, dass es nicht gut gehen konnte. Und so kam es dann ja auch; kurz nach Luís' Geburt war der Kerl auch schon über alle Berge verschwunden. Und dem armen Jungen fehlt nun der Vater.«

»Er spricht oft von ihm«, sagt Lilli leise. »Luís' Sehnsucht nach seinem Vater – oder überhaupt einem Vater – ist so groß, dass es einem das Herz zerreißt.«

Sie bemerkt, dass Luísas Augen feucht sind.

Tief unter ihnen liegt der Atlantik, in der Ferne São Vicente im Dunst. Die letzten Sonnenstrahlen lassen die Insel rot leuchten, als würde sie glühen. Hier im Osten von Santo Antão ist die Sonne bereits seit einiger Zeit verschwunden. Mit einer Strickjacke ihrer Gastgeberin schützt sich Lilli gegen den frischen Abendwind. Nur die Hauswand, an die sie sich lehnen, ist noch angenehm warm von der Nachmittagssonne.

»Ich war nur froh, dass Isabel dem Kerl nicht auch noch hinterhergereist ist mit dem Jungen. Eine Weile dachte sie wohl ernsthaft darüber nach. Natürlich ohne mit mir darüber zu reden. Es dauerte lange, bis sie endlich einsah, dass er nicht zurückkommen würde.«

»Das kann ich gut nachfühlen«, sagt Lilli. »Ich weiß leider aus eigener Erfahrung, wie schwer es sein kann, sich einzugestehen, dass man sich in einem Menschen getäuscht hat.«

Luísa sieht sie skeptisch an, als könnte sie dies überhaupt nicht nachvollziehen.

»Ich bete nur, dass der Junge nicht die Unruhe dieses Mannes geerbt hat. Dass er nicht auch eines Tages fortgeht wie sein Vater, wie so viele. Es würde Isabel das Herz brechen.« Sie nimmt einen Schluck aus ihrer Teetasse.

»Eine eigene Familie war immer Isabels sehnlichster Wunsch. Wie sie sie selbst nie hatte. Sie wissen bestimmt, dass ihre Mutter, meine Tochter, kurz nach ihrer Geburt starb? Und sie mit ihren Geschwistern bei uns aufwuchs, weil ihr Vater sich nicht um sie kümmern konnte?«

Lilli nickt.

»Ach, mit meinem Eugénio hatte ich großes Glück. Ich danke jeden Tag dem Herrn, dass er ihn mir geschickt hat.« Sie blickt in den Himmel und bekreuzigt sich. »So ein guter Mann, *er* hätte uns um nichts in der Welt verlassen! Selbst auf dem Sterbebett sorgte er sich noch um die Kinder und mich.«

»Sie hatten wirklich großes Glück«, bestätigt Lilli ihr lächelnd.

»Dort drüben liegt er und wartet auf mich.« Luísa zeigt auf São Vicente, das sich jetzt grau im dunklen Meer abzeichnet. »Dort wird man auch mich begraben, neben ihm. Wenn es doch nur endlich so weit wäre.«

Lilli sieht sie überrascht an. »Sie sehnen sich nach dem Tod?«

»Was hab ich denn noch? Gelegentlich Besuch von meinem Luís.« Ihre Augen leuchten für einen kurzen Moment auf. »Aber sonst? Morgens tun die Knochen weh von der Nacht und abends von der Arbeit des Tages. Was bleibt uns denn? Nur die Erinnerungen. In unserem Alter lebt man doch von den Gedanken daran, was früher einmal war.«

»Ach nein, das sehe ich nicht so. Wissen Sie, ich blicke

nicht gern zurück.« Lilli zögert für einen Moment. »Ich habe schon früh gelernt, dass man besser nach vorn schaut.«

Luísa nickt. Eine Weile scheint sie nachzudenken, dann sagt sie leise: »Ich bin nur eine ungebildete Frau – aber sind nicht unsere Erinnerungen unsere wichtigsten Wurzeln? Was sonst gibt uns Halt, wenn nicht sie? Und haben uns nicht Erinnerungen zu den Menschen gemacht, die wir sind?«

Luísa tätschelt Lillis Bein, als wollte sie sie trösten. »Wenn man so alt ist wie wir, liegt ja nicht mehr viel vor uns. Aber hinter uns, da liegt ein ganzes Leben.«

»Der einzige Lebensabschnitt, an den ich manchmal zurückdenke, ist meine Zeit in Brasilien. Dort habe ich eine Weile gelebt, als ich jung war.« Sie lächelt versonnen und blickt dann ernst. »Aber ich habe nie zugelassen, dass meine Erinnerungen weiter in die Vergangenheit wandern. Sie hätten mir das Leben nur schwerer gemacht, vielleicht hätte ich mit ihnen gar nicht weiterleben wollen.«

»Ich verstehe«, sagt Luísa, und Lilli fühlt sich wirklich verstanden.

»Erinnerungen sind nicht *meine* Wurzeln. Allerdings habe ich auch nie ein Bedürfnis nach Wurzeln verspürt. Oder so etwas wie einer Heimat. Es wird Sie vielleicht wundern, aber ich fühle mich nicht einmal dort zu Hause, wo ich seit Jahrzehnten lebe. Und ich vermisse das Gefühl auch nicht, glaube ich zumindest. Vielleicht sind die einzigen Wurzeln, die ich je hatte und die mir noch heute Halt geben, meine Bücher«, sagt sie, beinahe flüsternd, und findet, dass es sich traurig anhört.

»Ich vermute, Sie haben keine Familie, einen Mann und Kinder?«, fragt Luísa vorsichtig.

Lilli schüttelt den Kopf. »Nein, das hat nicht sein sollen. Ihnen hat der liebe Gott Ihren Eugénio geschenkt – sein Geschenk an mich war wohl der Erfolg. Und meine Freiheit. Ich habe sehr frei leben können, viel freier als die meisten

Frauen, und ich bin auf der Welt herumgekommen. Dafür bin ich heute dankbar.«

»Die Wege des Herrn sind eben unergründlich.«

»Ja, das sind sie wohl. Dabei gab es eine Zeit, in der ich mir eine Familie gewünscht habe. Sogar ein Haus habe ich gekauft, in dem ich mit Kindern und einem Mann leben wollte.« Lilli zuckt die Schultern, als hätte die Geschichte nichts mit ihr zu tun. »Aber daraus wurde nichts.«

»Sie haben nicht den richtigen Mann kennengelernt?«

»Mir fehlte wohl das Glück, das Sie hatten. Oder ich habe das Glück nicht hereingelassen, als es anklopfte? Vielleicht wollte ich sein Klopfen nicht einmal hören. Ach, ich weiß es nicht.«

Inzwischen ist es dunkel geworden und zu kalt, um noch draußen zu sitzen. Die beiden Frauen erheben sich, um mit ihren leeren Teetassen ins Haus zu gehen.

Da sagt Luísa, ohne ihren Gast anzusehen: »Sie haben als Kind Schlimmes erlebt, nicht wahr?«

Für einen Moment sieht Lilli sie überrascht an, dann nickt sie nur kurz. Luísa legt ihr lächelnd eine Hand auf die Schulter und stellt an diesem Abend keine Fragen mehr.

Lilli kuschelt sich an ihren Vater, denn die Luft ist kühl. Er legt einen Arm um sie und drückt sie sanft an sich. Gemeinsam blicken sie auf die gegenüberliegende Lange Anna, den hohen Felsenturm, der bisher allen Stürmen trotzte und noch immer stolz aus der Nordsee ragt. Hier oben, vom Kaffeehaus Nordspitze aus, sind die schönsten Sonnenuntergänge zu sehen, das wissen sie als Einheimische. Als der große rote Ball sich gerade dem Horizont nähert, lockert ihr Vater seine Umarmung und rückt ein Stück von ihr weg.

»Ich werde fortgehen«, sagt er.

»Und wann kommst du wieder?«

»Willst du denn überhaupt, dass ich zurückkehre?«

Er sieht sie fragend an, ohne einen Vorwurf im Blick, aber Lilli ist entsetzt. Natürlich will sie, dass er zurückkehrt, wie kann er nur daran zweifeln? Aber da spürt sie tief in sich einen Stich, und sie weiß, dass ihr Vater recht hat.

Als Lilli morgens vor das Haus tritt, ist die Sonne bereits über São Vicente aufgegangen und taucht das Haus und den Garten in ein warmes Licht. Sie hat auf der Küchenbank überraschend gut geschlafen, und sie spürt, dass sie intensiv geträumt hat. Allerdings ohne dass sie sich daran erinnern kann.

Das Frühstück nehmen Luisa und sie an dem klobigen Holztisch ein; es gibt Brot, Kaffee, selbst gemachte Feigenmarmelade und Käse. Während sie schweigend essen, fällt Lilli ein vergilbtes Schwarz-Weiß-Foto von Cesária Évora auf einem Küchenregal ins Auge.

»Sie mögen Cesária Évora?«

»O ja, sie war ein guter Mensch«, sagt Luísa mit einem melancholischen Lächeln.

»Kannten Sie sich persönlich?«

»Seit meiner Kindheit, wir gingen in dieselbe Schule. Cize hatte kein leichtes Leben, sie verlor ihren Vater früh und kam ins Waisenhaus.«

»Luís hat mir davon erzählt, wir waren zusammen in ihrem Museum.«

»Er hat Ihnen bestimmt das Foto von Isabel, ihm als Baby und Cize gezeigt?«

Lilli nickt.

»Er ist so stolz darauf.« Sie lacht. »Ich war damals dabei, als es aufgenommen wurde, kurz vor ihrem Tod. Ich erinnere mich noch gut daran, wie alles begann, an ihre ersten Auftritte in Bars und Spelunken; sie war noch so jung.«

Luísa beginnt, leise *Sodade* zu singen, und wiegt dabei verträumt den Kopf. Beim Refrain fällt Lilli mit ein, und die beiden Frauen singen gemeinsam von der Sehnsucht nach der Insel, nach São Nicolau und nach São Tomé.

»Cize wusste, was Sehnsucht bedeutet. Sie haben bestimmt davon gehört, dass ihre große Liebe sie verließ? Eduardo. Ich bin mir sicher, sie dachte ihr Leben lang an ihn, wenn sie die Morna sang.«

Nach dem Frühstück begleitet Luísa ihren Gast zur Straße, um mit ihr auf das Aluguer zu warten. Eine Weile stehen sie einträchtig schweigend beieinander. Als der vertraute weiße Kleinbus kommt, umarmen sich die Frauen wie alte Freundinnen, die wissen, dass sie sich in diesem Leben nicht wiedersehen werden. Lilli bedankt sich noch einmal für die Gastfreundschaft und setzt sich auf einen freien Platz am offenen Fenster.

»Leben Sie wohl, Luísa.«

»Ich wünsche Ihnen Glück, meine Liebe. Und ...«

Sie beugt sich in das Fenster zu Lilli und flüstert:

»Auch wenn Sie in diesem Leben keine Wurzeln mehr schlagen, Lilli – vielleicht ist es doch gut und heilsam, sich an Ihre alten Wurzeln zu erinnern. Denn vielleicht sind sie ja noch nicht ganz abgestorben.«

Die Schiebetür wird geschlossen, und langsam setzt sich der Wagen in Bewegung. Lilli winkt durch ihr Fenster, bis der Bus um eine Kurve fährt und die gebeugte, aber lächelnde Frau am Straßenrand nicht mehr zu sehen ist.

16

Carnaval de São Vicente

»Zehn, neun, acht, sieben, sechs, fünf …«

Eine vor Aufregung vibrierende Stimme tönt aus dem Haus.

»Vier, drei, zwei, eins – und Zündung!!!«

In diesem Moment springt Luís, das Geräusch einer startenden Rakete imitierend, in seinem Astronautenkostüm aus der Tür und fuchtelt dabei wild mit seinem neongrünen Leuchtschwert herum. Er hüpft durch den Hof, kämpft entschlossen gegen unsichtbare Gegner und singt dabei die *Star-Wars*-Titelmelodie. Isabel und Lilli, die gerade angefangen haben zu frühstücken, können sich vor Lachen kaum auf ihren Stühlen halten und applaudieren begeistert.

Endlich ist es so weit. Zwar begannen die Karnevalsfeierlichkeiten schon am Tag zuvor, aber heute, am Samstag, wird Luís mit seiner Schulklasse am Umzug teilnehmen.

»Nimm den Helm ab, und setz dich zu uns«, bittet Isabel ihn, aber der Astronaut ignoriert sie. »Du musst doch etwas essen, es sind noch Stunden, bis es losgeht! Und du brauchst Energie für deinen großen Auftritt.«

Aber der Junge ist für solche Banalitäten viel zu aufgeregt und tanzt weiter, mit seinem Schwert um sich schlagend, durch den Hof, nachdem er längst alle Hühner in die Flucht geschlagen hat.

Die Herstellung des Kostüms beschäftigte den Raumfahrer in spe und seine Assistentin Lilli länger als erwartet. Die erste Herausforderung bestand darin, einen passenden Helm zu finden. Denn ein Motorradhelm für Kinder, wie Lilli anfangs vorschlug, kam überhaupt nicht infrage.

»So sieht doch kein Astronaut aus!«, erklärte Luís ihr empört.

Also durchkämmten sie die Stadt nach Alternativen, stöberten in allen möglichen Läden, bis sie schließlich in einem Geschäft für Haustierbedarf fündig wurden. Dort stießen sie auf ein kugelrundes Aquarium aus durchsichtigem Kunststoff. Lilli war skeptisch, aber Luís steckte, ohne zu zögern, seinen Kopf hinein, und es war groß genug und ähnelte tatsächlich einem Astronautenhelm.

»Cooool!«, hallte seine Stimme aus dem Ding.

Natürlich brauchte der Helm auch einen Schlauch für die Luftzufuhr. Der Vater eines Freundes von Luís sägte in seiner Tischlerwerkstatt ein kreisrundes Loch in das Aquarium, durch das der Schlauch einer ausrangierten Waschmaschine passte. Ein Wasserkanister musste die Rolle des Sauerstofftanks übernehmen, der mit zwei Gurten bequem auf dem Rücken zu tragen war.

Schließlich waren auch ein passender Overall, Handschuhe und Schuhe mit einer klobigen Sohle gefunden. Nur hatte die ganze Ausrüstung selbstverständlich silbern zu sein, wie es sich für einen Astronauten gehört. In einem Farbengeschäft kauften sie eine große Dose metallisch glänzenden Sprühlack.

Stolz präsentierte Luís seiner Mutter ihre Einkäufe. Dann wollte er sofort damit beginnen, alles mit der Farbe einzusprühen. Bis auf den Helm natürlich. Obwohl der Lack auf der Dose als ungiftig deklariert war, kamen Lilli und Isabel nun doch Bedenken. Würde nicht auch weiße Wandfarbe ein schönes Kostüm abgeben?

»Ihr habt echt null Peilung!«, erklärte der angehende Astronaut fassungslos und verweigerte sich jeder Diskussion. Der Anzug hatte silbern zu sein und damit basta. Schließlich sei er der Fachmann.

Also beschlossen sie, die besprühten Teile über Nacht gut zu lüften, bevor Luís den Overall anziehen durfte. Am Morgen roch er noch immer ziemlich ungesund, aber Luís bestand darauf, ihn anzuprobieren.

Am Abend vor dem großen Tag, nachdem Luís endlich ins Bett gegangen war, wo er wahrscheinlich vor Aufregung noch immer nicht schlafen konnte, saßen Isabel und Lilli unter dem Avocadobaum und stießen auf den Karneval an.

»Vielen Dank, dass Sie sich solche Mühe gegeben haben«, sagte Isabel. »So ein schönes Kostüm hatte er noch nie.«

»Keine Ursache, mir hat es mindestens so großen Spaß gemacht wie Luís«, beteuerte Lilli lächelnd. »Ich hatte ganz vergessen, wie schön es sein kann, ein Kind zu sein.«

Mit seinem Aquariumhelm und dem Sauerstofftank und den Schuhen, die wirken wie aus Metall, sieht er tatsächlich aus wie ein kleiner Astronaut, als er nun um Isabel und Lilli, die auf der Bank beim Frühstück sitzen, herumspringt. Immer wieder verkündet er laut:

»Ich bin ein Astronaut! Ich fliege zum Mars! Die Macht ist mit mir!«

Lilli blickt skeptisch. »Wird es dir in dem Ding nicht zu heiß?«

»Bekommst du überhaupt genug Luft da drinnen?«, fragt Isabel besorgt.

»Na klar. Es geht mir super«, beruhigt Luís die Frauen und verdreht genervt die Augen.

»Auf jeden Fall musst du vor dem Umzug viel Wasser trinken.«

»Sicher.«

»Und wenn dir schwindelig werden sollte, nimmst du sofort den Helm ab, ja?«

»Klaro.«

Er scheint ihre Bedenken nicht allzu ernst zu nehmen.

Wie überall in Cabo Verde haben die Menschen von Mindelo das ganze Jahr ihren Karneval im Kopf. Wenn sich aber in den letzten Wochen vor seinem Beginn die Vorbereitungen auf der Zielgeraden bewegen, gerät die ganze Stadt in ein kollektives Fieber. Überall wird jetzt gebaut, gehämmert und geschraubt. Es entstehen prächtige Wagen für die Umzüge, an die Kostüme wird letzte Hand gelegt, und in den Straßen zimmert man die Zuschauertribünen. Außerdem werden die Menschen nicht müde, darüber zu spekulieren, wie wohl das Kostüm der Königin in diesem Jahr aussehen wird.

Das Ende der Welt könnte bevorstehen – den »Mindelenses« wäre vor allem wichtig, es fände erst *nach* dem Karneval statt.

Noch lange nach dem Sonnenuntergang ist die ganze Stadt erfüllt von den Rhythmen der Sambagruppen. In den Hinterhöfen und auf den Straßen werden Tanzschritte eingeübt, und über allem erklingt ein Lied, *das* Lied des kapverdischen Karnevals: *Carnival in São Vicente,* natürlich von Cesária Évora – die Liebeserklärung der Sängerin an ihre Heimatstadt, an ihre »Fröhlichkeit und Energie, ihre Ausgelassenheit und eine Gastfreundschaft wie nirgendwo«. Sie besingt São Vicente als »ein brasilianisches Land, voller Freude und Farben«.

Irgendwann konnte auch Lilli sich der Spannung und allgemeinen Vorfreude nicht mehr entziehen. Anstatt sich mit ihrem Buch zu befassen, bummelte sie lieber durch die Stadt und sah sich das aufgeregte Treiben an. Auch wenn sie selbst kein Kostüm tragen und auch nicht an einem Umzug teilnehmen würde, fühlte sie sich doch als Teil des Geschehens. Und wenn sie von staunenden Touristen gefragt wurde, was hier vor sich gehe, erklärte sie es ihnen so selbstverständlich wie eine Einheimische.

Trotzdem konnte Lilli nicht ganz verhindern, dass ihr manchmal ihre Abreise in den Sinn kam. Dann drohte ihre Stimmung abrupt zu sinken, und sie musste sich schnell irgendwo ein alkoholisches Getränk besorgen, um die trüben Gedanken zu verbannen.

Einige Tage vor dem großen Umzug nahm Luís sie mit zur Generalprobe seiner Schulklasse. Er erzählte Lilli grinsend, wie seine Lehrerin verzweifelt versucht hatte, die Kinder zu einheitlichen Kostümen zu überreden. Weil sich die anderen Klassen doch auch zu einem bestimmten Thema verkleiden würden. Aber sie hatte keine Chance. Denn Luís bestand selbstverständlich darauf, ein Astronaut zu sein, sonst würde er auf keinen Fall mitmachen. Und das passte natürlich nicht den diversen Prinzessinnen und Prinzen, Cowboys und Meeresungeheuern. Also beschloss man ganz demokratisch, dass sie auch in diesem Jahr als gemischte Gruppe auftreten würden.

Lilli fand es bezaubernd, mit wie viel Ernsthaftigkeit sich die Kinder der Sache annahmen. Und gleichzeitig mit einem solchen Feuereifer und jeder Menge Spaß.

Während sie ihnen bei den Proben zusah, stiegen pausenlos Erinnerungen an ihren ersten Karneval in Rio in ihr auf, den sie zusammen mit Gabriel, damals noch sehr verliebt, erlebt hatte. So mischte sich Wehmut in Lillis Freude an dem bunten Durcheinander.

Wie in jedem Jahr begannen die Feiern mit den Umzügen der Kindergärten und Grundschulen. Und am Abend schauten sich Isabel, Luís und Lilli die Parade des *Mindel Fantasy* an. Sie hatten Plätze ganz oben auf einer der Tribünen an der Praça Dom Luís ergattert und von dort einen sehr guten Blick über das Geschehen auf der Straße.

Eine große Band mit Trommeln, einem Schlagzeug und allen möglichen Rhythmusinstrumenten, mit Gitarren, Saxofonen, Trompeten und Sängern führte auf einem gewaltigen Truck den Umzug lautstark an. Isabel erklärte Lilli, dass die Tradition dieser Parade, wie so vieles beim kapverdischen Karneval, brasilianische Ursprünge hat. Dicht gedrängt tanzten und sangen die Menschen ausgelassen auf den Straßen, nicht nur Frauen trugen hier Kleider, und viele Schwule feierten sich stolz – was für ein afrikanisches Land ja alles andere als eine Selbstverständlichkeit ist.

Am heutigen Samstag würden die Umzüge der Schulen und Universitäten stattfinden, und damit ist endlich der Tag gekommen, dem Luís seit Wochen entgegenfiebert. Da er es vor Spannung nicht mehr aushielt, brechen die drei schon früh auf und bummeln in die Altstadt. Genauer gesagt, rennt Luís voraus, so schnell es ihm sein Kostüm erlaubt, und ist bald im Getümmel verschwunden.

Die beiden Frauen sichern sich in Ruhe einen guten Platz an einer der Hauptstraßen in der ersten Reihe hinter dem Absperrgitter, dann besorgt Lilli ihnen ein geistiges Getränk. Beschwingt und in allerbester Laune warten sie auf den Beginn der Parade.

Schon von Weitem sind die *Batucadas* zu hören, Trommelgruppen, die einen Mix aus brasilianischem Samba und kapverdischen Rhythmen spielen. Dann kommen endlich die Schulklassen. Die meisten sind einheitlich kostümiert und bewegen sich nach einer einstudierten Choreografie. Andere Gruppen sind bunt durcheinandergewürfelt und scheinen die Sache nicht ganz so ernst zu nehmen. Sie tanzen und hüpfen herum und albern miteinander und den Zuschauenden.

Lilli ist verwundert, dass zwischen den Kindern auch halb nackte, gefährlich aussehende Männer herumspringen. Sie haben ihre Haut mit Motoröl schwarz gefärbt, sie trommeln auf Metallfässern und Plastikeimern und vollführen dabei wilde Tänze. Als würden sie sich im nächsten Moment wie Kannibalen auf das Publikum stürzen.

»Das sind die *Madingas,* eine kapverdische Eigenart«, erklärt ihr Isabel. »Eine Rückbesinnung auf unsere afrikanischen Wurzeln. Allerdings, wie Sie sehen, auf eine ziemlich schräge Weise. Als wir noch eine portugiesische Kolonie waren, versuchte die Regierung, alles Afrikanische zu unterdrücken. Man wollte lauter kleine, dunkelhäutige Europäer aus uns machen – natürlich ohne uns auch die Rechte zu geben.

Die *Madingas* sind Ausdruck der Befreiung. Eigentlich ist ihr Tag erst morgen. Dann geht es richtig hoch her, es kann schon ein bisschen beängstigend werden. Vor allem, weil dann der Grogue in Strömen fließt.«

Isabel lacht und wirkt nicht sehr verängstigt.

»Schauen Sie, da ist Luís!«, ruft Lilli und springt auf wie ein aufgeregtes junges Mädchen. »Hallo, Luís! Hier sind wir!«

Aber er hat die beiden Frauen in der Menschenmenge noch nicht gesehen. In Schlangenlinien läuft er von Straßenseite zu Straßenseite, schlägt mit seinem Lichtschwert um sich und ruft dem applaudierenden Publikum zu:

»Ich bin ein Astronaut!«, oder: »Wo ist Darth Vader, den mach ich platt!«, oder: »Yeah, ich fliege zum Jupiter!«

Als er schließlich Lilli und seine Mutter entdeckt, winkt er ihnen überschwänglich zu, während der Helm auf seinem Kopf bedenklich hin und her wackelt. Schon bald ist er mit seiner Klasse hinter der Straßenbiegung verschwunden, und andere Gruppen laufen und tanzen an ihnen vorbei.

»Er wird Sie schrecklich vermissen«, sagt Isabel, gänzlich unerwartet. Sie wirft Lilli ein trauriges Lächeln zu. »Und ich natürlich auch.«

Lilli hört auf, sich im Takt der Trommelgruppen zu bewegen, als hätte sie plötzlich ihren inneren Rhythmus verloren. Sie erwidert Isabels traurigen Blick und nickt nur, denn sie hat einen dicken Kloß im Hals. Isabel streicht ihr tröstend über den Rücken, dann widmen sie sich wieder dem Umzug.

Lilli ist wehmütig und gleichzeitig so übersprudelnd glücklich wie schon seit vielen Jahren nicht mehr. Damit passt sie eigentlich sehr gut zu diesen Inselmenschen, geht ihr durch den Sinn, die voller Sehnsucht und Melancholie sein können und dann wieder so ausgelassen und weltvergessen fröhlich.

Die Vorstellung, in wenigen Tagen die Insel zu verlassen, erscheint ihr in diesem Augenblick völlig undenkbar.

Nachdem sämtliche Gruppen einmal rund um die Innenstadt gezogen sind, warten die beiden Frauen, bis Luís aus dem Menschengewimmel auftaucht. Er bewegt sich jetzt merklich langsamer, aber er trägt noch immer seinen Helm, unter dem ihm der Schweiß über das Gesicht rinnt.

»Das war so toll!«, ruft er ihnen entgegen. »Im nächsten Jahr will ich unbedingt wieder Astronaut sein! Aber dann will ich auch eine Rakete haben! Auf der reite ich dann, und ihr könnt mich ziehen!«

Ohne Punkt und Komma erzählt er Lilli und seiner Mutter, was er alles gesehen und erlebt hat, es sprudelt nur so aus ihm heraus, und erst nach einer Weile verstummt er schließlich.

»Bekommst du wirklich genug Luft?«, fragt Isabel ihn besorgt.

»Nicht so wahnsinnig viel«, gibt er zu und lässt sich jetzt doch überreden, den Helm abzunehmen. Zumindest für eine Weile, um Luft zu schnappen und etwas zu trinken. Gemeinsam machen sie sich auf die Suche nach einem Getränkestand, der Junge zwischen den Frauen mit dem Helm lässig unter dem Arm wie ein Kampfpilot, der gerade einen gefährlichen Einsatz hinter sich gebracht hat.

Schnell kippt er nacheinander zwei Flaschen Wasser und eine Cola herunter, dann bummeln die drei durch den bunten, lauten Trubel, treffen überall bekannte Gesichter, und

Lilli staunt, wie viele Menschen sie in dieser Stadt inzwischen kennt, mit der sie vor drei Monaten noch so fremdelte. Sie reden mit stolzen Eltern, und Luís tauscht sich aufgeregt mit Klassenkameraden über ihren Auftritt aus.

»So glücklich habe ich ihn schon lange nicht mehr gesehen«, sagt Isabel leise zu Lilli und lächelt.

Als Lilli am nächsten Morgen in den Hof kommt, ist es später als gewöhnlich, die Sonne erscheint ihr greller und ihr Kopf sehr viel schwerer. Offenbar waren es doch ein oder zwei Gläser zu viel, und auf den Grogue zum Schluss hätte sie wohl besser verzichtet.

Isabel scheint es dagegen ausgesprochen gut zu gehen. Sie wünscht Lilli strahlend einen guten Morgen und stellt ihr, ohne zu fragen, einen Becher mit starkem schwarzem Kaffee auf den Tisch. Heute muss sie nicht im Hotel sein, und die Markthalle ist während des Karnevals natürlich geschlossen.

»Ich fürchte, ich vertrage nicht mehr so viel wie früher«, grummelt Lilli und muss gleichzeitig über sich selbst lachen, als sie sich sehr vorsichtig auf die Bank setzt.

»Dafür hatten wir aber eine Menge Spaß, oder?«

»O ja, jede Menge! Und ich bereue gar nichts – *Je ne regrette rien*!«, schmettert sie, zu laut für ihren angeschlagenen Kopf, und lässt ihn schwer auf ihre Hände sinken. »Wir hatten wirklich Spaß. Auch mit all den lieben Leuten, die ich hier schon kenne. Ich fürchte nur, ich habe mit allen Bewohnern von Mindelo angestoßen. Besser, ich trinke heute nur Kaffee und Wasser.«

Mit Luís und Isabel hat Lilli verabredet, gemeinsam zur Parade der *Madingas* zu gehen. Zum Glück hat sie bis zu ihrem Aufbruch noch Zeit, um sich von den gestrigen Strapazen zu erholen. Lustlos kaut sie zum schwarzen Kaffee auf trockenem Toast herum, noch weigern sich ihre Lebensgeister beharrlich zurückzukehren.

»Guten Morgen.«

Luís' Stimme klingt heiser, als er in den Hof geschlurft kommt. Er trägt bereits sein Astronautenkostüm, allerdings ist auch sein Auftritt heute nicht so energiegeladen wie am Tag zuvor. Er nimmt den Helm ab und legt ihn auf den Tisch. Seine Gesichtsfarbe ist blasser als gewöhnlich – wirklich wach sieht er noch nicht aus.

»Ich habe keinen Hunger. Krieg ich nachher wieder Cola?«

»Erst mal setzt du dich jetzt zu uns und isst etwas. Über die Cola reden wir später.«

Isabel bemüht sich, streng zu klingen, während sie gleichzeitig ihr Lachen über die beiden angeschlagenen Gestalten kaum unterdrücken kann. Widerwillig kaut Luís sein Brot und trinkt dazu Orangensaft, während seine Mutter schon wieder in der Küche werkelt.

»Das war krass, oder?«, fragt er Lilli mit seinem breitesten Grinsen.

»Wie bitte, was?«

»Na, unser Umzug gestern und natürlich mein Kostüm!«

»Ja, das war wirklich krass.« Lilli freut sich sichtlich, zum ersten Mal in ihrem Leben dieses Adjektiv in den Mund zu nehmen. »Ich würde sogar so weit gehen zu behaupten: total megakrass!«

»Und wir zwei sind echt ein krass gutes Team, nicht wahr?«, stellt Luís fest und deutet einen Ellenbogenstupser in Lillis Seite an. Er setzt seinen Astronautenhelm wieder auf und strahlt.

»Ohne Frage, das sind wir!« Auch ihr hat es einen Riesenspaß gemacht, das Kostüm zusammen mit ihm zu basteln und ihren Freund damit so glücklich zu sehen.

»Was halten Sie davon, wenn wir im Frühling ein Boot bauen?«

»Ein Boot?«

Luís lässt sich nicht von Lillis irritiertem Blick beirren.

»Genau! Einen Bauplan hole ich aus dem Internet, das ist easy, und dann besorgen wir uns Bretter von der Tischlerei, die kosten bestimmt nicht viel, und ich weiß auch schon, wo wir einen Schuppen bekommen, in dem wir das Boot bauen können und ...«

»Ach, Luís.«

»Damit machen wir dann Ausflüge. Natürlich nicht nach Amerika, sondern durch die Bucht und um die Insel. Mama ist zwar nicht so gern auf dem Wasser, aber die kriegen wir schon überredet. Sonst fahren wir eben allein.« Er scheint völlig versunken in seiner Idee. »Wenn es ein gutes Boot wird – und das wird es ja ganz sicher –, dann fahren wir damit auch nach Santo Antão zu meiner Vovo. Mit der verstehen Sie sich doch gut, oder?«

»Äh ja. Aber ...«

»Ich wollte schon immer ein eigenes Boot haben und ...«

»Luís!«, unterbricht Lilli ihn jetzt vehementer.

»Ja?«

Sie räuspert sich und sagt dann leise, hörbar um Sachlichkeit bemüht: »Mir gefällt deine Idee sehr gut. Ich würde auch gern ein Boot mit dir bauen. Aber du weißt doch, dass das nicht geht. Weil ich bald abreise.«

Wie ein Kartenhaus fällt Luís' Euphorie in sich zusammen.

»Ich weiß.« Er wendet sich ab, damit Lilli nicht bemerkt, wie ihm die Tränen über das Gesicht laufen und sein Helm von innen beschlägt.

»Komm her zu mir, ja?«

Lilli rutscht ein Stück und deutet ihm an, sich neben sie auf die Bank zu setzen. Vorsichtig nimmt sie ihm den Helm ab, trocknet seine Augen mit ihrem Taschentuch und legt dann einen Arm um ihn. Luís lehnt seinen Kopf an Lillis Schultern, so sitzen sie eine Weile, ohne ein Wort zu sagen.

Als Isabel aus dem Haus kommt, ist sie überrascht, die beiden traurig schweigend auf der Bank zu sehen. Als sie sich neben ihren Sohn setzt, beginnt der sofort wieder zu weinen, und sie muss selbst mit den Tränen kämpfen, denn natürlich ahnt Isabel, warum sie so niedergeschlagen sind. Zumindest eine sollte hier einen klaren Kopf behalten, denkt sie und schluckt ihre Tränen herunter.

»Wir wussten doch, dass der Tag kommen würde, nicht wahr? Dass Senhora Lilli uns verlassen muss.«

»Ich will das aber nicht, ich will, dass sie bei uns bleibt«, schluchzt Luís.

»Und ich würde sehr gern noch bei euch bleiben«, sagt Lilli und drückt Luís' Schulter. »Aber manchmal muss man eben Dinge tun, obwohl man sie überhaupt nicht tun will.«

»Warum denn?«

Bevor Lilli antworten kann, kommt ihr Isabel zuvor: »Senhora Lilli hat ihr eigenes Zuhause. Würdest du nicht auch irgendwann zurück nach Mindelo wollen, weil es dein Zuhause ist – selbst wenn du an einem noch so schönen Ort wärst?«

»Ja«, sagt Luís leise, für einen Moment befriedet. Bis ihm einfällt: »Senhora Lilli hat aber gesagt, dass sie gar kein Zuhause braucht. Weil sie doch Luftwurzeln hat!«

Er sieht Lilli mit großen Augen an. »Nicht wahr?«

»Du hast recht, das habe ich gesagt, und es stimmt auch, richtige Wurzeln habe ich nie geschlagen. Aber in Hamburg steht mein Haus, um das ich mich kümmern muss. Wo auch Fräulein Melchior wohnt, die kranke Dame, von der ich dir erzählt habe. Und noch einige andere Menschen, die mich gern wiedersehen wollen. Dort ist nun einmal mein Leben, dort gehöre ich hin – auch wenn ich vielleicht nicht immer so glücklich bin wie hier bei euch.«

Ganz überzeugt scheint sie von ihrer Erklärung selbst nicht zu sein, doch Luís nickt wortlos und wischt sich eine Träne von der Wange.

»Aber Ihr Buch, das ist doch noch gar nicht fertig.«

»Das stimmt. Ich würde es auch sehr gern in Mindelo zu Ende schreiben, aber das schaffe ich jetzt auch in Hamburg. Ohne eure Unterstützung hätte ich ganz sicher nicht einmal einen Anfang gefunden, dafür bin ich euch beiden sehr dankbar! Zum Glück wird es bald Frühling, dann ist es auch in Deutschland nicht mehr so kalt und düster, und die Arbeit wird mir leichterfallen.«

Lilli lächelt schwach. Dass sie sich nicht sonderlich auf ihr Heimatland freut, ist ihr deutlich anzusehen.

»Wir wollen uns doch nicht den Tag mit düsteren Gedanken verderben, oder?«, sagt Isabel übertrieben fröhlich. »Heute schauen wir uns die Mandingas an, das wird bestimmt richtig toll!«

»Und ich bin schon so wahnsinnig gespannt auf die Sambaparade morgen!«, ergänzt Lilli mit aller Euphorie, die sie aufbringen kann.

Bis zum Ende des Karnevals am Aschermittwoch erwähnt keiner der drei Lillis nicht mehr fernen Abschied. Am Montagabend besuchen sie zusammen die *Samba Tropical Night*, den großen Umzug der Sambaschulen der Stadt, und am Dienstag ihren offiziellen Wettbewerb. Am Mittwoch versammelt sich noch einmal die ganze Stadt auf der Rua Lisboa, wo die Sieger des Jahres verkündet werden.

Noch ein letztes Mal trägt Luís sein Kostüm und spricht schon aufgeregt davon, wie er es sich für das nächste Jahr vorstellt, und die Rakete, auf der er reiten will.

»Hallo, Johannes.«

»Lilli!« Mit einem Anruf von ihr hat er offenbar nicht gerechnet. »Wie geht es dir?«

Ihr letztes Telefonat ist lange her. Wahrscheinlich wollte Johannes sie nicht weiter unter Druck setzen mit seinen Fragen nach dem Stand der Dinge, vermutet Lilli. Vielleicht hoffte er auch darauf, dass sie sich melden würde. Und dass sie das heute tatsächlich tut, freut ihn offensichtlich.

»Mir geht es gut. So gut wie schon sehr lange nicht mehr, glaube ich.« Und lächelnd ergänzt sie: »*Krass gut* würde Luís wohl sagen.«

»Das ist schön, das freut mich sehr. Ich wünsche dir übrigens ein gutes neues Jahr. Wie ist es dir in den letzten Wochen ergangen?«

»Ach ja, danke, das wünsche ich dir auch. Ich hatte eine wirklich gute Zeit und habe sogar das Weihnachtsfest sehr genossen! Kannst du dir das vorstellen – von mir als alter Feiertagsphobikerin?«

Lilli lacht befreit und redet weiter, ohne seine Reaktion abzuwarten.

»Wir hatten hier ein richtiges Familienfest, es war wunderschön! Zusammen mit Isabel habe ich Silvester gefeiert, und gerade ist der Karneval zu Ende gegangen, der ist eine ganz große Sache hier in Mindelo. Stell dir vor, ich habe mit Luís ein Astronautenkostüm gebastelt! Er war so aufgeregt und glücklich darüber, und mir hat der Karneval auch sehr gefallen, wir hatten zu dritt unglaublich viel Spaß. Ich hatte sogar einen veritablen Kater! Der Karneval hier ist dem in Rio recht ähnlich, und ich habe mich ähnlich gut gefühlt wie damals.«

Es sprudelt nur so aus Lilli heraus, ihr fallen immer neue Geschehnisse und Geschichten ein, von denen sie Johannes begeistert erzählt. Sie beschreibt Menschen, die sie getroffen, und Orte, die sie in der Stadt entdeckt hat, und sie schwärmt von dem Besuch bei Luísa.

»So glücklich und aufgedreht habe ich dich lange nicht mehr erlebt.« Johannes freut sich offenbar aufrichtig mit ihr. »Dann bleibst du sicherlich noch eine Weile auf der Insel?«

»Ach nein, wohl nicht.« Lilli zögert, und ihre beschwingte Leichtigkeit scheint plötzlich von ihr abzufallen. »Es wird Zeit für mich zurückzukehren.«

»Wirklich?«, fragt Johannes erstaunt. »Warum denn?«

»Wenn ich nicht bald meine Zelte abbreche, schlage ich hier noch Wurzeln. Und dann komme ich womöglich gar nicht mehr weg.« Ihr Lachen klingt unsicher.

»Lilli Jansen schlägt Wurzeln? Tatsächlich? Na, das wäre wirklich mal was Neues!«

Johannes' launige Bemerkung behagt Lilli nicht.

»Ich werde von Isabel und Luís behandelt, als gehörte ich längst zur Familie. Sosehr mir das gefällt – es macht mir gleichzeitig bewusst, dass ich nicht hierhergehöre. Und selbst wenn ich länger bliebe, ich würde immer die Fremde bleiben. So war es auch in Rio. Deshalb ist es besser, ich reise ab, bevor mich andere spüren lassen, dass es Zeit zu gehen ist.«

»Ich verstehe«, sagt Johannes, obwohl er nicht so klingt.

»Und außerdem muss ich doch in Deutschland sein, wenn das Buch ins Lektorat geht«, sagt Lilli schmunzelnd. Offenbar genießt sie, dass *sie* es heute ist, die das heikle Thema anspricht. Denn sie ahnt, wie auf der anderen Seite der Leitung ein Herz schneller schlägt.

»Du hast es tatsächlich geschafft? Ist es etwa schon fertig?«

»Nein, natürlich nicht, doch nicht in so kurzer Zeit, was denkst du denn. Aber ich habe einen Teil geschrieben.«

Sie schweigt, und Johannes traut sich wohl nicht, nach Details zu fragen.

»Ich bin mir nur nach wie vor nicht sicher ...«

Wieder Schweigen.

»Weißt du, wenn ich früher den Einstieg in eine Geschichte gefunden hatte, dann wusste ich, dass ich auf dem richtigen Weg war. Ohne dass sich noch Zweifel in mir meldeten. Das ist jetzt anders.«

»Du bist noch immer nicht glücklich damit?«

»Nein, glücklich bin ich definitiv nicht, vielleicht halbwegs einverstanden, immerhin. Du fragst mich bestimmt gleich, ob ich ein Herz für die Geschichte habe. Typische Johannes-Frage. Das habe ich nicht. Aber es ist wohl okay, schätze ich.«

»Möchtest du es denn überhaupt veröffentlichen?«

Johannes kann Lillis langen Ausatemzug hören.

»Wenn ich nicht müsste? Wahrscheinlich nicht, nein. Aber damit würde ich dich enttäuschen und die wenigen Menschen, die von dem Projekt wissen. Ach, stell dir vor«, ihre Stimme hellt sich plötzlich auf, »ich habe neulich eine Frau getroffen, die mich in meinem ersten Buch lesen sah. Ohne zu wissen, wer ich bin, erzählte sie mir, wie sehr die Bücher von Lilli Jansen ihr Leben verändert haben. Das zu hören, tat gut. Aber ...«

Sie spricht jetzt leiser.

»... es waren eben die alten Bücher. Die der jüngeren Jansen. Und seitdem frage ich mich manchmal, ob dieser Frau wohl mein neuer Text gefallen würde. Und ganz ehrlich: Ich glaube nicht.«

»Das tut mir leid.«

Johannes klingt mitfühlend und gleichzeitig unsicher. Fraglos möchte er ein neues Buch von Lilli veröffentlichen, schließlich ist er ihr Verleger. Aber er will sie bestimmt nicht zu etwas drängen, was sie hinterher bereuen und damit den Blick auf ihr Lebenswerk womöglich verdunkeln könnte.

»Es liegt allein bei dir, Lilli.«

»Ich weiß.« Sie schluckt. »Läuft es gut bei euch im Verlag?«

»Hier ist die Hölle los. Das Frühjahrsprogramm und die Messe, du kennst das ja. Aber uns fehlt der Knüller, ein Buch, das wir als etwas Besonderes promoten können.«

»Wie schade.«

»Mach dir keine Sorgen, wir kriegen das schon hin.« Jetzt klingt sein Lachen gelöster.

»Und ich bin bald wieder da, dann sehen wir weiter, okay?«

Johannes hört, dass sie traurig ist. Nicht resigniert oder wütend und auch nicht verzweifelt wie noch vor einer Weile – eher schicksalsergeben traurig.

So kennt er Lilli Jansen nicht.

Am Ende dieses letzten Karnevalstages ist Luís derart erschöpft, dass er freiwillig nach dem Abendessen ins Bett geht. Kaum hat seine Mutter ihm das Kostüm ausgezogen, fällt er auch schon auf sein Bett und ist sofort eingeschlafen.

Als Isabel zurück in den Hof kommt, bringt sie zwei Bierflaschen mit und nimmt neben Lilli Platz. Eine Weile sitzen sie beieinander, bis Isabel leise in die Stille spricht:

»Und, werden Sie wiederkommen?«

Lilli braucht einen Augenblick für ihre Antwort. »Ich hoffe es. Ich würde Sie und Luís sehr, sehr gern wiedersehen. Aber in meinem Alter macht man besser keine Versprechungen und längerfristigen Pläne.« Sie wirft Isabel ein vielsagendes Lächeln zu. »Werden Sie *mich* denn besuchen?«

»Das wäre schön«, sagt Isabel und schüttelt dabei, wahrscheinlich ohne es zu merken, den Kopf.

Beide nehmen einen Schluck aus ihren Flaschen.

»Vielleicht wird es Ihr Buch auf Portugiesisch geben?«

»Vielleicht. Aber ich würde nicht darauf wetten, dass das Interesse daran allzu groß sein wird.« Sie seufzt. »Es wird die Erwartungen wohl enttäuschen. Aber wie soll man Erwartungen erfüllen, die sich über so lange Zeit aufgebaut haben.«

Die viel schlimmere Befürchtung, dass man von ihr womöglich gar nichts mehr erwartet, äußert Lilli nicht.

»Wir werden sehen.«

Isabell nickt.

»Ja, wir werden sehen.«

Die nächsten Tage verlaufen wie immer. Niemand erwähnt Lillis Abreise, sie tippt im Hof, während Isabel ihrer Arbeit nachgeht. Und Luís ist häufig mit seinen Freunden unterwegs. Er spielt noch immer in seinem Astronautenkostüm, dessen silberne Farbe an vielen Stellen bereits abgeplatzt ist.

17

Olympias Ende

Weil es draußen in Strömen gießt, verbringen sie den Abend zu dritt in Lillis Zimmer. Isabel liegt auf dem Bett und schläft, Luís hockt auf dem Fußboden und zeichnet, während Lilli an ihrer Schreibmaschine vor dem geschlossenen Fenster sitzt und tippt. Wie friedlich es ist, denkt sie und freut sich über ihre Entscheidung, für immer hier bei ihren Freunden zu bleiben.

Sie beschäftigt sich gerade mit dem Klappentext für ihr Buch, das demnächst in den Druck gehen soll. Eigentlich erstaunlich, wie schnell sie es geschafft hat. Hat sie es sich womöglich zu leicht gemacht? Sie überlegt, was Johannes zu dem Manuskript gesagt hat, aber es will ihr partout nicht einfallen. Es muss wohl an ihrem Alter liegen, dass sie so vergesslich ist.

Plötzlich nimmt Lilli ein seltsames dumpfes Dröhnen wahr, das von weit her zu kommen scheint. Sie überlegt, das Fenster zu öffnen und nachzusehen, aber es regnet viel zu sehr. Also widmet sie sich wieder ihrer Arbeit. Das Dröhnen wird lauter. Sie schaut zu Isabel, die gerade aufgewacht ist und sie verschlafen anlächelt. Luís ist in seine Zeichnung vertieft, zufrieden sieht er aus.

Lilli versucht, sich auf den Text zu konzentrieren, und wundert sich. Eigentlich sollte ein Klappentext doch positiv klingen, um damit Interesse zu wecken. Was sie aber bisher zu Papier gebracht hat, ist alles andere als positiv. Das neue Werk von Lilli

Jansen tauge überhaupt nichts, es sei eine einzige große Enttäuschung, und das, obwohl man der Autorin ohnehin nichts mehr zugetraut habe.

Lilli ist verwirrt. Warum hat sie so etwas geschrieben?

Jetzt fällt ihr auf, dass das Geräusch näher kommt und dass es nicht nur eine, sondern viele Quellen hat. Sie klingen wie Motoren. Es ist unheimlich.

»Hört ihr das denn nicht?«, fragt sie Isabel und Luís, aber die lächeln nur schwach und scheinen vollkommen desinteressiert.

Inzwischen ist sich Lilli sicher, dass das Dröhnen von Flugzeugen stammt, offenbar von Propellermaschinen, die über die Stadt fliegen. Weit entfernt ist eine Explosion zu hören. Lilli spürt Panik in sich aufsteigen.

»Was ist denn das?«, schreit sie. »Sind das etwa Bomben?«

»Ja, leider«, sagt Isabel, immer noch gleichmütig lächelnd. Sie sitzt jetzt auf dem Bett und lässt ihre Beine baumeln.

»Sie bombardieren mal wieder Mindelo«, ergänzt Luís, ohne von seinen Zeichnungen aufzusehen. Als wäre ein Bombenangriff die selbstverständlichste Sache der Welt.

»Aber, aber ...«, stammelt Lilli. Sie zittert. »Wir müssen doch ... etwas tun.«

Die Explosionen kommen näher. Lilli reißt das Fenster auf. Der Regen hat aufgehört, der Himmel ist ganz klar, sodass sie die Sterne sehen kann. Aber die friedliche Dunkelheit wird immer wieder von den Blitzen der Bomben zerrissen. In der Nachbarschaft rührt sich niemand, es ist erstaunlich still – wie kann das sein?

»Wir müssen in den Keller!«, schreit Lilli. »Sofort!«

Sie versucht, Isabel und Luís mit sich zu ziehen, aber die wehren sich.

»Lass doch«, sagt Isabel abschätzig, offensichtlich genervt von Lillis Panik. »Reg dich doch nicht schon wieder so auf.«

»Wir haben sowieso keinen Keller«, sagt Luís unfreundlich.

Hier kann Lilli unmöglich bleiben! Kopflos flieht sie aus dem Zimmer, fällt fast die Treppe hinunter und rennt in den Hof. Nun sieht sie die Feuer. Überall um sie herum brennt es, und immer neue Bomben fallen. Lilli weiß jetzt, dass es kein Entkommen gibt. Für niemanden. Isabel und Luís haben recht, es hilft nichts, sich aufzuregen. Dies ist das Ende.

Sie setzt sich an den Tisch unter dem Avocadobaum. Der hat inzwischen Feuer gefangen, aber das ist nun auch egal. Sie könnte sich eigentlich ein letztes Bier holen, denkt sie und ist erstaunt über ihre eigene Gleichgültigkeit. Nur schade, dass ihr Buch nicht mehr erscheinen wird. Oder ist das eher ein Segen? Schließlich bleibt ihr so die Enttäuschung erspart, und sie wird auch ihre Leserinnen nicht mehr enttäuschen können. Für einen Moment fühlt sie sich erleichtert. Aber wie kann es sein, dass sie in diesem Augenblick, so kurz vor ihrem Ende, an dieses verdammte Buch denkt?

Es kracht gewaltig über ihr, und sie sieht, wie Flammen aus ihrem Zimmer schlagen.

»Isabel!«, schreit sie. »Luís! Lebt ihr noch? Luís!«

Von ihren eigenen Schreien wacht Lilli auf. Um sie herum ist es stockdunkel. Mit rasendem Herzen lauscht Lilli in die Stille. Sie weiß, dass sie etwas Grauenhaftes geträumt hat, kann sich aber an nichts davon erinnern. Nur das Echo von Angst nimmt sie wahr und die Anspannung in ihrem Körper.

Sie schaltet die Lampe auf ihrem Nachttisch ein, die das Zimmer in ein kaltes Licht taucht. Mühsam erhebt sich Lilli aus dem nass geschwitzten Bett und sieht sich vorsichtig um.

Ihr Blick fällt auf die Schreibmaschine, die wie immer auf dem Tisch vor dem Fenster steht, daneben ihre Notizzettel und der schmale Stapel der Manuskriptseiten. Lillis Herz will sich nicht beruhigen. So muss sich Panik anfühlen, die Panik eines gefangenen Tieres, das realisiert, keinen Ausweg zu haben. Oder eines Menschen, dem bewusst wird, dass er seinem Gefängnis nicht entkommen wird.

Sie wischt sich den Schweiß aus ihrem Gesicht.

Über den Anblick ihrer Olympia legt sich ein anderes, vertrautes Bild. Lilli sieht die Schreibmaschine in ihrem Wohnzimmer in Hamburg stehen, und sie spürt die Kälte jenes Ortes. Eine Gänsehaut läuft ihr über den Rücken.

Was sie nicht mehr leugnen kann, was unübersehbar vor ihr liegt wie das grell ausgeleuchtete Zimmer, ist nichts anderes als die Ausweglosigkeit. Lilli hat sich in eine Sackgasse manövriert, ja, ihr Leben *ist* eine einzige Sackgasse! Und die Verzweiflung darüber ist dieselbe alte Verzweiflung, die sie seit Jahren verfolgt – die sie ständig belauert und in schwachen Momenten über sie herfällt wie ein Aasvogel.

Nichts hat sich verändert, gar nichts, und Lilli ist wütend darüber, so wütend, dass ihre Hände zittern.

Was hat sie sich nur eingebildet! Dass einige Wochen in den Tropen sie aus ihrer Krise befreien, blauer Himmel und ein bisschen Gesellschaft ihr Leben tatsächlich zum Besseren verändern würden? Hat sie sogar geglaubt, es könnte wieder werden wie damals in Brasilien, als sie dort noch unbeschwert glücklich war?

Ja, sie hat es wohl für möglich gehalten, muss sie sich eingestehen. Noch einmal etwas zu schaffen, das an ihre alten Erfolge heranreicht. Wie konnte sie nur so dumm sein, fragt sie sich und empfindet Scham für ihre unverzeihliche Naivität.

Mit einem Ruck erhebt sich Lilli von ihrem Bett, unschlüssig steht sie im Raum. Sie ist gescheitert, auf ganzer Linie, und im Grunde weiß sie es seit Monaten. Nur war sie zu feige, es sich einzugestehen. Nein, sie ist schon lange keine Schriftstellerin mehr. Was für einer lächerlichen Illusion hat sie sich nur hingegeben, was für eine lächerliche alte Frau sie doch ist!

Lilli geht mit hektischen Schritten im Zimmer umher,

bleibt vor dem Schreibtisch stehen, den Blick starr auf ihre Schreibmaschine geheftet. Sie spürt das drängende Verlangen, sie anzuschreien, auf sie einzuschlagen, sie zu zerstören, damit es endlich ein Ende hat. Damit Lilli frei sein und endlich abschließen kann mit diesem Leben. Dann würde es vielleicht nicht mehr so wehtun.

Plötzlich umklammern ihre Hände unwillkürlich die Maschine, bis alles Blut aus ihnen gewichen ist. Lilli verfolgt keine Absicht, ihre Hände sind es, die das Ding anheben und sein Gewicht spüren. Mit einem seltsam fremden, ungerührten Interesse beobachtet Lilli, wie sie die Schreibmaschine über ihren Kopf hebt, einen Moment innehält und sie dann mit aller Kraft durch das offene Fenster schleudert.

Das hässliche Geräusch, das eine Sekunde später die friedliche Stille zerreißt, hat etwas Befreiendes. Instinktiv, ohne nachzudenken, greift Lilli nach dem Stapel mit den beschriebenen Blättern und ihren Notizen und beginnt, sie zu zerfetzen und zu zerknüllen und aus dem Fenster zu werfen. Dabei ruft sie ihnen Verwünschungen hinterher und lacht höhnisch.

Dann beginnt Lilli zu weinen.

»Was hat Senhora Lilli denn nur?«, fragt Luís seine Mutter, und sie spürt, wie er in ihrem Arm zittert.

Das plötzliche Krachen hat die beiden aus dem Schlaf gerissen, sofort waren sie in den Hof geeilt und betrachten nun die traurigen Überreste von Lillis Schreibmaschine.

»Ich weiß es nicht«, antwortet Isabel leise.

»Es muss etwas Schlimmes sein, nicht wahr?«

»Ich fürchte, ja.«

Über ihnen im Fenster erscheint Lillis verweintes Gesicht. Ihr Blick schweift kurz über den Hof, erfasst zuerst die Trümmer und die verstreuten Papierfetzen – dann erst den verstörten Gesichtsausdruck ihrer Freunde.

Lillis Augen weiten sich vor Entsetzen.

»O Gott, hab ich euch verletzt?«

»Nein, alles ist okay.« Isabel bemüht sich zu lächeln. »Geht es Ihnen gut?«

Lilli zuckt nur mit den Schultern. »Entschuldigung«, sagt sie kaum hörbar. Ihr Kopf verschwindet wieder.

Isabel und Luís sehen sich ratlos an.

»Soll ich mal nach Senhora Lilli schauen?«

Isabel denkt einen Augenblick nach. »Nein, das mache wohl besser ich.«

Mit einem flauen Gefühl im Magen steigt sie die knarrende Treppe zu Lillis Zimmer hinauf. Vor der Tür bleibt sie stehen und lauscht in die Stille. Schließlich klopft sie und fragt zaghaft:

»Lilli, ich bin es, darf ich reinkommen?«

Zuerst nimmt sie nur ein Schniefen wahr, dann ein schwaches »Bitte«.

Mit einem Taschentuch in den Händen sitzt Lilli zusammengesunken auf der Bettkante; noch immer laufen Tränen über ihr Gesicht. Der Anblick ist herzzerreißend. So hilflos und offensichtlich verzweifelt hat Isabel die sonst so starke, entschlossene Frau noch nicht gesehen.

»Hallo«, sagt Isabel nur.

»Es tut mir leid.« Lilli sieht sie nicht an, sondern starrt nur auf den Boden vor ihr.

»Das braucht es nicht, es ist nichts Schlimmes geschehen.« Und ohne zu fragen, geht sie zu Lillis Bett und setzt sich, mit etwas Abstand, neben sie. »Nur Ihre Schreibmaschine, die ist wohl nicht mehr zu retten.«

Sie reicht Lilli ein frisches Taschentuch. Eine Weile sitzen die beiden Frauen schweigend nebeneinander, bis Lillis Tränen langsam versiegen. Da hören sie ein leises Klopfen an der angelehnten Tür, und Luís' Kopf schiebt sich zögernd in den Raum.

»Hallo, Senhora Lilli.«

Seine Augen sind so groß und fragend, dass Lilli lächeln muss.

»Hallo, Senhor Luís.«

»Darf ich?«

»Klar«, sagt Lilli und deutet ihm an, sich ebenfalls neben sie zu setzen.

Luís legt einen Arm um seine traurige Freundin. Es dauert eine Weile, bis er sich zu sprechen traut. »Warum haben Sie denn ...« Er kaut auf seiner Unterlippe, unsicher, ob er fragen darf, was er gern fragen würde. »Warum ist Ihre Schreibmaschine ... aus dem Fenster geflogen und all die Seiten, die Sie geschrieben haben?«

»Ach«, schnauft Lilli nur. Es ist ihr sichtlich peinlich.

»Sie müssen uns überhaupt nichts erklären, Lilli.« Isabel wirft Luís einen tadelnden Blick zu. »Sollen wir Sie lieber allein lassen?«

»Nein. Ich ...« Lilli ist offenbar um eine Erklärung verlegen. Sie hebt die Schultern und lässt sie langsam wieder sinken. Sie setzt mehrmals an, etwas zu sagen, und bringt doch kein Wort hervor.

»Was ich geschrieben habe, taugt einfach nichts«, murmelt sie schließlich.

»Aber ...«, setzt Luís an, etwas Tröstliches einzuwerfen, weiß aber nicht weiter.

»Damit würde ich meine Leserinnen ganz sicher enttäuschen.«

»Aber ...«, sagt nun Isabel, offenbar genauso ratlos.

»Das ist lieb von euch. Ich bin mir nur inzwischen sehr sicher: Das Manuskript, soweit ich es geschrieben habe, ja, das ganze Konzept ist schlicht nicht gut genug. Im Grunde ahne ich es, seitdem ich damit begonnen habe. Ich hätte nur so gern noch ein Buch geschrieben.« Sie schnäuzt sich erneut in ihr Taschentuch. »Da greift man wohl nach jedem Strohhalm und hofft, es könnte am Ende besser werden als gedacht. Nur war die Hoffnung leider trügerisch, ich kann es nicht länger ignorieren.«

»Sie mögen Ihr Buch *überhaupt* nicht?«, fragt Luís sie ungläubig.

»Nein, ich mag es nicht. Ich hatte nie wirklich ein Herz dafür, so wie ich es für meine früheren Bücher hatte. Und ohne ein Herz kann man kein Buch schreiben.«

»Obwohl sie doch so lange daran gearbeitet haben?«

Lilli sieht ihren Freund liebevoll an. »Ja, obwohl ich so lange daran gearbeitet habe. Stell dir vor, dein Astronautenkostüm wäre am Ende ganz anders geworden, nicht so schön, wie du es dir vorgestellt hast – hättest du es dann zum Karneval tragen wollen?«

Luís schüttelt nur den Kopf.

»Genauso geht es mir. Ich hätte für meine Leserinnen und meinen Verleger Johannes und auch für mich selbst gern ein letztes gutes Buch veröffentlicht. Nur ist mir nichts Besseres als diese Geschichte eingefallen.«

Isabel und Luís nicken mitfühlend. Was gibt es schon zu sagen, das ihre Freundin trösten könnte? Denn natürlich muss es schlimm sein, an etwas zu scheitern, das man für sein Leben gern geschafft hätte.

Plötzlich erhebt sich Luís und baut sich sehr aufrecht vor Lilli auf. »Immerhin haben Sie es versucht! Sie haben die Arschbacken zusammengekniffen und es versucht, nicht wahr?«

Lilli stutzt kurz und nickt dann grinsend, während Isabel ihren Sohn nur entsetzt ansieht.

»Nicht wie die Leute, die von ihrer Angst faseln und sich nicht trauen, es zumindest zu versuchen. Dann schreiben Sie eben kein Buch mehr, das ist doch cool, oder? Sie haben schon so viele geschrieben und sind so berühmt. Und Sie sind doch trotzdem eine megagute Schriftstellerin!«

»Ja, bin ich das?«, fragt Lilli, zaghaft lächelnd.

»Natürlich!«, bestätigen Isabel und Luís unisono.

Nachdem sie noch einige Zeit beieinandergesessen haben, sagt Lilli, dass sie gern noch ein wenig allein sein möchte. Dann würde sie aber herunterkommen, um gemeinsam zu frühstücken.

Während Luís den Tisch deckt und sich Isabel um das Frühstück kümmert, hören die beiden Lilli oben in ihrem Zimmer mit lauter Stimme von einem *Zauberland* singen, das abgebrannt ist und noch lichterloh brennt. Es ist ein Lied ihres Lieblingssängers Rio Reiser, was die beiden natürlich nicht wissen. Obwohl sie die Worte nicht verstehen, spüren sie den Weltschmerz, der darin schwingt.

Als Lilli in den Hof kommt, sitzen ihre Freunde bereits beim Frühstück, denn Luís muss gleich zur Schule und Isabel in die Markthalle. Inzwischen haben sie die Trümmer der Schreibmaschine zusammengekehrt und die zerknüllten und zerrissenen Seiten von Lillis Roman zu glätten versucht und auf einen Stapel gelegt.

Für einen Augenblick steht sie nur da und starrt auf die Überreste ihrer Olympia. Ein erschütternder Anblick. So ein Ende hat ihre alte Freundin wirklich nicht verdient nach all den Jahren und den Büchern, die sie gemeinsam geschrieben haben. Aber Lilli möchte darüber auf keinen Fall erneut die Fassung verlieren; sie hat ihre Gastgeber mit ihren Eskapaden schon genug belastet. Nur eine einzelne Träne, die sich nicht zurückhalten lässt, läuft über ihre Wange und tropft auf den Boden.

»Das war nicht schön von mir«, sagt sie leise. »Entschuldigung.«

Es ist nicht ganz klar, ob sie sich bei Isabel und Luís entschuldigt oder bei ihrer Schreibmaschine.

»Solche Ausbrüche sind eigentlich nicht meine Art. Jedenfalls, seitdem ich kein junges Ding mehr bin.«

»Bei uns brauchen Sie sich nicht zu entschuldigen, liebe Lilli«, sagt Isabel und fordert sie mit einer einladenden Geste auf, sich zu ihnen zu setzen. »Es ist ja niemandem etwas zugestoßen.«

Allerdings weichen die Hühner vor ihr zurück, als würden sie verstehen, dass Lilli für die ganze Aufregung verantwortlich ist. Isabel schenkt ihr Kaffee ein, an dem sie lustlos nippt. Keiner der drei weiß etwas zu sagen, bis Luís schließlich fragt:

»Was haben Sie eben gesungen, Senhora Lilli?«

»Ich habe etwas gesungen?«

»Ja, *Schauberlant* oder so.«

»Ach das, natürlich ...«

Auch noch dieses Lied! Was für ein Drama hat sie nur veranstaltet, denkt Lilli beschämt. Dann übersetzt sie den Text Zeile für Zeile, und als sie fertig ist, sieht Luís sie nachdenklich an.

»Was ist das für ein Zauberland, das abgebrannt ist?«

»Tja.« Lilli nimmt einen Schluck aus ihrer Kaffeetasse und blickt zum Himmel, als würde sie von dort eine Eingebung erwarten. »Ich schätze, das kann für jeden Menschen unterschiedlich sein. Womöglich eine schöne Zeit, die vergangen ist? Vielleicht auch Illusionen, die wir uns gemacht haben?«

Luís nickt, er scheint zu verstehen. »Haben Sie auch so ein Zauberland, das abgebrannt ist?«

»Also, Luís, das geht dich nun wirklich nichts an«, mischt sich Isabel ein. Nicht zum ersten Mal versucht sie, die Neugier ihres Sohns zu bremsen.

»Ist schon in Ordnung«, beschwichtigt Lilli sie. »Ja, auch ich habe mein Zauberland.«

Mehr sagt sie dazu aber nicht. Und bevor Luís weitere Fragen stellen kann, steht Isabel auf und verkündet, dass es für die beiden nun allerhöchste Zeit sei aufzubrechen.

»Können wir Sie denn allein lassen?«, fragt sie Lilli besorgt.
»Aber gewiss, gehen Sie nur. Ich bin okay.«
Lilli blinzelt Luís zu und winkt den beiden lächelnd hinterher.
Augenblicklich fällt ihr Lächeln in sich zusammen. Sie hält ihre Kaffeetasse umklammert. Erschöpft sieht sie aus. Und einsam.

Als Luís am Nachmittag aus der Schule kommt, ist Lilli nicht zu Hause, und auch später, nachdem Isabel ihre Arbeit im Hotel beendet hat, ist sie noch immer nicht da. Erst lange nach dem Sonnenuntergang erscheint sie im Hof.
Keiner der drei erwähnt den Zwischenfall am Morgen. Luís gibt sich große Mühe, unbeschwert zu klingen, er erzählt von seinem Schultag, und die beiden Frauen hören aufmerksam zu, stellen Fragen und lachen über seine Anekdoten. Als er vorschlägt, am Wochenende gemeinsam seine Vovo zu besuchen, schaut Lilli plötzlich ernst. Sie räuspert sich, und Luís verstummt sofort. Was sie sagen will, scheint ihr nicht leichtzufallen.
»Ich war heute im Reisebüro und habe einen Flug nach Hamburg gebucht. Am Sonntag werde ich abreisen. Dann seid ihr mich endlich los.«
Ihr Lachen klingt gekünstelt, und Isabel und Luís teilen es nicht.
»Am Sonntag schon?«, flüstert Luís. »Wirklich?«
Jetzt ist es Lilli, die ihren Freund tröstend in den Arm nimmt und ihm sanft ins Ohr flüstert: »Es muss sein, mein Freund, leider muss es sein.«

An den folgenden Tagen bekommen Isabel und Luís ihren Gast selten zu Gesicht. Wenn sie frühstücken, ist Lilli bereits aufgebrochen, und wenn sie nach Hause kommen, noch nicht wieder da. Freunde berichten ihnen, dass sie Lilli gesehen haben, wie sie durch die Gassen der Stadt wanderte, an der Plaza Nova saß oder am Wasser. Gedankenversunken habe sie ausgesehen, als würde sie im Traum wandeln.

Sobald Lilli nach Hause kommt, verschwindet sie nach ein paar freundlichen Worten in ihrem Zimmer und schließt sogar das Fenster. Isabel hat den Eindruck, dass sie nicht mehr wirklich bei ihnen ist, sondern ihre Seele bereits auf dem Weg in den Norden. Für Luís ist es schwer auszuhalten, seine Freundin so distanziert zu erleben. Er möchte zu ihr gehen, wie es früher ganz selbstverständlich war, aber seine Mutter hält ihn davon ab.

»Ich glaube, Senhora Lilli muss jetzt allein sein und möchte niemanden sehen.«

»Nicht einmal mich? Ob das an mir liegt, habe ich vielleicht etwas falsch gemacht?«, fragt er besorgt.

»Aber nein, ganz bestimmt nicht! Manchmal braucht ein Mensch das Alleinsein, um Dinge mit sich selbst auszumachen, bei denen ihm niemand zur Seite stehen kann. Nicht einmal ein so guter Freund wie du.«

Luís überlegt lange, was er für seine Freundin tun kann. Schließlich malt er ein besonders schönes Bild, auf dem Lilli mit ihm und seiner Mutter und Klara vor ihrem Avocadobaum steht. Bevor er schlafen geht, schiebt er es unter der Tür zu Lillis Zimmer hindurch.

18

Inselmenschen

Als Luís aus der Schule kommt, sitzt Lilli auf der Hofbank und begrüßt ihn mit einem herzlichen Lächeln, wie er es an ihr seit Tagen nicht gesehen hat. Offenbar hat sie auf ihn gewartet.

»Hallo, mein Freund!«

»Hallo, Senhora Lilli, geht es Ihnen gut?«

»Mir geht es gut, danke. Möchtest du nicht endlich die ›Senhora‹ und das ›Sie‹ weglassen?«

»Okay, Senh..., Lilli.« Er betrachtet sie mit einem Stirnrunzeln, wohl weil er spürt, dass etwas in der Luft liegt.

»Ich möchte dich um einen Gefallen bitten.«

»Na klar, jeden Gefallen der Welt, alles, was du willst!«, versichert er ihr.

»Das ist lieb von dir, vielen Dank.« Jetzt verändert sich ihr Blick und wird ernst.

»Heute ist der Tag, an dem ich mich von Mindelo verabschieden möchte.«

»Oh«, sagt Luís nur.

»Ich fände es sehr schön, wenn du mich dabei begleitest. Würdest du das tun? Und vielleicht netterweise ein Eis mit mir essen und die eine oder andere Cola trinken?«

»Das würde ich netterweise sehr gern tun!« Sein Lächeln kann seine Verunsicherung nicht verbergen.

»Etwa jetzt gleich?«

»Jetzt gleich.«

Der spontane Aufbruch erinnert Lilli an ihren allerersten gemeinsamen Spaziergang. Wie vor drei Monaten gehen sie zusammen hinunter in die Altstadt – nur macht es Lilli heute überhaupt nicht mehr verlegen, sondern stolz, mit dem Jungen Hand in Hand durch die Straßen zu bummeln. Zumal viele Leute sie inzwischen kennen und wissen, dass sie eine Freundin der Familie ist.

»Olá, Senhora Lilli! Geht es Ihnen gut?«, ertönt es von allen Seiten, und manchmal wird sie gefragt: »Was macht Ihr Buch?« Denn in dieser doch recht überschaubaren Stadt gibt es kaum Geheimnisse.

Dann beißt Lilli die Zähne zusammen und lächelt und erklärt, dass alles so ist, wie es sein sollte. Damit gibt man sich zufrieden. Luís hat sie eindringlich gebeten, niemandem zu verraten, dass dies ihr Abschiedsspaziergang ist und sie die Insel nun bald verlassen wird. Denn an jeder Ecke einem Menschen – wahrscheinlich tränenreich – Lebewohl sagen zu müssen, ist nicht das, was sich Lilli für diesen Tag wünscht. Außerdem möchte sie die Stadt und ihre Bewohner so in Erinnerung behalten, wie sie sie tagtäglich erlebt hat.

Sie gehen am rosa Palacio vorbei, der aussieht wie vom Zuckerbäcker gebaut, und biegen in die Rua de Libertad d'Africa ein. Sie passieren die prachtvollen Häuser aus der Kolonialzeit, in denen inzwischen Cafés und Restaurants ihren Platz gefunden haben. Noch einmal bummeln sie durch die alte Markthalle und sagen Isabel Hallo, die sich freut, die beiden zu sehen. Sie sitzen eine Weile am Meer und schauen sich die Schiffe und Jachten an. Lilli erinnert sich, wie verwundert sie war, hier einen so modernen Hafen zu sehen.

»Lass uns doch noch einmal an den großen Strand gehen«, kommt ihr spontan in den Sinn.

Und so schlendern sie am Wasser entlang in Richtung des

Fährhafens. Auf einer Bank legen sie eine weitere Pause ein, damit Lilli den Hafen noch einmal aus einer anderen Perspektive betrachten kann. Konzentriert wie eine Malerin lässt sie ihren Blick über die Schiffe und Häuser an der Promenade wandern, von dort auf die andere Seite der Bucht und über die Berge, die die Stadt umgeben. Sie betrachtet alles, als wollte sie jeden Eindruck aufsaugen, um ihn für immer in ihrer Erinnerung festzuhalten.

Am Fährterminal hat gerade das Schiff zur Nachbarinsel abgelegt, und Lilli winkt ihm hinterher und ruft:

»Grüß mir Santo Antão, und grüß mir meine Freundin Luísa!«

Da seine Vovo kein Telefon hat, muss Luís versprechen, dass er ihr bei seinem nächsten Besuch Lillis Abschiedsgrüße ausrichten wird.

Die beiden passieren das Hafengelände, auf dem hinter einem hohen Drahtzaun Container gestapelt sind. Auf einem steht in Rot der Name der Reederei *Hamburg Süd.*

»Schau!«, ruft Lilli erfreut aus. »Noch ein Hamburger! Bestimmt reist der auch bald wieder ab.«

Schließlich erreichen sie den langen Stadtstrand, dessen Wasser in einem so strahlenden Hellblau leuchtet, dass es unnatürlich wirkt wie auf einer kitschigen Urlaubspostkarte. Anders als am Wochenende geht es heute sehr ruhig zu. Einige Leute baden, andere sonnen sich, und ein paar Kinder spielen Fußball. Dazwischen toben Hunde.

Hier waren sie oft gemeinsam, manchmal auch mit Isabel und Freunden von Luís. Jedes Mal versuchte er, Lilli zum Schwimmen zu überreden, immer ohne Erfolg. Sehr gern schaue sie ihm dabei zu, aber sie sei nun mal kein Wassermensch und brauche festen Boden unter den Füßen, behauptete Lilli.

Heute gehen sie nicht hinunter zum Strand, sondern bleiben auf der breiten Promenade, wo sie im Schatten einer Palme Eis essen. Offenbar denkt Luís nicht mehr an den Grund ihres Spaziergangs, denn er scheint bester Laune zu sein und plappert, was ihm in den Sinn kommt. Dabei bemerkt er nicht, dass sich Lillis Gesichtsausdruck verändert hat und jetzt angespannt wirkt.

Während sie ihm mit halbem Ohr zuhört, ist ihr Blick in die Ferne gerichtet. Dort zeichnen sich die Umrisse von Santo Antão schemenhaft im Dunst ab. Lilli hofft, dass sie die Insel aus dem Flugzeug noch ein letztes Mal sehen wird.

»Lass uns zurückgehen, ja?«, sagt sie schließlich leise.

Die beiden sind schon am Hafen, als Lilli einfällt:

»Ich kann unmöglich abreisen, ohne mich von einem ganz besonderen Menschen verabschiedet zu haben.«

Also folgen sie einer der Hauptverkehrsstraßen und erreichen nach einem längeren Fußmarsch den Friedhof von Mindelo. Als sie durch ein Tor in der hohen Mauer treten, liegen Tausende von Gräbern vor ihnen. Lilli kennt den Weg inzwischen gut. Mit bedächtigen Schritten geht sie voran, bis sie vor einem Grab stehen, dem nicht anzusehen ist, dass es einer Berühmtheit gehört. Ungewöhnlich sind nur die zahllosen Muscheln, die Besucher auf der hellen Marmorplatte zurückgelassen haben.

Cesária Évora, 1941–2011 steht in metallenen Buchstaben neben einem kleinen Foto der Sängerin, die hier zusammen mit ihrer Mutter begraben liegt. Eine Weile stehen Lilli und Luís schweigend vor dem Grab. Spontan beginnt Lilli, leise *Sodade* zu singen, und Luís stimmt mit ein. Bei der letzten Zeile des Liedes, *Bis zu dem Tag, an dem du wiederkommst,* bekommen beide feuchte Augen. Als sie sich anschauen, müssen sie darüber kichern.

»Eigentlich lacht man auf Friedhöfen ja nicht.«

»Cize würde es ganz bestimmt gefallen, wenn an ihrem

Grab ordentlich gelacht wird«, sagt Luís und lacht noch ein wenig lauter.

Sehr gemächlich bummeln sie zurück, denn beiden ist bewusst, dass dies ihr allerletzter gemeinsamer Spaziergang ist. Als sie die Altstadt erreichen, steht die Sonne bereits tief und schickt sich an, hinter dem Berg auf der anderen Seite der Bucht abzutauchen. Eigentlich ist es Zeit, sich auf den Heimweg zu machen.

»Was hältst du davon, wenn wir uns für einen Moment an den Strand setzen, damit ich mich auch dort vom Meer verabschieden kann?«

»Bei den Booten am Turm?«

Lilli nickt.

»Mit einem Eis?«

»Selbstverständlich! Aber nicht ohne eine Cola.«

»Niemals!«

Etwas später sitzen sie nebeneinander, an eines der Fischerboote gelehnt, im noch warmen Sand und essen Eis. Die Sonne ist inzwischen verschwunden, aber sie bestrahlt noch immer Santo Antão, das hellrosa leuchtet wie eine Fata Morgana. Lilli kommt es vor, als wäre eine Ewigkeit vergangen, seitdem sie hier mit Luís zum ersten Mal saß.

»Wie gut du es hast, auf diesem Flecken Erde zu Hause zu sein. Ich habe in meinem Leben schon einige schöne Orte gesehen, aber deine Insel ist etwas Besonderes.«

Luís, ganz auf sein Eis konzentriert, nickt nur.

»Weißt du«, fährt Lilli fort, »ich glaube, es ist okay, Luftwurzeln zu haben. Aber richtige Wurzeln sind vielleicht doch noch ein bisschen besser.«

»Vor allem, wenn es stürmisch ist.«

»Genau, vor allem, wenn es stürmisch ist.«

Eis schleckend betrachten sie Santo Antão, dessen Farbe sich langsam von Rosa zu einem dunklen Violett wandelt.

»Vielleicht kannst du ja noch Wurzeln schlagen, zumindest ganz kleine.« Luís' große dunkle Augen sehen sie aufmunternd an.

»Tja, das wäre schön. Ich fürchte nur, dafür ist es zu spät.« Lilli lächelt schwach. »Aber bestimmt werde ich den verbleibenden kleinen Rest meines Lebens noch mit meinen Luftwurzeln schaffen.«

»Du hast mir doch von deiner Insel erzählt. Vielleicht hast du dort noch Wurzeln, vielleicht hast du sie nur vergessen?«

Lilli lässt ihr Eis sinken und sieht Luís ernst an.

»Dort habe ich gewiss keine Wurzeln mehr. Ich war seit meiner Kindheit nicht mehr auf der Insel. Und ich werde auch nicht mehr dorthin fahren.« Sie klingt härter und bestimmter, als sie es möchte. »Ganz sicher nicht«, wiederholt sie beschwörend.

Luís nickt und beißt sich auf die Lippen. Ihm ist anzusehen, wie angestrengt sein Gehirn arbeitet. Als er sein Eis aufgegessen hat, sagt er, ohne Lilli anzusehen: »Ich weiß, du redest nicht gern darüber …«

Er nimmt eine Handvoll Sand und lässt ihn über seine Beine rieseln.

»Aber magst du mir vielleicht trotzdem ein bisschen von deiner Insel erzählen«, er stutzt erneut, »und warum du nicht mehr dorthin zurückwillst? Natürlich nur, wenn es dich nicht traurig macht.«

Anstatt dem übermächtigen Impuls zu folgen, seine Bitte abzulehnen, hält Lilli für einen Moment inne. Sie legt eine Hand auf den Sand und spürt die Wärme, die er von der Sonne gespeichert hält. Sie hat schon so viel von dem Jungen und seinen Sehnsüchten und Träumen erfahren. Hat er nicht auch ein Recht darauf, ihre Geschichte zu hören?

»Gut«, sagt sie schließlich und muss sich räuspern, weil sie einen dicken Kloß im Hals hat. »Ich erzähle dir von meiner Insel.«

Einen Augenblick wandert Lillis Blick hektisch über das Meer, als suchte sie dort nach einem Ausweg. Dann sammelt sie sich und beginnt leise, mit bemüht fester Stimme zu sprechen.

»Ich glaube, es gibt gar nichts Besseres, als auf einer Insel aufzuwachsen, meinst du nicht auch?«

»Klaro!«

»Allerdings sah meine Insel ganz anders aus als deine, und sie war viel kleiner. Der größte Teil bestand aus rotem Fels, der hoch aus dem Meer ragte. Es gab nur eine kleine Stadt, die eigentlich eher ein Dorf war und zur Hälfte oben auf dem Felsen lag. Darunter, im Unterland, waren die Häuser nah am Wasser gebaut. Dort legten auch die Börteboote an, mit denen die Passagiere der großen Festlandsschiffe ein- und ausgebootet wurden. Die mussten nämlich ein Stück entfernt vor der Insel ankern.

Die Badegäste, so nannte man damals die Touristen, flanierten durch die Kaiserstraße mit ihrem vornehmen Kurhaus und dem Musikpavillon, wo ihnen im Sommer Konzerte dargeboten wurden. Außerdem gab es im Unterland ein großes Seewasseraquarium, auf das wir Insulaner sehr stolz waren.«

»Das klingt schön«, sagt Luís leise.

»O ja, es war schön.« Lilli lächelt beseelt und braucht einen Augenblick, bevor sie fortfahren kann.

»Ich wohnte mit meinen Eltern in einer der verwinkelten Gassen des Oberlandes. Es gab dort eine kleine Kirche und einen großen Leuchtturm. Und nicht weit vom Dorf brüteten Tausende von Möwen und Lummen in den Steilwänden über dem Meer. Dies war die kleine, übersichtliche Welt, in der ich aufgewachsen bin.

Wenn es stürmte – und das geschah nicht selten –, fühlte ich mich auf meiner Insel wie auf einem unsinkbaren Schiff, das uns in der rauen Nordsee Schutz bot. Von der Düne, der kleinen Nachbarinsel, habe ich dir ja schon erzählt. Stell dir vor, sie war einst mit unserer Hauptinsel verbunden und wurde vor dreihundert Jahren durch eine besonders schlimme Sturmflut von ihr getrennt! Dort lebten nur Seehunde und Robben. Und an schönen Sommertagen wurde sie tagsüber vor allem von den Badegästen bevölkert.«

»Auf deiner Insel hätte es mir bestimmt auch sehr gut gefallen!«, erklärt Luís mit leuchtenden Augen.

»Da bin ich mir sicher.«

»Aber es blieb nicht immer so schön?«

»Nein, so schön blieb es nicht. Und leider nicht so friedlich.«

Für einen Moment verliert sich Lillis Blick erneut in der Ferne. Sie überlegt, wie viel sie dem Jungen vom Ende ihrer Kindheit zumuten kann und will.

»Es herrschte schon Krieg, als ich geboren wurde. Im Hafen lagen Kriegsschiffe und in riesigen Bunkern Unterseeboote. Weil es damals noch keine Fernseher gab, hörten wir im Radio vom Krieg. Für uns Kinder war er etwas ganz Alltägliches – obwohl wir glaubten, dass er weit weg von uns stattfand, wie in einem sehr fernen Land. Natürlich würde er nie auf unsere Insel kommen, versicherten uns die Erwachsenen. Denn wer sollte sich schon für unseren winzigen Felsen im Meer interessieren. Einige der Erwachsenen meinten, dass der Krieg etwas Gutes war, meine Eltern zum Glück nicht. Ich erinnere mich, wie mein Vater über die Regierung schimpfte. Aber das war gefährlich, denn es herrschte eine schlimme Diktatur.«

»Wie unter Salazar?«

»So ähnlich. Und dann musste mein Vater plötzlich fort. Er musste Soldat werden. Ich verstand das nicht. Sein Platz war doch bei uns. Er musste doch für uns sorgen! Er konnte unsere Insel doch nicht einfach verlassen!«

Lilli bemerkt, dass sie spricht wie ein Kind, das sein Entsetzen kaum in Worte zu fassen weiß. Sie atmet einige Male tief durch, bevor sie fortfährt.

»Ich hörte nachts, wie meine Mutter weinte. Aber sie versicherte mir immer wieder, dass meinem Vater nichts geschehen würde. Es kamen Briefe von ihm, aus denen Mutter mir vorlas. Bestimmt las sie nicht alles von dem vor, was er schrieb. Sie versprach mir, dass unser Leben eines Tages wieder so sein würde, wie es früher gewesen war. Weißt du, wir hatten eine so große Sehnsucht nach dem Früher! Wenn der verdammte Krieg nur endlich vorbei sein würde …«

Lilli klingt, als würde sie den Frieden noch immer heraufbeschwören wollen. Luís sieht sie mit großen Augen an, er scheint kaum erfassen zu können, wovon seine Freundin ihm berichtet. Wie sollte er auch.

»Der Frühling kam, und alle bemühten sich, den Anschein eines normalen Lebens zu wahren. Wir Kinder spielten weiter unsere Spiele, unternahmen Ausflüge auf die Düne – aber wir spürten den Schatten, der über allem lag und immer größer und dunkler wurde. Ich glaube, wir ahnten, dass unsere Welt ihrem Ende entgegenging und niemals mehr sein würde, wie sie einmal gewesen war.«

Lilli streichelt Luís zärtlich über den Kopf, als wollte sie ihn trösten und schützen vor dem Grauen ihrer eigenen Geschichte. Die sie noch nie jemandem anvertraut hat – und jetzt einem Zehnjährigen. Ist es nicht verantwortungslos? Aber aufhören kann sie auch nicht. Noch einmal atmet sie tief durch.

»Im April kamen die Bomber, die Alarmsirenen rissen mich aus dem Mittagsschlaf. Ich erinnere mich, wie meine Mutter und ich zu einem Schutzraum rannten. Viele Treppenstufen ging es hinab in den Felsen, tief im Inneren der Insel. Zwar hörten wir das Donnern der Explosionen, aber wir waren dort sicher. Später sagte man, es waren tausend Flugzeuge, die siebentausend Bomben über unserer Insel abwarfen.«

Luís sieht sie mit Entsetzen in den Augen an.

»Trotzdem überlebten die meisten Menschen das Bombardement. Aber nicht alle, nicht die Familie meiner besten Freundin Liese. Es dauerte zwei Tage, sie waren wie eine Ewigkeit für uns. Als wir schließlich hinaufstiegen aus dem Bunker, standen wir zwischen brennenden Ruinen. Alles war zerstört, sogar unsere Kirche. Es herrschte eine Stille, die nicht weniger schrecklich war als der Lärm der Bomben.«

»Deswegen musstest du weggehen?«

Lilli nickt.

»Auf der verwüsteten Insel konnten wir nicht bleiben. Von überall strömten die Überlebenden zu den Überresten des Hafens. Was für Schiffe es waren, die uns zum Festland brachten, erinnere ich nicht mehr. Auch nicht an die Überfahrt. Aber ich werde nie das Bild vergessen, wie hinter uns der rote Felsen im Rauch und Dunst verschwand. Meine Mutter und ich kamen bei ihrer Schwester in Cuxhaven unter. Das liegt am Meer gegenüber der Insel. Dort ging das Leben dann irgendwie weiter. Ich weiß nicht, wie, ich erinnere nur, wie meine Mutter mir immer wieder versicherte, dass wir eines Tages zurückkehren würden. Sobald der Krieg vorbei sei. Dann würden wir zurückfahren und alles wieder aufbauen, viel schöner, als es vorher war. Und unser Leben würde sein wie früher. Zum Glück dauerte der Krieg nicht mehr lange.«

»Und dann seid ihr zurückgekehrt auf eure Insel?«

»Nein.«

Während Lilli erzählte, bekam ihr innerer Abstand zur Vergangenheit immer mehr Risse – nun bricht er zusammen wie eine marode Staumauer vor der Übermacht des Wassers.

Bodenlose Traurigkeit überschwemmt sie, sie fühlt die ganze Verzweiflung des kleinen Mädchens, das sie einmal war. Die unerträgliche Düsternis und die Ausweglosigkeit scheinen so real, dass es ihr die Kehle zuschnürt und sie nicht weitererzählen kann. Sie will jetzt nicht zurückblicken, sie will sich gar nicht mehr erinnern, und nie wieder will sie ein Wort darüber sprechen. Nur aufstehen und wegrennen und nie mehr zurückkehren. Fliehen so wie damals.

Aber Lilli bleibt sitzen. Und atmet ein und aus. Und allmählich gelingt es der Gegenwart, zu ihr durchzudringen. Sie fühlt den warmen Sand unter ihren Händen. Sie lässt ihn durch ihre Finger rieseln, immer wieder, die Sandkörner auf ihrer Haut. Lilli spürt den Boden unter sich, der sie tragen und halten kann, und langsam versteht sie: Ihr kann nichts geschehen, sie ist in Sicherheit. Sie sitzt am Strand von Mindelo neben einem zehnjährigen Jungen, der sie erschrocken beobachtet.

»Dann war der Krieg vorbei. ›Kommt Papa jetzt zurück?‹, fragte ich meine Mutter. ›Sicher, es kann nicht mehr lange dauern. Es ist eine sehr lange Reise von dort, wo er ist.‹ Aber er kam nicht. Meine Mutter arbeitete viel, ich weiß gar nicht mehr, was. Ich lernte neue Freundinnen kennen. Dann musste ich in die Schule gehen. Darüber vergaß ich aber keine Sekunde, dass dies alles nur ein Übergang war, ein Provisorium, denn wir würden ja zurückkehren. Man richtet sich kein Zuhause ein, wenn man doch woanders ein richtiges Zuhause hat, nicht wahr?«

»Natürlich nicht«, sagt Luís. »Aber warum gingt ihr nicht zurück auf eure Insel?«

»Weil sie am 18. April 1947, zwei Jahre nach dem Ende des Krieges, gesprengt wurde.«

»Was?« Luís schaut fassungslos. »Warum denn? Von wem?«

»So genau kann ich es dir nicht erklären. Ich glaube, man wollte die vielen Bunker zerstören, damit sie nie wieder für einen Krieg benutzt werden konnten. Sehr, sehr viele Bomben wurden dafür auf die Insel gebracht. Danach würde sie verschwunden sein, sagte man uns, und alle glaubten das. Unsere Insel würde spurlos im Meer versinken, als hätte sie nie existiert.

Am Tag der Sprengung standen wir auf dem Deich von Cuxhaven und blickten in die Richtung, in der unsere Insel lag, obwohl man sie vom Festland nicht sehen konnte, und warteten.

Bis zu diesem Moment hatten wir eine Heimat. Dort, irgendwo in der Nordsee, auch wenn sie kaputt war und wir sie nicht betreten durften. Aber nun würden wir innerhalb einer Sekunde zu Heimatlosen werden. Zweitausend Flüchtlinge mehr unter all den Millionen nach dem Krieg – was kümmerte es die Welt?

Für die Leute, die auf dem Festland lebten, war es wohl vor allem ein Spektakel. Für uns Inselkinder nicht.

Wie angekündigt, spürten wir pünktlich um dreizehn Uhr die Erde beben. Dann sahen wir einen schwarzen Rauchpilz aufsteigen und hörten ein dumpfes Grollen. Menschen um mich herum weinten. Ich hatte keine Tränen, ich fühlte mich wie zu Eis erstarrt.

›Na, dat war's dann wohl‹, sagte ein Mann neben mir trocken und ging weg. Ich stand mit meiner Mutter und anderen Insulanern noch lange am Strand. Wir starrten auf das Meer, wo eben noch unsere Insel gewesen war.«

»Aber die gab es nicht mehr?«, fragt Luís vorsichtig.

»Doch, es gab sie noch! Man hatte nicht damit gerechnet, dass sie so zäh, dass ihr Überlebenswille so groß sein würde!«

Jetzt lächelt Lilli tatsächlich, stolz auf den Widerstandsgeist ihrer Insel.

»Zwar war alles darauf zerstört, Teile von ihr waren weggesprengt, und ihr roter Fels war voller Narben und Krater. Aber unsere Insel existierte noch, wie wir bald erfuhren. Trotzdem wurde es niemandem erlaubt, dort zu leben. Wer hätte das auch gewollt. Es sollte noch Jahre dauern, bis die ersten Menschen zurückkehren und mit dem Wiederaufbau beginnen würden.«

Luís sieht sie verwirrt an. »Aber dann hättet ihr doch zurückkehren können, nicht wahr?«

»Viele Insulaner gingen tatsächlich zurück. Wir nicht. Nach der Sprengung wollte meine Mutter nicht mehr bei ihrer Schwester bleiben. Es hatte wohl einen schlimmen Streit gegeben, denn ich sah meine Tante nie wieder. Schon einige Tage später zogen wir nach Kiel, das ist eine größere Stadt, weil meine Mutter dort eine neue Arbeit fand. Seitdem wurde weder über meine Tante noch unsere Insel gesprochen.«

»Wirklich? Du hast mit deiner Mama *nie wieder* über euer Zuhause gesprochen?« Luís kann es offenbar nicht fassen.

»Kein Wort, bis zu ihrem Tod.«

»Weil du es nicht wolltest?«

»Ich wollte sehr gern, immer wieder habe ich es versucht. Aber meine Mutter war ein unglaublich sturer Mensch. ›Es ist sinnlos zurückzublicken‹, hat sie mir eingetrichtert. ›Wer stark sein will, schaut nur nach vorne.‹«

»Denkst du das auch?«

»Tja.« Lilli zieht die Augenbrauen hoch. »Lange habe ich es geglaubt. Heute bin ich mir allerdings nicht mehr so sicher.«

»Und wann kam dein Papa zurück?«

»Der kam später.«

»Da warst du bestimmt sehr froh?«

Lilli antwortet nicht sofort. Dann lächelt sie kurz und setzt sich auf.

»Ja, da waren wir sehr froh. Und jetzt ist es allerhöchste Zeit, nach Hause zu gehen. Deine Mama fragt sich bestimmt schon, wo wir bleiben.«

Und ohne eine Antwort abzuwarten, steht Lilli auf und klopft sich den Sand aus der Kleidung.

Luís scheint allerdings nicht zufrieden. »Dann wurde also alles gut?«

»Genau. Jetzt müssen wir uns aber beeilen. Hast du auch

so einen Hunger? Ich bin gespannt, was es heute zum Abendessen gibt. Du auch?«

Sie zieht ihn förmlich vom Strand auf den Gehweg der Promenade, dann eilen sie mit schnellen Schritten durch die Altstadt, wo schon der übliche Abendtrubel herrscht. Viele Menschen sind unterwegs, und aus den Cafés kommt fröhliche Musik, die wohl die Erinnerung an den Karneval wachhalten soll. Lilli geht ein Stück vor Luís und sieht deshalb nicht die Sorgenfalte auf seiner Stirn.

»Lilli?«, sagt er schließlich, macht einen entschlossenen Schritt nach vorn und greift nach ihrer Hand.

»Ja?« Sie bleibt abrupt stehen und wirkt, als wäre sie aus einem Traum gerissen worden.

»Hast du manchmal Sehnsucht nach deiner Insel?«

Lilli möchte eine Antwort geben, aber ihr Hals ist wie abgeschnürt. Sie zuckt hilflos mit den Schultern und geht einige Schritte weiter. Dann bleibt sie erneut stehen, drückt Luís' Hand und flüstert:

»Ich glaube schon.«

Sie blickt eine Weile zu Boden, möchte nicht weinen, nicht hier auf der Straße, wo sich die Menschen an ihnen vorbeidrängen und einige sie neugierig betrachten.

»Ja, ich vermisse meine Insel. Ich vermisse sie so sehr, dass es wehtut«, sagt sie, sichtlich überrascht von ihren eigenen Worten, und setzt ihren Weg fort.

Schweigend gehen sie nebeneinander. Luis stellt keine Fragen mehr, und erst als sie vor ihrer Haustür ankommen, hat Lilli sich wieder gefangen. Den Türknauf schon in der Hand, dreht sie sich zu Luís um und sagt, nun mit festerer Stimme:

»Du wunderst dich vielleicht, wie man so lange ohne seine Erinnerungen leben und sich seine Sehnsucht so sehr aus dem Herzen schneiden kann. In diesem Moment wundert es mich auch ein wenig.«

Sie lächelt tatsächlich.

»Ich vermute, dass meine Angst vor der Sehnsucht und vor dem Heimweh einfach zu groß war. Weißt du, eine unerfüllbare Sehnsucht ist schmerzhaft, und ein unstillbares Heimweh ist es auch. Denn *meine* Insel, auf der ich aufgewachsen bin, existierte ja schon lange nicht mehr.«

»Aber …«

»Es mag noch den Felsen im Meer geben, der den Krieg und die Sprengung überstanden hat. Wo wieder Menschen leben und glücklich sind, wo Inselkinder heranwachsen, zur Schule gehen und auf der Düne spielen und in der Nordsee baden. Aber meine Insel? Nein, die gibt es nicht mehr. Wie oft habe ich davon geträumt zurückzukehren, als ich in deinem Alter war, nichts hätte ich lieber getan! Später musste ich aber einsehen, dass mir der Rückweg für immer versperrt war.«

Sie drückt Luís' Hand, als wollte sie ihn trösten.

»Die Insel ist dein Zauberland, nicht wahr?«

»Ja, sie ist wohl mein Zauberland. Und jetzt gehen wir besser rein. Bestimmt werden wir ausgeschimpft, weil wir so spät kommen.«

»Ich weiß nicht, ob es richtig war, Luís von meiner Kindheit im Krieg und unserer Flucht zu erzählen.« Lilli fürchtet, von Isabel getadelt zu werden. »Als er mich nach meiner Insel fragte, hatte ich zum ersten Mal das Bedürfnis, ihm zu erzählen, wie mein Leben dort war und was geschehen ist.«

»Ach, ich bin mir sicher, er kann damit umgehen.« Isabel klingt erstaunlich gelassen. »Und wenn ihn deine Geschichte weiter beschäftigen sollte, wird er das bestimmt nicht in sich hineinfressen, sondern darüber sprechen wollen. Wahrscheinlich mehr, als uns lieb ist.«

Die beiden Frauen sitzen mit einer inzwischen halb leeren Weinflasche unter dem Avocadobaum. Es ist schon spät und Luís seit einer Weile im Bett. Lilli hat wiederholt, was sie ihm am Nachmittag erzählt hat; einiges davon wusste oder ahnte Isabel ja bereits.

»Und als er wissen wollte, ob ich Sehnsucht nach meiner Insel verspüre, wurde mir plötzlich klar: Ich habe in den letzten Monaten mit so vielen Menschen über ihre Sehnsüchte, ihre Sodade, gesprochen – während ich meine eigene mein ganzes Leben lang verleugnet habe.«

Zaghaft lächelnd nimmt sie einen großen Schluck aus ihrem Glas.

Lilli fühlt sich erleichtert. Dabei hat sie nie daran geglaubt, dass das Reden über die Vergangenheit heilsam sein kann. Im Gegenteil, insgeheim hat sie Menschen immer verachtet, die ihr Leben nicht auf die Reihe bekommen und die Ursachen dafür in ihrer Kindheit suchen. Nun muss sie sich eingestehen, dass ihr Nichtreden und Nichterinnern und der zwanghafte Blick nach vorn nicht so klug und mutig waren, wie sie – und ihre Mutter – es sich zeitlebens eingeredet haben.

»Mir war immer sehr daran gelegen, als mutige Frau zu gelten. Lilli Jansen, die furchtlose Tabubrecherin! Die nicht davor zurückschreckt, auszusprechen und zu schreiben, was sie denkt. Und die sich jetzt im hohen Alter eingestehen muss, dass sie seit ihrer Kindheit vor ihrer Traurigkeit davonläuft – in panischer Angst vor ihrer eigenen Sehnsucht. Was für eine armselige Heuchlerin!«

»Sind Sie nicht ein kleines bisschen zu hart mit sich, *Frau* Jansen? Als wenn andere Menschen *nicht* vor sich selbst weglaufen würden!«

Isabel lächelt und streichelt dabei mitfühlend Lillis Hand.

»Vielleicht ist es das Glück von uns Kapverdiern, dass wir die Morna haben. Und natürlich Cize, die uns mit ihren Liedern hilft, unsere Sehnsucht auszudrücken.«

»Es ist bestimmt gesünder, ein sehnsüchtiges Lied zu singen, als seine Gefühle zu verdrängen.«

»Oder ein Buch darüber zu schreiben?«

»Ein Buch? Ist das dein Ernst?«

Lilli schaut grimmig, bewegt diesen Gedanken aber doch für einen Moment in ihrem Kopf. Dann leert sie ihr Glas in einem Zug.

»Die alte Kämpferin entdeckt plötzlich ihre weiche Seite und schreibt über ihre Sehnsüchte ... Na, herzlichen Glückwunsch!« Sie lächelt mit einem Schulterzucken, ihre weiche Seite scheint tatsächlich sichtbarer als zuvor. Genau wie ihre Erschöpfung.

Isabel verteilt den Rest der Flasche auf die beiden Gläser und geht ins Haus, um eine weitere Flasche zu holen. Schweigend sitzen die beiden Frauen dann im schwachen Schein der weihnachtlichen Lichterkette.

Wie sehr Lilli diesen Ort vermissen wird. Schon jetzt erscheint ihr der Gedanke unerträglich, in einigen Tagen zurück in Hamburg zu sein. Und in ihrem viel zu großen, unterkühlten Haus an Isabel und Luís und die Wärme Mindelos zu denken – die dann so unfassbar weit entfernt sein werden.

Wie wird ihr Leben dort weitergehen? Ohne an diesem Tisch zu sitzen und sich mit ihren Freunden zu unterhalten. Ohne das Lachen und ohne sich von Luís von seinem Tag berichten zu lassen. Und ohne diese wundervollen Abende mit Isabel.

Immerhin eines ist sicher: Nie mehr wird Lilli schreibend an ihrer Olympia sitzen, mit der sie fast jeden Tag ihres Lebens zusammen verbracht hat. Der sie treuer war als jedem Mann – und deren Überreste jetzt in irgendeinem Müllcontainer liegen.

Was wird sie nur in Zukunft mit ihren Tagen anfangen, jetzt, wo sie offiziell Schriftstellerin im Ruhestand ist? Und was für eine Zukunft soll das überhaupt noch sein?

»Du hast Luís nicht erzählt, was damals mit deinem Vater geschah, nicht wahr?«

Isabels Frage reißt Lilli aus ihren Gedanken. »Nein. Das wollte ich ihm nicht auch noch zumuten.«

»Ich verstehe. Vielleicht möchtest du mir von ihm erzählen?«

Lilli wirkt unschlüssig, dann nickt sie langsam.

»Ist er im Krieg gestorben?«

»Ja und nein ... also ...« Sie trinkt von ihrem Wein. »Mein Vater war in sowjetischer Gefangenschaft. Im Osten. Erst Jahre nach dem Ende des Krieges kam er zurück. Plötzlich stand er vor unserer Tür, es war am frühen Morgen, ich erinnere mich genau daran. Meine Mutter schlief noch. Ich öffnete, und da war dieser fremde, bleiche und ausgemergelte Mann. Sein Anblick erschreckte mich zutiefst. ›Erkennst du etwa deinen Vater nicht?‹ Sein Blick war leer, seine Stimme schneidend und vorwurfsvoll. Ich weiß nicht, wie lange ich ihn anstarrte. Schließlich umarmte ich ihn widerwillig, weil es sich wohl so gehörte. Wie lange hatte ich von der Heimkehr meines Vaters geträumt, und nun wäre ich am liebsten davongelaufen.«

Lilli starrt eine Weile in ihr Weinglas.

»Eigentlich hätte seine Rückkehr unser Leben von Grund auf ändern müssen. Aber so war es nicht. Wir lebten einfach weiter wie bisher, nur dass dieser Mann nun den ganzen Tag am Küchentisch saß, rauchte und trank. Wie eine Detektivin suchte ich in ihm nach meinem Vater, dem lebensfrohen, liebevollen Mann, den ich in meiner Erinnerung trug. Und den ich noch immer vermisste. Aber ich fand keine Spuren meines Vaters in ihm. Er war mir fremd, und er blieb es. Meiner Mutter ging es wohl ähnlich, aber sie versuchte, es sich nicht anmerken zu lassen. Ich weiß nicht, woher sie die Energie nahm, die Fassade der glücklichen Ehefrau aufrechterzuhalten, deren Leben durch die Rückkehr ihres Mannes wieder vollkommen war. Von mir verlangte sie, die dazugehörige Tochter zu spielen. ›Er ist immer noch dein Vater‹, ermahnte sie mich. ›Schließlich war er für uns im Krieg.‹ ›Für mich war er ganz sicher nicht im Krieg!‹, antwortete ich einmal trotzig und bekam dafür eine Ohrfeige von ihr.«

Lillis Lächeln ist bitter.

»Dabei wollte ich ja freundlich zu ihm sein. Aber wie sollte man jemanden mögen, der den ganzen Tag nur aus dem Fenster starrte? Was auch immer ich ihm erzählte, schien ihn nicht im Geringsten zu interessieren, ich bekam höchstens einen zynischen, bösen Kommentar.

Ich hätte meinen Vater gern nach seinen Erlebnissen im Krieg gefragt, ich hätte gern verstanden, was in ihm vorging, aber meine Mutter verbot es mir. Das würde ihm wehtun, bläute sie mir ein. Und er verlor kein Wort über die vergangenen Jahre, in denen er fort war.

Wie ein klaffendes großes schwarzes Loch lag diese Zeit nun zwischen uns. Mein Vater und unsere Insel, sie schienen ein ähnliches Schicksal zu teilen. Vom Krieg verwüstet und in ihrer Einsamkeit zurückgelassen, machten sie es uns unmöglich, zu ihnen zurückzukehren. Während wir ein neues Leben begonnen hatten und – obwohl wir es beteuerten – wahrscheinlich auch gar nicht mehr zu ihnen zurückkehren wollten. Ach, ich weiß es nicht ...

Während mein Vater vor sich hin dämmerte, stellte ich mir vor, wie unsere Insel menschenleer im Tiefschlaf in der Nordsee lag, wie sie vielleicht von ihren früheren Bewohnern träumte – oder Albträume sie quälten von dem, was die Menschen ihr angetan hatten.

Gelegentlich hatte mein Vater kurze Hochphasen, ich vermute, es lag an den Tabletten, die unser Arzt ihm gab. Dann lachte er viel zu laut und redete davon, dass wir bald nach Hause gehen würden. Ich erzählte ihm von der schrecklichen Explosion und dass alles zerstört sei und es unmöglich und verboten war, dorthin zu fahren. Das sei alles nur Propaganda der Besatzer, behauptete mein Vater. Ganz sicher würde es bis zu unserer Rückkehr nicht mehr lange dauern. Dann wäre alles genauso wie früher.

›Alles wird wie vor dem Krieg‹, das war wohl das Mantra dieser Zeit.«

»Du sagtest auf meine Frage, ob er im Krieg gestorben ist, ›ja und nein‹?«

»Er hat nach seiner Rückkehr nur noch einige Monate gelebt.«

»Das tut mir leid.« Isabel sieht sie mitfühlend an, aber Lilli schüttelt nur den Kopf, ohne eine Regung zu zeigen.

»Als ich aus der Schule kam, saß er nicht wie sonst in der Küche. Alles, was meine Mutter sagte, war: ›Der Papa ist gestorben, er ist jetzt im Himmel. Wir müssen für ihn beten.‹ Ich verstand es nicht, denn er war doch am Tag zuvor noch gesund gewesen. Aber sie weigerte sich, darüber zu sprechen. So sei es jetzt eben. Zwar weinte sie, aber ich spürte, wie erleichtert sie war. Ich fühlte mich auch erleichtert, und dafür schämte ich mich. Es gab nur eine kleine Trauerfeier, ein paar Nachbarn kamen vorbei, wir gingen nicht einmal in die Kirche.«

»Und dann wollte deine Mutter nur noch nach vorne schauen?«

Lilli nickt schwach.

»Die jahrelang ersehnte oder befürchtete Rückkehr ihres Mannes war für sie vermutlich die letzte Verbindung zur Vergangenheit. Erst hat man uns unsere Heimat genommen, dann war auch der Ehemann und Vater verschwunden. Wir waren Vertriebene, wie so viele Menschen damals, und den meisten ging es schlechter als uns. Also hatten wir kein Recht, traurig zu sein. Es gab keinen Grund zurückzublicken. Der Krieg war vorbei und die Vergangenheit vergangen. Punkt. Alles würde schon wieder gut werden, aber dafür mussten wir uns zusammenreißen. Und uns anstrengen. Das habe ich dann mein Leben lang getan.«

»Ich verstehe«, sagt Isabel nur.

»Später las ich davon, dass viele Insulaner zurückgingen, sobald es erlaubt wurde. Es ist wohl überall auf der Welt so, auch unter weniger dramatischen Umständen: Die geflohenen Inselkinder können ihr Heimweh nicht länger ertragen und kehren eines Tages zurück.«

»Die meisten, nicht alle«, sagt Isabel leise. Der Mann, auf dessen Rückkehr sie so lange gehofft hatte, war schließlich nie heimgekehrt.

»Nicht alle natürlich.« Lilli streicht Isabel über den Arm. »Ich erinnere mich, wie stolz man in meiner Familie darauf war, dass wir seit Generationen auf der Insel lebten. Auch wer für einige Zeit aufs Festland ging, trug sie im Herzen doch immer bei sich. Dass sich Inselkinder ihre Heimat aus dem Herzen schneiden und niemals zurückkehren, das geschieht wohl nur selten. Wie bei ihm – und mir.«

Isabel nickt und erhebt ihr Glas. »Auf die Heimat, auf unsere Inseln«, sagt sie, und Lilli stößt zögernd mit ihr an.

»Wenn ich an der Elbe, unserem Fluss, spazieren gehe, sehe ich oft das Schiff, einen großen Katamaran, das täglich zu meiner Insel fährt. Es braucht dorthin nur ein paar Stunden.«

»Und du denkst nie daran, wie es wäre mitzufahren?«

Lilli wiegt den Kopf leicht hin und her. »Manchmal schon. Aber bisher gelang es mir, den Gedanken zurückzudrängen.«

»Und wirst du das auch in Zukunft tun?«

Lilli leert ihr Glas und schaut Isabel fragend an. »Ich weiß nicht. Meinst du, ich sollte mir meine Insel doch noch einmal anschauen?«

»Ich glaube, das solltest du tatsächlich.«

Lilli nickt nur.

»Du nennst deine Insel nie beim Namen?«

»Nein. Sie heißt Helgoland.«

19

Sodade

Für ihre Heimreise musste sich Lilli einen zweiten Koffer zulegen. Nicht nur für die Dinge, die sie sich in den letzten Monaten gekauft hatte, sondern vor allem für all die Abschiedsgeschenke von Menschen, die doch von ihrer nahenden Abreise erfahren haben. Jetzt steht der neue neben ihrem uralten Reisekoffer aus Rio am Eingang zum Hof.

Lilli trägt ihr graues Reisekostüm, in dem sie vor drei Monaten hier ankam. Obwohl der Tag gerade erst begonnen hat, schwitzt sie bereits in dem dicken Leinenstoff. Für den Flug und den langen Zwischenstopp im Lissabonner Flughafen wird es gerade richtig sein, hofft sie.

Eine Vase mit frischen Blumen steht auf dem feierlich gedeckten Tisch, sogar eine weiße Tischdecke liegt heute darauf. Isabel hat lange in der Küche gewirkt, damit ihr letztes gemeinsames Frühstück ein ganz besonderes wird. Und während Luís sonst am Wochenende sein Bett oft erst gegen Mittag verlässt, ist er an diesem Sonntag schon gekämmt und trägt sein neues NASA-T-Shirt. Allerdings scheint keiner der drei Hunger zu haben.

Lilli nippt an ihrer Kaffeetasse. Zumindest eine letzte Avocado von dem vertrauten Baum über ihnen würde sie gern essen. Aber ihr Magen fühlt sich zu flau an. Sie beschließt, sie mitzunehmen; in Hamburg wird sie ihr ganz sicher schmecken. Und die Erinnerung an ihren Avocadobaum sie melancholisch stimmen.

Mehr als Kaffee scheint auch Isabel heute Morgen nicht zu vertragen, und Luís kaut lustlos auf einer Toastscheibe. Selbst die Hühner verhalten sich ungewöhnlich – obwohl sie noch gar nicht alle Frühstückskörner aufgepickt haben, stehen sie wie aufgereiht vor ihrem Haus und beobachten die Menschen am Tisch.

»Hast du auch das Lunchpaket eingepackt?«, fragt Isabel, was Lilli mit einem dankbaren Lächeln bejaht.

Gedankenverloren streichelt sie die glatte Schale der Avocado. Sie mag sie nicht aus der Hand legen, auf keinen Fall will sie sie vergessen. Bis das Taxi kommt, um Lilli zum Flughafen zu bringen, haben sie noch Zeit.

Luís ist noch immer ein bisschen beleidigt, weil Lilli es strikt abgelehnt hat, von ihm und seiner Mutter begleitet zu werden. Er hatte es sich so schön vorgestellt. Er wollte seine Freundin bis zur Passkontrolle bringen und ihr danach ein allerletztes Mal durch den Zaun am Rollfeld zuwinken, wenn sie in das Flugzeug steigt. Aber Lilli befürchte, sich dann noch mehr in Tränen aufzulösen, als es ohnehin schon zu erwarten ist.

Ihre große Divasonnenbrille liegt bereits vor ihr auf dem Tisch, die sie vor der Welt und den Blicken der Menschen schützen wird, sobald sie das sichere Haus verlassen hat.

Wenn die Zeit gekommen ist, werden sie sich hier im Hof in den Arm nehmen und sich verabschieden, wie es sich für beste Freunde gehört. Und dann wird Lilli durch das Tor gehen, ohne sich umzuschauen, in ihr Taxi steigen und verschwinden. So hat sie es sich gewünscht, und so wollen es Isabel und Luís ihr zuliebe auch machen.

Schon jetzt schimmern Luís' Augen feucht. Er scheint sich gerade noch zusammenreißen und seine Tränen zurückhalten zu können. Bis er plötzlich aufsteht und sich, das Gesicht abgewandt, neben Klara auf den Boden setzt und sie stumm streichelt.

Eigentlich hatte Lilli vor, sich erst ganz zum Schluss bei den beiden ein letztes Mal zu bedanken, aber nun hält sie die Anspannung nicht mehr aus.

»Ich bin euch so unendlich dankbar für alles! Dass ich bei euch wohnen durfte. Aber vor allem bin ich dankbar für eure Freundschaft.« Sie schluckt, das Sprechen fällt ihr schwer. »Die Zeit mit euch war gewiss eine der schönsten in meinem Leben.«

Nun dreht sich Luís zu ihr um, über sein Gesicht laufen Tränen. Er springt auf und umarmt Lilli, er drückt sich an sie und schluchzt hemmungslos. Sie streichelt seinen Kopf, und der Abschiedsschmerz erreicht jetzt endlich auch ihre Augen.

»Wir werden dich sehr vermissen«, sagt Isabel, der es gerade noch gelingt, die Fassung zu bewahren. »Und wir sind auch dankbar dafür, dass du bei uns warst. Nicht wahr, Luís?«

Der Junge, seinen Kopf tief in Lillis Umarmung vergraben, nickt nur heftig.

Sie, die sonst selten um Worte verlegen ist, wollte den beiden eben noch so vieles sagen und sich für so vieles bedanken und ihren Freunden noch einmal versichern, wie wichtig ihr die Zeit in diesem Haus war. Aber jetzt ist ihr Kopf ganz leer, und ihr will nichts einfallen.

»Weißt du schon, was du tun wirst, wenn du zurück in Hamburg bist?«, fragt Isabel, um die tränenschwere Stimmung ein wenig aufzulockern.

Lilli zuckt desinteressiert die Schultern. »Ich werde mein Leben wieder aufnehmen. Mich von meiner Hausdame herumkommandieren lassen. Heimlich mit dem Gärtner am Garteneich ein Bier trinken. Das darf Fräulein Melchior nämlich nicht mitbekommen, sonst werde ich ausgeschimpft.«

Lilli muss nun doch grinsen, als sie Luís' verwunderten Gesichtsausdruck sieht – offenbar empört, dass jemand es tatsächlich wagt, die große Senhora Jansen auszuschimpfen! Er setzt sich neben sie auf die Bank und hält ihre Hand.

»Ich werde irgendwie weitermachen, genau wie deine Großmutter, wie deine Vovo. Bis der liebe Gott mich eines Tages zu sich holt.«

In meinem Fall wohl eher der Teufel, denkt sie, spricht es aber lieber nicht aus.

»Wahrscheinlich werde ich mein Haus bald verkaufen. Es ist ohnehin viel zu groß für mich. Außerdem habe ich mich darin nie zu Hause gefühlt, das wisst ihr ja.«

»Und du wirst wirklich nie mehr schreiben?«

Luís blickt sie skeptisch an, und Lilli antwortet zögernd: »Na ja, dieses Kapitel ist jetzt wohl endgültig abgeschlossen. Ich muss es nur noch Johannes schonend beibringen.«

»Hast du nicht neulich gesagt, dass du ohne das Schreiben gar nicht leben kannst?«

»Ich werde es eben lernen müssen. Mich häufiger mit Bekannten treffen, öfter mal ins Theater gehen oder ins Kino. Bücher lesen, an der Elbe spazieren gehen. Es wird bestimmt ganz okay sein.«

Die Blicke ihrer Gastgeber verraten, dass sie Lilli nicht glauben.

»Außerdem habe ich gar keine Schreibmaschine mehr.« Sie zieht entschuldigend die Schultern hoch, noch immer schämt sie sich für das, was sie ihrer Olympia angetan hat.

Luís und Isabel werfen sich einen verschwörerischen Blick zu.

»Jetzt?«, fragt Luís seine Mutter, die nur lächelnd nickt.

Augenblicklich springt er auf und ist mit wenigen Schritten im Haus verschwunden. Es dauert nur ein paar Sekunden, bis er wieder auftaucht, in den Händen ein Paket in goldenem Geschenkpapier und einer riesigen roten Schleife darum. Mit einem sehr breiten Grinsen in seinem verweinten Gesicht legt er es vorsichtig vor Lilli auf den Tisch.

»Unser kleines Abschiedsgeschenk für dich«, sagt Isabel.

»Mach es auf!«, drängelt Luís.

Mit einem weiteren Geschenk hat Lilli nicht gerechnet. Sie streift die Schleife ab und löst langsam das Papier, öffnet vorsichtig den Karton – und findet darin: eine Schreibmaschine, die ihrer Olympia ähnelt wie eine Schwester!

Mit offenem Mund starrt sie auf das Gerät. Dann blickt sie ihre Freunde fassungslos an, und es dauert nur einen Moment, bis ihr erneut die Tränen aus den Augen fließen, während sie kopfschüttelnd lacht.

»Danke ... vielen Dank! Aber ...«, stammelt sie, »... ich habe doch gar nichts mehr zu schreiben?« Sie wischt sich mit dem Ärmel ihres vornehmen Reisekostüms über das nasse Gesicht. »Trotzdem, das ist wirklich sehr, sehr lieb von euch!«

»Eine Schriftstellerin muss doch eine Schreibmaschine haben«, lächelt Isabel. »Nur für den Fall, dass dir *doch* etwas einfallen sollte.«

»Ganz bestimmt fällt dir etwas ein!«, ergänzt Luís voller Euphorie.

Lilli bringt kein Wort heraus.

»Du hast mir so viele Geschichten erzählt.« Luís ist nun nicht mehr zu bremsen. »All die Geschichten aus deinem Leben, die sind doch *mega*interessant! Fast so spannend wie *Tom Sawyer!* Und ich kenne jetzt sogar deine Inselgeschichte. Die ist traurig, aber auch irgendwie schön.«

Lilli schweigt noch immer.

»Ich bin mir sicher, viele Menschen würden gern deine Geschichten lesen. Und sich bestimmt für deine Lebensgeschichte interessieren«, pflichtet Isabel ihrem Sohn bei.

»Ganz bestimmt!« Luís nickt eifrig.

»Ich weiß ja, wie du darüber denkst. Und ich hoffe, du hältst uns nicht für allzu aufdringlich. Wenn du nicht mehr schreiben willst, ist das eben so. Oder wenn du deine Geschichte nicht erzählen magst.«

»Aber es wäre so krass wahnsinnig schade«, unterbricht Luís sie.

»Danke«, ist das erste Wort, das Lilli nach einer Weile herausbekommt. »Ich danke euch.«

Sie umarmt erst Luís, dann steht sie auf und umarmt Isabel, und schließlich umarmen sich alle drei, bis sie gemeinsam in lautes Lachen ausbrechen.

»Was sind wir doch sentimental«, kichert Lilli, während ihr noch immer Tränen über das Gesicht laufen. Sie hebt die Schreibmaschine aus dem Karton und stellt sie vorsichtig vor sich auf den Tisch.

»Sie ist schön.«

Isabel und Luís strahlen.

»Ihr meint, ich sollte tatsächlich noch einen Versuch unternehmen?«

Die beiden sehen sie mit großen Augen an, mit dieser Frage haben sie offensichtlich nicht gerechnet.

»Na klaro!«, ruft Luís.

»Unbedingt«, sagt Isabel.

Lilli schluckt einen großen Kloß in ihrem Hals herunter. Sie wirkt plötzlich unsicher, und gleichzeitig beginnt ihr Gesicht zu leuchten.

»Es wäre wohl auch sehr unhöflich, dieses wunderschöne Geschenk nicht zu benutzen.«

Luís und Isabel nicken nur. Lillis Blick hängt eine Weile an der Schreibmaschine, dann schweift er sehr langsam durch den Hof und richtet sich schließlich auf ihre Gastgeber.

»Wenn ich vielleicht doch noch ein paar Tage bleiben dürfte? Hier bei euch schreibt es sich leichter als in Hamburg. Oder ist das Zimmer schon neu vermietet?«

»Aber nein!«, ruft Luís, ganz außer sich. Dann wirft er seiner Mutter einen fragenden Blick zu. »Oder?«

Isabel schüttelt nur lächelnd den Kopf. Ohne ein Wort zu sagen, geht sie zu den Koffern, trägt einen davon ins Haus und erscheint oben im Fenster. Lilli und Luís stehen wie angewurzelt im Hof, offenbar können beide noch nicht glauben, was hier gerade geschieht.

»Also, wollen Sie nun das Zimmer oder nicht, Senhora?«, ruft Isabel von oben mit scherzhaft genervtem Blick. »Sonst muss ich mich nach einer anderen Mieterin umschauen.«

Lilli schließt die Zimmertür hinter sich. Auf dem leer geräumten Schreibtisch liegt nur ein Stapel weißes Papier, als hätte es sie erwartet. Behutsam stellt sie ihre neue Schreibmaschine daneben und lässt sich auf den Stuhl sinken.

Zärtlich streichelt Lilli das Gerät. Sie ist nicht ihre alte Freundin und Wegbegleiterin, und das tut ein wenig weh. Aber vielleicht ist es an der Zeit für eine neue Begleiterin. Lange sitzt Lilli nur da und schaut aus dem Fenster auf ihren so vertrauten Avocadobaum.

Sie lächelt bei dem Gedanken, dass ihr Taxi abbestellt ist und das Flugzeug heute ohne sie abheben wird. Ihr ist bewusst, dass dort unten im Hof ihre Freunde sitzen und nicht das leiseste Geräusch wagen, um sie nur nicht zu stören.

Lilli legt eine Hand auf den Papierstapel und spürt die raue Textur. Dabei verschwindet das Lächeln langsam aus ihrem Gesicht und weicht einem konzentrierten Ausdruck. Sie nimmt ein Blatt und spannt es sorgfältig in die Maschine ein. Und sofort beginnen die Worte, aus ihren Händen auf das Papier zu fließen.

<u>*Sodade*</u>

An jenem Morgen herrschte eine unerträgliche Stille. Zwei Nächte waren die Bomben ohne Pause und ohne Gnade auf den roten Felsen gefallen, um ihn für immer vom Antlitz des Meeres zu tilgen. Uns blieb nur, unsere Insel zu verlassen, meine Heimat in der Nordsee, die ich nie wiedersehen sollte …

Epilog

Nach Hause

Das Falkensteiner Ufer liegt unter einem wolkenlosen, strahlend tiefblauen Himmel. Es ist Ebbe, und so reicht der Strand weit in das glitzernde Wasser, auf dem heute viele Segelboote unterwegs sind.

Obwohl der Sommer seinem Ende entgegengeht, ist es an diesem außergewöhnlich schönen Sonntag noch einmal warm genug, um die Menschen aus der Stadt hierher zu locken. Überall liegen Sonnenbadende auf ihren Decken, spielen Kinder im Sand und springen Hunde tobend um sie herum. Wäre das andere Elbufer nicht zu erkennen, könnte man glauben, am Meer zu sein.

Lilli und Fräulein Melchior haben sich am Kiosk des Elbcampingplatzes ein Eis gekauft und schlendern damit barfuß den Strand entlang. Beide mit auffällig großen Strohhüten, die Lilli aus Mindelo mitgebracht hat. Wie so oft in diesem Sommer trägt sie das bunte Kleid, das Isabel ihr zu Weihnachten geschenkt hat.

»Haben Sie sich eigentlich schon entschieden, ob Sie nach Helgoland reisen möchten?«, fragt Fräulein Melchior beiläufig.

»Ich denke, ich sollte mich dort blicken lassen. Schließlich wird einem ja nicht jeden Tag die Ehrenbürgerinnenwürde verliehen. Megakrass, oder?«

Sie stupst ihre Begleiterin mit dem Ellenbogen an und grinst.

»Bestimmt ist es nicht leicht nach all der Zeit«, sagt Fräulein Melchior vorsichtig. »Fürchten Sie sich davor, Ihre Insel wiederzusehen?«

Lilli überlegt einen Augenblick.

»Ach nein. In meinen Gedanken war ich schon so oft wieder dort. Aber ein bisschen nervös werde ich wohl sein, wenn wir erst auf dem Schiff sind ... Vielleicht nehmen wir uns einen Flachmann mit, zur Beruhigung?«

Fräulein Melchior kichert, als hätte Lilli etwas sehr Frivoles vorgeschlagen. Lilli hakt sich bei ihr unter.

»Und werden Sie dort auch aus Ihrem neuen Buch lesen?«

»Meinen Sie, ich sollte?«

»O ja!«, sagt Fräulein Melchior. »Unbedingt! Es würde den Leuten ganz sicher sehr gefallen.«

»Okay.« Lilli schweigt eine Weile »Was halten Sie davon, wenn ich vorschlage, eine Lesung im Freien zu veranstalten? Irgendwo auf den Felsen mit Blick aufs Meer?«

»Das wäre schön!«

»Gut. Wir müssen nur unbedingt Fotos machen, sonst ist Luís böse auf mich. Und wir dürfen auf keinen Fall vergessen, Maria rechtzeitig Bescheid zu geben. Bestimmt will sie uns begleiten. Und Johannes vielleicht auch.«

»Natürlich!« Fräulein Melchior strahlt.

Eisschleckend gehen die beiden Frauen nebeneinander mit den Füßen im ungewöhnlich warmen Wasser. Wie jedes Mal, wenn Lilli am Elbstrand ist, denkt sie an ihren Freund und ihre Ausflüge an den Strand von Mindelo. Leise summt sie die Melodie von *Sodade*.

»Ist es nicht seltsam, wie sehr wir danach streben, etwas lange verloren Geglaubtes wiederzufinden?«

Fräulein Melchior sieht sie fragend an, ohne etwas zu entgegnen.

»Im Grunde wie die Lachse«, lacht Lilli plötzlich.

»Wie bitte?«

»Lachse kehren doch am Ende ihres Lebens dorthin zurück, wo sie geboren wurden. Sie schwimmen ihren Heimatfluss gegen die Strömung hinauf und nehmen dabei riesige Strapazen auf sich. Nur um schließlich in der alten Heimat zu laichen und zu sterben.«

»Aber wir nehmen doch lieber die Fähre, nicht wahr, Frau Jansen?«, sagt Fräulein Melchior trocken.

»Wenn Sie es wünschen. Ich habe ohnehin nicht vor, auf Helgoland zu laichen, und sterben will ich dort auch nicht. Jedenfalls noch nicht jetzt. Und möchten Sie nicht bitte *endlich* Lilli zu mir sagen?«

Vor ihnen kommt der Leuchtturm von Wittenbergen in Sicht.

»Möchten Sie noch weit laufen … Lilli?«

»Nein, Adelheid, lassen Sie uns nach Hause gehen.«

Nachwort und Dank

Wie meine Protagonistin Lilli Jansen hat mich vor einigen Jahren das Lied *Sodade* von Cesária Évora nach Mindelo geführt und schließlich zu dieser Geschichte inspiriert. Während Lilli meiner Fantasie entsprungen ist, entspricht alles, was Sie über die große Sängerin und die Geschichte der Kapverdischen Inseln gelesen haben, den historischen Tatsachen, soweit ich es recherchieren konnte.

Mein ganz besonderer Dank gilt den Mitarbeitenden des Piper Verlags, vor allem meiner Lektorin Tina Vogl und meiner Außenlektorin Michelle Stöger, sowie Leni Diesbrock, Sabine Meyhöfer und Astrid Wahl, dem Museum *Núcleo Museológico Cesária Évora* in Mindelo und den Menschen von São Vicente und Santo Antão, von denen ich viel Interessantes über ihre Heimat und deren Geschichte lernen durfte.